A OUTRA SRA. PARRISH

LIV CONSTANTINE

Tradução de
Petê Rissatti

Rio de Janeiro, 2020

Rua da Quitanda, 86, sala 218 – Centro
Rio de Janeiro, RJ – CEP 20091-005
Tel.: (21) 3175-1030
www.harpercollins.com.br

CIP-Brasil. Catalogação na Publicação
Sindicato Nacional dos Editores De Livros, RJ

C774o

Constantine, Liv
A outra sra. Parrish / Liv Constantine; tradução de Petê Rissatti.
– 1. ed. – Rio de Janeiro: Harper Collins, 2018.
: il.

Tradução de: The last mrs. parrish
ISBN 9788595082847

1. Romance americano. I. Rissatti, Petê. II. Título.

18-47875 CDD: 813
CDU: 821.111(73)-3

Leandra Felix da Cruz – Bibliotecária – CRB-7/6135

Dedicatória de Lynne:

Para Lynn, a outra parte deste livro,
por razões numerosas demais para mencionar.

Dedicatória de Valerie:

Para Colin: você torna tudo possível.

[PARTE I]

AMBER

UM

Amber Patterson estava cansada de ser invisível. Havia três meses que frequentava aquela academia todos os dias; três longos meses observando aquelas desocupadas se empenhando na única coisa com que se preocupavam. Eram tão autocentradas. Ela teria apostado todo o seu dinheiro que nenhuma delas a reconheceria na rua, embora ficassem a um metro e meio de distância uma das outras todos os dias. Como se Amber fosse parte do mobiliário — sem importância, indigna de ser notada. Mas Amber não se importava com nenhuma delas. Havia somente um motivo para se arrastar até ali todos os dias, até aquela máquina, às oito horas em ponto.

Ela estava extremamente cansada da rotina — dia após dia, ralando que nem uma condenada, esperando o momento de dar a sua cartada. De soslaio, viu o Nike dourado da moda chegando ao aparelho ao lado. Endireitou os ombros e fingiu estar imersa na revista estrategicamente colocada no suporte do aparelho. Virou-se e abriu, para a mulher loira e sofisticada, um sorriso tímido que acompanhava um aceno educado, inclinando a cabeça, na direção da outra. Amber estendeu a mão para pegar a garrafa d'água, deliberadamente movendo o pé para o canto da máquina, e escorregou, derrubando a revista no chão e para baixo do pedal do equipamento da vizinha.

— Ai, meu Deus, sinto muito — disse ela, enrubescendo.

Antes que pudesse se afastar, a mulher parou a pedalada e pegou a revista para ela. Amber observou a testa da mulher franzir.

— Você está lendo a revista *is*? — perguntou a mulher, devolvendo-a.

— Sim, é a *Cystic Fibrosis Trust*. Sai duas vezes por ano. Você conhece?

— Conheço, sim. Você é da área médica? — questionou a mulher.

Amber baixou os olhos, depois os ergueu para a mulher.

— Não, não sou. Minha irmã mais nova teve fibrose cística.

Ela deixou as palavras se assentarem no espaço entre as duas.

— Desculpe. Que grosseria. Nem é da minha conta — falou a mulher e voltou ao aparelho.

Amber balançou a cabeça.

— Não, tudo bem. Você conhece alguém com fibrose cística?

Havia dor nos olhos da mulher quando ela voltou a encarar Amber.

— Minha irmã. Ela faleceu há vinte anos.

— Sinto muito. Com quantos anos?

— Apenas dezesseis. Tínhamos uma diferença de dois anos.

— Charlene morreu aos catorze.

Reduzindo o ritmo, Amber enxugou os olhos com as costas da mão. Eram necessárias muitas habilidades de atuação para chorar por uma irmã que nunca existiu. As três irmãs que tinha estavam vivas e bem, embora não falasse com elas havia dois anos.

Os pedais do aparelho da mulher pararam por completo.

— Você está bem? — perguntou.

Amber fungou e deu de ombros.

— Ainda é tão difícil, mesmo após todos esses anos.

A mulher lhe lançou um olhar demorado, como se estivesse tentando tomar uma decisão, então estendeu a mão.

— Eu sou Daphne Parrish. O que acha de a gente sair daqui, tomar um café e bater um papo?

— Tem certeza? Não quero interromper o seu treino.

Daphne assentiu.

— Sim, quero muito conversar com você.

Amber abriu o que esperava que parecesse um sorriso grato e desceu do aparelho.

— Parece ótimo. — Tomando a mão de Daphne, falou: — Amber Patterson, prazer.

Mais tarde, naquela noite, Amber tomou um banho de espuma, bebendo uma taça de merlot e encarando a foto na revista *Entrepreneur*. Sorrindo, deixou-a de lado, fechou os olhos e apoiou a cabeça na borda da banheira. Ficara muito satisfeita com o modo como tudo tinha dado certo naquele dia. Estava preparada até para aquilo se arrastar por mais tempo, mas Daphne facilitou as coisas. Depois de dispensarem o papinho com café, chegaram ao verdadeiro motivo que provocou o interesse dela.

— É impossível para alguém que não tenha vivenciado a fibrose cística compreender — disse Daphne, os olhos azuis vivos com paixão. — Julie nunca foi um fardo para mim, mas, no ensino médio, meus amigos sempre forçavam a barra para eu deixá-la para trás, não deixar que ela viesse com a gente. Não entendiam que eu nunca sabia quando ela seria hospitalizada ou se voltaria do hospital. Cada momento era precioso.

Amber se inclinou para a frente e exibiu o seu melhor olhar interessado enquanto calculava o valor total dos diamantes nas orelhas, na pulseira e no enorme anel no dedo bronzeado e perfeitamente cuidado pela manicure de Daphne. Pelo menos uns cem mil passeavam no seu corpo mignon, e tudo o que ela conseguia fazer era lamentar a infância triste. Amber reprimiu um bocejo e abriu um sorriso tenso para Daphne.

— Eu sei. Costumava ficar em casa depois da escola com Charlene para que a minha mãe pudesse trabalhar. Ela quase perdeu o emprego por pedir tantas licenças, e a última coisa de que podíamos nos dar ao luxo era perder o plano de saúde.

Amber ficou satisfeita com a facilidade com que a mentira vinha aos lábios.

— Ah, que terrível — falou Daphne com voz estridente. — Esse é outro motivo por que a minha fundação é tão importante para mim. Oferecemos assistência financeira a famílias que não conseguem pagar os cuidados de que precisam. Tem sido uma grande parte da missão da Sorriso de Julie desde que consigo lembrar.

Amber fingiu choque.

— A sua fundação é a Sorriso de Julie? A mesma Julie? Sei tudo sobre a fundação, tenho lido sobre vocês há anos. Estou tão surpresa.

Daphne assentiu com a cabeça.

— Comecei logo depois da pós-graduação. Na verdade, meu marido foi o primeiro doador. — Nesse momento, ela sorriu, talvez um pouco envergonhada. — Foi assim que nos conhecemos.

— Vocês não estão se preparando para um grande evento beneficente para arrecadar fundos?

— Sim, estamos. Vai ser daqui a alguns meses, mas ainda temos tanto para fazer. Digamos... ah, deixa pra lá.

— Não, o quê? — perguntou Amber, pressionando.

— Bem, eu ia perguntar se você gostaria de ajudar. Seria bom ter alguém que entenda...

— Eu adoraria ajudar de qualquer forma — interrompeu Amber. — Não tenho muito dinheiro, mas com certeza tenho tempo.

O que está fazendo é muito importante. Quando penso na diferença que isso faz...

Amber mordeu o lábio e piscou para segurar as lágrimas.

Daphne sorriu.

— Maravilhoso. — Ela tirou um cartão impresso com um nome e endereço. — Então, o comitê irá se reunir na minha casa, quinta-feira de manhã, às dez. Você consegue participar?

Amber abriu um grande sorriso, ainda tentando parecer como se a doença estivesse na sua mente.

— Eu não perderia por nada.

DOIS

O ritmo do trem do sábado de Bishops Harbor até Nova York embalou Amber em um devaneio reconfortante, bem distante da disciplina rígida da semana de trabalho. Ela se sentou à janela, apoiando a cabeça contra o encosto do banco, às vezes abrindo os olhos para observar a paisagem que passava. Pensou na primeira vez que viajara de trem, quando tinha sete anos. Era julho em Missouri — o mês mais quente e úmido do verão —, e o ar-condicionado do trem não estava funcionando. Ela ainda conseguia ver a mãe sentada à sua frente com um vestido preto de mangas compridas, sem sorrir, de costas retas, os joelhos colados com recato. O cabelo castanho-claro estava todo puxado para trás no coque habitual, mas usava um par de brincos — pequenos brincos de pérola que ela guardava para ocasiões especiais. E Amber supôs que o funeral da mãe da sua mãe era uma ocasião especial.

Quando saíram do trem na suja estação de Warrensburg, o ar lá fora era ainda mais sufocante do que no interior do trem. Tio Frank, o irmão da mãe dela, estava lá para buscá-las, e eles se espremeram desconfortavelmente na picape azul maltratada do homem. Amber se lembrava muito bem do cheiro — uma mistura de suor, terra e umidade — e do couro rachado do assento espetando a pele. Passaram por infinitos milharais e pequenas fazendas com casas de madeira de aparência cansada e jardins cheios de máquinas enferrujadas, carros antigos sobre tijolos de concreto, pneus sem roda e caixotes de metal quebrados. Era ainda mais deprimente do que o lugar onde viviam, e Amber desejou ter ficado em casa, como as irmãs. Sua mãe dissera que elas eram jovens demais para um funeral; Amber, porém, tinha idade suficiente para prestar suas homenagens. Ela bloqueou a memória da maior parte daquele horrível fim de semana, mas a única coisa de que nunca se esqueceria era da tristeza — a sombria sala da casa dos avós, toda em tons de marrom e amarelo enferrujado; a barba grossa do avô, sentado na sua poltrona reclinável estofada demais, sério e melancólico em uma camiseta surrada e calças cáqui manchadas. Enxergou ali a origem do comportamento tristonho da mãe e da sua falta de imaginação. Foi então, naquela tenra idade, que o sonho de algo diferente e melhor nasceu em Amber.

Abrindo os olhos agora quando o homem diante dela se levantou, tropeçando com a sua pasta, percebeu que tinham chegado à estação Grand Central. Rapidamente pegou bolsa e casaco e entrou na massa de passageiros que desembarcava. Nunca se cansava da caminhada nas plataformas até o magnífico saguão principal — que contraste com a sombria gare de todos aqueles anos atrás. Passeou tranquila pelas brilhantes vitrines da estação, um precursor perfeito das visões e dos sons da cidade que aguardava lá fora, depois saiu do prédio e caminhou pelos poucos quarteirões da rua 42 até a Quinta Avenida. Essa peregrinação mensal havia se tornado tão familiar que ela poderia fazê-la de olhos fechados.

A primeira parada era sempre o salão principal de leitura da Biblioteca Pública de Nova York. Ela se sentava em uma das longas mesas de leitura enquanto o sol entrava pelas janelas altas e sorvia a beleza dos afrescos no teto. Naquele dia, Amber se sentiu especialmente consolada pelos livros que cobriam as paredes. Eram um lembrete que dizia que era fácil alcançar qualquer conhecimento que desejasse. Ali ela se sentava, lia e descobria todas as coisas que dariam forma aos seus planos. Ficou sentada, imóvel e em silêncio, durante vinte minutos, até estar pronta para voltar à rua e começar a caminhada até a Quinta Avenida.

Passou devagar, mas com determinação, pelas lojas de luxo que se enfileiravam na rua. Versace, Fendi, Armani, Louis Vuitton, Harry Winston, Tiffany & Co., Gucci, Prada e Cartier — elas não terminavam, uma após a outra, as marcas mais prestigiadas e caras do mundo. Tinha visitado cada uma delas, inalado o aroma de couro maleável e de perfumes exóticos, esfregado na pele os bálsamos aveludados e as pomadas caras acomodados em recipientes tentadores para serem provados.

Continuou até passar pela Dior e pela Chanel e parou para admirar um vestido prata e preto justo que se colava ao manequim na janela. Olhou para o vestido, imaginando-se nele, seus cabelos presos no alto da cabeça, a maquiagem perfeita, entrando em um salão de baile de braço dado com o marido, a inveja de cada mulher pela qual cruzava. Foi adiante até chegar à fina galeria Bergdorf Goodman e ao atemporal Plaza Hotel. Ficou tentada a subir os degraus revestidos com tapete vermelho até o grande saguão, mas já passava da uma da tarde, e ela estava com fome. Trouxera almoço de casa, já que não tinha como gastar o seu dinheiro tão suado no museu e em um almoço em Manhattan. Cruzou a 58 até o Central Park, sentou-se em um banco de frente para a rua movimentada e tirou uma maçã pequena e um saquinho cheio de passas e castanhas da bolsa. Comeu devagar enquanto observava as pessoas apressadas e pensava pela centésima vez no quanto era agradecida por ter escapado da triste existência dos seus pais, das conversas triviais, da previsibilidade de tudo. A mãe nunca tinha entendido as ambições dela. Disse que estava tentando ir muito além de si mesma, que aquele tipo de pensamento só a colocaria em apuros. E, então, Amber mostrou para ela do que era capaz e por fim abandonou tudo — embora, talvez, não da maneira que planejasse.

Terminou o almoço e atravessou o parque até o Museu Metropolitano de Arte, o Met, onde passaria a tarde antes de pegar o trem de volta a Connecticut no início da noite. Nos últimos dois anos, havia caminhado cada centímetro do Met, estudando arte e assistindo a palestras e filmes sobre as obras e os seus criadores. No começo, a vasta falta de conhecimento de Amber era assustadora, mas, com o seu jeito metódico, deu um passo de cada vez, lendo em livros emprestados tudo o que podia sobre arte, a sua história e os seus mestres. Armada com novas informações a cada mês, voltava ao museu e via em pessoa sobre o que lera. Sabia agora que poderia se envolver em uma conversa respeitável e inteligente com qualquer um, menos com um crítico de arte mais informado. Desde o dia em que deixou aquela casa cheia de gente no Missouri, criou uma Amber nova e melhorada, uma que transitava à vontade entre os muito ricos. E, até aquele momento, o plano estava indo conforme o planejado.

Depois de algum tempo, caminhou até a galeria que costumava ser a sua última parada. Lá, permaneceu por muito tempo diante de um pequeno estudo de Tintoretto. Não tinha certeza de quantas vezes encarara aquele esboço, mas a placa de créditos estava gravada na sua mente: “Doação da coleção de Jackson e Daphne Parrish”. Relutante, ela se afastou e se dirigiu para a nova exposição de Aelbert Cuyp. Tinha lido o único livro sobre o pintor que a biblioteca de Bishops Harbor possuía. Cuyp era um artista de quem Amber nunca tinha ouvido falar, e ficou surpresa ao saber como era prolífico e famoso. Passeou pela exposição e encontrou a pintura que admirou tanto no livro e esperava que fizesse parte da exposição, *The Maas at Dordrecht in a Storm*. Era ainda mais magnífica do que pensou que seria.

Um casal mais velho estava perto dela, também hipnotizado.

— É incrível, não é? — disse a mulher a Amber.

— Mais do que eu imaginava — respondeu ela.

— É muito diferente das paisagens dele — comentou o homem.

Amber continuou a encarar o quadro enquanto dizia:

— Sim, mas ele pintou muitas vistas majestosas dos portos holandeses. Sabiam que também pintou cenas bíblicas e retratos?

— É mesmo? Não fazia ideia.

Talvez vocês devessem ter se informado antes de ver uma exposição, pensou Amber, mas apenas sorriu para eles e seguiu em frente. Adorava quando podia exibir o seu conhecimento superior. E acreditava que um homem como Jackson Parrish, um homem que se orgulhava da sua estética cultural, também adoraria.

TRÊS

Uma inveja azeda ficou presa à garganta de Amber quando a elegante casa no estuário de Long Island surgiu. Os portões brancos abertos na entrada da propriedade multimilionária deram lugar a uma vegetação exuberante e a roseiras que se derramavam de um jeito extravagante sobre cercas discretas, enquanto a mansão em si era uma estrutura excêntrica de dois andares em branco e cinza. Lembrava as fotos que tinha visto das ricas casas de veraneio em Nantucket e Martha's Vineyard. A casa serpenteava com toda a sua majestade ao longo da costa, confortável na sua elegância à beira d'água.

Era o tipo de casa que se escondia com segurança dos olhos daqueles que não podiam viver daquela forma. *Isso é o que a riqueza faz por você*, pensou. Dá os meios e o poder para permanecer escondido do mundo se quiser — ou se precisar.

Amber estacionou o seu Toyota Corolla azul, que tinha dez anos e ficaria ridiculamente deslocado entre as Mercedes e os BMWs novos que, ela sabia, logo encheriam o pátio. Fechou os olhos e ficou sentada por um momento, dando respirações profundas e lentas, verificando as informações que memorizara nas últimas semanas. Vestira-se com cuidado naquela manhã, o cabelo castanho e reto mantido para trás com uma tiara tartaruga e o rosto com o mínimo de maquiagem — apenas um vestígio pequenino de rubor nas bochechas e um *balm* muito claro nos lábios. Usava uma saia de sarja bege bem passada com camiseta de algodão branco de manga comprida, as duas encomendadas em um catálogo da

L.L.Bean. As sandálias eram resistentes e simples, calçados bons e práticos, sem nenhum toque de feminilidade. Os feios óculos de armação grande que encontrou no último minuto completaram o visual que buscava. Quando deu uma última olhada no espelho antes de sair do seu apartamento, ficou satisfeita. Estava simples e singela. Alguém que nunca, nem em um milhão de anos, seria uma ameaça para ninguém — sobretudo para alguém como Daphne Parrish.

Embora soubesse que corria um leve risco de parecer grosseira, Amber aparecera um pouco cedo. Poderia ficar algum tempo sozinha com Daphne e também estaria lá antes de qualquer outra mulher chegar, sempre uma vantagem quando se faziam as apresentações. Elas a enxergariam como alguém muito jovem e desinteressante, uma simples abelha operária a quem Daphne havia se dignado a estender a mão e ungir como auxiliar nos seus esforços de caridade.

Ela abriu a porta do carro e passou pela entrada de pedrinhas. Parecia que cada pedaço de cascalho que amortecia os seus passos tinha sido medido pela sua uniformidade e pureza e perfeitamente raspado e polido. Quando se aproximou da casa, examinou com calma as fundações e a residência. Percebeu que entraria pelos fundos — a frente da casa, claro, dava para o mar —, mas era, no entanto, uma fachada das mais graciosas. À esquerda, havia um caramanchão branco adornado com as últimas glicínias do verão e dois bancos longos ficavam logo depois dele. Amber lera sobre aquele tipo de riqueza, vira inúmeras fotos em revistas e *tours* on-line na casa das estrelas de cinema e dos ricaços. Porém, aquela era a primeira vez que de fato via uma coisa assim de perto.

Ela subiu os amplos degraus de pedra e tocou a campainha. A porta era enorme, com grandes painéis de vidro chanfrado, permitindo a Amber uma vista do longo corredor que ia até a frente da casa. Conseguia ver o azul deslumbrante da água de onde estava, e então, de repente, Daphne estava lá, segurando a porta e sorrindo para ela.

— Que ótimo ver você. Estou tão feliz que pôde vir — disse ela, pegando a mão de Amber e levando-a para dentro.

Amber abriu o sorriso tímido que praticara na frente do espelho do banheiro.

— Obrigada por me convidar, Daphne. Estou muito animada para ajudar.

— Bem, estou empolgada por ter vindo trabalhar conosco. Venha comigo. Vamos nos reunir na estufa — falou Daphne enquanto entravam em uma grande sala octogonal com janelas que iam do chão ao teto e cortinas de chita que explodiam com cores vibrantes do verão.

As portas de folhas duplas estavam abertas, e Amber inspirou o cheiro inebriante e salgado da maresia.

— Por favor, sente-se. Temos alguns minutos antes que as outras cheguem — comentou Daphne.

Amber afundou no sofá de veludo. Daphne se sentou à sua frente em uma das poltronas amarelas que complementavam com perfeição os outros móveis daquele cômodo de elegância impassível. Aquilo a irritava, o trânsito fácil com a riqueza e o privilégio que Daphne exalava, como se fosse um direito de nascença. Ela poderia ter saído da revista *Town & Country* com as calças cinzentas de corte perfeito e a blusa de seda, as únicas joias que usava eram grandes brincos de pérola. O cabelo loiro lustroso caía em ondas soltas que moldavam o rosto aristocrático. Amber estimou que apenas as roupas e os brincos valiam mais de três mil, isso sem falar na pedrona no dedo ou no relógio Tank da Cartier. Provavelmente a mulher tinha mais uma dúzia em uma caixa de joias no andar de cima. Amber verificou a hora no próprio relógio — um modelo barato de loja de departamentos — e viu que ainda tinham cerca de dez minutos sozinhas.

— Obrigada de novo por me deixar ajudar, Daphne.

— Eu é que tenho que agradecer. Ajuda nunca é demais. Digo, todas as mulheres são fantásticas e trabalham muito, mas você entende, porque viveu a situação. — Daphne se mexeu na cadeira. — Conversamos muito sobre as nossas irmãs naquela manhã, mas não sobre nós mesmas. Sei que você não é daqui, mas me lembro de ter dito que nasceu em Nebraska, certo?

Amber ensaiou com cuidado aquela história.

— Isso mesmo. Nasci em Nebraska, mas saí de lá depois que a minha irmã morreu. Uma grande amiga do ensino médio veio fazer faculdade aqui. Quando voltou para o funeral da minha irmã, disse que talvez uma mudança fosse boa para mim, um recomeço, e nós teríamos uma à outra, claro. Ela tinha razão. Isso me ajudou demais. Estou em Bishops Harbor há quase um ano, mas penso em Charlene todos os dias.

Daphne a olhava com atenção.

— Sinto muito pela sua perda. Ninguém que não tenha vivenciado aquela situação consegue saber o quanto é doloroso perder uma irmã. Penso em Julie todos os dias. Às vezes, isso acaba comigo. Por isso que o meu trabalho com a fibrose cística é tão importante para mim. Sou abençoada por ter duas filhas saudáveis, mas ainda há muitas famílias atingidas por essa doença terrível.

Amber pegou um porta-retratos prateado com uma fotografia de duas meninas. Loiras e bronzeadas, usavam trajes de banho combinando e estavam sentadas de pernas cruzadas em um cais, abraçadas.

— São as suas filhas?

Daphne olhou para a foto e sorriu com alegria, apontando.

— Sim, esta aqui é Tallulah e a outra é Bella. A foto foi tirada no verão passado, no lago.

— São lindas. Quantos anos têm?

— Tallulah tem dez, e Bella, sete. Fico feliz que tenham uma à outra — respondeu Daphne, os olhos ficando marejados. — Rezo para que sempre tenham.

Amber se lembrou de ter lido que os atores pensam na coisa mais triste que possam pensar para ajudá-los a chorar. Ela estava tentando invocar uma lembrança para fazer isso, mas a coisa mais triste em que conseguiu pensar foi que não era ela quem estava sentada na poltrona de Daphne, a dona daquela casa incrível. Ainda assim, fez o possível para parecer abatida enquanto devolvia o porta-retratos à mesa.

Naquele momento, a campainha tocou. Daphne se levantou para atender. Ao sair da sala, disse:

— Sirva-se, temos café e chá. E umas guloseimas também. Está tudo no aparador.

Amber se levantou, mas deixou a bolsa na poltrona ao lado da de Daphne, marcando-a como dela. Enquanto estava servindo uma xícara de café, as outras participantes da reunião começaram a surgir em meio a empolgados olás e abraços. Ela odiava os grupos barulhentos de mulheres, como um bando de galinhas cacarejantes.

— Ei, todo mundo. — A voz de Daphne se elevou acima da tagarelice, e todas fizeram silêncio. Ela foi até Amber e pousou o braço no seu ombro. — Quero apresentar uma nova participante do comitê, Amber Patterson. Amber será um acréscimo maravilhoso ao nosso grupo. Infelizmente, ela é um pouco especialista no assunto... a irmã dela morreu de fibrose cística.

Amber abaixou os olhos e houve um murmúrio coletivo de compaixão das mulheres.

— Por que não nos sentamos e fazemos uma rodada de apresentações para Amber? — perguntou a dona da casa.

Com xícara e pires na mão, Daphne se sentou, olhou a foto das filhas e, Amber percebeu, moveu-a um pouquinho. Amber olhou para o círculo em volta, uma de cada vez, e cada mulher sorriu e disse o seu nome: Lois, Bunny, Faith, Meredith, Irene e Neve. Todas eram cintilantes e educadas, mas duas em especial chamaram a atenção de Amber. Não mais que uma mini-mignon, Bunny tinha cabelos loiros longos e retos e grandes olhos verdes maquiados que realçava ao máximo o quanto eram bonitos. Era perfeita em todos os sentidos, e sabia disso. Amber a vira na academia nos seus shorts mínimos e bustiê esportivo, malhando como louca, mas Bunny a olhava diretamente, como se nunca tivesse posto os olhos nela antes. Amber queria lembrá-la: *Ah, sim. Eu conheço você. Você é aquela que se gaba com as amigas por trair o marido.*

E então havia Meredith, que, na verdade, não se encaixava no grupo. As roupas dela eram caras mas discretas, não como os trajes chamativos das outras. Usava pequenos brincos de ouro e um único colar de pérolas amareladas sobre um suéter marrom. O comprimento da sua saia de tweed era esquisito, nem longo nem curto o bastante para estar na moda. À medida que o encontro avançou, ficou claro que ela se diferenciava das outras além da aparência. Ela se sentava ereta na cadeira, os ombros para trás e a cabeça erguida, com uma postura imponente de riqueza e refinamento. E quando falou, havia apenas um laivo de um "sotaque" de internato, suficiente para fazer as palavras parecerem bem mais perspicazes do que as das demais enquanto discutiam o leilão silencioso e os prêmios garantidos até agora. Férias exóticas, joias com diamantes, vinhos finos — a lista continuou, um item mais caro que o outro.

Quando a reunião terminou, Meredith foi até Amber e sentou-se ao seu lado.

— Bem-vinda à Sorriso de Julie, Amber. Sinto muito pela sua irmã.

— Obrigada — disse Amber.

— Você e Daphne se conhecem há muito tempo?

— Ah, não. Acabamos de nos conhecer, na verdade. Na academia.

— Que fortuito — falou Meredith, o tom difícil de ler.

Ela encarava Amber, que sentia como se a mulher pudesse enxergar através dela.

— Foi um dia de sorte para nós duas.

— Sim, eu diria que sim. — Meredith fez uma pausa e avaliou Amber de cima a baixo. Os lábios se estenderam em um sorriso fino, e ela se levantou da cadeira. — Foi um prazer. Espero mesmo conhecê-la melhor.

Amber pressentiu perigo, não nas palavras de Meredith, mas em algo nos modos dela. Talvez estivesse apenas imaginando. Pousou a xícara de café vazia de volta ao aparador e atravessou as portas duplas que pareciam convidá-la ao deque. Lá fora, ficou olhando a vasta extensão do estuário de Long Island. Ao longe, avistou um veleiro, as velas ondulando ao vento, um espetáculo magnífico. Caminhou até a outra extremidade do deque, onde tinha uma visão melhor da praia lá embaixo. Quando se virou para entrar, ouviu a voz inconfundível de Meredith vindo da estufa.

— Sinceramente, Daphne, o quanto sabe sobre aquela garota? Você a conheceu na academia? Sabe alguma coisa sobre os antecedentes dela?

Amber parou em silêncio à beira da porta.

— Meredith, francamente. Tudo o que eu precisava saber era que a irmã dela morreu de FC. O que mais quer? Ela tem um interesse legítimo em arrecadar dinheiro para a fundação.

— Você a investigou? — perguntou Meredith, o tom ainda cético. — Sabe, família, educação, todas essas coisas?

— Este é um trabalho voluntário, não uma indicação da Suprema Corte. Quero Amber no comitê. Você vai ver. Ela será uma aquisição maravilhosa.

Amber conseguiu ouvir a irritação na voz de Daphne.

— Tudo bem, o comitê é seu. Não vou mais tocar no assunto.

E então ouviu os passos no chão de azulejos quando saíram da sala. Ela entrou e rapidamente empurrou a sua pasta para baixo de uma almofada do sofá; assim, pareceria que Amber a tinha esquecido. Nela estavam as anotações da reunião e uma fotografia, enfiada em um dos bolsos da pasta. A falta de qualquer outra informação de identificação garantiria que Daphne precisasse fuçar um pouco para encontrar a foto. Amber tinha treze anos ali. Foi um bom dia, um dos poucos que a sua mãe conseguiu deixar de lado a lavanderia e levá-las ao parque. Ela estava empurrando a irmãzinha no balanço. Na parte de trás, estava escrito "Amber e Charlene", apesar de ser uma foto dela com a irmã Trudy.

Meredith seria complicada. Disse que estava ansiosa para conhecer Amber melhor. Bem, ela garantiria que a mulher soubesse o mínimo possível. Não permitiria que uma socialite esnobe acabasse com os seus planos. Tinha feito com que a última pessoa que havia tentado investigar a sua vida recebesse o que merecia.

QUATRO

Amber abriu a garrafa de vinho Josh que estava guardando. Era patético que tivesse que racionar um cabernet de doze dólares, mas o seu salário miserável na imobiliária mal cobria o aluguel ali. Antes de se mudar para Connecticut, fez uma pesquisa e escolheu o seu alvo, Jackson Parrish, e foi assim que acabou em Bishops Harbor. Claro, poderia ter alugado algo em uma cidade vizinha por muito menos, mas viver ali significava ter várias oportunidades de encontrar Daphne Parrish por acidente, além de ter acesso a todas as fabulosas comodidades da cidade. Além disso, adorava estar tão perto de Nova York.

Um sorriso se espalhou pelo rosto de Amber. Pensou no momento em que havia pesquisado Jackson Parrish, examinando o nome por horas depois de ler um artigo sobre a incorporadora internacional que ele havia fundado. Ficou sem respirar quando a foto dele encheu a tela. Com cabelos pretos espessos, lábios cheios e olhos azul-cobalto, poderia ter sido ator de cinema com facilidade. Clicou em uma entrevista na revista *Forbes* que o apresentava e contava como ele havia construído a sua empresa classificada na lista Fortune 500. O próximo link — um artigo na *Vanity Fair* — era sobre o seu casamento com a linda Daphne, dez anos mais nova que ele. Amber olhou para a foto das adoráveis filhas do casal, levadas até a praia na frente de uma mansão revestida com tábuas cinzentas e brancas. Ela olhou tudo o que pôde sobre os Parrish e, quando leu sobre a Sorriso de Julie, fundação criada por Daphne dedicada a arrecadar fundos para o tratamento da fibrose cística, uma ideia lhe ocorreu.

O primeiro passo no plano que se desenvolveu na sua mente era se mudar para Bishops Harbor.

Quando pensou no curto casamento que havia tentado engrenar lá em Missouri, teve que rir. Tudo terminara muito mal, mas ela não cometeria os mesmos erros dessa vez.

Naquele momento, pegou a taça de vinho e levantou-a em saudação ao seu reflexo no forno de micro-ondas.

— A Amber.

Depois de tomar um gole longo, deixou a taça no balcão.

Abrindo o laptop, digitou "Meredith Stanton Connecticut" na barra de pesquisa e a página foi preenchida com link após link sobre os esforços pessoais e filantrópicos de Meredith. Meredith Bell Stanton era filha da família Bell, que criava cavalos de corrida de puro-sangue. De acordo com os artigos, cavalgar era a sua paixão. Selava cavalos, exibia cavalos, caçava, saltava e fazia de tudo que era possível com os cavalos. Amber não se surpreendeu. Meredith tinha a palavra "amazona" estampada na testa.

Amber olhou uma fotografia de Meredith e o marido, Randolph H. Stanton III, em um evento de caridade em Nova York. Concluiu que o velho Randolph tinha cara de quem tinha uma trena enfiada na bunda. Porém, imaginou que os negócios bancários deviam estar bem áridos. A única coisa boa neles era o dinheiro, e parecia que os Stanton tinham aos montes.

Em seguida, ela procurou Bunny Nichols, mas não encontrou tanta coisa. A quarta esposa de March Nichols, um proeminente advogado de Nova York com a reputação de ser impiedoso, Bunny parecia estranhamente semelhante à segunda e à terceira esposa dele. Amber imaginou que loiras festeiras eram intercambiáveis para o homem. Um artigo descrevia Bunny como "ex-modelo". Que piada. Parecia mais uma ex-stripper.

Deu o último gole na taça, botou a rolha na garrafa e entrou no Facebook com um dos seus perfis falsos. Abriu o único perfil que verificava todas as noites, buscando novas fotos e qualquer atualização de status. Os olhos se estreitaram em uma foto de um menininho que segurava uma lancheira em uma das mãos e a mão daquela rica desgraçada na outra — "Primeiro dia na St. Andrew's Academy" e o insípido comentário "Mamãe não está pronta", com um emoji triste. St. Andrew's, a escola da sua terra natal na qual sempre quisera estudar. Queria escrever um comentário também: *Mamãe e papai são escrotos mentirosos.* Em vez disso, porém, fechou o laptop.

CINCO

Amber olhou para o telefone que tocava e sorriu. Ao ver "Número desconhecido" na identificação de chamada, imaginou que fosse Daphne. Deixou cair na caixa postal. Daphne deixou uma mensagem. No dia seguinte, Daphne ligou de novo, e mais uma vez Amber a ignorou. É claro que Daphne havia encontrado a pasta. Quando o telefone tocou de novo naquela noite, Amber enfim atendeu.

— Alô? — sussurrou ela. — Amber?

Um suspiro e, depois, Amber respondeu baixinho:

— Sim?

— É Daphne. Você está bem? Tenho tentado falar com você.

Ela fez um som sufocado, e voltou a falar, só que um pouco mais alto:

— Oi, Daphne. Sim, me desculpe. Tive um dia difícil.

— O que foi? Aconteceu alguma coisa?

Amber conseguiu ouvir a preocupação na voz dela.

— É o aniversário.

— Ah, querida. Sinto muito. Gostaria de vir até aqui? Jackson está viajando. Podemos tomar um vinho.

— Sério?

— Claro. As crianças já foram dormir e uma das babás está aqui, se elas precisarem de alguma coisa.

Claro que uma das babás está lá. Que Deus não permita que Daphne fizesse alguma coisa sozinha.

— Ai, Daphne, seria ótimo. Posso levar alguma coisa?

— Não, só você mesma. Até daqui a pouco.

Quando Amber estacionou na casa, pegou o telefone e enviou uma mensagem de texto para Daphne: **Estou aqui fora. Não quero tocar a campainha e acordar as meninas.**

A porta se abriu, e Daphne fez um gesto para ela.

— Foi muito atencioso da sua parte em mandar uma mensagem.

— Obrigada por ter me convidado.

Amber lhe entregou uma garrafa de vinho tinto. Daphne a abraçou.

— Obrigada, mas não deveria ter se preocupado.

Ela deu de ombros. Era um merlot barato, oito dólares na loja de bebidas. Amber sabia que Daphne nunca beberia aquilo.

— Entre. — Daphne levou-a até o solário, onde já havia uma garrafa de vinho aberta e duas taças cheias até a metade na mesa de centro. — Já jantou?

Amber balançou a cabeça.

— Não, mas não estou com fome. — Ela se sentou, pegou uma das taças de vinho e tomou um golinho. — Esse é muito bom.

Daphne se sentou, pegou a taça e a ergueu.

— Às nossas irmãs, que vivem nos nossos corações.

Amber tocou a sua taça com a de Daphne e tomou outro gole, enxugando em seguida uma lágrima inexistente nos olhos.

— Sinto muito. Você deve pensar que eu sou louca.

Daphne negou com a cabeça.

— Claro que não. Está tudo bem. Podemos conversar sobre o assunto. Me fale sobre ela.

Amber fez uma pausa.

— Charlene era a minha melhor amiga. Nós dividíamos o quarto e conversávamos até a madrugada sobre o que faríamos quando crescêssemos e saíssemos daquela casa. — Ela franziu o cenho e tomou outro bom gole de vinho. — A nossa mãe costumava jogar um sapato na porta quando achava que estávamos acordadas até muito tarde. Sussurrávamos para que ela não nos ouvisse. Contávamos tudo uma para a outra. Todos os nossos sonhos, as nossas esperanças...

Daphne ficou em silêncio enquanto Amber continuava, mas os lindos olhos azuis dela se encheram de compaixão.

— Era uma menina de ouro. Todo mundo a amava, mas isso não subia à cabeça dela, sabe? Algumas crianças ficam abusadas, mas Char não. Era bonita por dentro e por fora. As pessoas encaravam quando saíamos de tão linda que ela era. — Amber hesitou e inclinou a cabeça. — Era bonita como você.

Uma risada nervosa escapou dos lábios de Daphne.

— Nem eu diria isso sobre mim mesma.

Ah, tá bom, pensou Amber.

— Mulheres lindas nem se dão conta, não conseguem ver o que todos os outros veem. Meus pais costumavam brincar que ela ficou com a beleza, e eu com o cérebro.

— Que coisa cruel. Isso é terrível, Amber. Você é bonita... por dentro e por fora.

É quase fácil demais, pensou Amber: faça um corte de cabelo ruim, não se maquie, ponha um par de óculos, encurve os ombros e *voilà*! Assim nasce uma pobre menina feia. Daphne precisava salvar alguém, e Amber estava feliz em cumprir esse papel. Ela sorriu para a mulher rica.

— Você não tem que ser boazinha, está tudo bem. Nem todo mundo precisa ser lindo. — Ela pegou uma foto de Tallulah e Bella, essa em um porta-retratos de pano. — Suas filhas também são lindas.

O rosto de Daphne se iluminou.

— Eles são meninas ótimas. Sou tão abençoada.

Amber continuou a examinar a fotografia. Tallulah parecia uma pequena adulta com a expressão séria e os óculos abomináveis, enquanto Bella, com cachos loiros e olhos azuis, parecia uma princesinha. *Vai ter muita rivalidade no futuro*, pensou Amber. Ela imaginou quantos namorados Bella roubaria da irmã mais velha e sem graça quando fossem adolescentes.

— Você tem uma foto de Julie?

— Claro. — Daphne se levantou e pegou uma fotografia do aparador. — Aqui está — disse ela, entregando o porta-retratos a Amber.

Ela encarou a jovem, que devia ter cerca de quinze anos quando a foto foi tirada. Era bonita de uma maneira quase sobrenatural, os grandes olhos castanhos brilhantes e reluzentes.

— Ela é linda — falou Amber, olhando para Daphne. — Isso não facilita as coisas, certo?

— Não, na verdade, não. Alguns dias torna até mais difícil.

Elas terminaram a garrafa de vinho e abriram outra enquanto Amber ouvia mais histórias do trágico relacionamento de conto de fadas de Daphne com a perfeita e falecida irmã. Amber foi ao banheiro e atirou o conteúdo da taça de vinho na pia. Ao voltar à sala de estar, acrescentou um pequeno cambalear nos passos e disse a Daphne:

— Tenho que ir.

A dona da casa fez que não com a cabeça.

— Você não está em condições de dirigir. Fique aqui esta noite.

— Não, não. Não quero incomodá-la.

— Sem discussão. Vamos. Vou levá-la a um quarto de hóspedes.

Daphne envolveu a cintura de Amber com um braço e levou-a por aquela casa obscenamente grande e pela longa escadaria até o segundo andar.

— Acho que preciso usar o banheiro.

Amber deu um tom de urgência às palavras.

— Claro.

Daphne a ajudou a entrar, e Amber fechou a porta e se sentou na privada. O banheiro era enorme e elaborado, com uma banheira de hidromassagem e um chuveiro grande o bastante para acomodar a família real inteira. A quitinete dela praticamente caberia ali dentro. Quando abriu a porta, Daphne estava esperando.

— Está se sentindo melhor? — A voz da anfitriã estava cheia de preocupação.

— Ainda um pouco tonta. Tudo bem se eu me deitar por um minuto?

— Claro — disse ela, guiando-a pelo longo corredor até um quarto de hóspedes.

O olhar afiado de Amber observou tudo — as tulipas brancas frescas que pareciam belas contra as paredes verde-hortelã. Quem tinha flores novas em um quarto de hóspedes quando nem sequer esperava por um hóspede? O piso de madeira brilhante estava em parte coberto com um tapete branco e felpudo que adicionava outro toque de elegância e luxo. As cortinas onduladas de linho pareciam se despejar das janelas altas.

Daphne ajudou Amber a chegar à cama, onde ela se sentou e passou a mão pela capa de edredom bordado. Amber se acostumaria com aquilo. Os seus olhos se fecharam, e ela nem precisou fingir que sentia a vertiginosa sensação do sono iminente. Viu um movimento e abriu os olhos para observar Daphne em pé perto dela.

— Você vai dormir aqui. Eu insisto — disse, e caminhou até o armário, abriu a porta e tirou uma camisola e um roupão. — Aqui, tire essas roupas e coloque a camisola. Vou esperar no corredor enquanto você se troca.

Amber tirou o suéter, atirou-o na cama e arrancou a calça jeans. Vestiu a camisola branca de seda e se enfiou sob as cobertas.

— Prontinho — falou ela.

Daphne voltou e pousou a mão na sua testa.

— Pobre coitada. Descanse.

Amber sentiu um cobertor sendo encaixado ao seu redor.

— Estarei no meu quarto, no fim do corredor.

Amber abriu os olhos e estendeu a mão para agarrar o braço de Daphne.

— Por favor, não vá. Pode ficar comigo, como a minha irmã costumava fazer?

Ela viu uma levíssima hesitação nos olhos de Daphne antes de a mulher contornar a cama e se deitar ao lado de Amber.

— Claro, querida. Vou ficar até você dormir. Só descanse. Estou bem aqui, se precisar de alguma coisa.

Amber sorriu. O que ela queria de Daphne era tudo.

SEIS

Amber folheou a *Vogue* enquanto estava sentada, ouvindo a cliente pentelha do outro lado da linha enchendo o saco sobre a sua casa de cinco milhões de dólares que fora vendida sem a autorização dela. Ela odiava as segundas-feiras, dia em que lhe pediam para substituir a recepcionista no horário de almoço. O seu chefe havia prometido que ela ficaria livre disso assim que o novo funcionário começasse no mês seguinte.

Quando se mudara para Bishops Harbor, Amber iniciou a sua carreira na imobiliária Rollins Realty como secretária na divisão residencial — e odiara cada minuto. Quase todos os clientes eram mulheres mimadas e homens arrogantes que achavam que podiam tudo. O tipo de gente que nunca desacelerara o carro luxuoso em um cruzamento porque acredita que sempre tem a preferência. Ela marcava visitas, ligava com novidades, criou avaliações e visitas de inspeção, e, ainda assim, mal a reconheciam. Percebeu que eram apenas um pouco mais corteses com os corretores, mas a falta de modos ainda a enfurecia.

Ela aproveitou aquele primeiro ano para fazer cursos noturnos sobre imóveis comerciais. Verificou livros da biblioteca sobre o assunto e leu com voracidade durante os fins de semana, às vezes se esquecendo de almoçar ou jantar. Quando se sentiu pronta, foi até o chefe da área comercial da Rollins, Mark Jansen, para discutir as suas ideias sobre uma oportunidade em potencial relacionada a um voto de mudança de zoneamento que lera no jornal e o que uma votação bem-sucedida poderia significar para um dos seus clientes. Ele ficou maravilhado com o conhecimento e a compreensão do mercado que ela tinha e começou a parar às vezes na sua mesa para conversar sobre o seu lado do negócio. Dentro de alguns meses, ela estava sentada diante do escritório de Jansen, trabalhando em estreita colaboração com ele. Com as suas leituras e a tutela dele, o seu conhecimento e a sua experiência aumentaram. E, para a sorte de Amber, Mark era um chefe excelente, um homem de família dedicado que a tratava com respeito e bondade. Ela estava exatamente onde planejara estar desde o início. Custara apenas tempo e determinação, mas determinação era algo que Amber tinha de sobra.

Ela olhou para cima quando Jenna, a recepcionista, entrou com um pacote do McDonald's amassado e um refrigerante nas mãos. *Não é de se admirar que esteja tão gorda*, pensou Amber, enojada. Como as pessoas podem ter tão pouco autocontrole?

— Ei, gata, muito obrigada por me cobrir. Deu tudo certo?

O sorriso de Jenna deixava o rosto dela ainda mais redondo que o normal.

Amber sentiu um arrepio. *Gata?*

— Só uma idiota que está fula da vida porque alguém comprou a casa dela ligou.

— Ah, devia ser a sra. Worth. Está tão decepcionada. Tive pena dela.

— Não gaste as suas lágrimas. Agora ela pode chorar no ombro do marido e ganhar a casa de oito milhões no lugar da de cinco.

— Ai, Amber, você é tão engraçada.

Perplexa, Amber sacudiu a cabeça para Jenna e se afastou.

Mais tarde, naquela noite, enquanto entrava na banheira, pensou nos últimos dois anos. Estava pronta para deixar tudo para trás — os produtos químicos de limpeza a seco que faziam arder os olhos e o nariz, a imundície das roupas sujas que grudava nas mãos e o grande plano que dera errado. Quando pensou que enfim agarraria a oportunidade de ouro, tudo desabou. Não havia motivo para continuar por lá. Quando saiu de Missouri, garantiu que qualquer pessoa que estivesse procurando por ela não encontraria nenhum vestígio seu.

A água estava esfriando. Amber se levantou e se enrolou em um roupão fino de felpa enquanto saía da banheira. Não havia nenhum amigo dos velhos tempos para convidá-la para ir a Connecticut. Havia alugado o pequeno apartamento mobiliado poucos dias depois de ter chegado a Bishops Harbor. As paredes brancas sujas estavam lisas, e o chão estava coberto com um trapo verde antigo que devia estar lá desde a década de 1980. O único assento era uma namoradeira estofada com braços desgastados e almofadas molengas. Uma mesa de plástico ficava à beira do pequeno sofá. Não havia nada na mesa, nem mesmo uma luminária. A única lâmpada com cúpula franjada pendia no teto baixo, sendo a única iluminação na sala. Era pouco mais que um lugar para dormir e passar um tempo, apenas um sucedâneo até o plano dela estar concluído. No final, tudo valeria a pena.

Amber se secou rápido, vestiu uma calça de pijama e uma blusa de moletom e depois se sentou à mesinha de frente à única janela do apartamento. Pegou a pasta sobre Nebraska e a leu mais uma vez. Daphne não lhe fez mais perguntas sobre a sua infância, mas, ainda assim, não custava nada refrescar a memória. Nebraska fora a primeira parada dela após deixar a sua cidade natal em Missouri, e foi onde a sorte de Amber começou a mudar. Ela podia apostar que sabia mais sobre Eustis, Nebraska, e o seu festival de salsicha, o *Wurst Tag*, do que o habitante vivo mais antigo da cidade. Examinou as páginas, depois voltou a guardar a pasta e pegou o livro sobre imóveis internacionais que conseguira na biblioteca quando voltava para casa naquela noite. Era pesado o bastante para servir como um bom peso de porta, e Amber sabia que levaria algumas noites bem longas e muita concentração para terminá-lo.

Ela sorriu. Mesmo que a casa fosse pequena e apertada, havia passado muitas noites desejando um quarto só para si quando ela e as três irmãs se enfiavam no sótão que o pai havia transformado em uma espécie de alojamento. Por mais que tivesse tentado, o cômodo estava sempre uma bagunça, com roupas, sapatos e livros das suas irmãs espalhados por toda parte, o que a deixava louca. Amber precisava de ordem — uma ordem disciplinada, estruturada. E agora, finalmente, era a mestra do seu mundo. E do seu destino.

SETE

Amber se vestiu com muito cuidado naquela manhã de segunda-feira. Por acidente, encontrou Daphne e as filhas na biblioteca da cidade na tarde do dia anterior. Pararam para conversar, e Daphne a apresentou a Tallulah e Bella. Amber ficou surpresa com as diferenças entre as meninas. Tallulah, alta e magra de óculos e um rosto comum, parecia silenciosa e reservada. Bella, por outro lado, era espevitada e adorável, os cachos dourados saltitando enquanto fuçava as estantes. As meninas eram educadas, porém estavam desinteressadas naquela conversa e ficaram folheando os seus livros enquanto as duas adultas conversavam. Amber notou que Daphne não estava tão feliz quanto de costume.

— Está tudo bem? — perguntou, pousando a mão com suavidade no braço de Daphne.

Os olhos de Daphne ficaram cheios d'água.

— Apenas algumas lembranças das quais não consigo me livrar hoje. Só isso.

Amber acendeu o alerta vermelho.

— Lembranças?

— Amanhã é o aniversário de Julie. Não consigo parar de pensar nela.

Ela passou os dedos pelos cabelos encaracolados de Bella, a criança olhou para a mãe e sorriu.

— Amanhã? Vinte e um anos? — perguntou Amber.

— É, amanhã.

— Não acredito. É o aniversário de Charlene também!

Amber se repreendeu em silêncio, esperando não ter pesado muito a mão, mas, assim que viu a expressão de Daphne, soube que tinha acertado na mosca.

— Ah, meu Deus, Amber. É inacreditável. Estou começando a sentir que foram os céus que nos uniram.

— *Parece* que era para ser — respondeu Amber, depois parou por alguns segundos. — Temos que fazer alguma coisa amanhã para celebrar as nossas irmãs, nos lembrar das coisas boas e não abrir espaço para a tristeza. E se eu fizer uns sanduíches? Podemos almoçar no meu escritório. Tem um pequeno banco de piquenique ao lado do prédio, perto do riacho.

— Que boa ideia — disse Daphne, já mais animada. — Mas por que você teria o trabalho de preparar o almoço? Posso buscá-la no escritório e vamos até o country club. O que acha?

Era exatamente o que Amber esperava que Daphne sugerisse, mas não queria parecer muito ansiosa.

— Tem certeza? Não tem problema algum, faço comida para levar todos os dias.

— Claro que não tem problema. A que horas posso buscá-la?

— Em geral, posso sair por volta de 12h30.

— Perfeito. Então, vejo você lá — falou Daphne e mudou a pilha de livros de um braço para o outro. — Vamos fazer uma celebração alegre.

Naquele momento, Amber se examinava no espelho uma última vez — camiseta branca de gola canoa e lindas calças azul-marinho. Tentou usar as sandálias resistentes, mas as trocou pelas brancas. Usava pérolas falsas nas orelhas e, na mão direita, um anel de ouro com uma pequena safira incrustada. O cabelo estava todo para trás com a tiara de sempre, e a única maquiagem era um *balm* labial rosa bem claro. Satisfeita por parecer discreta, mas não desmazelada, pegou as chaves e foi para o trabalho.

Por volta de dez, Amber tinha verificado o relógio pelo menos cinquenta vezes. Os minutos se arrastavam, insuportáveis, enquanto ela tentava se concentrar no novo contrato do shopping center que estava diante dela. Ela releu as quatro páginas finais, fazendo anotações enquanto prosseguia. Desde que havia encontrado um erro que poderia ter custado à empresa uma baba, seu chefe, Mark, não assinava nada antes que Amber analisasse.

Era o dia de Amber cobrir a saída de Jenna no almoço, mas a recepcionista concordou em ficar para que ela pudesse sair.

— Com quem vai almoçar? — perguntou Jenna.

— Você não conhece. Daphne Parrish — respondeu, sentindo-se importante.

— Ah, a sra. Parrish. Eu a conheci. Há alguns anos, com a mãe dela. Vieram aqui juntas porque a mãe queria se mudar para ficar perto da família. Ela viu um monte de casas, mas acabou ficando em New Hampshire. Era uma senhora bem bacana.

Amber ficou de orelha em pé.

— Sério? Qual era o nome dela? Você lembra?

Jenna olhou para o teto.

— Deixa eu ver. — Ela permaneceu calada por um momento e depois meneou a cabeça e olhou de volta para a colega de trabalho. — Lembrei. O nome dela era Ruth Bennett. Ela é viúva.

— E mora sozinha? — questionou Amber.

— Bem, meio que sim, acho. Ela é dona de uma pousada em New Hampshire, então não está sozinha, certo? Por outro lado, todos são estranhos, então ela meio que vive sozinha. Talvez se possa dizer que ela mora sozinha ou apenas fica sozinha de noite, quando vai para a cama — Jenna continuou a tagarelar. — Antes de ir embora, ela trouxe uma boa cesta de presentes para me agradecer por ser tão legal. Foi um doce. Mas meio triste também. Parecia que queria mesmo se mudar para cá.

— E por que não mudou?

— Não sei. Talvez a sra. Parrish não quisesse a mãe tão próxima.

— Ela falou isso? — perguntou Amber.

— Na verdade, não. Só que não parecia muito animada para a mãe morar tão perto. Acho que não precisava dela por aqui. Você sabe, tinha as babás e outras coisas. Uma amiga minha foi babá da primeira filha dela, quando era bebê.

Amber sentiu como se tivesse encontrado um tesouro.

— Sério? Quanto tempo ela trabalhou lá?

— Alguns anos, acho.

— Ela é sua amiga mesmo?

— Sally? Sim, eu e ela somos velhas amigas.

— Aposto que ela tem algumas histórias para contar — comentou Amber.

— Como assim?

Sério mesmo, garota?

— Você sabe, coisas da família, como eles são, o que fazem em casa... esse tipo de coisa.

— Sim, acho que sim. Mas eu não me interessava. Tínhamos outras coisas para conversar.

— Talvez nós três pudéssemos jantar na semana que vem.

— Ah, seria ótimo.

— Por que não liga amanhã e combina? Qual é o nome dela mesmo? — perguntou Amber.

— Sally. Sally MacAteer.

— E ela mora aqui em Bishops Harbor?

— Ela é minha vizinha de porta, então eu a vejo o tempo todo. Crescemos juntas. Vou perguntar para ela sobre o jantar. Vai ser bem divertido. Como os três mosqueteiros.

Jenna voltou para sua mesa e Amber voltou ao trabalho.

Ela pegou o contrato e o deixou na escrivaninha no escritório vazio de Mark para que pudessem discuti-lo de tarde, quando ele voltasse do compromisso que tinha em Norwalk. Amber olhou para o relógio e viu que ainda tinha vinte minutos para terminar e se arrumar antes da chegada de Daphne. Retornou dois telefonemas, arquivou alguns documentos e depois foi ao banheiro para verificar o cabelo. Satisfeita, foi até o saguão da entrada ver o Range Rover de Daphne chegar.

O carro estacionou exatamente ao 12h30, Amber percebeu, apreciando a pontualidade de Daphne. Quando ela abriu a porta de vidro do prédio, Daphne abaixou a janela do carro e gritou um "oi" alegre. Ela caminhou até a porta do passageiro, abriu-a e se acomodou no interior frio.

— Que bom ver você — disse Amber com o que ela esperava parecer entusiasmo.

Daphne olhou para ela e sorriu antes de colocar o carro em movimento.

— Fiquei ansiosa a manhã toda. Nem via a hora de a minha reunião do clube de jardinagem terminar. Sei que vai deixar o dia bem mais tranquilo de aguentar.

— Espero que sim — comentou Amber, a voz suave.

As duas ficaram em silêncio nos quarteirões seguintes, e Amber se recostou no assento de couro macio. Virou a cabeça ligeiramente na direção de Daphne e percebeu as calças brancas de linho e uma camisa do mesmo tecido e da mesma cor sem mangas, que tinha uma ampla faixa azul-marinho na parte inferior. Usava pequenas argolas de ouro na orelha e uma pulseira também de ouro simples junto com o relógio. E a aliança, claro, com uma pedra que poderia ter afundado o *Titanic*. Os braços esbeltos estavam bem bronzeados. Parecia em forma, saudável e rica.

Quando entraram no Tidewater Country Club, Amber sorveu tudo aquilo — a estrada um pouco sinuosa com a grama de ambos os lados cortada com precisão e sem um matinho à vista, quadras de tênis com jogadores em trajes brancos imaculados, as piscinas à distância e o impressionante edifício que se aproximava diante delas. Era ainda mais grandioso do que imaginara. Fizeram a volta na rotatória da entrada principal e foram recebidas por um jovem de uniforme com calça cáqui escura e uma camisa polo verde. Na cabeça, havia uma viseira branca com o logotipo do Tidewater bordado em verde.

— Boa tarde, sra. Parrish — disse quando abriu a porta.

— Olá, Danny — falou Daphne, entregando-lhe as chaves. — Viemos só almoçar.

Ele deu a volta para abrir a porta de Amber, mas ela já havia saído.

— Ótimo, aproveitem — respondeu o rapaz antes de entrar no carro.

— Ele é um jovem tão simpático — comentou Daphne enquanto ela e Amber subiam as largas escadas para o prédio. — A mãe dele costumava trabalhar para Jackson, mas ficou muito doente nos últimos anos. Danny cuida dela e também está trabalhando para entrar na faculdade.

Amber imaginou o que Danny devia pensar sobre todo o dinheiro que via sendo esbanjado naquele clube enquanto ele cuidava de uma mãe doente e trabalhava para se virar no fim do mês, mas mordeu a língua.

Daphne sugeriu que elas comessem no deque e, então, o *maître* as levou para o lado de fora, onde Amber respirou o ar do mar que tanto amava. Sentaram-se a uma mesa com vista para a marina, os três grandes cais cheios de barcos de todas as formas e tamanhos que se moviam para lá e para cá nas águas agitadas.

— Uau, é tão lindo — disse Amber.

— Sim. Um belo cenário para lembrar todas as coisas maravilhosas sobre Charlene e Julie.

— Minha irmã amaria esse lugar — comentou Amber, e era sério.

Nenhuma das suas irmãs perfeitamente saudáveis teria imaginado um lugar como aquele. Ela afastou o olhar da água e se virou para Daphne.

— Você deve vir muito aqui com a sua família.

— Ah, sim. Jackson, claro, vai direto para o campo de golfe sempre que pode. Tallulah e Bella fazem todos os tipos de aulas: vela, natação, tênis. São pequenas atletas.

Amber pensou em como seria crescer naquele mundo, onde se era preparada desde a infância para ter e desfrutar de todas as coisas boas da vida, onde se fazia amizade quase desde o nascimento com as pessoas certas e se era educada nas melhores escolas, com o acesso bem fechado a intrusos. De repente, a tristeza e a inveja a dominaram.

O garçom trouxe dois copos altos de chá gelado e anotou o pedido do almoço — uma salada pequena para Daphne e atum *ahi* para Amber.

— Agora — disse Daphne enquanto esperavam. — Me conte uma boa lembrança da sua irmã.

— Hum. Bem, eu me lembro de quando ela tinha apenas alguns meses de idade, a minha mãe e eu a levamos para uma caminhada. Eu tinha seis anos. Era um dia lindo e ensolarado, e mamãe me deixou empurrar o carrinho. Claro que ela ficou bem do meu lado, só para garantir. — Amber se aqueceu para o assunto, embelezando a história enquanto continuava. — Mas me lembro de ter me sentido tão adulta e tão feliz com a minha irmãzinha nova. Era tão bonita, com olhos azuis e cachos loirinhos. Como uma pintura. E acho que, a partir desse dia, senti que ela também era a minha menininha.

— Que bonito, Amber.

— E você? Do que se lembra?

— Julie e eu tínhamos apenas dois anos de diferença, então não me lembro de muita coisa de quando ela era bebê. Porém, mais tarde, ela ficou tão corajosa. Sempre tinha um sorriso naquele lindo rosto. Nunca reclamava. Sempre dizia que, se alguém precisava ter fibrose cística, estava feliz por ser ela, porque não ia querer que outra criança sofresse. — Daphne parou e olhou na direção da água. — Não havia uma gota de crueldade nela. Foi a melhor pessoa que já conheci.

Amber se ajeitou na cadeira e sentiu um desconforto que não entendeu muito bem.

Daphne continuou:

— É difícil pensar em tudo que ela passou. Todo dia. Todos os remédios que teve que tomar. — Ela balançou a cabeça. — Costumávamos nos levantar cedo, juntas, e eu conversava com ela enquanto ela vestia o colete.

— Sim, o dispositivo vibratório.

Amber se lembrou de ter lido sobre o colete que ajudava a desalojar o muco dos pulmões.

— Já era rotina o colete, o nebulizador, o inalador. Ela passava mais de duas horas por dia tentando evitar os efeitos da doença. Acreditava mesmo que poderia ir para a faculdade, se casar, ter filhos. Dizia que trabalhava tão duro em todas as terapias e se exercitava porque isso lhe daria um futuro. Acreditou nisso até o fim — falou Daphne, enquanto uma única lágrima corria pelo rosto. — Eu daria qualquer coisa para tê-la de volta.

— Eu sei — sussurrou Amber. — Talvez os espíritos das nossas irmãs de alguma forma tenham nos unido. É como se estivessem aqui conosco.

Daphne piscou para refrear mais lágrimas.

— Gosto dessa ideia.

As lembranças de Daphne e as histórias de Amber continuaram durante o almoço e, enquanto o garçom tirava os pratos, Amber teve uma ideia e se virou para ele.

— Estamos comemorando dois aniversários hoje. Poderia nos trazer uma fatia de bolo de chocolate para dividirmos?

O sorriso que Daphne abriu para Amber era cheio de carinho e gratidão.

Ele trouxe o bolo com duas velas acesas e, com um floreio, disse:

— Feliz aniversário para vocês.

O almoço durou mais de uma hora; Amber, no entanto, não precisava se apressar, já que Mark não voltaria para o escritório antes das 15 horas, e ela disse a Jenna que poderia se atrasar um pouco.

— Bem — falou Daphne quando terminaram o café —, acho melhor levá-la de volta ao escritório. Não quero que tenha problemas com o seu chefe.

Amber olhou ao redor para chamar o garçom.

— Não temos que esperar pela conta?

— Ah, não se preocupe — respondeu Daphne, fazendo um gesto de tranquilidade com a mão. — Eles colocam na nossa conta.

Mas é claro, pensou Amber. Parecia que, quanto mais dinheiro se tinha, menos se precisava colocar as mãos nessas coisas sujas.

Quando chegaram à imobiliária, Daphne estacionou o carro e olhou para Amber.

— Gostei muito do nosso almoço. Esqueci o quanto era bom conversar com alguém que compreende de verdade.

— Também gostei, Daphne. Ajudou bastante.

— Estava me perguntando... Você estaria livre para jantar com a gente na sexta à noite? O que me diz?

— Nossa, eu adoraria. — Ela ficou eletrizada com a rapidez com que Daphne estava se abrindo para ela.

— Ótimo — disse Daphne. — Vejo você na sexta. Por volta das dezoito horas?

— Perfeito. A gente se vê. E obrigada.

Enquanto Amber a observava se afastando, sentiu que tinha acabado de ganhar na loteria.

OITO

No dia seguinte ao almoço com Daphne, Amber ficou atrás de Bunny na aula de zumba na academia. Riu consigo mesma, observando-a tropeçar enquanto tentava acompanhar o instrutor. *Que trapalhona*, pensou. Depois da aula, Amber se vestiu sem pressa atrás da fileira de armários ao lado da de Bunny no vestiário, ouvindo a esposa-troféu e as suas puxa-sacos conversando sobre os planos dela.

— Quando vai se encontrar com ele? — perguntou uma.

— No happy hour do Blue Pheasant. Mas lembrem, se os seus maridos perguntarem, estou com vocês hoje à noite, hein, garotas?

— O Blue Pheasant? Todo mundo vai lá. E se alguém vir vocês?

— Digo que é um cliente. Afinal, tenho licença de corretora de imóveis.

Amber ouviu, dando risadinhas.

— Que foi, Lydia? — ralhou Bunny.

— Bem, não é como se você estivesse usando muito a sua licença desde que se casou com March.

O patrimônio líquido de cem milhões de dólares de March Nichols veio à cabeça de Amber — isso e o fato de que ele se parecia com Matusalém. Amber entendia por que Bunny buscava sexo em outros homens.

— De qualquer forma, não vamos ficar lá por muito tempo. Reservei um quarto no Piedmont, do outro lado da rua.

— Safadinha. Reservou com o nome de sra. Robinson?

Naquele momento, todas riram.

Marido velho, amante jovem — havia certa poesia aí.

Amber tinha o que precisava, então pulou para dentro do chuveiro e, em seguida, correu de volta ao escritório com a desculpa na ponta da língua pela sua longa ausência.

Mais tarde naquele dia, chegou ao bar cedo e se sentou com um livro e uma taça de vinho em uma mesa perto dos fundos do local. Quando o bar começou a encher, tentou adivinhar qual deles seria. Reparou no gatinho loiro vestindo jeans quando o Príncipe entrou. Com cabelos pretos e olhos azuis brilhantes, era idêntico a Patrick Dempsey, do seriado *Grey's Anatomy*. O casaco de caxemira bege e o lenço de seda preto eram meticulosamente desleixados. Pediu uma cerveja e deu um gole da garrafa. Bunny entrou, os olhos de raio-laser se concentraram nele e, apressando-se até o bar, deu um abraço no homem. Não seria bom deixar material inflamável por perto, estava claro que eles eram loucos um pelo outro. Terminaram as bebidas e pediram mais uma rodada. O Príncipe envolveu a cintura de Bunny com o braço, puxando-a para ainda mais perto. Ela virou aquele rostinho lindo para ele e apertou os lábios contra os dele. Naquele momento, Amber deixou o seu iPhone no modo silencioso, levantou-o e tirou várias fotos daquela exibição extasiada. Por fim, os dois se separaram por tempo suficiente para tomar as bebidas que tinham pedido em um gole só e saíram do bar de braços dados. Sem dúvida, não perderiam mais tempo no bar enquanto o hotel acenava do outro lado da rua.

Amber terminou a sua bebida e olhou as fotos. Ainda estava rindo enquanto caminhava até o carro. Como o coitado do velho March ficaria ao receber aquelas fotografias bem esclarecedoras no dia seguinte? E Bunny? Bem, Bunny ficaria atormentada demais para continuar com as suas obrigações como copresidente de Daphne.

NOVE

Amber estava contando os dias até a sexta-feira. Enfim conseguiria conhecer Jackson no jantar e estava eufórica com a expectativa. Quando tocou a campainha, parecia pronta para explodir.

Daphne a recebeu com um sorriso deslumbrante, tomando-a pela mão.

— Seja bem-vinda, Amber. É muito bom ver você. Por favor, entre.

— Obrigada, Daphne. Fiquei ansiosa por esse momento a semana toda — disse Amber ao entrar no grande corredor.

— Pensei que poderíamos tomar uma bebida na estufa antes do jantar — sugeriu Daphne.

Amber a seguiu até a sala.

— O que vai querer?

— Hum, acho que gostaria de uma taça de vinho tinto — respondeu ela.

Amber olhou em volta da sala, mas Jackson não estava por lá.

— Pinot noir?

— Perfeito — respondeu, perguntando-se onde o homem poderia ter se enfiado.

Daphne lhe entregou a taça e, como se estivesse lendo a sua mente, disse:

— Jackson teve que trabalhar até tarde, então seremos só eu, você e as meninas hoje à noite.

A alegria de Amber evaporou. Agora teria que se sentar e ouvir a tagarelice atordoante daquelas crianças a noite toda.

Então, Bella entrou com tudo na sala.

— Mamãe, mamãe — choramingou ela, caindo sobre o colo de Daphne. — Tallulah não quer ler o livro da *Angelina Bailarina* para mim.

Tallulah estava logo atrás dela.

— Mãe, estou tentando ajudá-la a ler sozinha, mas Bella não me escuta — disse ela, soando como um adulto em miniatura. — Eu já lia livros bem mais difíceis na idade dela.

— Meninas. Sem brigas hoje — pediu Daphne, despenteando os cachos da filha mais nova. — Tallulah estava apenas tentando ajudar você, Bella.

— Mas ela sabe que eu não consigo — retrucou a menina, o rosto ainda no colo de Daphne e a voz abafada.

Daphne acariciou a cabeça da filha.

— Tudo bem, querida. Não se preocupe, logo você vai conseguir. Vamos, meninas. — Daphne dirigiu-se a todas. — Vamos ao deque ter um jantar ótimo. Margarita faz um delicioso guacamole de entrada.

O verão terminaria em breve e havia uma leve brisa no ar que oferecia uma prévia dos dias mais frios que estavam por vir. Mesmo um jantar casual no deque de Daphne tinha estilo e sofisticação, observou Amber. Pratos triangulares de um vermelho brilhante repousavam sobre jogos americanos azul-marinho, anéis de guardanapo decorados com veleiros de prata seguravam quadrados de tecido brancos e azuis. Amber percebeu que cada conjunto de jantar estava posto de forma idêntica. Aquilo a lembrou dos filmes britânicos sobre a aristocracia, onde os garçons mediam cada item colocado sobre a mesa de jantar. Essa mulher não conseguia relaxar nunca?

— Amber, por que não se senta ali? — falou Daphne, apontando para uma cadeira diretamente de frente para a água.

A visão, claro, era deslumbrante, com um gramado aveludado e um pouco inclinado para a areia da praia e a água além dela. Contou cinco cadeiras estilo Adirondack agrupadas na areia, a poucos metros da beira d'água. Como parecia pitoresco e convidativo.

Bella encarava Amber do outro lado da mesa.

— Você é casada?

Amber fez que não com a cabeça.

— Não, não sou.

— Por quê? — perguntou Bella.

— Querida, essa é uma pergunta pessoal. — Daphne olhou para Amber e riu. — Desculpe.

— Não, tudo bem. — Amber voltou a atenção para Bella. — Acho que apenas não conheci o homem certo.

Bella estreitou os olhos.

— Quem é o homem certo?

— É só uma expressão, tonta. Significa que ela não conheceu a pessoa certa para ela — explicou Tallulah.

— Hum. Talvez porque seja meio feia.

— Bella! Peça desculpa agora mesmo. — O rosto de Daphne ficou rosado.

— Por quê? É verdade, não é? — disse Bella.

— Mesmo que seja verdade, ainda assim é grosseiro — falou Tallulah.

Amber abaixou os olhos, tentando parecer magoada, e não respondeu.

Daphne se levantou.

— Muito bem. As duas podem ir comer sozinhas na cozinha. Sentem-se lá e pensem em qual é a melhor forma de falar com os outros.

Ela tocou a campainha para chamar Margarita e expulsou as garotas, em meio a protestos. Depois, aproximou-se de Amber e pousou um braço em volta do seu ombro.

— Mil, mil perdões. Estou mais que envergonhada e perplexa com o comportamento delas.

Amber abriu um sorrisinho.

— Não precisa pedir desculpas. São crianças. Não falam por mal. — Amber deu outro sorriso, impulsionada pelo pensamento de que agora poderiam passar o resto da noite livres daquelas pirralhas.

— Obrigada por ser tão bondosa.

As duas conversaram sobre isso e aquilo e apreciaram um delicioso jantar de camarão scampi sobre quinoa e uma salada de espinafre. Amber notou, no entanto, que Daphne mal deu duas garfadas no camarão e não muito mais na salada. Amber comeu tudo até o fim — não queria desperdiçar uma comida tão cara.

Estava começando a esfriar, e ela ficou aliviada quando Daphne sugeriu que entrassem no solário para um café.

Amber seguiu a anfitriã até chegarem a uma sala alegre, decorada em tons de amarelo e azul. Estantes brancas cobriam as paredes, e Amber se demorou em frente a uma delas, curiosa para ver o que Daphne gostava de ler. As estantes tinham todos os clássicos, em ordem alfabética por autor. Começando com Albee até Woolf. Ela apostaria que Daphne não tinha lido todos.

— Você gosta de ler, Amber?

— Muito. Mas acho que não li a maioria desses. Prefiro autores contemporâneos. Você leu todos?

— Muitos. Jackson gosta de discutir ótimos livros. Só chegamos até o H. Estamos enfrentando a *Odisseia*, de Homero. Não é leitura muito leve — disse ela, rindo.

Uma linda tartaruga de porcelana, tão azul quanto o Caribe, capturou a atenção de Amber, e ela estendeu a mão para tocá-la. Tinha visto objetos semelhante em toda a casa, cada uma única e mais requintada que a outra. Viu que todas eram caras e queria espatifá-las no chão. Ali estava ela, batalhando para pagar o aluguel todos os meses, e Daphne podia esbanjar dinheiro colecionando tartarugas idiotas. Era tão injusto. Amber se virou e se sentou na namoradeira de seda ao lado de Daphne.

— Foi muito divertido. Agradeço por me receber de novo.

— Foi maravilhoso. Gostei de ter outro adulto para conversar.

— O seu marido trabalha muito até tarde? — perguntou Amber.

Daphne deu de ombros.

— Depende. Em geral, ele chega em casa para o jantar. Gosta de comer com a família. Mas está trabalhando em um novo acordo de terrenos na Califórnia e, com a diferença de horário, às vezes, não dá para evitar.

Amber foi pegar a xícara de café da mesa à frente, mas a xícara escorregou e caiu no chão.

— Me desculpe...

O olhar horrorizado no rosto de Daphne fez Amber parar no meio da frase.

Daphne voou da cadeira e da sala, voltando alguns minutos depois com uma toalha branca e uma tigela com algum tipo de mistura. Começou a secar a mancha com a toalha e depois a esfregá-la com sabe-se lá que negócio era aquele.

— Posso ajudar você? — perguntou Amber.

Daphne não ergueu os olhos.

— Não, não. Já estou cuidando disso. Só queria ter certeza de que conseguiria limpar antes de manchar de verdade.

Amber se sentiu indefesa, observando Daphne atacar a mancha como se a vida dela dependesse disso. A empregada não estava lá para fazer aquele tipo de coisa? Ela se sentou ali, sentindo-se uma idiota, enquanto Daphne se esforçava para esfregar. Amber começou a se sentir menos mal e mais irritada. Sim, ela havia derramado café. Grande coisa. Pelo menos não chamou ninguém de feia.

Daphne se levantou, observou o tapete agora limpo pela última vez e deu de ombros para Amber, encabulada.

— Minha nossa. Posso pegar outra xícara para você?

Ela estava falando sério mesmo?

— Não, tudo bem. Eu preciso ir. Está ficando tarde.

— Tem certeza? Não precisa ir tão cedo.

Normalmente, Amber teria ficado, representado um pouco, mas achava que não controlaria a irritação que sentia. Além disso, conseguiu perceber que Daphne ainda estava nervosa. Que neurótica de limpeza ela era. Quase com certeza examinaria o tapete com uma lupa depois que Amber fosse embora.

— Tenho. Foi uma noite ótima. Gostei bastante de jantar com vocês. Vejo você na próxima semana, na reunião do comitê.

— Dirija com segurança — disse Daphne enquanto fechava a porta.

Amber olhou a hora no telefone. Se fosse rápida, poderia chegar à biblioteca antes de fechar e ver se havia uma edição da *Odisseia*.

DEZ

Na terceira reunião do comitê, Amber estava pronta para executar a fase final da Operação Tchau-Tchau, Bunny. Naquele dia, usava uma blusa-envelope fina da Loft sobre as suas melhores calças pretas. Tinha pavor de ver as outras mulheres e suportar os olhares piedosos e a conversa polida demais delas. Amber sabia que não pertencia àquele grupo, e isso a enfurecia de um jeito que incomodava. Dando um suspiro purificador, ela se lembrou de que a única com quem precisava se preocupar era Daphne.

Forçando um sorriso, tocou a campainha e esperou para ser conduzida para dentro da casa.

A empregada de uniforme abriu a porta.

— A dona Daphne vai descer logo. Ela deixou um papel na estufa para a senhora dar uma olhada enquanto espera.

Amber sorriu para a mulher.

— Obrigada, Margarita. Aliás, queria lhe perguntar uma coisa. O guacamole que fez naquela noite estava divino, nunca tinha comido um tão bom. Qual é o seu ingrediente secreto?

Margarita parecia contente.

— Obrigada, dona Amber. Promete não contar para ninguém?

Amber fez que sim com a cabeça.

Margarita inclinou-se e sussurrou:

— Cominho.

Na verdade, Amber não tinha experimentado aquela meleca verde — ela odiava abacate —, mas toda mulher acha as suas receitas tão especiais que aquela era uma maneira fácil de agradar.

A sala estava pronta com um bufê de café da manhã: muffins, frutas, café e chá. Pegando uma caneca, Amber a encheu até a borda com café. Já havia analisado a pauta quando Daphne entrou na sala, vestida à perfeição como de costume. Amber se levantou e lhe deu um abraço. Erguendo o papel, franziu a testa e apontou para o primeiro item.

— Pensar em nova copresidente? O que houve com Bunny?

Daphne suspirou e balançou a cabeça.

— Ela me ligou alguns dias atrás e disse que tinha uma emergência familiar para resolver. Algo sobre ter que deixar a cidade para cuidar de um tio doente.

Amber fingiu uma expressão perplexa.

— Que pena. Ela não tinha que terminar de organizar o leilão silencioso até hoje?

Era um trabalho enorme, exigindo boas habilidades organizacionais e atenção aos detalhes. Todos os itens foram garantidos, mas Amber estava certa de que Bunny deixara muito trabalho que ainda precisava ser concluído, já que o seu mundo havia desabado uma semana antes.

— Sim, tinha. Infelizmente, ela só me avisou ontem que não conseguiu terminar de organizar tudo. Agora estamos em uma sinuca de bico. Eu me sinto tão mal em pedir para alguém intervir e assumir esse problema. A pessoa vai ter que trabalhar sem parar para tudo ficar pronto a tempo.

— Sei que sou nova no grupo, mas já fiz esse tipo de coisa antes. Adoraria assumir. — Amber olhou para as unhas, depois de voltar seu olhar para Daphne. — Mas é provável que as outras não gostem da ideia.

As sobrancelhas de Daphne se ergueram de uma vez.

— Não importa que seja nova. Sei que está aqui de todo coração. Mas é muito trabalho — disse ela. — Todas as inscrições de itens ainda precisam ser feitas, os formulários de lance devem ser combinados e os números de lance têm que ser definidos.

Amber tentou manter a voz casual.

— Já organizei um para o meu antigo chefe. A melhor coisa é ter o formulário de oferta triplicado, em três cores diferentes, e deixar a última cópia com o item após o encerramento do leilão. Daí, só é preciso levar os outros dois para o caixa. Isso acaba com boa parte da confusão.

Ela acertou em cheio com a pesquisa no Google na noite anterior. Daphne ficou bem impressionada.

— Eu sentiria como se estivesse fazendo algo para Charlene — falou Amber. — Quero dizer, não tenho dinheiro para fazer grandes doações, mas posso oferecer o meu tempo.

Ela lançou para Daphne o que esperava ter sido um olhar que inspirasse pena.

— Claro. Sem dúvida. Ficaria honrada em ter você como a minha copresidente.

— E as outras? Será que vão aceitar essa mudança? Não gostaria de causar atrito.

— Deixe que eu me viro com elas — falou Daphne e levantou a caneca de café em saudação a Amber. — Parceiras. Por Julie e Charlene.

Amber ergueu a sua caneca e brindou com Daphne.

Meia hora mais tarde, depois de comerem a comida de Daphne e se atualizarem das suas vidas cintilantes, as mulheres enfim chegaram à pauta da reunião. Devia ser ótimo ter a manhã inteira para desperdiçar assim. Mais uma vez, Amber teve que abrir mão de um dia das suas férias para estar lá.

Ela prendeu a respiração quando Daphne pigarreou e se dirigiu às mulheres da sala.

— Infelizmente, Bunny teve que renunciar ao seu cargo no comitê. Ela precisou sair da cidade para cuidar de um tio doente.

— Ah, que pena. Espero que não seja nada muito sério — falou Meredith.

— Não sei de detalhes — respondeu Daphne, depois fez uma pausa. — Eu pediria a uma de vocês para assumir como copresidente, mas Amber já se ofereceu para assumir o cargo.

Meredith olhou para ela e depois para Daphne.

— Ora, é muito generoso da parte dela, mas acha que é mesmo inteligente? Sem querer ofender, mas Amber acabou de se juntar a nós. É muita coisa para fazer. Eu ficaria feliz em assumir.

— A principal coisa que resta para ser resolvida é o leilão silencioso e Amber tem experiência com isso — respondeu Daphne com um tom indiferente. — Além disso, ela tem uma participação muito pessoal, pois também quer honrar a sua irmã. Tenho certeza de que a ajuda dela e de todas no comitê será bem-vinda.

Amber voltou o olhar de Daphne para Meredith.

— Eu ficaria muito feliz por qualquer conselho que estiverem dispostas a me dar. Assim que eu avaliar a situação em que estamos, posso distribuir algumas tarefas.

O pensamento de ter aquela rica escrota respondendo a ela fez com que Amber enrubescesse de prazer. Não ignorou o olhar de irritação no rosto de Meredith e lutou para esconder um sorriso malicioso.

A mulher ergueu uma sobrancelha.

— Claro. Todas ficaremos contentes em fazer a nossa parte. Bunny planejava colocar os itens na casa dela e levar algumas de nós para ajudar com as fichas de oferta e descrições. Devemos nos planejar para ir até a sua casa, Amber?

Antes que ela pudesse responder, Daphne interveio para resgatá-la.

— Os itens já estão aqui. Mandei buscá-los na tarde de ontem. Não faz sentido levá-los daqui.

Amber fixou os olhos em Meredith enquanto falava.

— De qualquer forma, estava planejando automatizar os formulários. Será muito mais eficiente para mim enviar por e-mail a cada uma de vocês com uma foto do item. Assim, vocês podem preencher com as descrições e enviar os formulários de volta. Então, posso imprimi-los e defini-los com os itens. Vou mandar a todas um e-mail hoje à noite com os agrupamentos e podem me avisar sobre o que cada uma escreverá. Não há necessidade de perder tempo em reuniões.

— Essa é uma ótima ideia, Amber. Viram, senhoras? É bom ter sangue novo por aqui.

Amber se recostou na poltrona e sorriu. Sentiu os olhos perscrutadores de Meredith sobre ela e notou mais uma vez como tudo nela berrava dinheiro antigo, desde o fio duplo de pérolas até a jaqueta de pele de camelo levemente desgastada. A maquiagem era mínima, sem corte de cabelo específico, relógio de pulso e brincos discretos. A aliança de casamento, uma faixa de safiras e diamantes, parecia herança familiar. Nada era pomposo naquela mulher, exceto a aura distinta da linhagem do *Mayflower* e dos fundos fiduciários. A arrogância dela fez Amber se lembrar da sra. Lockwood, a mulher mais rica da cidade onde ela crescera, que levava os seus suéteres de caxemira, roupas de lã e vestidos de festa para a lavanderia todas as segundas de manhã, deixando-os com cuidado no balcão, como se não suportasse que as suas sagradas roupas tocassem as vestimentas da classe baixa. Nunca cumprimentou Amber e nunca respondeu a um olá com qualquer coisa além de um sorriso forçado, como se tivesse sentido algum cheiro de coisa podre.

A família Lockwood morava em uma casa enorme no topo de uma colina com vista para a cidade. Amber conheceu Frances, a única filha deles, em um daqueles parques de diversão itinerantes, e as duas logo se tornaram amigas. A primeira vez que Frances levou a amiga até a casa dela, Amber ficara impressionada com o tamanho e o mobiliário magnífico. O quarto de Frances era o sonho de toda garota, todo rosa, branco e cheio de babados. As suas bonecas — eram tantas! — ficavam dispostas ordenadamente em prateleiras embutidas e, em uma parede longa, ficava uma estante cheia de livros e troféus. Amber lembrou que sentiu como se não quisesse sair daquele quarto. Contudo, a amizade fora curta. Afinal, Amber não era o tipo que a sra. Lockwood queria como amiga da sua preciosa filha. Tão rápido quanto as duas meninas se ligaram, a ligação foi interrompida pela imperiosa mãe de Frances. Aquilo ficou entalado na garganta de Amber desde então, mas ela achou um jeito de se vingar quando conheceu Matthew, o lindo irmão mais velho de Frances. A sra. Lockwood nem viu o que a atingiu.

E agora, lá estava ela, confrontando a mesma condescendência de Meredith Stanton. Até agora, o placar estava Amber um, Meredith zero.

— Amber. — A voz de Daphne a arrancou do seu devaneio. — Gostaria de tirar uma foto para uma pequena publicidade antecipada. Vamos tirar de você e do restante do comitê de leilão com alguns dos itens. Tenho certeza de que o *Harbor Times* publicará isso com o anúncio sobre o evento beneficente.

Amber não conseguia se mexer. *Uma foto? Para o jornal?* Ela não podia deixar que isso acontecesse. Teve que pensar rápido.

— Hum. — Ela fez uma pausa. — Nossa, Daphne, sou tão nova no grupo. Não acho que seja justo eu ficar na foto. Quem merece são os membros que vêm trabalhando nisso há mais tempo que eu.

— É muito gentil da sua parte, mas você é a copresidente agora — respondeu Daphne, insistindo.

— Eu me sentiria bem mais confortável se as realizações de outras pessoas fossem realçadas.

Olhando em volta, Amber percebeu que tinha marcado pontos pela sua humildade. Foi um ganho dos dois lados. Ela poderia manter o título de vira-lata coitadinha, mas doce e despretensiosa, para aquelas esnobes privilegiadas. E, o mais importante, nenhum fantasma do passado viria xeretar. Só precisava manter a discrição por ora.

ONZE

Na manhã seguinte, Jenna entrou dançando no escritório de Amber, o sorriso tão largo que as bochechas praticamente tampavam os olhinhos.

— Adivinha? — perguntou ela, sem fôlego.

— Sei lá — respondeu Amber sem rodeios, sem sequer tirar os olhos dos relatórios de comissão nos quais estava trabalhando.

— Falei com a Sally ontem à noite.

A cabeça de Amber se ergueu de uma vez e ela abaixou a caneta.

— Ela falou que topa jantar com a gente. Hoje à noite.

— Isso é ótimo, Jenna.

Pela primeira vez, Amber agradeceu a obstinação de Jenna. A mulher enchia o seu saco desde o primeiro dia no trabalho e toda vez que os seus convites era recusados, ela dava um pulinho para trás como um boneco de mola e perguntava de novo, até Amber ceder. Jenna conseguia o que queria. Agora, Amber estava prestes a receber a sua compensação também.

— A que horas e aonde vamos?

— Bem, poderíamos ir ao Friendly's. Ou ao Red Lobster. Hoje à noite, eles têm camarão à vontade.

Amber imaginou Jenna sentada à sua frente, o molho escorrendo pelo queixo enquanto ela devorava todos aqueles pequenos camarõezinhos cor-de-rosa. Não achou que teria estômago para aquilo.

— Vamos ao Main Street Grille — disse ela. — Estou livre logo depois do trabalho.

— Tudo bem. Vou falar para Sally nos encontrar por volta das 17h30. Vai ser tão divertido! — gritou Jenna, batendo palmas e saindo às pressas do escritório.

Quando Amber e Jenna chegaram ao Grille, elas se sentaram em uma mesa perto da parte de trás do restaurante, com Jenna de frente para a porta para que visse Sally quando ela chegasse. Jenna começou a falar sobre uma nova cliente que havia entrado na agência naquele dia procurando imóveis que valiam por volta de cinco milhões de dólares e o quanto ela foi agradável e tranquila, então, de repente, parou e acenou.

— Lá está Sally — disse, se levantando.

Quando Sally se aproximou da mesa, Amber soube que havia surpresa estampada no seu rosto. Aquela mulher não era o que ela esperava.

— Oi, Jenna. — A recém-chegada deu um abraço em Jenna e depois se virou para Amber. — Você deve ser Amber, de quem Jenna fala sempre.

Ela sorriu, estendeu o braço esbelto sobre a mesa e apertou a mão de Amber. Sally usava calças de brim justas e uma camiseta branca de manga longa, que mostrava o seu talhe fino, a pele bronzeada e os cabelos castanhos exuberantes. Enquanto se sentava ao lado de Jenna, Amber ficou impressionada com os olhos da mulher, tão escuros que eram quase pretos, com cílios grossos e longos.

— É um prazer conhecê-la, Sally — disse Amber. — Estou feliz por ter podido vir hoje à noite.

— Jenna e eu estávamos prometendo de nos encontrar há muito tempo, mas sempre ficamos tão ocupadas com o trabalho que nunca temos tempo. Fico feliz por enfim termos conseguido.

Amber se perguntou o que essas duas poderiam ter em comum além de morar na mesma rua.

— Estou faminta. Vocês duas já sabem o que querem? — perguntou Jenna.

Sally pegou cardápio e deu uma olhada rápida.

— O salmão grelhado com espinafre parece bom — disse Amber.

Jenna torceu o nariz.

— É, acho que vou nesse também — disse Sally, pousando o cardápio na mesa.

— Credo. Como conseguem pedir salmão em vez de um sanduíche de peru com purê de batatas e molho de carne? É isso que vou querer. E sem espinafre.

A garçonete anotou os pedidos, e Amber pediu uma garrafa de tinto da casa. Queria que todas ficassem relaxadas e de língua solta naquela noite.

— Aqui — disse ela, servindo o vinho nas taças. — Vamos relaxar e curtir. Então, me conte, Sally, onde você trabalha?

— Em uma escola particular, a St. Gregorys, em Greenwich. Sou professora de educação especial.

— Que ótimo. Jenna me contou que você era babá. Deve amar crianças.

— Ah, eu amo.

— Por quantos anos trabalhou como babá?

— Durante seis anos. Só trabalhei para duas famílias. A última foi aqui na cidade.

— Que família? — perguntou Amber.

— Caramba, Amber, esqueceu? No dia em que foi almoçar com a sra. Parrish, falei que Sally trabalhou para ela — respondeu Jenna.

Amber lançou um olhar cheio de ódio para ela.

— Ah, sim, tinha esquecido. — Ela voltou para Sally. — Como foi... digo, trabalhar lá?

— Eu amava. A sra. Parrish e o marido eram ótimos patrões.

Amber não estava interessada em um conto de fadas sobre o quanto a família Parrish era perfeita. Decidiu tomar outro rumo.

— Ser babá deve dar trabalho às vezes. Quais foram as partes mais difíceis?

— Hum. Quando Tallulah nasceu foi meio cansativo. Ela era pequena... nasceu só com dois quilos e duzentos... então tinha que comer a cada duas horas. Claro que a enfermeira dava as refeições noturnas, mas eu chegava lá às sete e ficava até ela voltar à noite.

— Então, a enfermeira a alimentava durante a noite? A sra. Parrish não amamentou o bebê?

— Não, o que foi triste, na verdade. O sr. Parrish me disse que ela tentou no início, mas o leite não veio. Ele me pediu para não comentar nada sobre o assunto, porque aquilo a fazia chorar, então nunca mencionávamos isso. — Sally deu uma garfada no salmão. — Às vezes, ainda fico pensando nessa questão.

— Como assim?

Amber detectou desconforto na outra, que parecia estar tentando mostrar indiferença.

— Ah, nada, de verdade.

— Não parece ser nada — falou Amber, pressionando.

— Bem, acho que todos já sabem, então não há problema em contar.

Amber se inclinou para mais perto e esperou.

— Um pouco depois que Tallulah nasceu, a sra. Parrish foi embora. Para uma espécie de hospital onde você descansa e recebe ajuda.

— Você quer dizer um sanatório?

— Mais ou menos isso.

— Ela teve depressão pós-parto?

— Olha, não sei direito. Rolou muita fofoca na época, mas tentei não dar ouvidos. Não sei. A polícia se envolveu de alguma forma. Disso, eu me lembro. Havia boatos de que ela poderia ser um perigo para a bebê, que não devia ficar sozinha com Tallulah.

Amber tentou esconder o seu fascínio.

— E era? Um perigo?

Sally balançou a cabeça.

— Tive dificuldade em acreditar nisso. Mas nunca mais a vi. A sra. Parrish me dispensou pouco antes de voltar para casa. Disse que queriam alguém que falasse francês com Tallulah, e, de qualquer forma, eu estava pensando em voltar para a escola em tempo integral. Mais tarde, acabaram contratando a minha amiga Surrey para os fins de semana. Ela nunca mencionou nada de estranho.

Amber imaginava o que poderia ter acontecido para que Daphne precisasse de hospitalização. A sua mente estava a quilômetros de distância quando percebeu que Sally ainda falava.

— Desculpe. O que estava dizendo? — perguntou Amber.

— Foi a sra. Parrish quem me incentivou a continuar e terminar o meu mestrado. Disse que o mais importante era que uma mulher fosse independente e que soubesse o que queria. Sobretudo antes de considerar o casamento. — Sally tomou um gole do vinho. — Um bom conselho.

— Acho que sim. Mas ela era muito nova quando se casou com o sr. Parrish, não?

Sally sorriu.

— Tinha vinte e poucos anos. Parece que os dois têm um casamento perfeito, então acho que foi uma boa decisão.

Que merda, pensou Amber enquanto distribuía o restante do vinho entre as taças.

— Jenna me contou que, certa vez, a mãe da sra. Parrish pensou em se mudar para cá. Você a conheceu?

— Encontrei com ela algumas vezes. Não visitava muito a casa. Ela chegou a me dizer que era dona de uma pousada lá no norte, mas ainda parecia estranho que não viesse mais aqui, sabe, para ver o bebê e tudo o mais.

— Sabe por que ela decidiu não se mudar para Bishops Harbor?

— Não sei o motivo exatamente, mas ela parecia contrariada com todos os empregados que os Parrish tinham. Talvez pensasse que atrapalharia — falou Sally entre um gole e outro de vinho. — Você sabe, a sra. Parrish tem uma vida muito organizada e uma agenda corrida. A precisão é uma marca registrada na casa, nada fora de lugar, cada quarto impecável e cada item perfeitamente colocado. Talvez fosse um pouco disciplinado demais para a senhora Bennett.

— Uau, parece que sim.

Amber não deixava de notar a mesma coisa todas as vezes que visitava Daphne, o que acontecia com cada vez mais frequência nos últimos tempos. Parecia que ninguém vivia naquela casa. Quando se terminava de beber em um copo ou esvaziar um prato, ele era levado e desaparecia. Nunca havia uma coisa fora do lugar, o que era algo bem difícil de conseguir com duas crianças circulando. Mesmo os quartos das meninas eram imaculados. Amber olhou os cômodos na manhã seguinte depois de passar a noite lá e ficou impressionada com a ordem meticulosa dos livros e dos brinquedos. Nada fora do lugar.

Enquanto bebia mais vinho, Sally parecia estar se preparando para soltar a língua.

— Surrey me contou que Tallulah e Bella nunca conseguem assistir a desenhos animados ou programas infantis. Elas têm que assistir documentários ou DVDs educacionais. — Ela balançou a mão. — Assim, não que isso seja ruim, mas é triste que não vejam nada só para se divertir ou se entreter.

— Acho que a sra. Parrish valoriza a educação — opinou Amber.

Sally olhou para o relógio.

— E por falar nisso, tenho que ir. Dou aula de manhãzinha. — Ela se virou para Jenna. — Se estiver pronta para ir, posso dar uma carona para você.

— Seria ótimo. — Jenna bateu as mãos. — Que noite divertida. Temos que fazer isso de novo.

Elas acertaram a conta, e Jenna e Sally foram embora. Amber terminou o vinho e ficou sentada à mesa, revisando as pepitas de informação que havia reunido.

Quando chegou em casa, a primeira coisa que fez foi buscar a mãe de Daphne na internet. Depois de alguma busca, descobriu que Ruth Bennett era proprietária e dirigia uma pousada em New Hampshire. Era um estabelecimento pitoresco em um lugar adorável. Nada extravagante, mas muito agradável. A foto dela no site mostrava que era uma versão mais velha e não tão bonita da filha. Amber se perguntou o que havia acontecido entre elas, por que Daphne ficou relutante em ter a mãe por perto.

Ela favoritou a página e depois entrou no Facebook. Lá estava ele, parecendo mais velho e mais gordo. Acho que os últimos anos não foram tão bons para ele. Ela riu e fechou o laptop.

DOZE

Esperando na plataforma, Amber tomou o café quente que segurava com a mão enluvada, tentando se aquecer. O vapor branco escapava pela boca toda vez que ela a abria, e Amber marchou no lugar para se esquentar. Encontraria Daphne, Tallulah e Bella para um dia de compras e passeios em Nova York, sendo que a principal atração era a árvore de Natal no Rockefeller Center. Ela se vestira como um turista de propósito: sapatos razoáveis, jaqueta quente e uma sacola para levar os seus tesouros. Exatamente o que uma garota de Nebraska usaria. A única maquiagem que tinha era um batom brilhante barato que comprou na farmácia Walgreens.

— Amber, oi! — chamou Daphne enquanto corria na direção dela, uma garotinha presa a cada mão. — Desculpe, estamos atrasadas. Essa aqui não conseguia decidir o que vestir.

Ela inclinou a cabeça na direção de Bella com um sorriso.

Amber sorriu.

— Oi, meninas. É bom ver vocês de novo.

A filha mais nova olhou para ela com desconfiança.

— Esse casaco é feio.

— Bella! — exclamaram Daphne e Tallulah em uníssono.

A mãe parecia mortificada.

— Que coisa terrível de se dizer.

— Bom, é verdade.

— Sinto muito, Amber — disse Daphne.

— Está tudo bem. — Amber se agachou até seu rosto ficar na mesma altura com o de Bella. — Você tem razão. É um casaco feio.

Faz tempo demais que tenho ele. Talvez você possa me ajudar a escolher um novo hoje.

Ela queria dar um soco na pirralha. Tinha seis ou sete anos e já estava usando um par de tênis prateados que Amber reconheceu de um pacote que estava aberto na mesa da cozinha quando ela deixou os certificados de doação para o leilão na casa de Daphne no outro dia. Tinha ido para casa e pesquisou os sapatos para descobrir que custavam quase trezentos dólares. A garota mimada já era uma esnobe entendida da última moda.

Bella se virou para a mãe e disse:

— Quando o trem vai chegar? Estou com frio.

Daphne a envolveu em um abraço e beijou o topo da sua cabeça.

— Logo, querida.

Depois de mais cinco minutos de queixas de Bella, o trem parou, e elas embarcaram aos tropeços, felizmente encontrando um lugar vazio na parte da frente do vagão — duas fileiras voltadas uma para a outra. Amber se sentou, e Bella ficou em pé na frente dela, os bracinhos cruzados sobre o peito.

— Você pegou o meu lugar. Não posso ir de costas.

— Não tem problema. — Amber mudou para o outro lado e Tallulah se sentou ao lado de Bella.

— Quero que a mamãe fique do meu lado.

Elas realmente iam deixar aquela monstrinha berrar ordens o dia inteiro?

Daphne olhou para ela com severidade.

— Bella, estou bem à sua frente. Pare com essa bobagem. Vou me sentar ao lado de Amber.

A menina lançou um olhar sombrio para ela e chutou com o pezinho o banco na sua frente.

— Afinal, por que *ela* tem que ir? Era para ser um passeio em família.

Daphne se levantou.

— Com licença um momento.

Ela agarrou Bella pela mão e a conduziu até o final do corredor. Amber conseguiu vê-la gesticulando enquanto falava. Depois de alguns minutos, Bella fez que sim com a cabeça e as duas voltaram.

Bella se sentou e olhou para Amber.

— Me desculpe, Amber.

Ela não parecia nem um pouco arrependida, mas Amber deu a ela o que esperava ser um olhar gentil.

— Obrigada, Bella. Aceito as suas desculpas. — Ela voltou a atenção para Tallulah. — Sua mãe me disse que você é fã de Nancy Drew.

Os olhos de Tallulah se iluminaram e ela desabotoou a pequena mochila que carregava e tirou de lá o livro *The Secret of the Wooden Lady*.

— Tenho todos os livros antigos da minha mãe. Eu adoro.

— Eu também. Queria ser exatamente como Nancy Drew — falou Amber.

A menina começou a amolecer.

— Ela é tão corajosa, inteligente e sempre está em uma aventura.

— Chaaaaaaato — falou a bolotinha terrível ao lado dela.

— Como você sabe? Nem sabe ler direito! — retrucou Tallulah.

— Mamãe! Ela não pode falar assim comigo — disse Bella, a voz aumentando.

— Tudo bem, meninas, chega — respondeu Daphne suavemente.

Agora, Amber queria dar uns tapas na cara de Daphne. Ela não conseguia ver que aquela criança precisava ser colocada no lugar? Uma boa surra no lombo provavelmente faria maravilhas.

Por fim, chegaram à estação Grand Central e saíram do trem na plataforma lotada. Amber ficou atrás de Daphne enquanto ela e as meninas subiam os degraus e entravam no terminal principal. Ficou animada quando olhou em volta para a arquitetura magnífica e pensou mais uma vez no quanto amava Nova York.

Daphne parou e reuniu todas elas.

— Tudo bem, a nossa agenda é a seguinte: vamos começar olhando as vitrines de Natal, depois almoçamos no Alice's Teacup, depois vamos na American Girl Store e, por fim, faremos patinação no gelo no Rockefeller Center.

Queria estar morta, pensou Amber.

Amber precisava admitir que as vitrines estavam fabulosas, cada uma mais elaborada que a outra. Até a princesinha ficou enfeitiçada e parou de choramingar. Quando chegaram ao Alice's Teacup, Amber gemeu em silêncio pela longa fila, mas, pelo que parecia, Daphne era muito conhecida naquele estabelecimento, e o grupo furou a fila. O almoço foi bom, sem maiores incidentes, e Amber e Daphne conseguiram conversar mais que cinco minutos.

Enquanto as garotas comiam rabanada na maior calma, Amber terminou o seu croissant de presunto e queijo e bebericou o chá.

— Obrigada de novo por me incluir nesse programa, Daphne. É tão bom fazer parte de um dia com a família na época do Natal.

— *Eu* que agradeço. Você está deixando o dia bem mais divertido para mim. Quando Jackson disse que não vinha, quase cancelei. — Ela se inclinou e sussurrou: — Como você viu, Bella pode ser um pouco difícil. É ótimo ter uma ajuda.

Amber sentiu as costas se empertigarem. O que ela era? Uma empregada?

Ela não conseguiu resistir e perguntou:

— A babá não estava disponível hoje?

Daphne não pareceu notar a cutucada e balançou a cabeça, distraída.

— Já tinha dado o dia de folga para ela desde que planejamos isso. — Daphne abriu um sorriso brilhante para Amber e apertou a sua mão. — Estou tão feliz que tenha vindo conosco. É o tipo de coisa que eu faria com a minha irmã se ela estivesse viva. Agora tenho uma amiga especial com quem aproveitar.

— Engraçado. Quando olhamos as belas animações nas vitrines das lojas, imaginei o quanto Charlene teria adorado. O Natal era a época favorita dela.

Na verdade, os Natais da infância de Amber tinham sido ruins e decepcionantes. Contudo, se Charlene *existisse*, talvez ela gostasse de Natal.

— Julie também adorava o final do ano. Nunca revelei isso a ninguém, mas todo ano, na véspera de Natal, bem tarde, escrevo uma carta para ela.

— O que você diz para ela? — questionou Amber.

— Tudo que aconteceu no ano, como aquelas cartas de Natal que as pessoas enviam. Mas essas cartas são diferentes. Digo a ela o que está no meu coração e tudo sobre as sobrinhas dela... o quanto ela as teria amado e elas a teriam amado. Isso me mantém conectada a Julie de uma maneira que não consigo explicar.

Amber sentiu uma breve pontada de compaixão que logo se transformou em inveja. Ela nunca havia sentido esse tipo de amor e carinho por ninguém da própria família. Imaginou como seria aquilo. Não sabia nem o que dizer.

— Podemos ir à American Girl agora? — Bella estava de pé, repuxando o seu casaco, e Amber ficou agradecida pela intrusão.

Saíram do restaurante e pegaram um táxi. Amber se sentou na frente com o motorista. O interior do carro cheirava a queijo velho, e ela quis vomitar, mas, assim que abaixou a janela, a rainha Bella falou alto lá do banco de trás.

— Estou com frio.

Amber cerrou os dentes e fechou a janela.

Quando chegaram à rua 45 com a Quinta Avenida, a fila que entrava na loja dava uma volta no quarteirão.

— A fila está muito grande — disse Tallulah. — Temos que esperar mesmo?

Bella bateu o pé.

— Preciso de um vestido novo para a minha boneca Bella. Você não consegue passar a gente na frente, mamãe? Que nem no restaurante?

Daphne balançou a cabeça.

— Acho que não, querida. — Ela lançou a Tallulah um olhar suplicante. — *Prometi* isso para ela.

Tallulah parecia querer chorar.

Amber teve um lampejo de inspiração.

— Olha, notei que passamos por uma livraria Barnes & Noble a poucos quarteirões daqui. Por que não levo Tallulah até lá e você e Bella nos encontram lá quando terminarem?

Os olhos de menina mais velha se iluminaram.

— Podemos, mãe? Por favor?

— Tem certeza, Amber? — perguntou Daphne.

Ela não tinha sempre?

— Claro. Assim, as duas ficam felizes.

— Ótimo. Obrigada, Amber.

Quando ela e Tallulah começaram a se afastar, Daphne gritou.

— Amber, por favor, fique com ela na loja.

Ela engoliu uma resposta sarcástica. Como se fosse mesmo deixar a garota perambulando sozinha em Manhattan.

— Não vou tirar os olhos dela.

Enquanto se dirigiam para o sul da Quinta Avenida, Amber aproveitou a oportunidade para conhecer Tallulah melhor.

— Você não gosta das bonecas da American Girl?

— Não o bastante para ficar horas na fila. Prefiro olhar os livros.

— Do que você *gosta*?

Ela deu de ombros.

— Bem, de livros. E de tirar fotos, mas com câmeras velhas que têm filmes.

— Mesmo? Por que não digital?

— A resolução é melhor e descobri que…

Amber ignorou o restante da explicação. Ela não ligava para aquilo. Tudo que precisava saber era do que a menina gostava e não os três parágrafos de ciência por trás disso. Tallulah era como um pequeno professor disfarçado de criança. Amber imaginou se ela tinha algum amigo.

— Chegamos.

Ela seguiu a garota pela enorme loja até chegarem à seção de mistério. Então, Tallulah pegou um monte de livros. Encontraram um lugar aconchegante para se sentar, e Amber pegou alguns livros nas prateleiras também. Notou a criança segurando uma coleção de contos de Edgar Allan Poe.

— Sabia que Edgar Allan Poe era órfão? — perguntou Amber.

Tallulah ergueu os olhos.

— Quê?

Amber confirmou com a cabeça.

— Sim, os pais dele morreram quando tinha quatro anos. Foi criado por um comerciante rico.

Os olhos de Tallulah se arregalaram.

— Infelizmente, os novos pais o cortaram do testamento, e ele acabou muito pobre. Talvez Poe não fosse tão gentil com eles quanto era com os seus pais verdadeiros.

Amber sorriu por dentro pela expressão chocada de Tallulah. Era uma boa lição para a garota ter em mente.

As duas passaram as duas horas seguintes lendo, Tallulah absorta no livro de Poe, ignorando Amber, e Amber olhando através de um livro sobre corridas de Fórmula 1. Tinha lido que Jackson era um fã ávido do esporte. Quando se encheu daquilo, abriu o aplicativo do Facebook no celular. A raiva a dominou quando ela leu a atualização. Então, a puta estava grávida. Como pode ter acontecido? Os três sorriam como idiotas. Quem era burra o bastante para anunciar uma gravidez com apenas oito semanas? Amber se consolou com o pensamento de que talvez ela sofresse um aborto. Ouviu alguém se aproximar e olhou para cima para ver Daphne, carregada com sacolas de compras, correndo até elas.

— Aí estão vocês! — A mulher estava sem fôlego e a mão de Bella estava na dela enquanto a menina corria para acompanhar a mãe. — Jackson ligou. Ele vai nos encontrar, afinal. Vamos pegar um táxi e encontrá-lo no SixtyFive. Vamos jantar e depois ver a árvore.

— Espere um pouco — falou Amber, agarrando o braço do casaco de Daphne. — Não quero me intrometer no passeio da sua família.

Na verdade, ela ficou surpresa com o quanto estava nervosa com a perspectiva de encontrar Jackson. A brusquidão a deixou desequilibrada. Queria ter tido um aviso, um momento para se preparar para conhecer o homem sobre o qual sabia tanto.

— Não seja boba — disse Daphne, entusiasmada. — Não será intromissão alguma. Agora, vamos. Ele está nos esperando.

Tallulah se levantou na hora, fazendo uma pilha com todos os livros e erguendo-os.

Daphne acenou.

— Deixe aí, meu amor. Precisamos ir embora.

TREZE

Ele estava esperando na melhor mesa do local. A sua aparência era ainda mais impressionante do que Amber imaginara. Então, era ele. A atratividade exalava do homem. Era lindo de morrer. Não havia outra forma de definir. E o traje sob medida impecável fazia parecer que tinha acabado de sair do set de um filme do James Bond. Ele se levantou quando se aproximaram, e no momento em que os seus deslumbrantes olhos azuis pousaram em Daphne, o sorriso se abriu. Ele a cumprimentou com um beijo carinhoso nos lábios. Era louco por ela, Amber percebeu, frustrada. Ele se agachou, abrindo os braços, e as meninas correram até eles.

— Papai! — Bella sorriu, parecendo feliz pela primeira vez o dia todo.

— Minhas meninas. Tiveram um dia legal com a mamãe?

As duas começaram a tagarelar de uma vez só e Daphne as levou para as suas cadeiras enquanto se sentava na do lado de Jackson. Amber se sentou na cadeira restante, na frente dele, ao lado de Bella.

— Jackson, esta é Amber. Falei com você sobre ela; ela veio em meu socorro para o comitê de gala.

— Muito prazer em conhecê-la, Amber. Pelo que entendi, você foi de grande ajuda.

Os olhos dela foram atraídos para a covinha deliciosa que apareceu quando o homem sorriu. Se ele se perguntou o que ela estava fazendo ali, jantando com eles, pelo menos teve a decência de não deixar transparecer.

Pediram coquetéis para eles e petiscos para as crianças e, depois de um tempo, Amber recuou e ficou sentada, observando-os.

— Então, me falem sobre o dia de vocês — disse Jackson. — O que foi mais legal?

— Bem, eu comprei dois novos vestidos para a minha boneca Bella, um conjunto de estábulo e um tutu para combinar com o meu, assim ela pode ir ao balé comigo.

— E você, Lu?

— Gostei do Alice's Teacup. Foi legal. Daí a Amber me levou até a Barnes & Noble.

Ele balançou a cabeça.

— Minha pequena bibliófila. Você vem para a cidade e é para lá que vai? Temos uma Barnes & Noble na esquina de casa — comentou ele, sem ser grosseiro.

— Sim, mas não é grande como a daqui. Além disso, a gente vem para cá o tempo todo. Não tem nada demais.

Amber engoliu a raiva pela empáfia de Tallulah. Nada demais mesmo. Ela teve vontade de mandá-la para algum lugar no interiorzão por alguns anos e fazê-la enxergar como vive o restante dos Estados Unidos.

Jackson se virou para Daphne, apoiando a mão por um segundo na bochecha dela.

— E você, meu amor? O que aconteceu de bom com você?

— Recebi a sua ligação.

Amber quis vomitar. Eles estavam falando sério? Tomou um longo gole da taça de vinho. Não precisa se controlar; aquele homem podia se dar ao luxo de mandar vir quantas quisesse.

Quando enfim desviou os olhos da linda esposa, Jackson olhou para Amber.

— Você é de Connecticut, Amber?

— Não, de Nebraska.

Ele pareceu surpreso.

— O que a trouxe para o leste?

— Queria expandir os meus horizontes. Uma amiga minha se mudou para cá e me convidou para morar com ela — disse, depois tomou outro gole de vinho. — Eu me apaixonei pelo litoral na mesma hora... e estava tão perto de Nova York.

— Há quanto tempo está aqui?

Ele estava de fato interessado ou apenas sendo educado? Ela não sabia.

Daphne respondeu antes que Amber pudesse fazê-lo.

— Cerca de um ano, não é? — Ela sorriu para a amiga. — Ela também está no setor imobiliário, trabalha na divisão comercial da Rollins Realty.

— E como vocês se conheceram mesmo?

— Eu já contei, foi por acaso — disse Daphne.

Ele ainda estava olhando para Amber que, de repente, sentiu como se estivesse sendo interrogada.

— *Oooooooiiiiii*? Que chatice — cantarolou Bella.

Amber agradeceu àquela menina desgraçada por distrair o homem.

Jackson voltou a atenção para ela.

— Bella, não interrompemos os adultos quando estão falando.

A voz dele era firme. *Graças a Deus, pelo menos um tem coragem*, pensou Amber.

Bella mostrou a língua para ele.

Tallulah arfou e olhou para Jackson, assim como Daphne. Parecia que o tempo havia parado enquanto todos esperavam para ver a reação dele.

O homem deu uma gargalhada.

— Acho que alguém teve um dia longo demais.

Todos na mesa pareceram expirar aliviados.

Bella empurrou a cadeira para trás e correu até ele, enterrando a cabeça no seu peito.

— Desculpa.

Ele acariciou os cachos loiros da garota.

— Tudo bem. Agora você vai se comportar como uma mocinha, não é?

Ela assentiu com a cabeça e pulou de volta para a cadeira.

Mais um ponto para a pequena desordeira, pensou Amber. Quem imaginaria que a maior pedra no seu sapato seria essa monstrinha?

— Que tal outra surpresa? — perguntou ele.

— Qual? — perguntaram as meninas em uníssono.

— Que tal assistirmos ao show de Natal na Radio City e depois passarmos a noite aqui?

As vozes das meninas aumentaram com a empolgação, mas Daphne pousou o braço no de Jackson e disse:

— Querido, eu não tinha planejado passar a noite aqui. E tenho certeza de que Amber quer ir para casa.

Na verdade, Amber estava empolgada para ficar. A curiosidade dela sobre o apartamento dos Parrish superava qualquer desejo de voltar para casa.

Jackson olhou para Amber como se ela fosse um pequeno incômodo a ser resolvido.

— Amanhã é domingo. Qual é o problema? Ela pode pegar uma muda de roupa emprestada. — Ele encarou Amber. — É um problema para você?

A mulher estava dançando por dentro, mas lhe lançou um olhar sóbrio e agradecido.

— Por mim, tudo bem. Odiaria decepcionar Bella e Tallulah. Elas parecem tão animadas para ficar.

Ele sorriu e apertou o braço de Daphne.

— Viu? Está tudo bem. Vamos passar momentos ótimos.

Daphne deu de ombros, resignou-se à mudança de planos. Entraram no teatro e assistiram ao Papai Noel e aos Rockettes durante uma hora e meia. Amber achou o espetáculo imbecil, mas as meninas adoraram cada minuto.

Quando saíram, estava nevando e a cidade parecia um país das maravilhas do inverno, com luzes brancas brilhando nos galhos de árvores nuas agora cobertas pelo pó mágico. Amber olhou em volta admirada. Nunca tinha visto Nova York tão tarde da noite. A visão a deixou pasma, as luzes fazendo tudo cintilar e reluzir.

Jackson pegou o celular do bolso, tirou a luva de couro e, tocando uma vez na tela, levou-o à orelha e disse:

— Mande o motorista para a entrada da Radio City.

Quando a limusine preta com janelas escuras parou, Amber ergueu o pescoço para ver qual celebridade sairia dali. Porém, quando um chofer alto e uniformizado saiu e abriu a porta de trás, percebeu que a limusine estava vazia e era para eles. Agora, *ela* se sentiu uma celebridade. Amber nunca tinha andado de limusine. Percebeu que Daphne e as meninas não pareciam nem um pouco pasmas. Jackson pegou a mão da esposa e a embarcou primeiro. Então, deu um empurrão brincalhão em Bella e Tallulah, que seguiram a mãe. Gesticulou para indicar que Amber deveria entrar em seguida, mas mal olhou para ela. O carro era grande o bastante para as duas mulheres e duas crianças se sentarem uma ao lado da outra. Jackson se espalhou no banco diante delas, passando o braço pela parte de trás do encosto e abrindo as pernas. Com dificuldade, Amber tentou não manter os olhos nele. Ele transbordava poder e masculinidade.

Bella estava recostada na mãe, quase dormindo, quando Tallulah disse:

— Vamos direto para o apartamento, papai?

— Sim, eu...

Mas antes que ele dissesse a próxima palavra, Bella se levantou, agora bem acordada.

— Não, não, não. No apartamento, não. Quero ir onde Eloise está. Quero dormir no Plaza.

— Não podemos fazer isso, querida — disse Daphne. — Não temos reserva. Temos que deixar para outro dia.

Bella não aceitou.

— Papai, por favor. Vou ser a primeira da minha classe a ficar onde Eloise mora. Todos vão ficar com inveja. Por favor, por favor, por favor?

No início, Amber queria agarrar aquela pequena chorona e torcer o seu pescocinho egoísta, mas tinha algo nela que a mulher reconhecia, algo que a fazia ver como poderia transformá-la em aliada em vez de inimiga. E, de qualquer forma, quem se importava se ficariam no apartamento ou no Plaza? Qualquer um deles seria um deleite para Amber.

Na manhã seguinte, Amber rolou, puxando o edredom mais para perto dela até que tocasse o seu queixo. Ela suspirou e retorceu o corpo sobre o lençol de seda, sentindo a suavidade dele acariciá-la. Nunca tinha dormido em uma cama tão suntuosa e confortável. Na cama próxima a dela, Tallulah se mexeu. A suíte tinha apenas dois quartos — Bella foi dormir com os pais e, embora Tallulah não estivesse muito feliz por dividir um quarto com Amber, acabou cedendo. Amber jogou as cobertas de lado, levantou-se e foi até a janela. A Grand Penthouse Suite dava de frente para o Central Park, e Nova York se encontrava diante dela como se estivesse à sua disposição. Examinou a bela sala, com pé-direito alto e móveis elegantes. A suíte era adequada para a realeza, maior do que uma casa de tamanho médio. Jackson cedeu ao pedido de Bella, claro, tinha até mesmo mandado o chofer buscar roupas para todos no apartamento. Incrível como tudo é fácil para os ricos — injustamente fácil.

Ela tirou o pijama que Daphne lhe emprestou, depois tomou um banho e vestiu as roupas que também havia recebido na noite passada: calças de lã azul e um suéter de caxemira branca. O material tinha um toque divino sobre a sua pele limpa. Ela se olhou no espelho, admirando o corte perfeito e as linhas claras. Quando olhou para a cama, viu que Tallulah ainda dormia, então saiu do quarto na ponta dos pés. Bella já estava acordada, sentada no sofá capitonê verde com um livro nas mãos. Olhou rápido quando Amber entrou na sala, não disse nada e voltou a atenção para o livro. Amber se sentou em uma cadeira na frente do sofá e pegou uma revista da mesa de centro, sem dizer uma palavra e fingindo ler. Ficaram assim durante os dez minutos seguintes, silenciosas, nada comunicativas.

Por fim, Bella fechou o livro e encarou Amber.

— Por que não foi para a sua casa ontem à noite? Devia ser uma noite em família.

Amber pensou por um momento.

— Bem, Bella, para dizer a verdade, eu sabia que todos no meu escritório ficariam com inveja se soubessem que dormi no Plaza e tomei café da manhã com Eloise. — Ela fez uma pausa de efeito. — Acho que não pensei na coisa da família. Mas você tem razão. Deveria ter ido para casa. Sinto muito.

Bella inclinou a cabeça e lançou um olhar desconfiado para Amber.

— Os seus amigos sabem de Eloise? Mas você é adulta. Por que se importa com ela?

— Minha mãe leu todos os livros de Eloise para mim quando eu era pequena.

Aquilo era uma bobagem completa. A mãe de Amber nunca tinha lido nada para ela. Se Amber não tivesse passado todo o tempo que tinha livre na biblioteca, seria analfabeta.

— Por que a sua mãe não levou você ao Plaza quando era pequena?

— Porque morávamos longe de Nova York. Já ouviu falar de Nebraska?

Bella revirou os olhos.

— Claro que sim. Conheço todos os cinquenta estados.

Essa pirralha precisaria de mais que camaradagem e delicadeza.

— Bem, foi lá que cresci. E não tínhamos dinheiro suficiente para vir a Nova York. Então, é isso. Mas quero agradecer por tornar um dos meus sonhos realidade. Vou deixar todo mundo no escritório saber que isso aconteceu por sua causa.

O rosto de Bella era inescrutável e, antes de a menina responder, Jackson e Daphne entraram na sala.

— Bom dia. — A voz de Daphne estava alegre. — Onde está Tallulah? É hora do café da manhã. Ela já acordou?

— Vou ver — disse Amber.

Tallulah estava acordada e quase vestida quando Amber bateu na porta e entrou.

— Bom dia. A sua mãe pediu para ver se você já tinha acordado. Acho que estão prontos para ir.

Tallulah se virou para encará-la.

— Tudo bem, estou pronta.

E elas saíram juntas para a sala onde os outros esperavam.

— Dormiram bem, meninas?

A voz de Jackson retumbou quando partiram para o elevador. Todas falaram de uma vez e, enquanto o elevador descia, ele olhou para Bella e disse:

— Vamos tomar café da manhã com Eloise, no Palm Court.

Bella sorriu e olhou para Amber.

— Faz tempo que a gente queria fazer isso — disse ela.

Talvez ela tivesse enfim colocado aquela diabinha no bolso, pensou Amber. Agora era hora de partir para Jackson.

CATORZE

Amber e Daphne se sentaram uma ao lado da outra na mesa da sala de jantar dos Parrish, que estava coberta de documentos, inclusive a lista de participantes e uma planta do salão de baile com a distribuição das mesas. Como quase todas aquelas pessoas eram desconhecidas para Amber, Daphne ditava os convidados de cada mesa, enquanto a outra inseria com zelo todas as informações em um arquivo de Excel. Houve uma pausa quando a dona da casa examinou os nomes diante dela, então Amber aproveitou a oportunidade para dar uma olhada no ambiente e na longa parede de janelas que iam do chão ao teto com vista para o mar. A sala podia receber confortavelmente dezesseis pessoas para jantar, mas manteria a sensação de intimidade. As paredes eram de um dourado opaco, um cenário perfeito para as magníficas pinturas a óleo de veleiros e paisagens marinhas em molduras douradas. Ela poderia imaginar os jantares formais que os Parrish deviam dar ali, com elegantes conjuntos de pratos de porcelana, cristal, prata fina e toalhas de linho da mais alta qualidade. Amber tinha certeza de que não havia um guardanapo de papel em toda a casa.

— Desculpe demorar tanto tempo, Amber. Acho que enfim montei a mesa nove — disse Daphne.

— Sem problema. Estava admirando a sua bela sala.

— É linda, não? Jackson já era dono da casa antes de nos casarmos, então não fiz muito para mudar as coisas. Só o solário, na verdade. — Ela olhou em volta e encolheu os ombros. — Tudo já estava perfeito.

— Que maravilha.

Daphne fez uma expressão estranha que passou logo — rápido demais para Amber poder identificá-la.

— Bem, acho que terminamos as mesas. Vou enviar a lista para a gráfica fazer os cartões das mesas — resolveu Daphne, levantando-se da cadeira. — Não sei como agradecê-la. Teria demorado uma vida sem a sua ajuda.

— Ah, por nada. Fico feliz em ajudar.

Daphne olhou para o relógio e voltou para Amber.

— Só vou buscar as meninas no tênis daqui a uma hora. Quer tomar uma xícara de chá e comer alguma coisa? Tem tempo?

— Seria ótimo. — Ela seguiu Daphne para fora da sala de jantar. — Posso usar o banheiro?

— Claro.

Elas caminharam mais um pouco, e Daphne indicou uma porta à esquerda.

— Quando sair, é só virar à direita e continuar caminhando até a cozinha. Vou preparar o chá.

Amber entrou no toalete do primeiro andar e ficou atordoada. Cada cômodo da casa oferecia uma lembrança impressionante da grande riqueza de Jackson Parrish. Com as paredes pretas polidas e lambris em formato de moldura prateados, era o epítome da opulência discreta. Uma bancada de mármore era a sensação do cômodo, e sobre ela ficava uma cuba também de mármore. Amber olhou em volta mais uma vez, maravilhada. Tudo original, feito sob medida. Tentou imaginar como deveria ser viver uma vida sob medida.

Ela lavou as mãos e deu uma última olhada no espelho, um pedaço de vidro alto e chanfrado encaixado em uma moldura que pareciam folhas de prata onduladas. Enquanto caminhava pelo corredor até a cozinha, diminuiu a velocidade para dar uma olhada na arte nas paredes. Alguns quadros ela reconheceu a partir da sua leitura exaustiva e dos cursos do Met — um Sisley e um Boudin impressionantes. Se fossem verdadeiros, e provavelmente eram, cada uma das pinturas valiam uma pequena fortuna. E ali estavam, pendurados em um corredor em que poucos transitavam.

Quando entrou na cozinha, viu que o chá e um prato de frutas estavam esperando na ilha central.

— Caneca ou copo? — perguntou Daphne, em pé na frente de uma porta aberta de armário.

As prateleiras do armário pareciam ser uma exibição de um showroom de cozinha de luxo. Amber imaginou alguém usando uma régua para medir a distância exata entre cada taça e copo. Tudo se alinhava à perfeição e tudo combinava. Era desconcertante de uma maneira estranha, e ela se viu olhando sem palavras, hipnotizada pela simetria.

— Amber? — falou Daphne.

— Ah. Caneca, por favor.

Ela se sentou em uma das banquetas estofadas.

— Com leite?

— Sim, por favor — respondeu Amber.

Daphne abriu a porta da geladeira, e Amber fitou de novo. O conteúdo estava alinhado com precisão militar, o mais alto ao fundo, e todos os rótulos voltados para a frente. A precisão absoluta daquela casa era perturbadora. Pareceu a Amber que era não era apenas o desejo de uma ordem elegante, mas uma obsessão, uma compulsão. Ela se lembrou do relato de Sally sobre o tempo de Daphne em um sanatório após o nascimento de Tallulah. *Talvez tenha acontecido mais do que apenas uma depressão pós-parto*, pensou.

Daphne se sentou diante de Amber e serviu o chá.

— Então, temos apenas duas semanas antes da grande noite. Você foi incrível. Senti uma sinergia maravilhosa com você. Nós duas empenhamos muito do nosso coração nisso.

— Amei cada minuto. Mal posso esperar pelo evento. Será um grande sucesso.

Daphne tomou um gole de chá e deixou a caneca no balcão entre as mãos. Olhando para Amber, falou:

— Gostaria de fazer alguma coisa para mostrar a minha gratidão por todo o seu trabalho.

Amber inclinou a cabeça e lançou a Daphne um olhar questionador.

— Deixe eu comprar um vestido para você ir no evento — pediu Daphne.

Ela esperava que isso acontecesse, mas precisava avançar com cuidado.

— Ah, não — disse ela. — Não posso deixar que faça isso.

— Por favor. Eu adoraria, mesmo. É a minha maneira de agradecer.

— Não sei. Parece que está me pagando, e não trabalhei querendo um pagamento. Fiz porque quis.

Amber sorriu no seu íntimo pela brilhante demonstração de humildade.

— Não pense nisso como um pagamento. Pense como uma demonstração de gratidão pela sua imensa ajuda e pelo apoio — disse Daphne enquanto empurrava uma onda loura de cabelos para trás, o anel de diamante lampejando.

— Não sei. Eu me sinto estranha vendo você gastar dinheiro comigo.

— Bem — falou Daphne e fez uma pausa. — Então, como se sentiria em pegar algo meu emprestado?

Amber teve vontade de se bater por protestar demais, mas achou que pegar um vestido emprestado era a segunda melhor opção.

— Nossa, não tinha pensado nisso. Eu me sentiria melhor se não gastasse dinheiro algum. — Como se aquela mulher não pudesse queimar milhões.

— Ótimo. — Daphne se levantou da banqueta. — Suba comigo e vamos dar uma olhada no meu closet.

Subiram as escadas juntas, e Amber admirou os mestres holandeses na parede.

— Vocês têm obras de arte magníficas. Poderia passar horas olhando para elas.

— Fique à vontade. Você gosta de arte? Jackson é apaixonado — comentou Daphne quando terminaram de subir.

— Olha, não sou especialista, mas adoro museus — respondeu ela.

— Jackson também. Ele é membro do conselho do Bishops Harbor Art Center. Chegamos — disse Daphne.

As duas entraram em um quarto grande — considerando o tamanho, aquilo dificilmente poderia ser chamado de closet — cheio de araras de roupas alinhadas em fileiras perfeitas, paralelas. Cada peça de roupa estava em uma capa transparente e duas paredes tinham prateleiras com sapatos de todos os estilos, organizados por cor. As gavetas embutidas em uma terceira parede tinham suéteres, cada uma com um pequeno visor para identificar as peças de roupas dentro. Em uma ponta do cômodo havia um espelho triplo e uma plataforma. A iluminação era brilhante, mas lisonjeira, sem a aridez dos vestiários das lojas de departamentos.

— Uau. — Amber não conseguiu segurar o comentário. — Que coisa.

Daphne fez um aceno de desdém com a mão.

— Nós vamos a diversos eventos. Eu costumava fazer compras para cada um deles, e Jackson me disse que estava perdendo muito tempo. Começou a mandar que enviassem coisas aqui para casa para eu olhar.

Ela levou Amber até uma arara perto da parte de trás quando, de repente, uma jovem entrou no quarto.

— Madame — disse ela. — *Les filles*. É hora de buscá-las, *non*?

— Ai, meu Deus, você tem razão, Sabine! — exclamou ela, olhando para o relógio de novo. — Tenho que ir. Prometi às meninas que as buscaria hoje. Por que não dá uma olhada nesses vestidos até eu voltar? Não demoro. — Ela deu um tapinha no braço de Amber. — Ah, e, Amber, esta é Sabine, a nossa babá.

Ela correu para fora do cômodo.

— Prazer em conhecê-la, Sabine — falou Amber.

A mulher, reservada, deu um pequeno aceno de cabeça e, com um forte sotaque, respondeu:

— O prazer é meu, senhorita.

— A sra. Parrish me disse que você foi contratada para ensinar francês às meninas. Gosta de trabalhar aqui?

Os olhos de Sabine se suavizaram por um momento antes de recuperar a compostura austera.

— Muito. Com licença, por favor.

Amber observou enquanto ela se afastava. Então, ela era francesa. Grande coisa. Ainda era apenas uma babá. No entanto, Amber pensou que os amigos de Daphne deviam achar aquilo bem pomposo, não a babá comum de língua espanhola, mas uma que ensinaria francês às suas filhas.

Amber olhou ao redor com admiração. Para o closet de Daphne, na verdade. Era como ter uma loja de departamentos exclusiva à sua disposição. Ela passeou devagar, examinando com atenção arara por arara, todas meticulosamente ordenadas por cor e tipo. Os sapatos estavam alinhados com a mesma minúcia que as louças nos armários da cozinha. Até o espaçamento entre as peças era uniforme. Quando chegou ao espelho triplo, notou duas poltronas confortáveis uma de cada lado — deviam ser para Jackson ou quem quer que estivesse aprovando com um menear de cabeça enquanto Daphne desfilava as suas escolhas. Na gaveta que a anfitriã indicara, começou a olhar os vestidos. Dior, Chanel, Wu, McQueen — os nomes continuavam. Não era uma loja de departamento de rede que enviava roupas para Daphne olhar; eram empresas de alta-costura disponibilizando os seus modelos para uma cliente endinheirada. Aquilo deu um nó na cabeça de Amber.

E Daphne se portava de um jeito tão casual em relação a tudo aquilo — o luxo, as obras de arte, o "closet" cheio de ternos, vestidos e sapatos de grife. Amber abriu o zíper de uma das capas e tirou um vestido turquesa de noite da Versace. Levou-o ao espelho triplo e subiu na plataforma, segurando a bela roupa contra o corpo e observando o seu reflexo. Nem a sra. Lockwood tinha levado algo parecido com aquilo para ser lavado a seco.

Amber pendurou o vestido e, quando se virou, de repente percebeu uma porta na outra ponta da sala. Ela se aproximou e parou com a mão na maçaneta apenas um instante antes de abri-la. Diante dela havia um espaço suntuoso, uma mistura deslumbrante de luxo e conforto. Caminhou devagar, os dedos correndo pelo papel de parede de seda amarela. Uma *chaise longue* de veludo branco ficava em um canto da sala, e a luz da janela *palladiana* lançava belos prismas de cor nas paredes quando ela atravessava os cristais que pendiam do grande candelabro. Amber se inclinou sobre a *chaise*, olhando o quadro na parede oposta, a única peça de arte na sala, e se sentiu atraída pela paisagem pacífica de árvores e céu. Os ombros dela relaxaram, e Amber se rendeu à quietude e à calma daquele lugar especial.

Fechou os olhos e imaginou que aquele era o seu quarto. Ficou assim por um tempo. Quando enfim se levantou, examinou o espaço mais de perto, a delicada mesa com fotos de uma jovem Daphne e a irmã, Julie. Reconheceu a garota magra de cabelos longos e escuros e belos olhos amendoados de fotografias que vira por toda a casa. Caminhou até um armário antigo com uma abundância de pequenas gavetas. Abriu uma delas. Algumas roupas íntimas de renda. Outra com sabonetes exóticos. Mais do mesmo nas outras gavetas, todas dobradas e colocadas com cuidado. Abriu o armário e encontrou montes de toalhas de banho felpudas. Estava prestes a fechar a porta quando notou uma caixa de jacarandá ao fundo. Amber a pegou, ergueu a trava e abriu-a. Dentro, aninhado em lindo veludo verde, havia uma pequena pistola com cabo perolado. Com gentileza, levantou-a da caixa e viu gravada no cano as iniciais VMP. O que aquela arma estava fazendo aqui? E quem era VMP?

Amber não sabia quanto tempo ficara ali quando ouviu o som de vozes e portas abrindo e fechando. Ela logo devolveu a arma à caixa, deu mais uma olhada ao redor do cômodo para se certificar de que não havia mexido em nada e saiu. Quando retornou para o closet, as crianças entraram, Daphne logo atrás delas.

— Oi, estamos de volta. Desculpe a demora, Bella esqueceu a sua pintura, então tivemos que voltar para buscar — explicou Daphne.

— Tudo bem — disse Amber. — Os vestidos são tão lindos que não consigo me decidir.

Bella franziu a testa e sussurrou para a mãe:

— O que ela está fazendo aqui?

— Desculpe — disse Daphne a Amber e depois pegou a mão de Bella. — Estamos escolhendo um vestido para emprestar para Amber usar no evento beneficente. Por que você e Tallulah não ajudam? Seria bem divertido!

— Tá bom — disse Tallulah com um sorriso, mas Bella olhou para Amber com hostilidade não disfarçada, deu meia-volta e saiu da sala.

— Não fique chateada. Ela só não conhece você bem o bastante. Demora um tempo para Bella se acostumar.

Amber assentiu. *É melhor se acostumar comigo*, pensou. *Vou ficar por aqui por muito, muito tempo.*

QUINZE

Amber estava fula da vida. Era o dia 24 de dezembro e a Rollins ficaria aberta até as catorze horas. Que tipo de idiota olhava imóveis na véspera de Natal? Por que não estavam em casa, embrulhando presentes caros e decorando as suas árvores de mais de três metros? Por outro lado, eles não deviam fazer essas coisas, refletiu ela. Era para isso que tinham pessoas como Amber ao seu serviço.

Ao meio-dia, Jenna parou na entrada do escritório de Amber.

— Oi, Amber, posso entrar?

— O que foi?

É só o que eu preciso agora, pensou ela, nervosa. Jenna entrou com um grande embrulho na mão e o colocou na mesa da colega.

— Feliz Natal.

Amber olhou para o presente e depois para Jenna. Ela nem tinha pensado em comprar um presente para ela e ficou desconcertada com o gesto.

— Abra! — disse Jenna.

Amber pegou o embrulho, rasgou o papel e tirou a tampa da caixa. Lá dentro havia uma gloriosa variedade de biscoitos, cada um mais delicado e delicioso que o outro.

— Foi você quem fez?

Jenna bateu as mãos em palma.

— Sim, eu e a minha mãe fazemos todos os anos. Ela é uma cozinheira espetacular. Gostou?

— Sim. Muito obrigada, Jenna. Muito gentil da sua parte. — Ela fez uma pausa por um momento. — Sinto muito, mas não comprei nada para você.

— Tudo bem, Amber. Não era essa a intenção. É apenas uma coisa que a minha mãe e eu adoramos fazer. Dou biscoitos para todo mundo no escritório. Espero que goste. Feliz Natal.

— Feliz Natal para você também.

Amber dormiu até tarde na manhã de Natal. Quando acordou, o céu estava azul, o sol brilhava e apenas um centímetro de neve havia caído. Ela tomou um banho longo e quente. Depois de embrulhar o roupão de felpa ao redor do corpo, fez uma jarra de café forte. Levou a caneca ao banheiro e começou a secar os cabelos molhados em ondas suaves — simples mas clássico. Aplicou um pouco de *blush*, quase nada de uma sombra bem discreta nos olhos e um pouco de rímel. Afastou-se do espelho para examinar o produto final. Parecia jovem e saudável, mas sem nenhum traço de sensualidade.

Daphne pediu que chegasse por volta das catorze horas, então, depois que terminou um potinho de iogurte, sentou-se para ler o exemplar de *Odisseia* que havia pego emprestado da biblioteca na semana anterior. Antes que se desse conta, era hora de se vestir e reunir tudo. Pendurada na porta do armário estava a roupa que ela escolhera — calças de lã cinzentas e um suéter de gola alta branco e cinza. Pequenas pérolas nas orelhas — não eram verdadeiras, claro, mas ninguém se importaria —, uma simples pulseira dourada no pulso esquerdo e apenas o anel de safira no dedo. Queria parecer pura e virginal. Deu uma última olhada no espelho de corpo inteiro, aprovou com a cabeça a imagem e enfiou os presentes em uma grande sacola de compras.

Quinze minutos depois, entrou pelos portões abertos e estacionou o carro na rotatória da entrada. Pegou a sacola de presentes, caminhou até a porta e tocou a campainha. Viu Daphne caminhando pelo corredor, com Bella logo atrás.

— Bem-vinda! Feliz Natal. Estou tão feliz que pôde vir — falou Daphne, abrindo a porta, e a abraçou.

— Feliz Natal para você também. Muito obrigada por me deixar passar esse dia com você e a sua família — respondeu Amber.

— Ah, é um prazer para nós — disse Daphne enquanto fechava a porta.

Bella dançava ao lado de Daphne como um feijão saltitante.

— Oi, Bella. Feliz Natal.

Amber abriu um grande sorriso falso para ela.

— Trouxe um presente para mim? — perguntou Bella.

Daphne a repreendeu:

— Ai, Bella, você nem cumprimentou Amber. Que grosseria.

— Claro que trouxe um presente para você. Como não poderia dar presente para uma das minhas garotas preferidas?

— Legal. Pode me dar agora?

— Bella! Amber nem tirou o casaco ainda. — Ela deu um pequeno empurrão na filha. — Me dê o seu casaco, Amber, e vamos até a sala.

Bella parecia que ia protestar, mas fez o que lhe foi dito.

Jackson e Tallulah levantaram os olhos da casa de bonecas que estavam decorando quando as três entraram na sala.

— Feliz Natal, Amber. Seja bem-vinda — disse Jackson com uma cordialidade que a fez se sentir bem-vinda de verdade.

— Obrigada por me convidarem. Toda a minha família está lá em Nebraska, e eu acabaria ficando sozinha hoje. Vocês não sabem o quanto agradeço.

— Ninguém deveria ficar sozinho no Natal. Estamos felizes por estar aqui.

Amber agradeceu mais uma vez e depois se virou para Tallulah.

— Oi, Tallulah. Feliz Natal. Que linda casa de bonecas.

— Quer vê-la mais de perto? — perguntou ela.

As filhas de Daphne eram como a noite e o dia. Ela não gostava de crianças, mas pelo menos Tallulah tinha modos, não era como o animalzinho que pensava que o sol e a lua giravam ao seu redor. Amber se sentou ao lado da garota diante da casa de bonecas. Nunca tinha visto nada parecido, nem em fotografias. O que ela e as suas irmãs teriam dado para ter um brinquedo como aquele, com todos os fabulosos acessórios e bonecas que o acompanhavam! Era enorme, com três andares, piso de madeira real, banheiros com azulejos, lustres elétricos que funcionavam de verdade e belas pinturas nas paredes. Quando olhou mais de perto, percebeu que era uma réplica da casa em que eles moravam. Tinha que ter sido feita sob encomenda. Quanto deve ter custado?

— Aceita um copo de *eggnog*, Amber? — perguntou Daphne.

— Eu adoraria, obrigada. — Ela continuou a assistir a Tallulah colocando sofás, mesas e cadeiras na casa com muito cuidado. Bella estava do outro lado da sala, ocupada com o iPad.

Enquanto ficou lá sentada, Amber observou todos os presentes abertos embaixo da árvore. Estavam empilhados um ao lado do outro, papel e fitas misturados e espalhados pela sala. Pensou nos miseráveis Natais da sua juventude e ficou triste. Ela e as irmãs sempre receberam presentes que eram coisas úteis, como roupas íntimas ou meias, nunca algo que fosse luxuoso ou um brinquedo divertido. Até as meias eram preenchidas com coisas comestíveis ou que teriam uso, como a enorme laranja no fundo para ocupar espaço, lápis e borrachas para a escola e, às vezes, um pequeno quebra-cabeças que se tornaria cansativo em um dia.

O espetáculo na sala de estar dos Parrish a deixou sem palavras. Ela viu o que parecia uma lingerie de seda que espreitava de uma das caixas e várias caixas menores que deveriam conter mais joias para Daphne. Os presentes de Tallulah estavam organizados em uma pilha arrumada. Os de Bella, por sua vez, encontravam-se espalhados ao acaso por grande parte da sala e, assim que deixou o iPad de lado, foi de um para o outro em rápida sequência.

A única coisa que faltava naquela cena, pensou Amber consigo mesma, era a mãe de Daphne. Por que a avó das meninas, uma viúva que vivia apenas a uma curta viagem de carro, não fora convidada para passar o Natal com a única filha e as netas? Parecia a ela que o valor colocado em presentes generosos ficava bem acima do da família.

Daphne voltou para a sala com três copos de *eggnog* e colocou-os na mesa-bandeja de mogno entre os dois sofás grandes.

— Amber, venha se sentar comigo — disse ela e acariciou a almofada ao seu lado. — Você vai ter algum tempo livre antes do Ano-Novo?

— Na verdade, sim. Essa é a vantagem de trabalhar no lado comercial do setor imobiliário. — Ela tomou um gole de *eggnog*. — Você e Jackson vão viajar durante o feriado?

— Vamos para St. Bart's no dia 28. Em geral saímos no dia depois do Natal, mas Meredith vai fazer uma festa surpresa pelo aniversário de cinquenta anos de Rand depois de amanhã, então postergamos a ida.

— Que legal — falou Amber, fervendo por dentro.

Ela passaria o resto do feriado de fim de ano no seu apartamento triste, tentando ficar aquecida, enquanto eles se refestelavam ao sol.

Amber se levantou do sofá, esperando que a sua expressão não tivesse revelado a inveja que sentia.

— Trouxe alguns presentes. Vou buscá-los — disse ela.

Bella saltou em pé e correu até ela.

— Posso ver o meu presente? Posso, posso?

Amber notou Jackson sorrindo enquanto observava a filha menor dar pulinhos de expectativa.

— Vamos lá, Bella. — Amber lhe entregou o conjunto de livros embrulhados.

Por sorte, também tinha um colar brilhante e uma pulseira para combinar. Aquela garota adorava coisas brilhantes.

Ela rasgou o papel com avidez, olhou por um instante para os livros e depois abriu a caixa menor.

— Aaai, que lindo.

— Que bonitinho. Deixe-me ajudá-la a colocar o colar — disse Daphne.

— Aqui, Tallulah, este é para você.

Ela desembalou o pacote devagar.

— Obrigada, Amber. Eu amo este livro.

Bella, depois que terminou com o colar e a pulseira, começou a olhar os livros que Amber lhe dera e bateu o pé.

— Não é justo. Eu já tenho esse livro da série!

Jackson a puxou para os seus braços e tentou consolá-la.

— Não tem problema, amor. Vamos até a loja e compramos um que você não tenha, está bem?

— Tá.

Ela choramingou e recostou a cabeça no ombro do pai.

Daphne pegou um pacote debaixo da árvore de Natal e o entregou a Amber.

— Este é para você. Espero que goste.

Amber desfez o laço vermelho de veludo e rasgou com delicadeza o papel preto e dourado. A pequena caixa tinha uma elegante corrente de ouro com uma única pérola. Era bonito. Por um momento, ficou perplexa. Nunca tivera nada tão lindo.

— Ah, Daphne, obrigada. Eu amei. Muito obrigada.

— Não precisa agradecer.

— Também tenho algo para você.

A dona da casa desembrulhou a caixa e ergueu o bracelete. Quando leu o nome de Julie no pingente, os olhos ficaram cheios d'água. Ela encaixou o pulso no bracelete.

— Que presente maravilhoso. Vou usar sempre. Obrigada!

Amber estendeu o braço diante do corpo.

— Também tenho um. Vamos ter as nossas irmãs conosco o tempo todo.

— Sim.

Daphne engasgou enquanto puxava Amber para si, abraçando-a com força.

— Deixa eu ver, mamãe.

Bella correu até o sofá e caiu no colo da mãe.

— Viu, uma pulseira bonita com o nome da tia Julie gravado. Não é linda?

— A-hã. Posso usar?

— Talvez depois, ok?

— Não, quero agora.

— Bem, só por uns minutos. Depois a mamãe vai pegar de volta.

Daphne tirou o bracelete e o entregou. Bella encaixou o punho nele, mas o bracelete era muito grande para ficar naquele pulso pequeno, então ela o devolveu para Daphne.

— Aqui, mamãe. Não gosto dele. Pode ficar.

Amber ficou furiosa, pois aquela criança desagradável interrompeu o que deveria ter sido um momento de empatia, mas ela pegou o outro presente e o segurou para Daphne:

— Mais um que pensei que poderia gostar.

— Amber. Olha, isso é demais. Você exagerou.

Não, pensou Amber. *Exagero é o que nos rodeia nessa sala cheia de presentes luxuosos em meio a fitas e papéis de presente descartados.*

— Não é nada, Daph. Só uma coisinha.

Daphne abriu a caixa e tirou a tartaruga envolvida em papel de seda. Quando desenrolou o papel e a tartaruga de cristal apareceu, ela perdeu a firmeza e a deixou cair no chão.

Amber se abaixou para pegá-la, feliz por ver que não tinha quebrado.

— Bem — disse, colocando a peça na mesa de centro —, ainda está intacta.

Jackson foi até as duas, pegou a tartaruga para examiná-la e a virou nas mãos.

— Olha, Daphne. Você não tem uma como esta. Que belo acréscimo à sua coleção. — Jackson deixou a tartaruga na mesa. — Foi um ótimo presente, Amber. Que tal irmos para o nosso jantar de Natal?

— Ah, espere — falou Amber. — Também tenho um presente para você, Jackson.

— Não precisava — disse ele enquanto pegava o pacote que ela lhe entregara.

Amber observou enquanto o homem tirava o papel de embrulho e olhava para o livro nas mãos. Ele encarou Amber, surpreso. Pela primeira vez, ela sentiu que ele estava olhando para ela de verdade.

— Que incrível. Onde achou isso?

— Sempre me interessei por pinturas rupestres. É evidente que você e Daphne são amantes da arte exigentes, então, quando encontrei isso em um site de livro antigos, pensei que talvez também gostasse delas.

Ela procurou em sebos on-line e por fim encontrou um livro que achou que Jackson gostaria — *The Lascaux Cave Paintings*, de F. Windels. Engoliu em seco quando viu o preço de setenta e cinco dólares, mas decidiu seguir em frente e fazer daquela a sua única ostentação. As pinturas tinham mais de dezessete mil anos e as cavernas francesas foram declaradas Patrimônio Mundial da Unesco. Amber esperava que ele ficasse impressionado.

Ela sorriu para si mesma. Com certeza marcara alguns pontos ali.

Daphne se levantou do sofá.

— Tudo bem, pessoal, hora do jantar.

— Só um segundo. Mais uma coisa.

Amber entregou a ela a caixa de biscoitos.

— Meu Deus, Amber. Parecem deliciosos. Olhem, meninas, não parecem bons?

— Quero um.

Bella ficou na ponta dos pés e olhou dentro da caixa.

— Depois do jantar, querida. Amber, isso foi muito gentil da sua parte.

— Bem, a Rollins fechou cedo ontem, então aproveitei a folga para assá-los na noite passada.

— O quê? Foi você que fez?

— Não foi nada. Foi divertido, na verdade.

Eles entraram na sala de jantar juntos e, de repente, Bella estava ao lado de Amber. A menina segurou a mão da mulher e sorriu para ela.

— Você sabe fazer biscoitos. Estou feliz por ter vindo hoje.

Amber olhou para a pirralhinha e sorriu também.

— Eu também, Bella.

Ela sentiu uma onda de satisfação crescer dentro dela.

DEZESSEIS

Amber tinha um plano de Ano-Novo que esperava que acelerasse as coisas. O seu telefonema em pânico havia sido a arapuca e, agora, Daphne a esperava enquanto caminhava até a porta.

Um olhar preocupado trespassou o rosto de Daphne enquanto ela conduzia Amber para dentro.

Foram direto para o solário.

— O que aconteceu? — perguntou Daphne com preocupação.

— Tenho tentado resolver isso sozinha, mas não aguento mais. Preciso conversar com alguém.

— Venha, sente-se. — Daphne pegou Amber pela mão e a levou ao sofá. — O que foi? — Ela se inclinou para a frente, os olhos concentrados no rosto de Amber.

Ela respirou fundo.

— Fui demitida hoje. Mas não foi culpa minha e não posso fazer nada.

Ela começou a chorar.

— Como assim? Me conte tudo, desde o início.

— Começou há alguns meses. Parecia que, sempre que entrava no escritório, Mark, o meu chefe, Mark Jansen, encontrava algum motivo para me tocar. Tirando algo do meu ombro ou colocando a mão dele sobre a minha. No começo pensei que não era nada. Mas, na semana passada, ele perguntou se eu o acompanharia em um jantar com um cliente.

Daphne olhava para ela com atenção, e Amber imaginou se a milionária achava que ela era feia demais para alguém dar em cima dela.

— É comum que você participe de jantares com clientes? — perguntou Daphne.

Amber deu de ombros.

— Na verdade, não. Só que fiquei lisonjeada na época. Achei que ele valorizava a minha opinião e queria que eu contribuísse com os negócios. E, talvez, você sabe, poderia haver uma promoção no futuro. Fui de carro e o encontrei no Gilly's. Mark estava lá, mas sozinho. Ele me disse que o cliente ligou dizendo que se atrasaria. Tomamos algumas cervejas, e comecei a me sentir meio engraçada. — Ela parou de novo, respirando fundo. — De repente, vi a mão no joelho e depois subindo pela minha coxa.

— O quê? — A voz de Daphne explodiu com raiva.

Amber colocou os braços em torno do corpo e se balançou para a frente e para trás.

— Foi horrível, Daph. Ele se aproximou, enfiou a língua na minha boca e começou a acariciar o meu peito. Eu o afastei e fugi.

— Que homem nojento! Ele não vai se livrar dessa tão fácil. — Os olhos dela estavam em chamas. — Você precisa denunciá-lo.

Amber fez que não com a cabeça.

— Não posso.

— Como assim?

— No dia seguinte, ele falou que *eu* dei em cima dele. Disse que ninguém acreditaria em mim.

— Isso é ridículo. Nós vamos até lá para falar com o departamento de recursos humanos.

— Estou tão envergonhada por ter que dizer isso, mas, na festa de fim de ano do escritório, algumas semanas atrás, bebi muito e acabei beijando um dos agentes. Todos viram. Vão acreditar nele, todo mundo acha que eu sou fácil.

— Não é a mesma coisa que o seu chefe se aproveitar de você.

— Não posso causar problemas. Ele me ofereceu dois meses de pagamento se eu sair sem falar nada. A minha mãe ainda paga as contas de hospital de Charlene, e eu mando dinheiro para ela todos os meses. Não posso me dar ao luxo de não aceitar. Vou encontrar outra coisa. Mas me sinto tão humilhada.

— Ele está pagando para você ficar calada. Posso ajudá-la com dinheiro até encontrar outro emprego. E acho que deveria brigar.

Agora ela estava falando sério, mas Amber tinha que aumentar a aposta e ver até onde conseguiria ir.

— E ter todas as imobiliárias em Connecticut com medo de me contratar? Não, preciso ficar de boca fechada. Além disso, talvez eu tenha passado a ideia errada para ele.

Daphne se levantou, caminhando devagar.

— Não se atreva a culpar a si mesma. Você não fez nada de errado. Esse lixo de homem... ele provavelmente vai fazer isso com outra pessoa.

— É, pensei nisso também. Mas, Daphne, tenho muitas pessoas que dependem de mim. Não posso denunciá-lo e arriscar não conseguir outro emprego.

— Que desgraçado. Ele sabe que você está encurralada.

— Ele me deu uma boa referência. Só preciso sair para procurar alguma coisa agora. — Ela sorriu para Daphne. — E a coisa boa é que os meus dias estão livres, então vou poder trabalhar em tempo integral no evento beneficente.

— Você vê o lado bom em tudo, não é? Vou respeitar a sua vontade, mesmo que a minha seja ir até lá e acabar com ele. É tão nobre da sua parte ajudar sua mãe. — Amber observou o rosto de Daphne quando ela ficou quieta, aparentemente pensando em alguma coisa. Ela se perguntou se a mulher rica estava pensando na mãe dela e se sentindo culpada. — Sabe de uma coisa? Vou falar com Jackson. Talvez haja alguma coisa na empresa dele.

Ela fingiu surpresa.

— Você acha mesmo? Seria incrível. Eu estaria disposta a fazer qualquer coisa. Mesmo começar como assistente administrativa ou algo assim seria ótimo. — Dessa vez, o sorriso era genuíno.

— Claro. Devem ter algo para você. Vou falar com ele hoje à noite. Enquanto isso, vamos fazer algo para animá-la. Que tal umas comprinhas?

Ela deve ter notado o olhar no rosto de Amber e percebeu que compras eram a última coisa que ela podia fazer naquele momento em que estava desempregada. Sinceramente, quanto tempo fazia que aquela mulher não vivia no mundo real?

— Desculpe, você deve pensar que sou tão insensível. O que quis dizer era que adoraria levá-la às compras, por minha conta. E, antes que comece a discutir, lembre-se de que não cresci com tudo isso. — Ela estendeu o braço, apontando a sala. — Sou de uma cidade pequena em New Hampshire, que não deve ser muito diferente de onde você foi criada. Quando conheci Jackson e vi essa casa, pensei que era ridículo, esse excesso todo. Com o tempo, você se acostuma... talvez até demais. E, devo admitir que, como passei muito tempo com as mulheres daqui, me perdi um pouco.

Amber manteve o silêncio, curiosa para ver aonde a pequena confissão de Daphne ia dar.

— Você me ajudou a lembrar o que é importante de verdade, porque vim para cá para começar... ajudar outras famílias e aliviar o sofrimento daqueles que têm essa doença terrível. Jackson ganhou muito dinheiro, mas não quero que isso erga uma parede entre você e eu. Pela primeira vez desde que perdi a minha irmã, me sinto próxima de alguém. Por favor, me deixe fazer isso.

Amber gostou daquilo. A melhor parte era que ela poderia fazer Daphne se sentir como se Amber fosse a generosa. Imaginou se conseguiria fazer com que ela pagasse um guarda-roupa de trabalho novo.

Então, arregalou os olhos.

— Tem certeza?

— Absoluta.

— Bem, acho que talvez precise de algumas coisas para procurar um emprego novo. Pode me ajudar a escolher uma nova roupa para entrevistas?

— Eu adoraria.

Amber reprimiu uma risada. Daphne era tão boa que ela quase se sentia culpada. Achou que seria necessária uma insinuação sutil e um bom esforço para a anfitriã sugerir um emprego na Parrish International, mas Daphne fora fisgada mesmo antes de provar a isca. E o coitado do bem-casado Mark Jansen, cuja reputação ela havia manchado, nunca tinha feito nada que lembrasse um abuso com ela. Ligaria para Mark naquela tarde e se demitiria. O motor estava aquecido. Agora era apenas uma questão de conduzir o carro direito.

DEZESSETE

A grande noite enfim chegou e, mesmo sem querer, Amber estava tão nervosa quanto uma atriz na sua estreia. O evento beneficente começou às 20 horas, mas Jackson e Daphne a buscaram às 18 horas para que pudessem estar lá cedo e garantir que tudo estava em ordem. Daphne tinha poupado a preocupação de como ela arcaria com os 250 dólares do ingresso comprando a mesa inteira e a convidando.

Amber serviu uma taça de chardonnay para si. O vinho e a música a relaxariam enquanto ela se vestia. Não era para ela brilhar naquela noite. Por outro lado, porém, não queria parecer uma caipira interiorana. Foi até a cama, onde deixou as roupas da noite, pegando a calcinha preta de renda e deslizando-a sobre os quadris esbeltos. Ninguém veria a sua roupa íntima, mas ela saberia o quanto estava sexy embaixo do vestido, e isso faria diferença na maneira como se sentiria. Então, o vestido, o lindo Valentino que escolheu do armário de Daphne. Era um longo simples, preto, com pescoço alto, mangas compridas e costas drapeadas. Sensual e sutil ao mesmo tempo, mas nem um pouco óbvio. Puxou os cabelos para trás em um coque *chignon* elegante e pôs uma maquiagem mínima. A única joia que usava era o colar com pérola que Daphne lhe dera de Natal e os pequenos brincos de pérola. Deu uma última olhada no espelho e sorriu para o seu reflexo. Satisfeita, pegou sua bolsa pequenina e prateada que comprou barato na DSW. Sentiu um sopro do perfume de Daphne quando enrolou nos ombros o xale de seda prateada que a mulher havia lhe emprestado.

Parou em pé à porta e, antes de apagar a luz, olhou para o cômodo onde morava. Tentou ignorar o entorno, mas estava ficando cada vez mais difícil à medida que era exposta ao estilo de vida de Daphne e os seus amigos. Ela havia passado da casa sombria da juventude para aquela existência monástica. Suspirou, expulsou as lembranças da mente e fechou a porta atrás de si.

Faltando dez minutos para as 18 horas, ela atravessou o curto caminho do prédio até a rua. No horário marcado em ponto, o Town Car preto parou. Ela imaginou o que os vizinhos na sua rua modesta pensariam quando o motorista saiu do carro e abriu a porta para ela. Amber deslizou no banco de trás diante de Jackson e Daphne.

— Olá, Daphne, Jackson. Muito obrigada por me buscar.

— De nada — disse Daphne. — Você está linda. O vestido parece ter sido feito sob medida. Fique com ele.

Jackson olhou para ela por um bom tempo e depois se virou. Amber pensou que ele parecia um pouco irritado. Ótimo, ela esperava causar uma impressão duradoura nele, e estava causando, mas pelo motivo errado. Nunca deveria ter concordado em pegar emprestado um vestido de Daphne. O que tinha na cabeça?

— Fui ao hotel um pouco mais cedo para ver a montagem do leilão — comentou Daphne, suavizando o desconforto. — Está lindo. Acho que teremos ótimos resultados.

— Também acho — falou Amber. — Os itens do leilão silencioso são fabulosos. Mal posso esperar para ver por quanto o solar em Santorini será vendido.

A conversa continuou enquanto se dirigiam ao hotel. Ela notou que Jackson segurou a mão da esposa por todo o percurso e, quando chegaram, ele a ajudou, com gentileza e amor aparentes, a sair do carro, deixando o motorista dar a mão para Amber. *Ele é louco por Daphne*, pensou Amber, e sentiu a sua determinação definhar um pouco.

Não foram os primeiros a chegar. O comitê de decoração já estava lá, dando os toques finais na mesa do leilão e colocando os arranjos florais nas cinquenta mesas cobertas de toalhas cor-de-rosa e guardanapos pretos. A banda estava montando os instrumentos na outra ponta da sala e os barmen estavam arrumando o estoque; teriam bastante trabalho naquela noite.

— Uau, Daphne, ficou incrível — disse Amber.

Jackson colocou o braço em torno da cintura da esposa e, puxando-a para si, acariciou a sua orelha.

— Ótimo trabalho, querida. Você se superou.

Amber olhou para eles, Jackson parecendo uma estrela de cinema com o smoking preto e Daphne absolutamente linda em um vestido de chiffon sem alça verde-esmeralda que abraçava cada curva do seu corpo.

— Obrigada, querido. Significa muito para mim. — Ela olhou para Jackson e depois se afastou. — Tenho que ir ver os meus voluntários e checar se alguém precisa de alguma coisa. Com licença. — Daphne se virou para Amber. — Fique aqui e faça companhia para Jackson enquanto vejo se Meredith tem tudo de que precisa.

— Claro — confirmou Amber.

Jackson continuou a olhar Daphne enquanto ela atravessava o salão de baile, pelo visto sem a consciência de que Amber estava lá.

— Deve estar muito orgulhoso da sua mulher esta noite — falou Amber.

— Como? — Ele tirou os olhos de Daphne.

— Eu disse que deve estar muito orgulhoso da sua esposa hoje.

— Ela é a mulher mais bonita e talentosa desse salão — disse ele com orgulho.

— Daphne tem sido maravilhosa para mim. A minha melhor amiga, de verdade.

Jackson franziu a testa.

— A sua melhor amiga?

Amber sentiu na mesma hora que cometera um erro.

— Bem, não melhor amiga. Mais como uma mentora. Ela me ensinou tanto.

Ela o viu relaxar um pouco. Aquilo estava provando ser um esforço fútil. Obviamente, não faria nenhum avanço no seu plano naquela noite.

— Acho que vou ver se posso ajudar com alguma coisa — disse ela a Jackson.

Ele fez um gesto distraído.

— Claro, boa ideia.

O evento foi um sucesso estrondoso. Os lances eram frenéticos, a multidão bebeu e dançou até meia-noite. Amber perambulava pela sala, observando tudo — vestidos de grife e joias opulentas, pedaços de fofoca e gargalhadas de grupos de mulheres, homens de gravata preta discutindo alto a última série de prejuízos das S&P 500. O mundo dos ricos e poderosos, misturando-se e brindando, presunçoso e confiante no seu cantinho do um por cento da população mundial.

Apesar de estar sentada à mesa de Daphne, contudo, Amber se sentia tão deslocada ali quanto ficava na lavanderia. Queria estar em um lugar onde as pessoas olhavam para ela, a adulavam do jeito que faziam com Daphne. Estava cansada de ser a garota que ninguém notava ou com quem ninguém se importava.

E aquela noite não estava saindo do jeito que ela esperava. Jackson não tirou os olhos de Daphne. Sempre pegava a mão dela ou alisava as costas da esposa para cima e para baixo. Pela primeira vez, Amber desanimou, perguntando-se se o plano dela não era impraticável, se aquele prêmio estava fora do alcance.

Da sua cadeira, observou as pessoas dançando, e alguns dos casais com grande diferença de idade pareciam tão desencaixados que era cômico de ver. Algo brilhou no canto do seu olho, fazendo Amber olhar para o lado e ver um fotógrafo. Ela virou a cabeça rápido enquanto os flashes continuavam, rezando para que a sua imagem não tivesse sido registrada pela câmera.

Jackson e Daphne ficaram na pista de dança boa parte da noite e, naquele momento, estavam se aproximando da mesa. Ela viu Daphne dar um empurrãozinho discreto em Jackson e ele parou na frente de Amber.

— Você gostaria de dançar? — perguntou ele.

Amber olhou para Daphne, que sorriu e fez que sim com a cabeça.

— Eu adoraria.

Ela se levantou e pegou a mão de Jackson enquanto ele a conduzia até a pista de dança.

Amber relaxou nos braços fortes de Jackson, inalando o seu cheiro limpo e másculo, desfrutando a sensação dos seus braços ao redor dela e do seu corpo contra o dela. Ela fechou os olhos e fingiu que ele lhe pertencia, que ela era o motivo de inveja de cada mulher naquele salão. Aquela viagem durou mesmo depois de a dança terminar. Ele não pediu para dançar com ela uma segunda vez, mas aquela dança foi suficiente para conduzi-la pelo restante da noite. À meia-noite e trinta, Amber caminhou até a longa mesa onde os voluntários estavam sentados esperando para ajudar os vencedores do leilão a fazer os pagamentos. Ela se sentou perto da máquina de cartão de crédito, ao lado de Meredith.

— A noite de hoje foi ótima — comentou Meredith.

— Sim, foi um grande sucesso. Claro, você é uma das grandes responsáveis. — Amber estava exagerando bem, mas Meredith não estava engolindo.

— Ah, por favor, foi um esforço em conjunto. Todas trabalharam da mesma forma — retrucou ela, rígida.

Amber não tinha nada a dizer como resposta. Essa escrota nunca a aceitaria, então por que deveria tentar? Elas continuaram trabalhando lado a lado, em silêncio, enquanto as pessoas faziam os seus pagamentos. Quando terminaram, Meredith se virou para Amber.

— Daphne me disse que você é de Nebraska.

— Sou.

— Nunca estive lá. Como é? — perguntou ela, sem um pingo de curiosidade na voz.

Amber pensou por um momento.

— Eu venho de uma cidade pequena. São todas iguais.

— Hum. Imagino que sim. De que cidade exatamente?

— Eustis. Você nunca deve ter ouvido falar.

Antes que Meredith pudesse continuar o interrogatório, Daphne apareceu na frente das duas.

— Vocês todos são incríveis — disse ela aos voluntários à mesa. — Muito obrigada pela noite fenomenal. Agora, vão para casa e descansem. Amo todas vocês. — Ela olhou para Amber. — Está pronta para ir?

— Sim, já terminamos tudo. Vou pegar as minhas coisas.

Na viagem de volta para casa, Jackson e Daphne pareciam dois pombinhos, ele com a mão firme na coxa da mulher.

— O seu discurso foi ótimo — disse Jackson apertando a perna da esposa.

Daphne pareceu surpresa.

— Obrigada.

— Queria que tivesse me deixado dar uma olhada nele antes.

— Você estava tão ocupado. Não quis incomodá-lo.

Ele acariciou a perna dela.

— Nunca estou ocupado demais para ajudar você, meu amor.

Daphne apoiou a cabeça no ombro dele e fechou os olhos.

Amber ficou desalentada enquanto observava aquela interação. Era óbvio que Jackson tinha interesse amoroso em todos os aspectos da vida de Daphne. Daphne fora fácil de pescar, mas Jackson seria diferente. Ele exigiria toda a astúcia e a esperteza de Amber.

DEZOITO

Fazia um mês desde o evento beneficente, mas Amber ainda se sentia sem rumo depois de ter visto a devoção de Jackson a Daphne naquela noite. No entanto, a conexão dela com a mulher ficava cada vez mais forte. Estava a caminho da festa de onze anos de Tallulah, tendo se tornado uma peça importante na vida da ricaça, sendo convidada para quase todos os eventos familiares. Daphne tinha tanta confiança nela que quase a fazia se sentir mal... quase. Amber conseguiu um livro sobre a vida de Edgar Allan Poe para Tallulah e achou prudente levar algo para Bella também. Estava começando a entender o funcionamento da mente da pirralhinha e pensava que observar Tallulah abrir uma tonelada de presentes não estaria no topo da lista de diversões da irmã mais nova.

Quando entrou no salão de festa, as crianças estavam sentadas em um grande círculo quando duas mulheres descarregaram gaiolas com pássaros exóticos e pequenos animais de zoológico. Amber caminhou até onde Daphne e uma mulher mais velha assistiam à brincadeira.

— Amber, bem-vinda. Venha conhecer a minha mãe. — Daphne prendeu a mão de Amber na dela. — Mãe, esta é a minha amiga Amber.

A mulher estendeu o braço para um aperto de mão.

— Prazer em conhecê-la, Amber. Sou Ruth.

— O prazer é todo meu — respondeu ela, fazendo malabarismos com os presentes que trouxera para poder apertar a mão de Ruth.

— Meu Deus — disse Daphne. — O que você tem aí?

— Ah, só alguns presentes.

— Por que não os deixa com os outros na estufa? O show do zoológico já vai começar. Não vai querer perder isso — afirmou Daphne.

Quando Amber entrou na estufa, mais uma vez ficou assustada com o excesso. Não que não tivesse desejado o mesmo tipo de festa quando criança, mas nem sabia que algo assim existia quando era pequena. Os presentes formavam uma pilha alta e uma grande mesa foi levada até o cômodo para o almoço das crianças. Cada lugar tinha sido definido com muito esmero com pratos coloridos e guardanapos. Além disso, belos saquinhos de guloseimas arrumadinhos estavam encarapitados em todo lugar. Era ao mesmo tempo totalmente para crianças e de uma elegância sublime. Ela deixou os seus presentes e saiu. Quando voltou para o salão de festa, viu Jackson vindo pelo corredor. Ele abriu um sorriso encantador.

— Olá. Fico feliz que tenha vindo festejar conosco hoje — falou ele com entusiasmo.

— Ah, obrigada. Estou feliz por estar aqui — gaguejou ela.

Ele abriu outro grande sorriso e segurou a porta do salão de festa para ela.

Ficaram juntos e observaram como as moças do zoológico traziam um animal após o outro e explicavam um pouco sobre eles. Jackson tinha uma bebida na mão. Amber teve dificuldade em evitar que os seus olhos se desviassem para ele. Imaginou quanto tempo demoraria para levá-lo para a cama. O pensamento de que poderia ter aquele homem poderoso e rico sob os seus encantos a animou. Sabia como agradar um homem e suspeitava que, depois de mais de uma década de casamento, o sexo entre ele e Daphne já devia ser chato e banal. Amber conseguia imaginar as coisas que podia fazer para que ele a desejasse, se tivesse uma pequena chance. Resolveu ir tranquila e manter o plano com cuidado. Não tinha sentido correr e bagunçar as coisas como fizera antes.

Quando o show terminou, os adultos tentaram acalmar as crianças enquanto elas iam almoçar na estufa. Tudo ficou barulhento e descontrolado, com risadas estridentes e vozes agudas. Amber sentiu que estava a ponto de gritar e notou que Jackson não estava na sala onde todos comiam.

Por fim, Margarita trouxe o enorme bolo de aniversário com cobertura de chocolate e onze velas brancas em forma de bailarinas. Amber notou um pequeno pedaço faltando de um lado do bolo.

— Tudo bem — disse Daphne em voz alta. — Hora de cantar "Parabéns" e, então, Tallulah pode abrir os presentes.

Amber pôde ver as nuvens tempestuosas juntando-se por trás dos olhos de Bella quando as crianças e os adultos cantaram para a irmã. A boca da criança era uma linha reta e os braços estavam cruzados sobre o peito. Ela não estava nada satisfeita.

No instante em que o canto parou e Tallulah soprou as velas, Daphne começou a lhe entregar os presentes. Na mesa, as crianças estavam felizes e ocupadas comendo bolo enquanto Tallulah abria um após o outro e agradecia à pessoa que a presenteara. Após o sétimo, a voz de Bella soou.

— Não é justo. Tallulah está recebendo todos os presentes. Cadê o meu?

Era o momento que Amber esperava.

— Ei, Bella. Trouxe um presente para Tallulah, mas também trouxe um para você. Já deixei o de Tallulah junto aos outros e aqui está o seu. Espero que goste.

Daphne sorriu para ela e Ruth a encarou com uma expressão que Amber não conseguiu decifrar. Amber percebeu que Jackson tinha acabado de voltar para a sala. Ela esperava que ele tivesse ouvido a conversa. Bella arrancou o papel de embrulho e abriu a caixa. Ergueu o suéter cor-de-rosa com colarinho branco de pele falsa e a pequena bolsa rosa com alça brilhante e sorriu. Correu até Amber e abraçou a cintura da mulher.

— Eu te amo, Amber. Você é a melhor amiga que já tive.

Todos riram dessa demonstração de carinho, mas Amber percebeu que Ruth não parecia tão animada quanto o restante dos convidados. Tallulah estava perto do final dos presentes, o último, uma pequena caixa de Sabine.

— *Ooh, Sabine, je suis très heureuse. Merci.*

Tallulah ergueu uma corrente de ouro com a cruz fina.

— *De rien* — disse Sabine.

A nata da sociedade local logo começou a chegar para buscar os seus filhos riquinhos, que mais uma vez tiveram diversão esplêndida, comida gostosa e sacolinhas com surpresas caras. Não é de se admirar que todos os ricos cresçam com a sensação de serem os donos do mundo. Não conheciam outra realidade.

Depois de todos os convidados terem ido, Surrey, a outra babá, juntou os presentes.

— Poderia levar os presentes para cima com as meninas? E, se puder, dê banho nelas e já coloque os pijamas. Vamos ter um jantar leve às 18 horas — instruiu Daphne.

Jackson se serviu de outra dose de scotch.

— Alguém quer alguma bebida?

— Vou tomar uma taça de vinho, querido — disse Daphne. — Mãe, gostaria de tomar alguma coisa?

— Vou de club soda.

Jackson olhou para Amber.

— E você?

— Posso tomar uma taça de vinho também?

Jackson riu.

— Pode fazer o que quiser.

É isso que eu espero, pensou Amber, mas apenas sorriu para ele.

— Daphne, você mostrou para Amber as fotos do evento? — perguntou Ruth, olhando para Amber. — Tinha algumas muito boas no *Bishops Harbor Times*. Você ficou bem bonita em uma delas.

O coração de Amber acelerou. Fotos? Em um jornal? Tivera tanto cuidado para evitar o fotógrafo naquela noite. Quando pode ter tirado uma foto dela? Daphne trouxe o periódico e o entregou à amiga. Ela pegou com as mãos trêmulas e examinou as fotos. Lá estava ela, enorme, completamente reconhecível. O nome não estava lá, mas isso não importava — o seu rosto era o problema. Teve que acreditar que aquele pequeno jornal com alcance limitado não seria visto por gente de mais longe.

— Vocês me dão uma licencinha?

Ela precisava sair daquele lugar e acalmar os nervos. Fechou a porta do banheiro, abaixou a tampa da privada e se sentou com a cabeça entre as mãos. Como pôde ter sido tão descuidada? Depois de um tempo, a respiração voltou ao normal e ela prometeu que ficaria mais atenta no futuro. Salpicou um pouco de água no rosto, levantou-se empertigada e abriu a porta devagar. Conseguiu ouvir Ruth e Daphne enquanto caminhava de volta à estufa.

— Mãe, você não entende. Estou ocupada demais.

— Você tem razão, Daphne, não entendo mesmo. Você amava cantar no coral da igreja. Parece que não faz mais nada das coisas que amava. Deixou todo esse dinheiro subir à cabeça. Se souber o que é bom para você, vai se lembrar das suas origens e descerá do salto alto.

— Isso é muito injusto. Você não sabe do que está falando.

— Só sei o que vejo… duas babás, pelo amor de Deus. E uma que fala francês. É sério? Uma filha que é tão mimada que nem dá para controlar. O clube, todas as suas aulas. Faça-me o favor, eu praticamente tenho que marcar horário para ver as minhas netas. O que aconteceu com você?

— Já chega, mãe.

Pela primeira vez, Amber ouviu uma fúria de verdade na voz de Daphne.

E então, o som da babá com as meninas descendo as escadas. Todos entraram na estufa ao mesmo tempo, e a conversa entre mãe e filha terminou de repente.

Bella correu até Daphne, pousando a cabeça no colo da mãe. Os gritos dela foram silenciados, e então a menina olhou para cima e disse:

— Tallulah recebeu tantos presentes e eu só ganhei dois. Não é justo.

Ruth se inclinou e acariciou o rosto da neta.

— Bella, querida, hoje é aniversário de Tallulah. Quando for o seu aniversário, você vai receber todos os presentes. Não é?

Bella empurrou a mão da avó.

— Não. Você é feia.

— Bella!

Daphne parecia horrorizada.

Jackson apareceu de repente, caminhou até o sofá e ergueu a filha. Ela se balançou e se contorceu, mas ele a segurou com firmeza e, por fim, ela ficou parada. Ele a colocou do outro lado da sala e, ajoelhando-se para ficar no mesmo nível que a filha, falou calmamente com ela. Depois de alguns minutos, eles voltaram juntos, e Bella parou diante da avó.

— Desculpa, vovó — disse ela e abaixou a cabeça.

Ruth lançou para Daphne um olhar triunfante e pegou a mão de Bella.

— Eu perdoo você, Bella. Mas não deve repetir coisas assim no futuro.

Bella olhou para o pai e viu apenas um olhar severo.

— Sim, vovó.

Margarita espreitou a sala e anunciou que o jantar estava pronto. Jackson deu o braço para Ruth, e os dois entraram na sala de jantar juntos, com Bella e Tallulah logo atrás deles. Quando Daphne se levantou, Amber lhe deu um tapinha no ombro.

— Foi um dia longo. Bella só está cansada. Não deixe que irritem você — falou.

— Às vezes, é tão difícil — desabafou Daphne.

— Você é uma mãe maravilhosa. Ninguém pode dizer o contrário.

— Obrigada, Amber. Você é mesmo uma boa amiga.

De certa forma, Daphne era uma mãe maravilhosa. Dava tudo às filhas, especialmente amor e carinho. Era com certeza uma mãe melhor do que a de Amber, que deixava claro todos os dias da vida dela que as filhas eram um fardo abominável.

— Não vá embora ainda. Fique e jante com a gente — pediu Daphne.

Amber não sabia se ficar em um jantar com Bella exausta e exasperada e uma avó em desagrado ajudaria os seus planos de alguma forma.

— Eu adoraria, Daph, mas tenho toneladas de roupas para lavar e faxina para fazer. Obrigada pela oferta, no entanto.

— Ah, tudo bem — disse Daphne, dando o braço para Amber. — Pelo menos venha até a sala de jantar para se despedir de todos.

Obediente, ela seguiu Daphne até a sala onde a família estava sentada, sendo servida por Margarita.

— Boa noite a todos — disse Amber, acenando. — Foi uma festa maravilhosa.

Um coro de despedidas veio do grupo e a voz suave de Jackson soou.

— Boa noite, Amber. Vejo você amanhã no escritório.

DEZENOVE

Amber se vestiu com muito cuidado para o seu primeiro dia na Parrish International. Cabelos presos em um rabo de cavalo e brincos de aro simples e dourados e maquiagem mínima. Levantar-se às quatro horas da manhã para pegar o trem das 5h30 era a morte, mas ela queria causar uma boa impressão. Estava além da sua compreensão como alguém conseguia fazer aquilo a longo prazo. Felizmente, seria apenas por pouco tempo.

A torre de vidro que abrigava a empresa de Jackson era enorme, e Amber ficou maravilhada, pois tudo aquilo era dele. Devia custar uma fortuna ter um edifício do tipo em Manhattan. O saguão estava vazio, exceto pelo segurança, e ela meneou a cabeça enquanto passava o seu crachá e via a luz verde acender na porta giratória. Quando chegou ao trigésimo andar, ficou surpresa ao ver que algumas pessoas já estavam no escritório. Teria que pegar um trem ainda mais cedo no dia seguinte. A minúscula baia dela ficava longe do escritório da chefe. Ela responderia à primeira assistente, a sra. Battley ou a sra. Bate-Sem-Lei, como Amber passou a chamá-la depois da reunião na semana de orientação anterior. Bate-Sem-Lei tinha entre 65 e 75 anos, com cabelos grisalhos cor de aço, óculos grossos e lábios finos. Era a própria definição de sensatez, e Amber a odiou à primeira vista. A mulher deixou claro que não estava satisfeita pela nova funcionária ter sido empurrada para ela. Seria um desafio fazer com que a velha gostasse dela.

— Bom dia, sra. Battley. Vou pegar um café. Quer um?

Ela não tirou os olhos do laptop.

— Não. Já tomei. Tenho alguns arquivos para você guardar, então fale comigo depois que tomar o café.

Amber lançou um olhar discreto na direção do escritório de canto de Jackson. A porta estava fechada, mas era possível ver movimento através das persianas fechadas que cobriam uma parede de vidro.

— Precisa de algo?

A voz grave de Battley interrompeu os seus pensamentos.

— Desculpe, não. O café pode esperar. Vou fazer os arquivamentos agora.

— Então, aqui estão — disse ela, entregando a Amber uma pilha de papéis. — Aí tem também uma lista de novos clientes para adicionar ao banco de dados. Deixei instruções na sua mesa sobre como fazer isso. Você vai ter que adicionar os sites e todas as redes sociais aos perfis.

Amber pegou a pasta e voltou para a sua baia minúscula. Trocou o seu escritório com vista por aquela baia claustrofóbica, mas pelo menos agora o plano estava progredindo. As horas passavam enquanto ela imergia no trabalho, determinada a ser a assistente mais eficiente que a velha Bate-Sem-Lei já teve. Trouxera uma marmita e comeu na mesa, trabalhando sem parar. Às dezoito horas, Battley estava de pé no seu cubículo vestida com um casaco.

— Não vi que ainda estava aqui, Amber. Você sabe que pode sair às dezessete horas.

Ela se levantou e juntou as suas coisas.

— Eu queria terminar o trabalho. Gosto de chegar com a mesa limpa pela manhã.

Aquilo provocou um sorriso da mulher mais velha.

— Muito bem. Sou da mesma opinião.

Ela se virou para sair, mas Amber a chamou:

— Vou descer com a senhora.

Eles caminharam em silêncio até o hall do elevador e, quando entraram, Amber deu um sorriso tímido.

— Quero agradecer por me dar essa chance. Não sabe o quanto significa para mim.

Battley ergueu as sobrancelhas.

— Não me agradeça. Não tive nada a ver com isso.

— A sra. Parrish me falou o quanto a sua opinião é valiosa para o sr. Parrish — disse Amber. — Ela deixou bem claro que estou aqui em período de experiência. Se a senhora não me achar apta ao serviço, então vou ter que procurar outro lugar.

Amber podia dizer que o orgulho da mulher fazia com que ela acreditasse naquela besteira. Battley se empertigou um pouco mais.

— Vamos ver, então.

Sim, vamos, pensou Amber.

Depois de um mês, ela ainda não tinha contato direto com Jackson, mas a velha Bate-Sem-Lei havia começado a depender cada vez mais dela. Amber chegava pelo menos quinze minutos antes dela para poder trazer o café matinal de Battley com uma coisinha extra. Amber conseguiu um suprimento de três meses de Amitriptilina com o seu clínico geral. Dissera que estava tendo ataques de pânico e ele receitou o remédio. O médico mencionou alguns possíveis efeitos colaterais: perda de memória de curto prazo e confusão. Amber começou com uma dose baixa e esperava que a predileção de Battley por uma nata saborizada escondesse qualquer vestígio das pílulas no café.

Battley chegou naquela manhã aparentemente mais confusa que o normal. Amber percebeu que o ritmo dela havia ficado mais lento e que fazia pausas com frequência, olhando em volta da mesa como se não tivesse certeza do que fazer em seguida.

Quando Battley se levantou para ir ao banheiro, Amber entrou no escritório da chefe e tirou as chaves da bolsa dela e as pôs em outro lugar. Então, encheu de novo uma pasta que estava na sua mesa. Battley voltou para o escritório e procurou o arquivo perdido com pânico nos olhos. No fim do dia, ela abriu a bolsa e olhou para dentro. Amber observou enquanto ela revirava o conteúdo e, por fim, despejar tudo na mesa. Nada de chaves. A mulher pareceu aflita.

— Amber — chamou ela. — Você viu as minhas chaves?

Ela correu até o escritório de Battley.

— Não, não vi. Não estão na sua bolsa?

— Não — disse ela, quase chorando.

— Aqui — falou Amber, pegando a bolsa da mesa. — Deixe eu dar uma olhada. — Ela fingiu fuçar. — Hum. Tem razão. Não está aqui. — Ela parou um momento como se estivesse pensando. — Olhou nas gavetas?

— Claro que não. Nunca tiro as chaves da minha bolsa. Nunca colocaria na minha mesa — respondeu Battley.

— Por que não olhamos só para garantir?

— Ridículo — disse Battley, mas abriu a gaveta. — Veja, não estão aí.

Amber se inclinou para olhar e depois avistou as chaves na lixeira ao lado do armário de arquivos. Ela pegou as chaves lá.

— Estavam na lata de lixo.

Amber estendeu o braço e puxou as chaves, entregando-as a Battley.

A mulher mais velha parou, encarando o molho de chaves na mão enquanto engolia em seco. Era evidente que estava perturbada, e deu boa-noite antes de se virar e sair sem mais uma palavra. Amber sorriu enquanto a via se afastar.

Poucos dias depois, ela reorganizou os cartões no arquivo de endereços de Battley — era do tipo Rolodex e ela devia ser a última pessoa no planeta a ter um daqueles na mesa. À medida que as semanas passavam, o estresse estava tendo o efeito pretendido — um olhar assombrado de preocupação constante pairava nos olhos da mulher mais velha. Amber se sentiu um pouco mal pelo que estava fazendo, mas a velha Bate-Sem-Lei precisava mesmo se aposentar. O tempo dela seria muito melhor gasto com os netos. Ela contou a Amber que tinha cinco e se queixou por não conseguir vê-los o suficiente. Agora ficaria mais com eles, e era bem provável que Jackson lhe daria um belo pacote de aposentadoria — sobretudo se acreditasse que a mulher tinha demência. Amber estava lhe fazendo um favor, na verdade.

E Jackson não merecia alguém mais interativa e antenada o ajudando? Era bem capaz de que ele a mantivesse por lealdade. Ao pensar nisso, Amber sabia que estava fazendo um favor aos dois. Naquela manhã, imprimiu um papel com coisas desconexas e o enfiou entre as páginas de um relatório que Battley acabara de redigir. Sabia que ela pensaria que havia mesmo perdido a cabeça quando visse aquilo e, claro, nunca diria a ninguém. Amber descobriu que só levaria mais algumas semanas. Entre a sua autoconfiança em declínio e os erros que logo cometeria, despertando as suspeitas de Jackson, Amber estaria instalada no escritório de Battley em um piscar de olhos.

VINTE

Levou muito mais tempo do que Amber imaginava, mas, três meses depois, as coisas se tornaram demais para Battley. Ela apresentou a sua demissão. Amber substituiu a mulher enquanto Jackson iniciava a busca por uma nova assistente principal. Ainda estava na sua baia minúscula, enquanto o escritório de Battley permanecia vazio e, embora incomodasse Amber o fato de ele ainda não a ter considerado para entrar ali de forma permanente, ela estava confiante de que logo a acharia indispensável. Já tinha passado as últimas sete noites aprendendo tudo o que podia sobre os novos clientes de Tóquio — era incrível o que as pessoas colocavam nos seus perfis nas redes sociais. Mesmo que tivessem inteligência para ajeitar as suas configurações de privacidade da maneira correta, o que não percebiam era que as fotos ficavam marcadas em relação à página de outra pessoa, e nem todas eram tão diligentes. Entre o uso do seu software de verificação de antecedentes e vasculhando todas as redes sociais, ela teve uma visão abrangente de cada um deles, inclusive das suas predileções nojentas. Também realizou uma busca minuciosa dos seus negócios recentes para ter uma ideia das habilidades de negociação deles e quaisquer truques que pudessem ter nas mangas. Jackson a chamou no seu escritório, e ela recolheu o seu relatório sobre o cliente. Ele estava inclinado para trás na cadeira de couro preto, lendo algo no iPhone. Estava sem o paletó e as mangas da camisa estavam enroladas, mostrando os antebraços bronzeados. Os Parrish tinham acabado de voltar de Antibes. Imaginou que conseguiram praticar a língua francesa que pareciam adorar. Ele não ergueu os olhos quando Amber entrou no escritório.

— Estou até o pescoço de trabalho e esqueci que a peça de Bella no acampamento é hoje à tarde. Vou ter que sair depois do almoço. Remarque os meus compromissos.

Como devia ser ter um pai poderoso que se importava tanto com você a ponto de reservar tempo na agenda agitada para comparecer à sua peça de teatro? E a pirralhinha nem era grata por isso.

— Claro.

— Você fez reservas no Catch para Tanaka e a sua equipe amanhã?

— Na verdade, não.

A cabeça dele se ergueu. Ela capturou toda a atenção do homem.

— O quê?

— Fiz no Del Posto. Tanaka ama comida italiana e é alérgico a mariscos.

Ele a olhou com interesse.

— Sério? Como sabe disso?

Amber lhe entregou seu relatório.

— Tomei a liberdade de fazer uma pesquisa. Na minha casa, claro — acrescentou logo. — Pensei que seria útil. Com o advento das redes sociais, não é tão difícil encontrar essas informações.

Ele abriu um grande sorriso, dando-lhe um vislumbre dos seus dentes perfeitos, e estendeu a mão para pegar o relatório. Depois de folheá-lo, ergueu os olhos de novo.

— Amber, estou impressionado. Iniciativa excelente. Isso é fantástico.

Ela sorriu. Apostava que Battley nem sabia usar o Facebook.

A mulher se levantou.

— Se não precisar de mais nada, vou cuidar da remarcação dos seus compromissos.

— Obrigado — murmurou ele, imerso mais uma vez no relatório.

Ela estava progredindo, embora estivesse um pouco decepcionada com o fato de Jackson não ter percebido o quanto as suas pernas ficavam bonitas na minissaia e com os saltos altos que usava naquele dia. Ele era raridade no mercado — um homem que só tinha olhos para a esposa. Daphne, por outro lado, parecia complacente, como se fosse natural que ele a adorasse. Aquilo irritava Amber. Era óbvio para ela que Daphne não era tão apaixonada por Jackson quanto ele por ela, e que ela não o merecia.

Ela abriu a agenda de Jackson no seu computador e começou a entrar em contato com as pessoas para reagendar os compromissos. Quando estava prestes a fazer outra ligação, ele apareceu.

— Amber, por que não fica no escritório da sra. Battley até encontrarmos alguém para substituí-la? Vai ser mais conveniente ter você ali. Dê uma ligada para o pessoal de instalações, eles podem levar as suas coisas.

— Obrigada, vou fazer isso.

Ela o observou enquanto ele se afastava, o terno Brioni parecia ter sido feito pelas mãos de deuses. Ela se imaginou como seria usar uma peça que custa mais do que algumas pessoas ganhavam em um ano.

Ela pegou o celular e enviou uma mensagem de texto para Daphne.

Está livre amanhã? Adoraria encontrar você para um drinque.

O toque de mensagem apitou.

Claro. Vou pedir para Tommy pegá-la e podemos ir ao Sparta's. Às 19h30 está bom?

Ótimo! Vejo você amanhã.

Se Daphne pediria a Tommy para levá-las, significava que queria beber, o que era perfeito, porque Amber estava pronta para fazer com que ela abrisse o bico com vontade. Descobriu que, depois de um martini, Daphne ficava bem mais relaxada, e era fácil demais fazê-la derramar mais um pouco garganta abaixo.

VINTE E UM

O Town Car dos Parrish estava esperando na frente do prédio dela na hora certa. Amber estava pronta para saudar Daphne quando percebeu que o banco traseiro estava vazio.

— Onde está a sra. Parrish? — perguntou a Tommy enquanto ele abria a porta para ela.

— O sr. Parrish voltou para casa inesperadamente. Ela me pediu para buscar você e deixar no Sparta's e depois voltar para pegá-la.

Amber sentiu que o aborrecimento abafou o seu bom humor. Por que Daphne não ligou e perguntou se podiam mudar de horário? Sentiu-se como um compromisso sendo negociado. E por que Jackson ter voltado para casa era algo importante? Por que Daphne não lhe disse que já tinha planos? Onde estava a sua palavra?

Quando chegou ao bar, escolheu uma mesa aconchegante no canto e pediu o Sassicaia 2007. Custava 210 dólares, mas Daphne pagaria a conta e aquilo compensava a espera de Amber. Tomou um gole do maravilhoso vinho tinto e se deliciou com o sabor opulento. Era fantástico.

Ela olhou em volta quando o salão começou a encher e imaginou se algum dos supostos amigos de Daphne entraria ali naquela noite. Esperava que não, pois a queria inteira para si.

Daphne enfim chegou, parecendo perturbada e até um pouco desgrenhada. Os cabelos estavam cheios de *frizz* e a maquiagem estava manchada.

— Desculpe, Amber. Quando estava saindo, Jackson chegou e… — Ela ergueu as mãos. — Nem vale a pena entrar no assunto.

Preciso de uma bebida. — Ela olhou para a garrafa e franziu um pouco a testa.

— Espero que não se importe que eu já tenha pedido a bebida. Esqueci os meus óculos de leitura e não consegui enxergar muito bem, então pedi ao garçom uma recomendação.

Daphne começou a dizer algo e depois pareceu pensar melhor.

— Tudo bem.

Uma taça apareceu e ela serviu a si uma dose generosa.

— Hum. Que delícia. — Ela respirou fundo. — Então, como vão as coisas na Parrish International? Jackson me disse que você está se mostrando uma funcionária de valor.

Amber a examinou em busca de qualquer vestígio de desconfiança ou ciúme, mas não viu nada. Daphne parecia feliz de verdade por ela, mas também havia um toque de preocupação no seu rosto.

— Todos estão tratando você bem? Sem problemas, não é?

Amber ficou surpresa com a pergunta.

— Não, problema algum. Estou amando. Muito obrigada por me recomendar. É tão diferente da Rollins. E todo mundo é bem legal. Então, qual foi a grande emergência?

— Quê?

— Jackson voltou para casa... do que ele precisava tanto que bagunçou os seus planos?

— Nada. Só queria alguns minutos comigo antes de sair.

Amber arqueou uma sobrancelha.

— Alguns minutos para quê?

Daphne ficou vermelha.

— Ah, para *aquilo*. Parece que ele sempre quer mais de você. É incrível. Vocês estão casados, o quê, há nove anos?

— Doze.

Amber percebeu que estava incomodando Daphne, então mudou de tática. Inclinou-se e baixou a voz.

— Considere-se uma felizarda. Um dos motivos por ter saído de casa foi por causa do meu namorado, Marco.

— Como assim?

— Eu era louca por ele. Namorávamos desde o ensino médio. Era o único com quem já tinha ficado, então, eu não sabia.

Agora, Daphne também se inclinava para mais perto.

— Não sabia do quê?

Ela se contorceu e fingiu estar envergonhada.

— Que não era normal. Sabe. Que os caras meio que deveriam estar... prontos. Eu precisava fazer coisas apenas para ajudá-lo a fazer amor comigo. Ele me dizia que eu não era bonita o bastante para deixá-lo excitado sem ajuda. — Ela estava dando uma bela exagerada, mas parecia que a mulher estava acreditando. — A última gota foi quando me pediu para levar outro homem para o quarto.

— O quê?

Daphne ficou boquiaberta.

— Sim. Acabei descobrindo que ele era gay, só não queria admitir ou algo assim. Sabe como são essas coisas em cidades pequenas.

— Você saiu com alguém desde então?

— Alguns caras aqui e ali, mas ninguém sério. De verdade, fico um pouco nervosa em dormir com alguém de novo. E se eu descobrir que, na verdade, foi culpa minha?

Daphne balançou a cabeça.

— Que ideia louca, Amber. A orientação sexual dele não tinha nada a ver com você. E você é linda. Quando encontrar o homem certo, vai saber.

— Foi assim que se sentiu quando encontrou Jackson?

Daphne fez uma pausa, tomando um gole do vinho.

— Bem... acho que Jackson me arrebatou. O meu pai ficou doente depois que começamos a namorar, e Jackson me deu todo o apoio. Depois disso, as coisas aconteceram muito rápido e, antes que eu me desse conta, estávamos nos casando. Eu nem esperava. Ele namorou mulheres sofisticadas e realizadas. Não sabia direito o que tinha visto em mim.

— Ora, Daph, você é linda.

— É fofo da sua parte, mas elas também eram. E eram ricas e cosmopolitas. Eu era apenas uma menina do interior. Não sabia nada do mundo dele.

— Então, o que acha que fez de você uma mulher especial?

Daphne encheu a taça e deu um longo gole.

— Acho que ele gostava de ter uma tela em branco. Eu era jovem, só tinha 26 anos, e ele era dez anos mais velho. Eu estava tão concentrada em montar a Sorriso de Julie que não dava muita atenção para ele. Jackson me disse depois que nunca sabia se as mulheres com quem saía estavam interessadas nele ou no dinheiro que tinha.

Amber achou difícil de acreditar naquilo. Mesmo que estivesse falido, ele ainda era lindo, brilhante e encantador.

— Como Jackson soube que você não ligava para o dinheiro dele?

— Na verdade, tentei esfriar as coisas. Ele não tinha mexido comigo de verdade. Por outro lado, foi tão maravilhoso com a minha família e todos me incentivaram a não deixar que ele escapasse.

— Viu, você *é* uma felizarda. Veja como é maravilhoso hoje. Vocês têm uma vida tão boa.

Daphne sorriu.

— Ninguém tem uma vida perfeita, Amber.

— Mas é o que parece. Parece tão próximo do perfeito quanto uma pessoa poderia querer.

— Sou muito afortunada. Tenho duas filhas saudáveis. Era algo que eu nunca dava por certo.

Amber queria manter as coisas concentradas no casamento.

— Sim, claro. Mas, para quem vê de fora, o seu relacionamento é um conto de fadas. Jackson olha para você como se a venerasse.

— Ele é muito atencioso. Acho que, às vezes, só preciso de um pouco de espaço para respirar. De vez em quando, parece um confinamento ter que se encaixar no molde da esposa do CEO. Ele tem altas expectativas. Há dias em que eu só gostaria de ficar assistindo a *House of Cards* em vez de ir a mais uma atividade beneficente ou a um evento de negócios.

Ah, faça-me o favor, pensou Amber. *Deve ser tão difícil ter que usar vestidos de grife, beber vinho caro e comer caviar.* Ela fez uma expressão compassiva.

— Entendo. Eu me sentiria muito deslocada tendo que fazer o mesmo. Mas você faz com que pareça tão fácil. Demorou muito para se encaixar?

— Os primeiros dois anos foram difíceis. Meredith veio me socorrer, no entanto. Ela me ajudou a navegar pelos círculos sociais traiçoeiros daqui de Bishops Harbor. — Ela riu. — Com Meredith do seu lado, todos entram na linha. Ela tem sido a mais firme defensora da fundação... até você chegar, claro.

— Você deve ter se sentido bastante sortuda. Como eu me sinto por ter você.

— Exatamente.

A garrafa tinha acabado, e Amber estava prestes a sugerir que pedissem outra quando o celular de Daphne piscou com uma mensagem.

Ela olhou a mensagem, então lançou para Amber um olhar de desculpas.

— É Bella. Ela teve um pesadelo. Preciso ir.

Aquela pirralhinha. Mesmo quando não estava presente, sempre arruinava os planos de Amber.

— Ah, pobre coitada. Isso acontece sempre?

Daphne balançou a cabeça.

— Nem sempre. Desculpe por ter que encurtar a nossa noite. Se não se importar, vou pedir para Tommy me levar agora mesmo e depois deixá-la em casa.

— Claro. Mande um beijo da tia Amber para ela — respondeu, forçando um pouco a barra. Por que não elevar a sua posição?

Daphne apertou a mão de Amber enquanto caminhavam para o carro que as esperava.

— Gostei disso. Vou mandar.

Embora estivesse decepcionada por não poder tomar outra taça daquele vinho divino, ela conseguiu algo que queria: o início de um perfil da mulher perfeita para Jackson. Ela o construiria, passo a passo, até ser uma réplica exata do que ele achou irresistível.

Só que ela seria uma versão mais nova e mais jovem.

VINTE E DOIS

Amber inalou o cheiro inebriante do oceano. Era uma manhã de domingo linda, e ela e Daphne já estavam fora da água fazia uma hora. Jackson estava em Bruxelas a negócios e Daphne a convidou para passar o fim de semana na sua casa. Tinha ficado um pouco em dúvida quando Daphne sugeriu que andassem de caiaque, pois nunca tinha feito isso antes na vida e não tinha certeza de que queria que a sua primeira incursão fosse nas águas profundas do estuário de Long Island. No entanto, não tinha nada com que se preocupar. A água ainda estava calma como um espelho quando começaram e, dentro de meia hora, Amber estava segura e confiante. Ficaram perto da costa no início quando Amber ficou maravilhada com a tranquilidade do silêncio naquele início de manhã; os únicos sons eram o canto dos pássaros e o bater da água contra os remos. Tudo estava calmo, tão maravilhosamente desprovido da agitação e do barulho da vida cotidiana. Deslizavam lado a lado, silenciosas e contentes.

— Vamos um pouco mais longe? — perguntou Daphne, quebrando o silêncio.

— Pode ser. É seguro?

— Com certeza.

Amber se esforçou para acompanhar as remadas seguras de Daphne, respirando com força enquanto se esforçava. Ficou impressionada com a resistência da outra. À medida que se afastavam da costa, a água adquiria uma aura bem diferente. Na primeira vez que um barco passou por elas, pensou que seria inundada pelo seu rastro, mas da segunda vez que aconteceu, teve uma descarga de adrenalina ao navegar as pequenas ondas.

— Estou amando, Daph. Fico tão feliz por ter me convidado.

— Sabia que você ia gostar. Fico feliz. Agora tenho companhia. Jackson não gosta de caiaque. Preferiria estar no barco.

Bem, pensou Amber, *o barco também seria bom*. Nunca estivera no iate Hatteras de Jackson, mas sabia que não demoraria para receber um convite.

— Você não gosta do barco? — perguntou Amber.

— Ah, gosto, mas é uma experiência bem diferente. Ele precisa de alguns reparos antes de voltar para a água, o que vai acontecer em algum momento no final de junho. Depois, vamos todos juntos e aí você vai poder dar a sua opinião.

— Qual é o nome dele?

— *Bellatada* — respondeu Daphne, o sorriso contendo um pingo de vergonha.

Amber pensou por um minuto.

— Ah, entendi. O início de cada um dos seus nomes. As três meninas de Jackson.

— É um pouco bobo, acho.

— De jeito nenhum. É fofo.

Por dentro, Amber estava engasgando com aquelas palavras.

— Vamos voltar? São quase dez horas.

Daphne olhou para o relógio e ajustou a viseira. Não demorou muito para chegarem à praia e guardarem os caiaques. Enquanto trilhavam o caminho até a casa, os sons de gargalhadas e gritos das garotas chegaram até elas. Bella e Tallulah brincavam na piscina com o pai.

Amber se virou para Daphne.

— Pensei que Jackson voltaria à noite.

— Eu também — disse Daphne e acelerou o passo.

Ele ergueu os olhos e passou a mão pelos cabelos molhados.

— Olá, vocês duas. Saíram de caiaque?

— Saímos. Quando chegou em casa? Desculpe por não estar aqui, mas pensei que só fosse chegar de noite — falou Daphne, parecendo tensa.

— Terminamos tudo ontem, então decidi pegar o avião hoje de manhã.

Bella estava se segurando nas costas dele e batendo os pés. Jackson se virou para agarrá-la e ela gritou com alegria enquanto ele a jogava de volta na água. A menina se ergueu até a superfície e nadou até ele.

— De novo, papai!

Só que o homem começou a caminhar até a extremidade rasa da piscina, limpando a água do rosto.

— Chega, meu amor. Hora de um descanso.

Para a surpresa de Amber, não houve reclamações desagradáveis de Bella. Tudo tinha a sua primeira vez.

Jackson entregou toalhas às garotas e começou a se secar. Era impossível não olhar para o corpo dele, molhado e reluzente, enquanto se aproximava de Daphne e a beijava.

— É bom voltar para casa — disse ele.

Daphne pediu a Amber para passar o dia com elas, mas agora que Jackson estava em casa, ela sabia que precisava fazer o discurso obrigatório de "Não quero atrapalhar".

— Foi ótimo andar de caiaque, Daph. Muito obrigada. Mas vou deixar você passar um tempo com a sua família.

— Como assim? Você não pode ir embora.

— Preciso ir. Tenho certeza de que Jackson quer ficar sozinho com você e com as meninas.

— Que absurdo. Você sabe o que ele pensa de você. Você é como parte da família. Venha, vamos nos divertir.

— Sem dúvida — disse Jackson. — Você é mais que bem-vinda.

— Têm certeza?

— Claro — falou Daphne. — Vamos entrar e fazer o almoço. Margarita tira folga no fim de semana, então nós seremos as cozinheiras.

Elas trabalharam juntas na cozinha, mas quando terminaram de carregar as tortilhas com *frijoles refritos*, legumes e queijo, os burritos não ficaram tão arrumados e lindos quanto os de Margarita.

— Parecem tristes, não é? — comentou Daphne com uma risada.

— Muito. De qualquer forma, vão estar saborosos.

Amber lavou as mãos e pegou um pedaço de papel-toalha enquanto Daphne estendia a mão para um armário e puxava duas bandejas.

— E lá vamos nós. Acho que vai caber. Comeremos lá fora, ao lado da piscina.

— Hum, que delícia — disse Bella enquanto elas levavam a comida.

Os cinco se sentaram sob o grande guarda-sol, o reflexo da luz na água turquesa da piscina criava um brilho em forma de diamantes e triângulos. Uma leve brisa soprava em meio ao calor — era um dia perfeito de primavera. Amber fechou os olhos por um momento, fingindo que tudo aquilo lhe pertencia. No mínimo, as últimas semanas haviam mostrado que Daphne considerava Amber a amiga e confidente mais próxima. Na noite anterior, depois que as meninas foram para a cama, elas se sentaram à mesa da cozinha e conversaram até altas horas. Daphne tinha contado tudo sobre a sua infância, o quanto os seus pais tentaram fazer a vida dela e da irmã parecer completamente normal, apesar da doença que espreitava ao fundo, pronta para atacar sem aviso, a qualquer momento.

— Mamãe e papai incentivavam Julie a fazer tudo o que as crianças saudáveis podiam fazer. Eles lhe davam liberdade para viver a vida do jeito que ela queria, experimentar todas as coisas que queria — dissera Daphne.

No início, quando Daphne falava sobre todas as estadias do hospital, a tosse seca que trazia à tona o muco pegajoso, o intestino solto e o problema para digerir comida, Amber começara a sentir compaixão. Porém, quando comparava a sua infância com a de Daphne, e até com a de Julie, o ressentimento voltava. Pelo menos, Julie crescera em uma linda casa com dinheiro e pais que se preocupavam com ela. Tudo bem, a menina ficou doente e morreu. Mas e daí? Muitas pessoas ficavam doentes. Muitas pessoas morriam. Isso era razão para transformá-las em santas? E quanto a Amber e o que ela tinha passado? Também não merecia um pouco de solidariedade?

Ela olhou ao redor da mesa. Bella, relaxando na cadeira e balançando as pernas de um lado para o outro, dando mordidas distraídas no burrito sem preocupação nenhuma, a filha mimada e mal-acostumada da riqueza. Tallulah, sentada empertigada e concentrando-se no almoço à sua frente. Daphne, coberta de sol e casualmente bonita, garantindo que a sua cria tivesse mais comida, guardanapos e qualquer outra coisa que precisassem. E Jackson, o senhor de tudo aquilo, sentado como um lorde cavaleiro, observando o seu vasto domínio e a sua família imaculada. De repente, o terrível vazio dentro de Amber virou uma consumição física, como se a própria vida estivesse sendo arrancada de dentro dela. Não era hora de amolecer. Dessa vez, ela venceria.

VINTE E TRÊS

As coisas estavam tão atribuladas no trabalho que Amber ficou sem ver Daphne por duas semanas, desde o dia do caiaque. Contudo, Jackson estava fora da cidade de novo, então Amber convidou Daphne para ver um filme, mas a ricaça, em vez disso, a convidou para ir até a sua casa.

Ela começou a fantasiar com o dia em que a casa lhe pertenceria. Queria deixar a sua marca em todos os lugares. Em certa ocasião, quando Daphne a deixou sozinha na casa para buscar as garotas, ela provou cada roupa de Daphne. Às vezes, subia as escadas e usava o banheiro da anfitriã, escovava os cabelos com a escova dela, aplicava um pouco do seu batom. Amber achava que pareciam quase a mesma pessoa quando se olhava no espelho.

Ela chegou às dezenove horas em ponto. Bella abriu uma fresta da porta e espiou.

— O que está fazendo aqui?

— Oi, meu amor. Mamãe me convidou para vir.

Bella revirou os olhos.

— Estamos assistindo a *O mágico de Oz*. Nem tente mudar para um filme de adulto chato.

Ela abriu a porta, depois virou as costas para Amber.

Agora era Amber que revirava os olhos. *O mágico de Oz*. Se tivesse que ouvir Dorothy dizendo o tempo todo "Não há lugar como o lar" ela ia desejar a morte.

— Aí está você. Bella disse que estava aqui. Venha até a cozinha — falou Daphne, aparecendo de repente, perfeita em um macaquinho que parecia muito com um Stella McCartney que Amber vira em uma *Vogue* recente.

Amber se sentou à enorme ilha de mármore.

— Aceita uma bebida?

— Claro, o que estiver tomando.

Daphne lhe serviu uma taça de chardonnay da garrafa aberta.

— À sua saúde.

Daphne ergueu a taça.

Amber tomou um golinho.

— Então vamos ver *O mágico de Oz* hoje à noite?

Daphne lhe lançou um olhar de desculpas.

— Sim, desculpe. Esqueci que tinha prometido às garotas. — Ela baixou a voz para que Bella não ouvisse. — É só ficar lá por meia hora, depois podemos sair para outra sala e conversar. Elas nem vão notar.

Tanto faz, pensou Amber.

A campainha tocou.

— Tem mais alguém vindo? — perguntou Amber.

Daphne fez que não com a cabeça.

— Não estou esperando ninguém. Volto já.

Um minuto depois, Amber ouviu vozes e, então, Meredith estava lá, seguindo Daphne de volta à cozinha. Ela parecia determinada.

— Olá, Meredith — saudou Amber, sentindo-se desconfortável.

Daphne estava com uma expressão preocupada no rosto e pousou a mão no braço de Amber.

— Meredith diz que precisa conversar conosco em particular.

Os pensamentos de Amber aceleraram. Será que a mulher tinha descoberto a verdade? Talvez a foto do evento fora a sua ruína, no fim das contas. Respirou fundo para parar a palpitação. Não precisava ficar perturbada até ouvir o que Meredith viera dizer. Ela se levantou da banqueta.

— Margarita, pode servir o jantar para as meninas agora? Voltamos daqui a pouco. — Daphne se virou para Amber e Meredith. — Vamos até o escritório.

O coração de Amber ainda palpitava enquanto as seguia pelo corredor e até o escritório com painéis de madeira. Encarou a parede de livros, querendo se acalmar.

— Sentem-se, por favor.

Daphne puxou uma cadeira e se sentou à mesa de mogno no canto da sala. Amber e Meredith fizeram o mesmo.

Meredith olhou para Amber enquanto falava:

— Como você sabe, conduzo todas as candidaturas ao nosso comitê por meio de uma verificação de antecedentes.

— Mas você não fez isso meses atrás? — perguntou Daphne.

Meredith ergueu a mão.

— Sim, pensei que tinha feito. Porém, ao que parece, a agência confundiu os arquivos de Amber. Eles fizeram a verificação semana passada e me ligaram hoje.

— E? — questionou Daphne.

— Quando verificaram o seguro social, descobriram que Amber Patterson está desaparecida há quatro anos.

Ela ergueu uma cópia de um folheto de pessoas desaparecidas, com uma foto de uma jovem de cabelos escuros e rosto redondo que não tinha nada a ver com Amber.

— O quê? Deve ser algum engano — disse a anfitriã.

Amber ficou calada, mas os seus batimentos cardíacos diminuíram. Era só isso? Ela poderia lidar com aquela situação.

Meredith se empertigou ainda mais.

— Não foi um engano. Liguei para o departamento de registros de Eustis, Nebraska. Mesmo número de seguro social.

Ela tirou uma fotocópia de um artigo do *Clipper-Herald* com a manchete "Amber Patterson continua desaparecida" e o entregou a Daphne.

— O que nos diz sobre isso, Amber, ou seja lá qual é o seu nome?

Amber colocou as mãos sobre o rosto e chorou lágrimas de pânico.

— Não é o que vocês estão pensando.

Ela sufocou um soluço.

— O que é, então?

O tom de Meredith era grave.

Amber fungou e enxugou o nariz.

— Posso explicar. Mas não para *ela*.

Amber cuspiu a última palavra.

— Desista, garota. — A voz de Meredith se elevou. — Quem é você e o que quer?

— Meredith, por favor. Isso não está ajudando — falou Daphne. — Amber, acalme-se. Tenho certeza de que há uma boa explicação. Me conte tudo.

Amber afundou de volta na cadeira, esperando parecer tão perturbada quanto se sentia.

— Sei que parece uma coisa ruim. Eu não queria contar para ninguém. Mas tive que fugir.

— De quê? — perguntou Meredith, insistindo, e Amber se encolheu ainda mais.

— Meredith, por favor, deixe que eu faça as perguntas — disse Daphne e pousou a mão com gentileza no joelho de Amber. — De que estava tentando fugir, querida?

Amber fechou os olhos e suspirou.

— Do meu pai.

Daphne parecia desolada.

— O seu pai? Ele machucou você?

Amber pendeu a cabeça enquanto falava.

— Estou tão envergonhada por ter que dizer isso. Ele... ele me estuprava.

Daphne arfou.

— Nunca revelei isso a ninguém.

— Ah, meu Deus — disse Daphne. — Sinto muito.

— Por anos a fio, desde que eu tinha dez anos. Ele não tocava em Charlene porque eu ficava por perto e não falava nada. Por isso tive que permanecer lá. Não podia deixar que ele a machucasse.

— Que coisa horrível… você não conseguia contar para a sua mãe?

Ela fungou.

— Tentei. Mas ela não acreditou em mim, disse que estava apenas tentando chamar atenção e que me daria umas palmadas se eu contasse uma "mentira vil" daquelas a qualquer pessoa. — Um olhar rápido de soslaio mostrou que Daphne acreditava nela, mas Meredith não parecia convencida.

— Então, o que aconteceu exatamente? — perguntou Meredith. A voz dela parecia quase sarcástica e Amber viu Daphne lhe lançar um olhar.

— Fiquei até Charlene morrer. O meu pai me disse que, se eu fosse embora, ele me caçaria e me mataria. Então, tive que mudar de nome. Peguei uma carona até Nebraska e conheci um cara em um bar. Ele encontrou uma colega de quarto para mim. Trabalhei como garçonete e guardei dinheiro até ter o suficiente para vir aqui e recomeçar a minha vida. Ele trabalhava no cartório de registros e me deu informações sobre a menina desaparecida, e me apresentou uma pessoa que fez uma carteira de identidade com o nome de Amber para mim.

Amber esperou um segundo para que as mulheres reagissem.

Para o grande alívio dela, Daphne se levantou e a tomou nos braços.

— Sinto muito — disse ela de novo.

No entanto, Meredith não largou o osso.

— O quê? Daphne, quer dizer que vai aceitar a palavra dela e nem vai investigar? Não consigo acreditar nisso.

Os olhos de Daphne ficaram gélidos.

— Por favor, Meredith, vá embora. Ligo para você mais tarde.

— Você é cega quando se trata dessa garota. — Meredith caminhou até a porta bufando e se virou antes de partir. — Anote o que estou dizendo, Daphne... isso não vai acabar bem.

A anfitriã pegou a mão de Amber.

— Não se preocupe. Ninguém vai machucá-la, nunca mais.

— E quanto a Meredith? E se ela contar às pessoas?

— Deixe Meredith comigo. Vou garantir que ela não dê um pio sobre o assunto.

— Por favor, não conte a ninguém, Daphne. Preciso continuar fingindo que sou Amber. Você não sabe como o meu pai é. Ele vai me encontrar, onde quer que eu esteja.

Daphne assentiu.

— Não vou falar nada, nem mesmo a Jackson.

Amber se sentiu um pouco culpada por pintar o pai de um jeito tão feio. Afinal, o homem trabalhou sem parar na lavanderia para cuidar da mãe dela e das três irmãs e nunca teria tocado em nenhuma das meninas. Claro, também fez todas trabalharem naquela maldita lavanderia de graça, o que ela tinha certeza de que se tratava de trabalho infantil e escravo, perto o suficiente do abuso de menor. Mesmo que nunca a tivesse tocado, ainda assim se aproveitou dela.

De repente, não se sentiu mais culpada. Ergueu a cabeça do ombro de Daphne e a olhou nos olhos.

— Não sei o que fiz para merecer uma amiga como você. Obrigada por me apoiar sempre.

Daphne sorriu e alisou o cabelo de Amber.

— Você faria o mesmo por mim.

Amber lhe deu um sorriso desolado e assentiu.

Daphne começou a sair da sala e depois voltou.

— Vou dizer a Bella que *O mágico de Oz* vai ter que esperar. Acho que você merece uma noite especial.

Amber abriu um sorriso genuíno — mal podia esperar para ver o olhar de decepção no rosto da princesinha.

— Isso me ajudaria a tirar certas coisas da cabeça.

VINTE E QUATRO

Durante a infância, Amber sempre odiou o feriado de Quatro de Julho. A única coisa boa naquele dia era que o pai fechava a lavanderia. Ela e as três irmãs assistiam ao desfile — a banda marcial do ensino médio que estava sempre desafinada, pelo menos uma malabarista que deixava cair os bastões e uma camponesa de cara gorda que acenava com alegria de uma carroça de feno. Era tudo tão falso e embaraçoso que Amber se encolhia de vergonha todas as vezes que presenciava aquilo.

Naquele ano, porém, foi diferente. Bem diferente. Amber se sentou com Daphne no convés da popa do iate Hatteras dos Parrish, com seus 65 pés, enquanto o barco acelerava pelo estuário de Long Island. Passariam o fim de semana inteiro no barco, e Amber estava nas nuvens. Tinha ido às compras com Daphne e gastou mais do que planejara, mas queria estar com a melhor aparência possível a todo momento, já que ficaria perto de Jackson o dia inteiro. Comprou um novo biquíni branco e depois mergulhou em um maiô preto com um grande decote em "V" na frente e fendas nos lados. Era um dos maiôs mais sensuais que já tinha visto, e Daphne assentiu com a cabeça quando Amber saiu do provador. A saída de praia era transparente, então o corpo dela nunca ficaria escondido para Jackson. Para quando desembarcassem, Amber pegou shorts brancos que mal cobriam as suas nádegas e regatas um pouco justas. Trouxera calças brancas skinny para a noite, algumas camisetas e um suéter casual azul-marinho para jogar sobre os ombros. Tinha até spray bronzeador. Era a sua hora de brilhar.

Jackson estava no comando, as pernas bronzeadas e musculosas em shorts cáqui. Ele também vestia uma camisa branca de golfe. Movia-se com total confiança e domínio. O homem se virou para onde Daphne e Amber estavam sentadas e falou com as duas mais alto que o ruído do barco:

— Ei, querida, pode me trazer uma cerveja?

Daphne estendeu a mão para o cooler e tirou uma lata de Gordon Ale, pingando água gelada. Amber precisava admitir que o biquíni preto de Daphne exibia o corpo perfeito dela na sua melhor forma. Esperava que a mulher usasse algo mais estilo matrona, mas não teve sorte. Daphne entregou a cerveja a Amber.

— Aqui, por que não leva para ele? Pode acabar conseguindo umas lições sobre como conduzir um barco.

Amber pegou a lata da mão de Daphne e se levantou de uma vez.

— Claro... Ei. — Ela bateu no ombro de Jackson. — Aqui está a sua cerveja.

— Obrigado.

Ele abriu e tomou um gole. Amber notou os dedos longos e as mãos finas, na mesma hora imaginando-os sobre o seu corpo.

— Daphne falou que você me daria uma lição de como dirigir o barco — disse ela, tímida.

— Dirigir o barco. Foi assim que ela falou?

Ele riu.

— Bem, talvez não. Não lembro.

— Aqui — falou o homem, movendo-se um pouco para a direita. — Pegue o timão.

— O quê? Não. E se batermos?

— Engraçadinha. No que a gente ia bater? Não precisa mexer muito. Basta direcionar a ponta da proa para onde quer ir e não fazer movimentos bruscos.

Ela pousou as mãos no timão e se concentrou na água, os nervos se acalmando um pouco quando pegou o jeito.

— Ótimo — disse ele. — Mantenha as mãos firmes.

— É divertido — comentou ela, jogando a cabeça para trás e rindo. — Eu poderia fazer isso o dia todo.

Jackson deu um tapinha nas costas de Amber.

— Ótimo. É bom ter uma parceira por aqui. Daphne não é louca pelo barco. Prefere o caiaque.

Amber arregalou os olhos.

— Sério? Não consigo nem imaginar. Isso é bem melhor que o caiaque.

— Talvez você possa convencer a minha esposa disso.

Ele tomou outro gole de cerveja e olhou de volta para onde Daphne estava sentada, calmamente, lendo *Retrato de uma senhora.*

Amber seguiu o olhar dele e colocou a mão reconfortante no seu braço.

— Tenho certeza de que ela gosta mais do que você pensa. Sei que eu gostaria.

Amber ficou no timão durante uma hora, fazendo perguntas e elogiando Jackson pelos seus conhecimentos profundos de navegação. Fez com que ele prometesse lhe mostrar as cartas náuticas mais tarde, para que ela pudesse estudá-las e aprender sobre as águas ao redor de Connecticut. E, de vez em quando, ela se aproximava o suficiente para que o seu corpo quase tocasse o dele. Quando achou que tudo poderia ficar óbvio demais, devolveu o timão para Jackson e voltou a se sentar com Daphne. Eles estavam se aproximando de Mystic, e o sol começava a se pôr.

Daphne ergueu os olhos do livro.

— Ora, você parecia estar se divertindo. Aprendeu bastante?

Amber buscou no rosto de Daphne qualquer sinal de aborrecimento, mas parecia encantada de verdade por Amber estar se divertindo.

— Gostei — respondeu Amber. — Jackson conhece bastante do assunto.

— Esse barco é o queridinho dele. Se eu deixasse, passaríamos todos os fins de semana aqui.

— Você não ama, não é?

— Eu gosto. Só não gosto de passar o tempo todo aqui. Temos uma bela casa, a praia e uma piscina. Gosto de ficar lá. No barco só tem água sem fim e leva muito tempo para chegar a qualquer lugar. Começo a ficar entediada. E as meninas também. É um espaço pequeno e é difícil manter tudo em ordem.

Amber se questionou mais uma vez sobre a obsessão de Daphne com a limpeza. Ela nunca se acalmava e relaxava?

— Bem, você precisa admitir que é muito emocionante. O vento que atravessa os cabelos e balança a água — disse Amber.

— Para ser sincera, não gosto de velocidade. Eu prefiro velejar. É silencioso e me sinto muito mais ligada à natureza quando estou em um veleiro.

— Jackson gosta? — perguntou Amber.

— Não muito. Não me entenda mal... ele é um bom marinheiro. Sabe das coisas. Mas pode voar a toda velocidade nessa coisa. E ele gosta de pescar também. — Daphne afastou o cabelo do rosto. — Meu namorado da época da faculdade cresceu velejando, então passávamos um bom tempo no veleiro da família dele. Foi lá que aprendi.

— Acho que consigo entender por que prefira velejar — disse Amber.

— É legal, de verdade. Levo um bom livro e as meninas pegam os jogos. E, é claro, é sempre divertido ter uma amiga como você a bordo.

— Obrigada por me convidar, Daph. Está sendo um prazer para mim.

— De nada — falou Daphne, bocejando e levantando-se da cadeira. — Vou lá embaixo ver como as meninas estão. Não vai se importar se eu me deitar por alguns minutos antes do jantar, certo?

— Claro que não. Vá lá e descanse.

Amber a observou descer a escada e na mesma hora voltou para o lado de Jackson.

— Daphne foi tirar uma soneca. Acho que estava ficando entediada.

Ela observou o rosto dele para ver se haveria alguma reação, mas, se ele ficou irritado, com certeza não demonstrou nada.

— Ela tira isso de letra.

— Tira mesmo. Daphne estava me contando sobre como se divertia na época da faculdade quando ela e um antigo namorado velejavam juntos. — Amber notou uma leve contração na bochecha de Jackson. — Sei lá. Parece tão chato se comparado a isso aqui.

— Por que não tenta de novo? Vou buscar uma bebida para a gente.

Ela agarrou o timão e sentiu como se enfim pudesse, devagar, tomar o controle do leme.

Mais tarde, naquela noite, depois de um jantar tranquilo em Mystic, os cinco caminharam de volta para a marina sob um céu quente e salpicado de estrelas.

— Papai — disse Tallulah enquanto passeavam. — Nós vamos ancorar e assistir à queima de fogos amanhã à noite?

— Claro. Como sempre fazemos.

— Que bom — disse Bella. — Quero ficar sentada sozinha lá em cima da cabine. Já tenho idade suficiente agora.

— Nada disso, pequenina. — Jackson pegou uma das suas mãos, Daphne agarrou a outra e eles balançaram a menina entre eles. — Não pode ir sozinha ainda.

— Eu quero me deitar no convés como fiz no ano passado e assistir de lá — disse Tallulah.

— Papai vai se sentar em cima da cabine com você, Bella, e eu fico no convés com Tallulah. — Ela se virou para Amber. — E você deveria subir com Jackson e Bella. É um ótimo lugar para assistir, especialmente por ser sua primeira vez.

Por mim está ótimo, pensou Amber.

Era pouco depois das 22 horas quando voltaram para o barco e, mais uma vez, Amber se viu sozinha com Jackson enquanto Daphne levava as crianças para baixo e as preparava para dormir. Ele pegou um pouco de vinho da cozinha e estava de volta com três taças em uma das mãos e uma garrafa de muscat na outra.

— É cedo demais para encerrar a noite. O que me diz de tomarmos uma taça antes de entrar?

— Parece ótimo — respondeu Amber.

Eles se sentaram ao ar quente da noite, bebendo vinho e conversando sobre a última aquisição da Parrish International e como o financiamento funcionaria. Quando Daphne apareceu, Jackson serviu outra taça e a entregou para a esposa.

— Aqui, meu amor.

— Não, obrigada, querido. Estou com muito sono. Acho que não deveria ter comido tanto. Vou subir à bordo.

Amber pensou que Daphne parecia mesmo cansada. Mas comer muito? Ela quase não havia tocado na comida.

— Bem, boa noite. — Ela sorriu para Jackson. — Vou deixar a luminária acesa para você.

— Já vou para a cama. Durma bem.

Depois que ela desapareceu, Amber se serviu de mais uma taça de vinho.

— Lembro como a minha mãe ficava cansada e como parou de ficar acordada até tarde. Meu pai brincava, dizendo que as coisas tinham mudado muito desde a época dos encontros quentes com a minha mãe.

Jackson olhou para a taça enquanto girava a haste.

— Os seus pais são vivos?

— Sim. Eles moram em Nebraska. Daphne lembra muito a minha mãe.

Um leve traço de surpresa ficou registrado no rosto dele e foi logo substituído pela sua inescrutabilidade de sempre. Amber estava começando a perceber que ele era especialista em manter pensamentos e sentimentos ocultos.

— Como eles são?

— Bem, os dois são caseiros. A minha mãe gostava mesmo era de assistir a um filme romântico conosco. Muitas vezes, quando você está fora, Daph me convida para assistir a filmes com Tallulah e Bella. É divertido, lembra a minha casa. E acho que ela fica cansada com todos esses eventos de caridade, vernissages e as outras coisas. Pelo menos, é o que ela diz.

— Interessante — comentou Jackson. — O que mais?

— Bem, a minha mãe gosta de coisas tranquilas, como Daphne. Teria odiado a rapidez do barco e o vento na cara. Não que tivéssemos barcos, mas o meu pai era dono de uma motocicleta. Ela odiava... o barulho e a velocidade. Preferia a bicicleta, lenta e silenciosa.

Mais lorotas; porém, elas deixavam clara a sua posição.

Ele ficou quieto.

— Pensei que fosse emocionante estar no timão e acelerar pela água. Talvez amanhã devamos navegar um pouco mais devagar para que Daphne aproveite também.

— Sim, é uma boa ideia — comentou ela, terminando a sua taça de vinho.

As coisas estavam indo de vento em popa agora. E ela esperava que, na noite seguinte, houvesse mais fogos de artifício que aqueles que brilhavam no céu.

VINTE E CINCO

Logo após o Quatro de Julho, Amber enfim conseguiu o cobiçado cargo de primeira assistente de Jackson. Os currículos haviam diminuído e ela jogava fora qualquer coisa que parecesse muito boa. Amber se tornou indispensável para o chefe desde a partida da sra. Battley, então, quando ele a chamou ao escritório, teve certeza de que era para lhe dizer que era a sua nova assistente. Levou um bloco de anotações e uma caneta e se sentou em uma poltrona de couro diante da mesa dele, com o cuidado de cruzar as pernas com a meia-calça preta e ficar em seu melhor ângulo. Olhou para ele através dos cílios grandes que tinha deixado maiores no esteticista e com os lábios brilhantes ligeiramente entreabertos. Sabia que os seus dentes, recém-clareados no dentista, faziam um contraste perfeito com os lábios.

Jackson olhou para ela por um momento e depois começou.

— Acho que sabe o quanto tem sido útil nos últimos meses. Decidi suspender a busca por um novo assistente e estou lhe oferecendo o cargo, se estiver interessada.

Ela queria levantar com tudo e gritar, mas não mostrou a sua exultação.

— Fico muito feliz. Sem dúvida estou interessada. Obrigada.

— Ótimo. Vou falar com o RH.

Ele olhou para um documento na frente dele, dispensando-a, e Amber se levantou.

— Ah — disse ele, e a mulher parou e se virou. — Claro que você terá um aumento substancial.

Ela teria trabalhado ali de graça para se aproximar dele, mas, na verdade, ralava muito e sentiu que merecia aquele salário anual de seis dígitos. Não demorou para ela antecipar as necessidades dele no seu novo cargo e, em pouquíssimo tempo, estavam trabalhando juntos com a precisão de um relógio suíço. Amber adorava a importância que o trabalho lhe dava, a proximidade com o chefão. O pessoal do administrativo a olhava com inveja, e os executivos a tratavam com respeito. Ninguém queria se indispor com a pessoa que estava ao lado de Jackson Parrish. Era uma experiência inebriante. Pensou naquele filho da puta de Lockwood na sua terra natal e em como ele a tratara — como se Amber fosse um lixo que pudesse ser jogado fora.

Ela teve um sobressalto quando a campainha tocou no final da sexta-feira, levantou-se e foi até o escritório dele. Quando se aproximou da mesa, viu o que parecia uma pilha de contas e um grande talão de cheques.

— Desculpe por ter que sobrecarregar você com isso. Battley costumava cuidar dessa parte, e não tenho tempo para checar tudo.

— Você usou mesmo essa palavra comigo? Já deveria saber que nada que me dê pode me fazer sentir sobrecarregada.

Jackson sorriu para ela.

— *Touché*. Que bom que faz tudo isso com prazer. Deveria colocar AP depois do seu nome no cartão de visitas. Assistente Perfeita.

— Hum. Chefe Perfeito. Acho que formamos uma equipe feita no paraíso.

— Aqui está o teste — disse ele, com um sorriso irônico.

— Qual? — perguntou ela.

— Contas. Estão todas no débito automático, mas quero que as repasse, junte com os recibos e confirme se está tudo certo. E, é claro, há algumas que precisam ser pagas com cheques. Indiquei quais são para você fazer um cheque mensal para elas: Sabine e Surrey, despesas escolares, esse tipo de coisa.

— Claro. Sem problema. — Ela pegou a pilha e o talão de cheques, mas hesitou antes de sair do escritório. — Sabe, estou me sentindo como Telêmaco.

As sobrancelhas de Jackson se ergueram com a surpresa.

— Como?

— Sabe, da *Odisseia*.

— Sei quem é Telêmaco. Você leu *A Odisseia*?

Amber assentiu com a cabeça.

— Algumas vezes. Eu amo. Adoro o modo como ele assume cada vez mais responsabilidades. Na verdade... nem sinto que esteja me dando muito para fazer.

A maneira como Jackson olhou para ela deu a impressão a Amber de que ele estava avaliando o seu jeito e pareceu que ela tinha acabado de marcar muitos pontos. Ela sorriu com doçura e o deixou estudá-la mais um pouco enquanto passava pela porta.

Ela largou tudo na mesa e começou a percorrer as pastas. Aquele se revelou um exercício muito interessante. Amber ficou impressionada com as enormes somas que Daphne gastava todos os meses. Havia contas na Barney's, Bergdorf Goodman, Neiman Marcus, Henri Bendel e butiques independentes, sem mencionar as lojas de alta-costura e as joalherias. Apenas em um mês havia gasto mais de 200 mil dólares. Então, vieram os salários da babá, da governanta e do motorista. Mensalidade da academia e das aulas particulares de ioga e Pilates. Aulas de equitação e tênis das meninas. As contas do country club. As taxas da marina. Os espetáculos e jantares. As viagens. E tudo continuava, como um conto de fadas bizarro.

O novo salário de Amber era uma miséria em comparação ao dinheiro a que Daphne tinha acesso. Uma conta em especial fez com que ela parasse: uma bolsa vermelha Birkin da Hermès de couro de crocodilo. Amber olhou duas vezes, desacreditada, quando viu o preço: 69 mil dólares. Em uma bolsa! Era mais da metade do seu salário anual. E Daphne provavelmente a usaria algumas vezes para depois jogá-la no armário. A indignação de Amber era tão palpável que ela pensou que engasgaria. Era obsceno. Se Daphne quisesse mesmo ajudar as famílias que viviam com fibrose cística, por que não doava mais do próprio dinheiro e se satisfazia com a dúzia de bolsas de grife que já tinha? Era mesmo uma hipócrita. Pelo menos Amber era sincera consigo mesma quanto aos seus motivos. Quando estivesse casada com Jackson, não desperdiçaria tempo fingindo se preocupar com trabalhos de caridade.

Daphne não precisava levantar um dedo em casa, podia comprar qualquer coisa que quisesse, tinha um marido que a amava e não conseguia nem pagar as próprias contas? O quanto uma pessoa podia ser mimada? Amber nunca seria preguiçosa a ponto de dar a outra pessoa uma visão interna do seu estilo de vida. Agora que tinha visto com mais profundidade a vida mimada que Daphne levava, percebeu o quanto a riqueza de Jackson era ilimitada e ficou ainda mais determinada a levar o seu plano a cabo.

Demorou mais de uma hora e meia para percorrer todas as contas e recibos. Quando terminou, estava fumegando. Levantou-se da mesa e foi até o café, no corredor. Na volta, parou no toalete feminino e se olhou no espelho. Gostou do que viu, mas era hora de aumentar a aposta, ficar um pouco mais sexy, ainda que de maneira sutil — fazer com que Jackson se perguntasse o que havia de diferente nela. Quando voltou para a sua mesa, viu que o chefe já tinha ido embora. Deixou as contas e o talão de cheques na gaveta, trancou-os e bebeu o café. Enquanto fechava a porta do escritório e saía do prédio, planos se formavam na sua mente. Tinha o fim de semana inteiro para aperfeiçoá-los.

VINTE E SEIS

No sábado, encontrou Daphne na Barnes & Noble e, depois, foram almoçar no pequeno café do outro lado da rua. Sentaram-se a uma mesa na parte de trás do restaurante, e Amber pediu salada com frango. Ficou surpresa quando Daphne pediu um cheesebúrguer e batatas fritas, mas não falou nada.

— Então, Jackson me disse que você está fazendo um trabalho incrível. Está gostando?

— Estou. É *muito* trabalho, mas adoro, de verdade. Não sei nem como agradecer por me recomendar.

— Fico tão feliz. Eu sabia que você seria ótima.

Amber olhou para o pacote no banco ao lado de Daphne, que ela carregou durante a manhã toda.

— O que tem nessa bolsa, Daph?

— Ah, é só um frasco de perfume que vou devolver. Era o que costumava usar quando Jackson e eu nos conhecemos. Ele adorava. Fazia tempo que não usava, então decidi tentar de novo, mas devo ter ficado alérgica. Fiquei toda empipocada.

— Que coisa horrível. Qual é o nome do perfume?

— *Incomparable*. Rá. Era assim que eu me sentia quando o usava. Incomparável.

O almoço chegou, e Daphne devorou o cheesebúrguer como se tivesse ficado sem comer por dias.

— Hum. Que delícia — disse ela.

— Como era? Sabe, quando você e Jackson estavam namorando?

— Eu era muito jovem e inexperiente, mas, de algum jeito louco, acho que isso o atraiu. Tinha ficado com tantas garotas glamourosas que sabiam das coisas... talvez ele gostasse da ideia de poder me levar para lugares onde eu nunca tinha ido e me mostrar coisas que nunca tinha visto. — Ela fez uma pausa e seu olhar ficou distante. — Eu seguia tudo o que ele me falava. — Ela olhou de volta para Amber. — Ele gosta de ser adorado, sabe? — Daphne riu. — E é muito fácil agradá-lo. Ele é único.

— Sim, é mesmo — concordou Amber.

— De qualquer forma, acho que nada permanece igual. Claro, as coisas agora são diferentes.

— Como assim?

— Ah, você sabe. Temos as meninas. As coisas caem na rotina. Não fazemos amor com tanta paixão. Às vezes, ficamos cansados demais e, às vezes, apenas não temos vontade.

— Deve ser bem mais difícil quando se tem um bebê novo. Muito cansativo, quero dizer. A gente lê notícias o tempo todo de mães com depressão pós-parto.

Daphne ficou quieta e abaixou os olhos por um instante. Com os olhos ainda abaixados, ela falou:

— Tenho certeza de que é horrível.

Depois de alguns minutos desconfortáveis, Amber tentou de novo.

— Bom, de qualquer forma, ter filhos não parece ter abafado o seu romance. Toda vez que estou com vocês, fica óbvio que ele é louco por você.

Daphne sorriu.

— Passamos por muita coisa juntos.

— Espero ter um casamento tão bacana assim um dia. Como você e Jackson. O casal perfeito.

Daphne tomou um gole do café e olhou para Amber por um bom tempo.

— O casamento é um trabalho sem fim. Se você ama alguém, não deixe que nada o destrua.

Isso está ficando interessante, pensou Amber.

— Como o quê?

— Tivemos uns contratempos no caminho. Logo depois que Bella nasceu. — Ela fez outra pausa, inclinando a cabeça. — Aconteceu uma imprudência.

— Ele traiu você?

Daphne fez que sim com a cabeça.

— Foi só uma vez. Eu estava exausta, ocupada com a bebê. Não fazíamos amor havia meses. — Ela deu de ombros. — Os homens têm as necessidades deles. Além disso, demorou muito para eu ficar em forma de novo.

Daphne estava mesmo justificando o que ele fez? Ela era ainda mais ingênua do que Amber pensava.

— Não estou dizendo que o que ele fez foi certo. Mas ele se desculpou e jurou que nunca mais faria aquilo. — Ela abriu a Amber o que parecia ser um sorriso forçado. — E nunca fez.

— Uau. Deve ter sido muito difícil para você. Mas, pelo menos, você se recuperou. Vocês dois parecem muito felizes — comentou Amber. Ela olhou para o relógio. — Bem, acho que deveríamos ir. Tenho hora marcada no salão.

Após o almoço, Amber foi para casa e comprou um frasco de *Incomparable* pela internet. Tirou os olhos do computador e sorriu para si mesma, saboreando as novas informações. Ele já tinha traído antes! Se pudesse fazer de novo, com certeza faria.

A segunda-feira trouxe consigo a chuva forte e os ventos frios que encharcaram Amber enquanto ela esperava o trem. A única coisa que ela não gostava em relação ao seu trabalho era a longa viagem até a cidade. Era bom ir até lá para um dia tranquilo de visita aos museus, mas a viagem na hora do rush era uma tortura. Enquanto estava sentada, ainda bagunçada pelo vento e molhada, encurralada entre um homem grande que cheirava a charuto e um rapaz com uma mochila encardida, leu os anúncios acima das janelas diante dela. Poderia praticamente recitá-los de cor agora. Imaginou como seria ver a sua foto nas paredes dos trens ou na lateral dos ônibus. As modelos sentiam prazer com aquilo? Ela fantasiou sobre ser o objeto de desejo de milhares de homens. O seu corpo com certeza era bom o bastante e, com o cabelo e a maquiagem certos, apostava que ficaria tão bonita quanto aquelas modelos arrogantes, mesmo que tivesse apenas um metro e setenta, alguns centímetros a menos que Daphne. Elas deviam pensar que eram muito especiais, enfiando o dedo na garganta apenas para continuarem magrelas. Ela nunca faria isso; claro, tinha a sorte de ser naturalmente magra.

Quando chegou à rua 57, a barra da calça estava quase seca. A chuva tinha parado, mas o vento ainda soprava furioso. Cumprimentou o porteiro inclinando a cabeça e desejou um bom-dia ao guarda na recepção.

— Bom dia, srta. Patterson. Tempo ruim lá fora. E a senhorita ainda consegue se manter perfeita. Novo corte de cabelo?

Ela adorava que todos soubessem quem ela era.

— Sim, obrigada.

Passou o crachá e caminhou até o elevador. A primeira parada dela quando chegou ao andar foi no banheiro feminino. Tirou a chapinha sem fio e alisou os cabelos, agora na altura dos ombros e com um tom loiro champanhe-claro. Depois pôs uma gota de *In-*

comparable nos pulsos, tirou os tênis e calçou os Louboutins bege. Usava um vestido-suéter de gola alta preto e um sutiã push-up de renda preta que aumentava os seus amplos recursos. Tinha no pulso um grande bracelete prata. As únicas joias além dele eram os brincos de prata martelada, de uma elegância simples. Ela sorriu para o espelho, confiante de que parecia que havia acabado de sair de uma sessão de fotos da Ralph Lauren.

Quando entrou no seu escritório, viu que a porta de Jackson se encontrava fechada e as janelas ainda estavam escuras. Fazia questão de estar lá todos os dias cedo, mas Jackson conseguia chegar antes mesmo dela. Aquele dia foi uma rara exceção. Ela começou a responder aos e-mails e, quando ergueu os olhos de novo, eram 8h30. Jackson chegou depois das dez.

— Bom dia, Jackson. Tudo certo?

— Bom dia. Sim, tudo bem. Tive uma reunião na escola de Bella. — Ele destrancou a porta do escritório e depois parou. — Aliás, vamos a uma apresentação hoje à noite. Poderia fazer uma reserva para duas pessoas às dezoito horas no Gabriel's?

— Claro.

Ele começou a entrar, mas parou de novo.

— Você está muito bonita hoje.

Amber sentiu o calor subir pelo pescoço.

— Obrigada. É muita gentileza sua.

— Gentileza nenhuma. Apenas a verdade.

Ele entrou no escritório e fechou a porta.

O pensamento de Daphne e Jackson tendo um jantar romântico e depois sentados lado a lado em um teatro na Broadway a irritou. Queria que ela estivesse sentada ao lado dele naquele lugar de destaque, todos olhando para ela com inveja. Porém, sabia que tinha que manter a cabeça fria. Não ajudaria em nada perder a calma e cometer uma estupidez.

Naquela tarde, ela e Jackson estavam repassando o seu itinerário para a viagem da próxima semana para a China quando Daphne ligou no celular dele. Amber ouvia apenas o lado dele da conversa, mas era evidente que o seu chefe não estava satisfeito. Ele desligou e jogou o telefone na mesa.

— Merda. Isso ferra com os meus planos de hoje à noite.

— Daphne está bem?

Ele fechou os olhos e apertou a ponte do nariz.

— Ela está bem, por assim dizer. Diz que Bella não está bem. Não quer assistir à peça.

— Que pena — falou Amber. — Devo cancelar a reserva?

Jackson pensou alguns segundos e, em seguida, lançou um olhar avaliador para ela.

— Você estaria interessada em jantar e assistir a uma peça?

Amber sentiu o estômago pesar. Aquilo fora fácil demais, caindo no colo como um presente dos céus.

— Eu adoraria. Nunca estive em uma peça da Broadway.

Ela não se esqueceu de que ele gostava de inocência e das novatas.

— Ótimo. Esses ingressos para *Hamlet* são coisa fina, curta temporada, e não quero perder o espetáculo. Vamos terminar tudo mais ou menos às 17h30 e pegamos um táxi até o restaurante. A reserva é para as dezoito?

— Isso.

— Boa. Então, ao trabalho.

Amber voltou para a mesa e telefonou para Daphne, que atendeu depois de um toque.

— Daphne, é Amber. Jackson me disse que Bella não está se sentindo bem. Espero que não seja nada sério.

— Não, acho que não. Só um pouco de coriza e febre baixa. Sabe, ela só quer ficar com a mãe. Não queria deixá-la sozinha.

— Sim, consigo entender por que não a deixaria. — Ela fez uma pausa. — Jackson me pediu para eu ir no seu lugar hoje à noite. Só queria que soubesse. Você não se importa, certo?

— Claro que não. Acho uma ótima ideia. Divirta-se.

— Ok. Obrigada, Daphne. Estimo as melhoras para Bella.

Para variar, Amber se encheu de gratidão pela pirralhinha.

Saíram do escritório às 17h30 em ponto. Ela sentiu uma empolgação ao se sentar ao lado dele no táxi. Era a melhor embriaguez que já tinha experimentado. Quando entraram no restaurante, ficou satisfeita com os olhares admirados daqueles que a rodeavam. Amber sabia que estava bonita e que aquele homem com a mão nas suas costas era um dos mais ricos do lugar. Estavam sentados a uma mesa em um canto tranquilo do elegante restaurante, iluminados à luz de velas.

— Uau, nunca estive em um restaurante assim antes.

— Este foi um dos primeiros locais em que trouxe Daphne, quando começamos a namorar.

Daphne era a última coisa sobre a qual Amber queria conversar, mas, se ele insistisse, talvez pudesse virar o jogo ao seu favor.

— Ela falou muito sobre o tempo de namoro de vocês, como era diferente.

Ele se recostou na cadeira e sorriu.

— Diferente? Sim, era diferente na época. Não há nada como a empolgação que vem com a paixão. E eu me apaixonei de verdade, com certeza. Nunca conheci alguém como ela.

Ele tomou um gole de vinho e, mais uma vez, Amber admirou as belas mãos de Jackson.

— Vocês parecem feitos um para o outro.

Ela praticamente teve que cuspir aquelas palavras.

Ele abaixou a taça e assentiu com a cabeça.

— Daphne se transformou em uma mulher incrível ao longo dos anos. Olho para tudo o que ela conseguiu e fico orgulhoso demais dela. Tenho a esposa perfeita.

Amber quase se engasgou. Justo quando pensou que o seu chefe talvez estivesse notando as mudanças nela, uma nova, elegante e atraente Amber, o homem começou a falar da sua mulher de ouro.

Depois disso, conversaram bastante sobre os negócios e ele a tratou como qualquer colega com quem estivesse jantando. Quando chegaram ao teatro e se sentaram — em um camarote —, ela se permitiu imaginar de novo como seria estar casada com ele. Se ao menos Jackson estivesse interessado nela como mulher e não apenas como assistente, a noite teria sido perfeita.

Quando a cortina baixou, às onze, Amber não estava pronta para terminar a noite. Ainda havia muita gente nas ruas movimentadas, parecia que todos os restaurantes e cafés estavam cheios.

Enquanto caminhavam na direção da Times Square, Jackson olhou para o relógio.

— Está ficando tarde e começamos o dia cedo amanhã... a reunião com a Whitcomb Properties.

— Estou totalmente acordada. Sem um pingo de cansaço — disse ela.

— Talvez se sinta diferente quando o seu despertador... — Ele parou no meio da frase. — Você vai ficar exausta de manhã. Daphne e eu íamos ficar no apartamento hoje à noite e como ela não conseguiu vir, falei que ia seguir com os planos e ficaria lá sozinho. Você poderia ficar no quarto de hóspedes. Acho bobagem ter que pegar um trem tão tarde, pois já ficou com a gente na cidade antes. O único problema vai ser a roupa.

— Com certeza Daphne não vai se importar se eu pegar algo emprestado. Afinal, ela me emprestou aquele vestido de grife para o evento beneficente. Sou apenas um número menor que ela. — Amber esperava que ele não ignorasse a comparação.

— Tudo bem, então.

Jackson acenou para um táxi, e Amber afundou no banco de trás, feliz com a mudança de planos.

O táxi os deixou em frente a um prédio na parte alta da cidade e eles caminharam sob o longo toldo até a entrada.

— Boa noite, sr. Parrish.

O rosto do porteiro não demonstrou nenhuma reação a Amber; ela não sabia se por discrição ou falta de interesse.

O elevador particular abriu direto no saguão do grande espaço. Era diferente da casa deles, um design mais moderno e minimalista, tudo em tons de branco e cinza. Os pontos focais eram as pinturas nas paredes, arte abstrata com rajadas de cor que fundiam tudo aquilo. Ela observou o local, pasma.

— Vou tomar algo antes de dormir — disse Jackson. — O quarto de hóspedes fica na terceira porta à direita. Lá tem toalhas limpas e escovas de dentes, tudo o que precisar. Mas, antes, por que não dá uma olhada no armário de Daphne e escolhe algo para amanhã?

Ele foi até o carrinho de vidro que continha garrafas e decantadores e se serviu de um scotch.

— Tudo bem. Não vou demorar.

Ela entrou no quarto suntuoso, sem desejar nada mais que Jackson entrando de surpresa e jogando-a na cama king-size. Em vez disso, investigou a cômoda em busca das lingeries de Daphne. Refletiu mais uma vez sobre aquela amostra de uma Daphne tensa, cujas gavetas estavam tão em ordem que eram quase ridículas. Puxando uma calcinha de renda preta, ela a ergueu e assentiu. Ela serviria. Em seguida, foi ao armário, onde cada roupa estava espaçada com precisão militar, assim como na casa deles. Pegou um delicioso paletó vermelho Armani e uma blusa de alcinha branca.

Perfeito. Agora a meia-calça. Abriu várias gavetas até encontrá-las e escolheu um par simples e sedoso em bege. Ela pareceria ter um milhão de dólares no dia seguinte.

Amber pegou os itens e, relutante, saiu do quarto.

Jackson ergueu os olhos do seu drinque.

— Tudo certo?

— Sim. Obrigada, Jackson. Foi uma noite maravilhosa.

— Fico feliz que tenha gostado. Boa noite — disse ele e deu um pequeno aceno quando se dirigiu ao quarto.

O quarto de hóspedes tinha de tudo para atender a todas as necessidades possíveis, como Jackson dissera. Amber se despiu, tomou um banho, escovou os dentes e foi para a cama. Relaxou no colchão de penas macias que parecia abraçá-la e puxou o edredom até o queixo. Parecia estar repousando em uma nuvem, mas estava com dificuldades para dormir sabendo que Jackson estava deitado em uma cama a poucos quartos de distância. Esperava que ele sentisse o quanto ela o desejava e fosse até a cama dela, onde se esqueceria de tudo sobre a sua esposa perfeita. Depois do que pareceu uma eternidade, ela percebeu que aquilo não aconteceria e caiu em um sono agitado.

Na manhã seguinte, depois de tomar banho e se vestir, ela telefonou para Daphne para que soubesse que passara a noite no apartamento deles. Não queria dar à mulher nenhum motivo para desconfiar. Tudo transparente — para não passar dos limites. E Daphne, com o seu jeito habitual e doce, assegurou para Amber que estava tudo bem.

VINTE E SETE

Agora que Amber tinha uma visão privilegiada das finanças que sustentavam o mundo de Daphne, entendeu por que a mulher sempre estava fantástica — quem não estaria com aquela quantidade de dinheiro? Do topo da cabeça até a sola dos seus pés esfoliados, as pessoas cuidavam dela todo dia. Amber teve uma prova disso quando Daphne a convidou para um pequeno jantar na casa dos Parrish. Foi quando ela conheceu Gregg, o antídoto perfeito para a sua carteira vazia.

Sentaram-se lado a lado no jantar para catorze pessoas. Gregg era jovem e, embora fosse bem-apessoado, Amber achou que ele não tinha um queixo tão másculo. Além disso, a tonalidade avermelhada dos cabelos do homem não era do seu gosto. No entanto, quanto mais ela o examinava, mais via que outras mulheres provavelmente o achariam atraente. Era apenas ao lado de Jackson que ele não tinha vez.

Com tantas conversas individuais acontecendo ao redor da mesa, foi fácil para Gregg monopolizá-la durante quase a noite inteira. Amber achou a conversa banal e Gregg chato além da conta. Falou sobre o seu trabalho na empresa de contabilidade muito bem-sucedida da família.

— É tão fascinante ver como tudo se equilibra, o quanto a coisa se revela de maneira perfeita no final.

Ele estava falando sobre as declarações de lucro e perda, e Amber pensou que preferia fazer um canal de raiz a ouvi-lo falar de novo sobre aqueles números estúpidos.

— Tenho certeza de que é incrível. Mas, me diga uma coisa, o que faz além do trabalho? Sabe, que tipo de hobbies você tem? — perguntou Amber, esperando que ele conseguisse captar a mensagem.

— Ah, hobbies. Bem, vamos ver. Jogo golfe, claro, e faço a minha própria cerveja. Jogo bridge. Gosto muito de jogar bridge.

Aquele cara estava falando sério? Amber examinou o rosto dele para ver se Gregg estava tirando um sarro dela, mas não, ele estava falando muito sério.

— E você? — perguntou.

— Eu amo arte, então vou a museus sempre que posso. Adoro nadar e agora estou andando de caiaque. Também leio bastante.

— Eu não leio muito. Fico meio que pensando, tipo, para que ler sobre a vida de outra pessoa quando deveria estar vivendo a minha?

Amber se segurou para não cuspir fora a comida com espanto e apenas meneou a cabeça.

— Essa é uma visão interessante sobre livros. Nunca tinha ouvido antes.

Gregg sorriu como se tivessem entregado uma medalha de primeiro lugar para ele ou algo assim.

Ela concluiu que ele seria útil, mesmo que fosse difícil de aguentar. Serviria aos seus propósitos por enquanto. Seria o seu passaporte temporário para jantares, peças e eventos elegantes. Achou que poderia fazê-lo comprar presentes caros para ela, manteria-o ao seu lado e esperaria que Jackson o encarasse como um rival. Já tinha visto o seu olhar atento sobre eles naquela noite. E ela também viu que Daphne parecia satisfeita com a aparente atenção de Amber a Gregg. Amber, contudo, não estava interessada em um cara que tinha um pai rico. Ela queria o próprio pai rico.

Nesse meio-tempo, ela enrolou Gregg, deixando-o que ele a levasse a bons restaurantes e comprasse presentes para ela. Já havia enviado flores para o escritório dela duas vezes desde o jantar, e Amber ficou encantada quando Jackson não pareceu muito satisfeito ao ler o cartão. Ela achava que Gregg era bom e bem-intencionado à sua maneira, mas era um idiota. Tedioso como um sapato velho. No entanto, era um bom disfarce e, enquanto Amber acelerava o plano com força total, ele a servia bem, garantido que Daphne não desconfiasse ou de repente ficasse com ciúmes.

Um mês havia passado desde que ela e Gregg se encontraram no jantar de Daphne e, naquela noite, estavam todos jantando no clube. Amber tinha manipulado Daphne para conseguir aquela reunião.

— Quero nós quatro saindo juntos — disse ela ao telefone. — Mas não acho que Jackson queira socializar comigo, considerando que eu trabalho para ele.

Daphne não respondeu de imediato.

— Como assim? — perguntou.

— Bem, você e eu somos tão próximas. Melhores amigas. E quero que Gregg conheça você, já que sempre falo que somos como irmãs. Ele tentou combinar com Jackson, mas o seu marido sempre dá uma desculpa. Você consegue levá-lo?

Claro que Daphne conseguiria. Ela conseguia tudo o que Amber desejava; era só fazer o jogo da irmã mais nova, que Daphne se desdobrava para realizar o desejo da amiga.

Suspeitava que Jackson era um esnobe de coração e não considerava Amber socialmente digna dele. Não se ressentia por isso; sentiria o mesmo na posição dele. Mas também notou a forma como o corpo de Jackson ficava um pouco mais próximo dela quando estavam analisando um documento, o jeito como os seus olhos se fixavam nos dela apenas um instante a mais que o necessário. E quando ele a visse com Gregg, ela esperava que as sementes do ciúme se enraizassem e acelerassem a sedução.

Levou um bom tempo para se vestir e passou o perfume que Daphne agora tinha alergia. Talvez ele fizesse com que os olhos dela marejassem, pensou Amber com malícia. O vestido tinha um decote grande, para mostrar o vão entre os seios, mas não tão baixo para parecer vulgar. Ela usava saltos de doze centímetros, querendo ficar mais alta do que Daphne para variar, pois a mulher machucara o tornozelo jogando tênis e seria forçada a usar sapatos baixos e confortáveis até melhorar.

Gregg foi buscá-la bem no horário e ela desceu a escada correndo até o Mercedes conversível. Amava entrar no carro de luxo e ser vista nele enquanto passeavam. Às vezes, ele deixava Amber dirigi-lo, e ela adorava a sensação daquele veículo superior. Gregg adorava mimá-la, e Amber aproveitava tudo que valia a pena.

Ela entrou, admirando o couro marrom, e se inclinou para beijá-lo. Pelo menos ele era bom de beijo e, quando ela fechava os olhos, conseguia fingir que era a língua de Jackson na sua boca.

— Hum, que gostoso — disse ela, voltando para seu lugar. — Mas é melhor irmos. Não quero deixar Daphne e Jackson esperando.

Gregg respirou fundo e assentiu com a cabeça.

— Preferiria ficar aqui beijando você.

Até as frases dele eram tediosas. Ela fingiu desejo.

— Eu também, mas você prometeu ir devagar. Eu já falei como o meu último relacionamento foi difícil. Ainda não estou pronta.

Ela fez um beicinho lindo.

Ele partiu e eles bateram papo no caminho até o country club. Atravessaram os portões logo atrás do Porsche Spyder de Jackson.

— Pare ao lado deles. Assim, podemos entrar todos juntos.

Ela queria que Jackson a visse caminhando ao lado de Daphne.

Daphne e ela saíram dos carros ao mesmo tempo e Amber se aproximou para lhe dar um beijo, notando que Daphne estava carregando a nova bolsa Hermès.

— Chegamos na mesma hora!

Daphne sorriu e apertou de leve o braço de Amber.

— Amei a sua bolsa — disse ela, tentando parecer sincera.

— Ah, obrigada. — Daphne deu de ombros. — Foi um presentinho de Jackson. — Olhou para ele e sorriu. — Ele é tão bom para mim.

— Garota de sorte — comentou Amber, querendo cuspir de nojo.

Os quatro entraram juntos, e Amber teve que lutar para manter os olhos longe de Jackson e em Gregg.

Depois de se sentarem e conseguirem bebidas, Gregg ergueu a taça.

— Tim-tim. Estou muito feliz por finalmente termos conseguido nos encontrar. — Ele deslizou o braço em torno de Amber. — Nem sei como agradecer por me apresentar a esta joia.

Amber se inclinou ao lado de Gregg e o beijou. Quando voltou, tentou avaliar a reação de Jackson, mas a expressão do homem permaneceu inalterada.

— Ficamos felizes por ter funcionado. Tive a sensação de que os dois seriam perfeitos um para o outro — respondeu Daphne.

Amber deu uma olhada de soslaio para Jackson. Ele franzia a testa. Boa. Lambendo os lábios, ela ergueu a taça de vinho e deu um longo gole, depois olhou para Gregg.

— Você tinha razão; é melhor que o cabernet da casa. Queria tanto saber de vinhos como você.

— Eu ensino — respondeu ele com um sorriso.

— Na verdade — disse Jackson —, a safra de 1987 é melhor. — Ele lançou para Gregg um olhar de desculpas. — Desculpe, meu velho, mas sou *sommelier*. Vou pedir uma garrafa, e vocês vão sentir a diferença.

— Não se preocupe. Este foi o ano em que nasci, então com certeza foi um bom ano — respondeu Gregg, a sério.

Amber teve que se segurar para não rir. Gregg colocou Jackson no lugar dele, embora fosse grosseiro demais para perceber. Mas, Jackson, claro, percebeu na hora. Não importava quanto dinheiro ou sabedoria a mais Jackson tivesse, não poderia rejuvenescer quinze anos.

— É óbvio que a idade é o que torna um vinho mais desejável. Quanto mais velho, melhor — disse Amber, correndo devagar a língua pelos lábios e olhando para Jackson.

VINTE E OITO

Amber estava prestes a ter um novo vislumbre da vida dos Parrish. Quando pagou as contas, viu que a família tinha alugado uma casa no lago Winnipesaukee, do feriado em homenagem aos soldados mortos na guerra até o feriado do Dia do Trabalho, embora fosse improvável que a usariam pelo total de quatro semanas. Amber estava curiosa para ver que tipo de lugar justificava um valor de aluguel tão exorbitante e, naquele dia, ela veria. Estava esperando que Daphne a buscasse para um fim de semana na casa do lago, em New Hampshire. Jackson estava em outra das suas muitas viagens de negócios para o exterior.

Às 8h30 em ponto, o Range Rover branco estacionou. Daphne saltou do carro e abriu o porta-malas traseiro para a bagagem de Amber.

— Bom dia. — Daphne a abraçou e pegou a mala dela. — Fico tão feliz por ir conosco.

— Eu também.

Era uma viagem de quatro horas e meia até Wolfeboro, mas pareceu rápido com as meninas sonolentas e silenciosas no banco traseiro enquanto Amber e Daphne conversavam na frente.

— Como vão as coisas no trabalho? Ainda está gostando, com todas as responsabilidades?

— Eu adoro. Jackson é um chefe ótimo. — Ela olhou para Daphne. — Mas você já deve saber disso.

— Que bom. Por sinal, nunca agradeci por me substituir quando foi ver *Hamlet* com ele. Gostou?

— Gostei. Foi bem diferente ver no teatro. Uma pena você ter perdido.

— Não sou muito fã de Shakespeare. — Daphne riu. — Sei que é uma coisa terrível de admitir, mas gosto mais dos musicais da Broadway. Jackson, por outro lado, adora o bardo inglês. — Ela tirou os olhos da estrada e olhou por um momento para Amber. — Ele tem ingressos para *A tempestade*. Acho que é na semana que vem. Como você gostou de *Hamlet*, se não se importar, vou pedir para que ele a leve.

— Tenho certeza de que ele preferiria que você fosse.

Amber não queria parecer muito ansiosa.

— Ele vai adorar a ideia de apresentá-la a outra peça de Shakespeare. E, além disso, você estaria me fazendo um favor. Prefiro ficar em casa com as meninas a ouvir uma linguagem da qual não entendo nem metade.

Nossa, que incrível. Daphne estava praticamente entregando Jackson para ela na proverbial bandeja de prata.

— Bem, colocando nesses termos, acho que tudo bem.

— Ótimo. Então, está resolvido.

— Será que a sua mãe vai vir para ficar conosco, no fim das contas? Imagino que ela não esteja muito longe daqui.

Ela notou a mão de Daphne apertar o volante.

— New Hampshire é maior do que você pensa. Na verdade, ela está a algumas horas de distância.

Amber esperou que Daphne continuasse, mas o que se seguiu foi um silêncio desconfortável. Decidiu que não a pressionaria. Alguns minutos depois, a mulher olhou no retrovisor e falou com as meninas.

— Falta mais ou menos uma hora. Todo mundo está bem ou precisamos fazer uma parada para ir ao banheiro?

As meninas disseram que estavam bem. Amber e Daphne conversaram sobre os planos para o restante do dia assim que chegassem à casa.

Elas chegaram à encantadora cidadezinha de Wolfeboro por volta da hora do almoço e prosseguiram até a casa do lago, passando quilômetro após quilômetro de água brilhante e encostas verdejantes. As casas ao longo das margens eram uma combinação perfeita de antigas e novas, algumas de imponência importante, outras pequenas e ecléticas. Amber ficou encantada com o convite claro para os prazeres de verão que parecia pairar sobre tudo. Daphne entrou na propriedade e, no momento em que abriram as portas, o cheiro de madressilva e pinho encheu o carro. Amber pisou no cascalho, que estava coberto de agulhas de pinheiro e respirou o ar fresco. Aquele lugar era o paraíso.

— Se cada uma levar uma coisa, conseguimos fazer tudo em uma viagem só — disse Daphne atrás do Rover.

Malas na mão, com Bella ajudando também, as quatro atravessaram o caminho de terra que levava à casa. Amber parou e encarou, boquiaberta, a estrutura diante dela, uma imensa casa de cedro com três andares e muitos alpendres, varandas e parapeitos brancos. Além disso, havia um grande gazebo octogonal e um pequeno ancoradouro de frente para águas límpidas.

O interior da casa era acolhedor e confortável, com piso de pinhos antigos e móveis acolchoados que convidavam ao relaxamento. A varanda frontal se estendia por toda a frente da casa e dava para o lago.

— Mãe, mãe, mãe. — Bella já tinha subido e posto a roupa de banho. — Podemos nadar agora?

— Daqui a pouco, querida. Espere até todas estarmos com roupa de banho.

Bella se jogou em um dos sofás para esperar.

A água do lago era gelada e limpa. Demorou um tempo para todas se acostumarem, mas logo estavam gritando, espirrando água e rindo. Amber e Daphne fizeram uma pausa e se sentaram na borda do cais, pernas pendendo dentro d'água enquanto observavam as meninas nadarem. O sol da tarde aquecia os ombros enquanto a água fria do lago escorria dos cabelos.

Daphne ergueu a perna, espalhando água, e se virou para Amber.

— Sabe? — disse ela — Eu me sinto mais próxima de você do que qualquer pessoa que conheço. É quase como se eu tivesse a minha irmã de volta. — A mulher olhou para o lago. — Isso é o que Julie e eu estaríamos fazendo agora, se ela estivesse viva... sentadas aqui observando as meninas, apenas pelo prazer de estarmos juntas.

Amber tentou pensar em uma resposta empática e disse:

— É muito triste. Eu entendo.

— Sei que entende. Dói pensar em todas as coisas que adoraria compartilhar com ela. Mas agora, com você, posso fazer isso. Não é a mesma coisa, claro, e sei que sabe o que quero dizer. Mas me deixa um pouco mais feliz que possamos fazer com que doa menos.

— Apenas pense que, quando Bella e Tallulah crescerem, ficarão juntas. É bom que tenham uma à outra.

— Tem razão. Sempre senti que foi uma pena não termos tido mais filhos.

— Jackson quis parar nas duas?

Daphne se recostou e olhou para o céu.

— Muito pelo contrário. Ele estava desesperado por um menino.

Ela apertou os olhos e levantou a mão para proteger os olhos da luz. Virando-se para Amber, falou:

— Mas nunca aconteceu. Tentamos várias vezes, mas não consegui ficar grávida depois de Bella.

— Sinto muito — respondeu Amber. — Pensou em tentar tratamentos de fertilidade?

Daphne fez que não com a cabeça.

— Não quis ser gananciosa. Senti que tínhamos sido abençoados com duas filhas saudáveis e que deveria ficar grata por isso. Era só porque Jackson sempre quis um menino. — Ela deu de ombros. — Ele falava sobre ter um Jackson Júnior.

— Ainda poderia acontecer. Certo?

— Acho que é possível. Mas perdi as esperanças.

Amber meneou a cabeça solenemente, embora estivesse dançando por dentro. Então, ele queria um menino, e Daphne não podia lhe dar um. Aquela era a melhor notícia que recebera até então.

As duas ficaram em silêncio e, então, Daphne voltou a falar:

— Estive pensando... você não deveria ter que pegar condução todos os dias enquanto o apartamento fica lá, vazio. Fique à vontade para dormir no apartamento nas noites em que Jackson não estiver lá.

Amber ficou passada.

— Nem sei o que dizer.

Daphne pousou a mão sobre a de Amber.

— Não diga nada. É para isso que servem as amigas.

VINTE E NOVE

Amber estava ansiosa para dormir na cama de Daphne naquela noite. Aceitaria a oferta de usar o apartamento no fim de semana. Como era a última semana de agosto, e Jackson estava trabalhando na casa do lago, o apartamento estava disponível. Amber não tinha grandes planos para o fim de semana, então passaria o sábado andando por Manhattan. Enviou um texto para Daphne para que ela soubesse e agradeceu.

Ficou algum tempo sem ir até lá e se surpreendeu mais uma vez com a elegância e o luxo. Imaginou aquele desgraçado da sua terra natal e a sua mãe convencida — ah, se eles pudessem vê-la naquele apartamento palaciano! Amber jogou longe os sapatos de salto e pisou descalça no tapete fofo. Em seguida, afundou no sofá branco em forma de meia-lua e examinou os seus arredores com prazer. Quase sentia como se fosse dela. Deixou a cabeça cair para trás e fechou os olhos, sentindo-se bastante mimada. Depois de alguns minutos, entrou no quarto do casal para procurar um roupão.

Amber escolheu um magnífico Fleur de seda e renda. Era como se uma brisa quente e sensual deslizasse sobre a pele dela. Depois abriu as gavetas de Daphne e escolheu uma calcinha de renda Fox&Rose, que a fez se sentir sedutora — não que tivesse alguém para seduzir, mas era bom de qualquer maneira. Entrou no banheiro e escovou os longos cabelos, agora ainda mais loiros pelas frequentes idas ao salão. Ele caía solto em torno dos ombros, espesso e brilhante. *Talvez não tão bonita quanto Daphne, mas com certeza mais jovem.*

Olhou para a cama, coberta com um edredom verde-claro. Ela dormiria ali e fingiria que tudo era dela, veria como era ser Daphne. Sentou-se na cama e pulou algumas vezes, então se deitou e se espalhou. Era como ser abraçada por mil nuvens. O quanto seria lindo acordar a hora que quisesse naquele quarto paradisíaco e depois explorar a cidade? Que sexta e sábado poderiam ser mais perfeitos?

Amber se aninhou um pouco mais. O ruído no estômago a lembrou de que não tinha comido nada desde o café da manhã. Relutante, ela se levantou e entrou na cozinha. Escolheu uma salada pronta do mercado e a espalhou em um dos pratos de porcelana de Daphne. Tinha aberto uma garrafa de malbec antes e agora se servia de uma taça. Após o jantar, colocou alguns CDs de jazz no aparelho de som e se sentou com a segunda taça de vinho, pensando no que faria no dia seguinte. Talvez fosse ao Guggenheim ou ao Whitney. O terceiro disco estava tocando quando Amber ouviu um barulho do lado de fora do apartamento. Levantou-se de uma vez e ficou à espreita. Sim. Definitivamente. Era o elevador. De repente, as portas se abriram, e Jackson entrou.

Ele pareceu surpreso.

— Amber. O que está fazendo aqui?

Ela puxou o roupão para mais perto do corpo.

— Eu, hum, eu... Daphne me deu uma cópia da chave e disse que poderia usar se estivesse cansada demais para pegar o trem. Ela falou que tinha avisado você. Imaginei que, com todos no lago, o apartamento ficaria vazio. Sinto muito. Não fazia ideia de que estava vindo.

Ela corou.

Ele deixou cair a pasta e balançou a cabeça.

— Tudo bem. Eu deveria ter avisado.

— Pensei que ficaria no lago até domingo à noite.

— É uma longa história. Vamos dizer que já tive semanas melhores.

— Bem, vou pegar as minhas coisas para não atrapalhar você.

Ela odiava a ideia de ter que ir embora, mas achou que Jackson esperaria isso dela.

Ele fez que não com a cabeça e passou por ela em direção ao quarto.

— Está tarde, fique à vontade para dormir aqui e ir embora amanhã. Vou me trocar.

Ela o ouviu ao telefone, mas não conseguiu entender o que estava dizendo. O homem permaneceu no quarto por cerca de uma hora, e Amber se perguntou se ele sairia. Ponderou se trocava o roupão por roupas normais, mas decidiu que não. Teve um bom pressentimento sobre aquela noite. Recostou-se com a sua taça de vinho e uma revista, esperando por ele.

Ele enfim saiu, pegou uma bebida e se sentou na outra ponta do sofá. Pareceu registrar o que ela estava vestindo pela primeira vez.

— Esse roupão fica bom em você. Tem ficado um pouco apertado em Daphne nos últimos tempos.

— Ela ganhou um pouco de peso. Acontece nas melhores famílias — respondeu Amber, escolhendo as palavras com cuidado.

— Ela não tem sido a mesma ultimamente.

— Notei isso também. Sempre que estamos juntas, ela parece distraída, como se tivesse com outra coisa em mente.

— Ela falou alguma coisa para você? Sobre estar infeliz ou algo do tipo?

— Na verdade, não gostaria de repetir nada do que ela me disse, Jackson.

Ele arrumou o corpo no sofá.

— Então, ela falou alguma coisa para você.

— Por favor, se Daphne não está feliz, é algo que vocês precisam discutir.

— Ela afirmou que não estava feliz?

— Bem, não com essas palavras. Sei lá. Não quero trair a confiança dela.

Ele deu um bom gole do seu copo.

— Amber, se tem algo que eu deva saber, algo que possa ajudar, então me diga. Por favor.

— Não acho que você queira ouvir o que tenho a dizer.

— Fale.

Ela soltou um suspiro e permitiu que o roupão se abrisse apenas o suficiente para mostrar um pedacinho provocante do decote.

— Daphne me disse que o sexo é chato e rotineiro. E que fica feliz todos os meses quando a sua menstruação desce por saber que não está grávida. — Ela fingiu estar nervosa. — Mas, por favor, não diga a ela que falei isso para você. Daphne me contou o quanto quer um menino e talvez ela não quer que saiba que ela não se sente da mesma forma.

O homem ficou mudo.

— Desculpe, Jackson. Não queria revelar isso assim, mas você tem razão, tem o direito de saber como ela se sente. Só que... por favor... não diga nada a Daphne.

Ele manteve o silêncio, o rosto vermelho e rígido com uma expressão sombria que Amber quase nunca via. Estava furioso.

Ela se levantou do sofá e caminhou até ele. Garantiu que o roupão se abrisse um pouco contra a perna quando se aproximou dele. Ficou diante do homem e pousou a mão no seu rosto.

— Tudo o que está acontecendo, tenho certeza de que vai passar. Como alguém poderia estar descontente com você, Jackson?

Ele tirou a mão dela do rosto e a segurou. Amber correu a outra mão pelos cabelos dele, e Jackson gemeu, mas depois a afastou bem devagar.

— Me perdoe, Amber. Estou fora de mim.

Ela se sentou ao lado dele.

— Compreendo. É difícil descobrir que alguém que ama não quer o mesmo que você.

Ele olhou fixo para ela.

— Ela disse isso mesmo? Que fica feliz sempre que sabe que não está grávida?

— Sim. Sinto muito.

— Não consigo acreditar. Nós conversamos sobre o quanto seria maravilhoso. Não consigo acreditar.

Ele colocou a cabeça entre as mãos, os cotovelos apoiados nos joelhos.

Amber acariciou as suas costas.

— Por favor, não diga a Daphne que eu falei. Ela me fez jurar segredo. — Amber pensou por um momento e depois decidiu chutar o balde. — Sabe — disse ela com tristeza —, ela meio que ficava rindo dessa situação, de como ela enganava você e você nunca percebia.

Ela rezou para que a mentira não explodisse na sua cara, mas precisava avançar com esse jogo.

Quando Jackson olhou para ela, os olhos dele estavam cheios de confusão e dor.

— Ela riu? Como pôde?

Amber pôs os braços ao redor do pescoço dele e o puxou para perto de si.

— Também não entendo. Deixa eu ajudar você — disse ela, beijando o rosto do homem.

Ele a afastou de novo.

— Amber, não. Isso é errado.

— Errado? E o que ela fez é certo? Trair você? Rir de você? — Amber se levantou e ficou em pé diante dele mais uma vez. — Deixe eu fazer você se sentir bem. Não precisa mudar nada.

Ele balançou a cabeça.

— Não consigo pensar direito.

— Estou aqui, do seu lado. É tudo que precisa pensar.

Devagar, ela desatou a faixa do roupão e deixou cair dos ombros, ficando em pé diante dele apenas de calcinha rendada. Ele olhou para ela, e ela puxou a cabeça dele até se enterrar contra a sua barriga. Ela o empurrou para trás, montando no colo de Jackson e, assim que conseguiu, levou a boca até a orelha dele e sussurrou o quanto ela o queria enquanto movia os quadris e os apertava contra ele.

Amber encontrou os lábios dele e enfiou a língua em sua boca, bem fundo. Ela sentiu a resistência enfraquecer quando ele a puxou para mais perto e retribuiu o beijo.

Fizeram amor de um jeito feroz e poderoso. Largaram-se apenas quando foram para o quarto no meio da noite. Por fim, ao amanhecer, caíram em um sono profundo e realizado.

Amber despertou primeiro. Ela se virou e olhou para Jackson dormindo ao seu lado. Era um amante experiente, um bônus que ela não esperava. Estava tão acostumada a planejar cada movimento que agora parecia impossível que tivessem ficado sozinhos no apartamento por acaso. Ela fechou os olhos e se recostou no travesseiro. Jackson se agitou ao lado dela e, então, ela sentiu a mão dele deslizando pela sua coxa.

Ficaram na cama até o meio-dia, cochilando e acordando. Amber ainda estava meio adormecida quando Jackson se levantou para tomar banho e se vestir. Estava na cozinha fazendo café quando ela saiu, agora com uma longa camiseta branca de Daphne.

— Bom dia, Superman.

Ela se aproximou dele, mas ele recuou.

— Olha só, Amber. Isso não pode acontecer de novo. Sinto muito. Amo Daphne. Não quero machucá-la. Você entende, não é?

Amber sentiu como se tivesse sido atingida. Tirou um momento para ponderar as coisas, alterar o plano de jogo. Não havia maneira de permitir que ele a deixasse de lado.

— Claro que entendo, Jackson. Daphne é a minha melhor amiga e a última coisa que quero é que ela se magoe. Mas não se martirize. Você é homem e tem as suas necessidades. Não há motivo nenhum para se envergonhar disso. Estou aqui sempre que quiser. Só entre nós. Daphne não precisa saber.

Jackson olhou para ela.

— Isso não seria justo com você.

— Eu faria qualquer coisa por você, então, preste atenção: sempre que quiser. Sem perguntas, sem amarras e sem vazar segredos.

Ela pôs os braços ao redor do pescoço dele e sentiu a proximidade de Jackson ao seu redor.

— Assim fica impossível resistir — sussurrou ele, os lábios contra a orelha de Amber.

Ela se afastou um pouco e encarou os olhos dele enquanto a sua mão deslizava para baixo da cintura, a fim de acariciá-lo.

— Ah. — Ele deixou a cabeça cair para trás e fechou os olhos com prazer.

— Mas por que você tentaria resistir? — A voz dela era sedosa. — Já falei. Estou aqui por você. Me procure para o que precisar. Vai ser o nosso segredinho.

TRINTA

Amber abraçou um travesseiro sedoso, fechando os olhos para conseguir mais alguns minutos de sono. Ela e Jackson estavam dormindo juntos havia mais de dois meses e ficaram acordados a noite toda fazendo amor. Ela estava quase pegando no sono de novo quando sentiu ele balançando o seu braço.

— Você tem que levantar. Esqueci que Matilda vinha aqui para fazer a limpeza.

Os olhos dela se abriram de uma vez.

— O que devo fazer?

— Coloque as suas roupas! Vá para o quarto de hóspedes e faça parecer que ficou lá durante a noite. Vamos ter que inventar alguma coisa para Daphne.

Irritada, ela jogou o roupão ao pé da cama e correu até o quarto de hóspedes. Seria tão terrível se Daphne descobrisse? Sim, era cedo demais. Tinha que ter certeza de que ele estava bem preso antes de qualquer coisa acontecer para prejudicar a sua posição. Fora do escritório, ela era a profissional perfeita, mas dentro, com a porta fechada, ela usava todos os truques à disposição para garantir que ele não se cansasse dela. Ficou um pouco repetitivo — sobretudo pela afinidade de Jackson pelo boquete —, mas ela poderia aposentar os seus serviços depois que estivesse com uma aliança no dedo. E, além disso, ela não exigia nada e passava o dia como se não houvesse nada além de uma relação profissional. Em geral, ficavam juntos no apartamento algumas noites por semana. Era o que ela mais amava. Acordar ao lado dele naquele apartamento fabuloso, como se tudo fosse dela. Agora Amber cuidava de agendar compromissos e jantares tardios para o chefe, assim ele ficava mais inclinado a passar a noite ali, e ela sempre teria um lugar para dormir na cidade.

Estava ficando cada vez mais difícil desempenhar o papel de melhor amiga de Daphne. Ela odiava ter que fingir que não era nada além da assistente de Jackson; que não conhecia cada polegada do corpo dele provavelmente melhor do que a própria esposa dele. Por enquanto, porém, tinha que fazer aquele jogo. No entanto, quando Daphne telefonou para enviá-la a uma missão, Amber ficou lívida.

— Amber, querida. Pode me fazer um grande favor? — perguntou Daphne.

— Pois não?

— Bella tem uma festa para ir e precisa de um acessório para uma das bonecas da American Girl. Não vou conseguir ir à cidade a tempo. Você se importaria de buscar para mim e trazê-lo aqui em casa?

Claro que ela se importava, cacete. Não era uma serviçal de Daphne. Amber tinha planejado passar a noite no apartamento, mas agora teria que mudar os planos.

— Claro, Daphne, qual acessório? — respondeu, com uma clara falta de entusiasmo.

— Ela quer a carruagem Pretty City Carriage. Vão fingir que estão no Central Park. Já liguei e comprei. Estão guardando lá no seu nome.

Amber ainda estava fumegando quando o seu trem chegou a Bishops Harbor pouco antes das seis. Ela pegou um táxi direto para a casa deles e se perguntou se Jackson já havia voltado da sua viagem de negócios.

Quando chegou, Daphne estava na cozinha com as meninas. Jackson não estava por ali.

— Ah, você é adorável. Obrigada! — disse Daphne, efusiva. Inclinando a cabeça em direção a Bella, ela prosseguiu: — Eu teria ficado com um imenso problema nas mãos se não tivesse conseguido.

Amber forçou um sorriso.

— Não podia deixar acontecer.

— Bebe alguma coisa comigo?

Daphne levantou uma garrafa de vinho tinto pela metade. *Um pouco cedo para ela*, pensou Amber.

— Só uma taça. Tenho um encontro com Gregg esta noite — mentiu. Não queria ficar presa ali a noite toda. — Vejo que já começou faz um tempo.

Daphne encolheu os ombros e serviu um pouco para Amber.

— Como dizem por aí, "sextou".

Amber aceitou a taça e tomou um gole.

— Obrigada. Onde está Jackson?

Daphne revirou os olhos.

— No escritório, onde mais? — Ela baixou a voz para que as garotas não ouvissem e se aproximou de Amber. — Para ser sincera, ele ficou fora a semana toda e a primeira coisa que faz quando chega em casa é reclamar que Bella deixou os sapatos no corredor. — Ela balançou a cabeça. — Às vezes, é mais fácil quando ele está fora.

Não se preocupe, querida, Amber queria responder. *Não vai ter que aguentar isso por muito tempo*. Porém, em vez disso, fez uma cara preocupada.

— Você está arruinando a minha fantasia de casamento perfeito.

Ela riu.

— Está tudo bem. Depois que se acalmou, ele e eu tivemos um momento delicioso à tarde. Foi a primeira vez em um tempinho. — Ela levou a mão à boca. — Não acredito que acabei de falar isso para você! Chega de falar de mim, me fale mais sobre como estão as coisas com Gregg. — Ela deu o braço para Amber, e as duas entraram no solário, Daphne falando por sobre o ombro. — Sabine, dê banhos nas garotas quando elas terminarem de comer.

— Preciso ir ao banheiro — disse Amber enquanto passava por ela. Entrou e bateu a porta, desabando logo depois. Jackson já estava se cansando dela? A expressão presunçosa de Daphne a enfureceu. Começou como um formigamento nos dedos e, então, ela estava enterrando as unhas nas mãos para não gritar. Estava fervendo de raiva, pronta para explodir, a adrenalina correndo por seu corpo tão rápido que não conseguia recuperar o fôlego. Queria quebrar alguma coisa. Os seus olhos pairaram sobre a delicada tartaruga de vidro verde na prateleira diante dela. Ela a pegou, atirou-a no chão e pisoteou-a, esmagando os cacos no tapete. Esperava que Daphne cortasse os pés neles. Abriu a porta e voltou para o solário. Era o que acontecia quando ele ficava longe da vigilância dela por muito tempo. Teria que fazer alguma coisa a respeito daquilo, e rápido.

Daphne deu tapinhas no assento ao lado quando Amber entrou.

— Então, me conte tudo. Como estão as coisas com Gregg?

No que dizia respeito a Gregg, ela o encontrava apenas para manter as suspeitas de Daphne sob controle. Jantava com ele, em geral, na sexta ou no sábado à noite, ou, às vezes, jogava tênis no clube com ele. Gregg acreditava na sua história de que precisava de mais tempo para superar o ex-namorado abusivo que havia inventado — aquele de quem ninguém mais "sabia", só ele.

— Ele é tão carinhoso e atencioso. Não o vejo tanto quanto gostaria por causa do trabalho. — Ela levantou a mão. — Não que esteja reclamando. Pode acreditar, gosto do meu trabalho.

Daphne sorriu.

— Eu sei. Não se preocupe. A esposa do chefe não vai dizer nada.

Por dentro, Amber ainda fervilhava.

— Não penso em você como a esposa do chefe.

Daphne levantou uma sobrancelha.

Amber estendeu a mão e apertou a de Daphne.

— O que quero dizer é que penso em você como a minha melhor amiga. Se eu me casar, gostaria que fosse a madrinha.

— Ai, você é tão meiga. Mas já estou um pouco velha para isso, não acha?

Amber fez que não com a cabeça.

— Claro que não. Quarenta não é velha.

— Como é? Tenho 38 anos. Não adiante as coisas.

Ela sabia exatamente quantos anos tinha Daphne. Mas, de verdade, 38, quarenta, qual era a diferença? Amber tinha 26. Não tinha como concorrer.

— Desculpe, Daph. Sou horrível com idades. De qualquer forma, você parece jovem.

— Ah, antes que esqueça, tenho algumas roupas de que vou me desfazer, mas queria saber se você quer algumas delas — falou Daphne.

Amber não precisava das sobras dela. Tinha um guarda-roupa novinho, graças a Jackson. Mas não podia mostrar as suas cartas — ainda não.

— Seria bom. Adoraria dar uma olhada. Por que não quer mais? Elas estão apertadas?

Amber não conseguiu resistir à pergunta.

As bochechas de Daphne ficaram rosadas.

— Como?

Amber olhou para o chão. Como sairia dessa? Antes que pudesse dizer qualquer outra coisa, Daphne voltou a falar.

— Eu *ganhei* peso mesmo. Não consigo parar de comer. Como quando estou estressada e fico preocupada com Jackson. Ele está agindo de uma forma estranha, e eu não entendo.

Daphne suspirou alto.

— Ai, Daph. Eu não sabia se deveria contar para você, mas ele *tem* passado muito tempo com uma vice-presidente. Ela é nova na empresa. O nome dela é Bree. Não sei se está acontecendo alguma coisa, mas eles saem em almoços muito longos...

Bree era uma beldade que tinha começado a trabalhar no escritório algumas semanas antes. Amber ficara desconfiada dela e estava pronta para sabotá-la até descobrir que a mulher era lésbica. Daphne, no entanto, não sabia disso. Bree e Jackson vinham trabalhando bastante tempo juntos, mas não havia interesse nenhum em jogo — e, agora, Daphne começaria a irritá-lo e o enviaria direto para os braços de Amber.

A mão de Daphne subiu de uma vez à boca.

— Sei de quem está falando. Ela é maravilhosa.

Amber mordeu o lábio.

— Sim. Também é uma cobra. Já vi a maneira como ela olha para ele. Está sempre colocando a mão no braço de Jackson, cruzando as pernas e usando saias curtas. É grosseira comigo também; às vezes, vai direto até Jackson para marcar um compromisso, como se tivesse acesso especial ou algo assim.

— O que devo fazer?

Amber ergueu as sobrancelhas.

— Sei o que eu faria se fosse comigo.

— O quê?

— Diria para ele se livrar dela.

Daphne fez que não com a cabeça.

— Não. É a empresa dele. Jackson vai pensar que estou louca.

Amber fingiu pensar.

— Já sei. Vá falar com ela.

— Não posso fazer isso!

— Claro que pode. Vá até o escritório e diga com muita calma que está de olho nela e, se ela valoriza o emprego que tem, é melhor deixar o seu marido em paz.

— Acha mesmo?

— Quer perder Jackson?

— Claro que não.

— Então, sim, entre lá e mostre a ela quem é que manda. Vou mantê-lo ocupado enquanto você faz isso; assim, ele não vai descobrir.

Daphne respirou fundo.

— Talvez você tenha razão.

Amber sorriu. Era perfeito — Daphne faria o marido passar vergonha no próprio escritório, o que o deixaria furioso.

— Vou ficar do seu lado o tempo todo.

TRINTA E UM

Estava ficando cada vez mais difícil manter Gregg fora da sua cama. Não que tivesse se importado em levá-lo para um test drive – ele tinha um beijo decente, e Amber sabia que Gregg estava mais do que disposto a agradá-la. Mas não podia arriscar. Quando engravidasse, seria de um filho de Jackson, e não de Gregg. Além disso, assim que a sua posição com Jackson fosse garantida, ela daria um pé na bunda do atual namorado. Tudo que tinha que fazer até lá era o que aprendera de melhor no ensino médio. Levantando-se depois de ficar de joelhos, ela roçou a barriga dele com os lábios, depois o beijou na boca antes de ir ao banheiro para lavar a própria. Ele ainda estava de pé, um olhar atordoado no rosto, as calças ao redor dos tornozelos.

Gregg lhe lançou um olhar tímido e subiu as calças.

— Desculpe. Você não é mesmo deste mundo, gata. — Ele a puxou para si, e Amber teve que resistir à vontade de se contorcer para sair daquele abraço. — Quando vai estar pronta para fazer amor? Não sei por quanto tempo mais consigo aguentar.

— Eu sei, eu também. O meu médico disse que preciso esperar mais seis semanas. Então estará curado. Isso está me matando também.

Gregg estava ficando impaciente, e ela teve que inventar uma nova desculpa. Contou uma história besta sobre a remoção de alguns cistos que exigiam a suspensão das relações sexuais. Quando começou a descrever a operação, o homem ergueu as mãos e disse para ela parar, pois não precisava saber dos detalhes.

— Melhor ir se vestir, vamos nos atrasar para a peça se não jantarmos logo — disse ela com doçura. *Vai logo, cara*, é o que queria dizer de verdade.

Eles foram a Nova York para ver *Um violinista no telhado* e passaram a noite no apartamento dos pais dele, em frente ao Central Park. Amber queria ver *O livro de Mórmon*, mas quando o mencionou, Gregg disse que não estava interessado em ver uma peça religiosa.

Estúpida, ela concordou em preparar o jantar para eles antes da peça — frango grelhado com arroz instantâneo e uma salada verde. Agora, ela revirara armários em busca de panelas, tigelas e utensílios quando sentiu que Gregg bateu contra o seu corpo por trás. Ela se virou e olhou para ele.

— Opa, desculpa — disse ele. — Estava tentando ajudar você a encontrar coisas.

— Já encontrei tudo de que preciso — respondeu ela de maneira brusca.

Quando Amber abriu a torneira para encher a panela, o braço de Gregg se estendeu diante dela.

— O que está fazendo? — perguntou ela.

— Estou tentando ajudar. Ia pegar a panela e colocá-la no fogo.

— Acho que consigo dar conta — disse ela, caminhando até o fogão, mas Gregg correu à frente de Amber para ligar o fogo e eles trombaram. A panela sacudiu na mão de Amber e a água voou por toda parte, encharcando a frente do seu vestido.

— Ai, meu Deus. Você está bem? — perguntou ele, pegando um pano de prato e o pressionando contra o vestido de Amber.

Você é um maluco idiota?, Amber quase gritou, mas sorriu e disse:

— Estou bem. Que tal se sentar enquanto termino as coisas por aqui?

Chegaram ao teatro da Broadway com muita antecedência, e ele foi ao bar buscar bebidas. Amber olhou ao redor do magnífico teatro enquanto esperava, admirando o grande candelabro no opulento saguão vermelho e dourado. Gregg voltou com as bebidas, duas taças de vinho branco, embora ela lhe dissesse sempre que preferia tinto. Aquela besta alguma vez a escutava?

— Acho que você vai gostar dos assentos. Primeira fila da orquestra — disse ele, brandindo os ingressos com um floreio.

— Ótimo. Um assento de frente para toda aquela cantoria.

Amber tinha visto o filme e não entendia todo o estardalhaço que existia sobre ele. *Um violinista no telhado* já era passado, pelo que ela sabia. Aqueles ingressos eram dos pais dele que, pelo visto, não tiveram interesse em assistir à peça.

— Já viu esse musical no teatro? — perguntou ela.

Ele fez que sim com a cabeça.

— Sete vezes. É a minha peça favorita. Eu adoro a música.

— Uau, sete vezes. Deve ser um recorde — disse Amber, olhando distraída ao redor do saguão.

Gregg ficou mais empertigado e disse com orgulho:

— Minha família frequenta muito o teatro. Papai compra ingressos para as melhores peças.

— Que ótimo.

— Sim. Ele é um grande homem.

— E você? — perguntou Amber sem muito interesse.

— Eu o quê?

— Você é um grande homem? — disse ela, brincando.

Gregg deu uma risadinha.

— Um dia, vou ser, Amber. Estou sendo preparado agora para ser um grande homem — respondeu ele, olhando-a com seriedade. — E espero que esteja ao meu lado.

Amber controlou o desejo de rir na cara dele. Em vez disso, disse:

— Vamos ver, Gregg, vamos ver. Podemos entrar agora?

Amber descobriu que gostava daquele jogo, apesar das suas reservas anteriores. Quando começou a pensar que a noite não seria um desperdício no fim das contas, Gregg começou a bater o pé na hora da música. Em seguida, ele estava cantarolando junto com os músicos, e as pessoas ao redor começaram a olhar.

— Gregg! — sibilou ela em voz baixa.

— Hum?

— Você está cantarolando.

— Desculpe! Não consigo evitar.

Ele se acalmou, mas então começou a balançar a cabeça para a frente e para trás na hora da música. Ela queria dar um murro nele.

Três horas depois, os dois saíram do teatro. Amber estava com dor de cabeça.

— Topa uma bebida? — perguntou Gregg.

— Acho que sim.

Tudo era melhor que ir direto ao apartamento dos pais dele para ser apalpada.

— Que tal o Cipriani's?

— Parece ótimo. Mas podemos pegar um táxi? Não quero andar na chuva.

— Claro.

— Não consigo entender qual é o problema de a filha mais jovem se casar com o russo — comentou Gregg enquanto estavam sentados no táxi. — Quer dizer, cara, não eram os judeus que reclamavam por serem julgados por causa da religião? Daí, Tevye vai lá e faz a mesma coisa.

Amber olhou para ele com espanto.

— Você sabe que os russos os obrigaram a ir embora, certo? Além disso, ela estava casando fora da religião. — Gregg tinha visto a peça sete vezes e ainda estava confuso?

— Sim, sim. Eu sei. Mas só estou dizendo que... não é muito politicamente correto. Mas, de qualquer forma, as músicas são ótimas.

— Você se importa se deixarmos o drinque para depois? Minha cabeça está latejando, preciso dormir. — Se tivesse que passar mais tempo falando com ele naquela noite, talvez tivesse que sufocá-lo.

— Claro, querida. — Ele lhe lançou um olhar preocupado. — Sinto muito que não esteja bem.

Ela abriu um sorriso rígido.

— Obrigada.

Quando voltaram ao apartamento, ela se arrastou para baixo das cobertas e se enrolou como uma bolinha apertada. Sentiu o colchão se mexer enquanto ele se deitava ao seu lado, aproximando-se.

— Quer que eu massageie as suas têmporas? — sussurrou.

Quero que você suma, pensou.

— Não. Só me deixe tentar dormir.

Ele passou um braço em volta da cintura dela.

— Vou estar bem aqui, se mudar de ideia.

Não por muito tempo, pensou Amber.

TRINTA E DOIS

Um raio de luz brilhante passou pelas cortinas pesadas do quarto de Amber no Dorchester Hotel, despertando-a. Ela saltou da cama e abriu a cortina verde para deixar o pleno brilho do sol aquecer o seu corpo. Apesar de ser cedo, havia muita atividade no Hyde Park; corredores, gente passeando com cachorros, pessoas a caminho do trabalho. Já estavam em Londres por três gloriosos dias, e Amber estava curtindo cada minuto. Estava ali como assistente de Jackson, pois ele trouxera a família toda, e ela tinha o próprio quarto no corredor da suíte familiar. Jackson e Amber trabalhavam durante o dia enquanto Daphne e as meninas passeavam.

Na segunda noite deles lá, foram todos ao St. Martin's Theatre para ver *A ratoeira*, mas, na última noite, Daphne decidiu levar Tallulah e Bella ao Royal Ballet para ver *A bela adormecida*, enquanto Jackson e Amber iam para um jantar de negócios. A verdade era que não havia jantar de negócios. Amber e Jackson passaram aquelas quatro horas no quarto dela. Ele estava frenético por não ter podido ficar sozinho com ela nos últimos três dias. Não estava acostumado a secas tão longas; Amber não deixava isso acontecer e, mesmo quando estava naqueles dias, ela o agradava de outras maneiras. Hoje em dia, Jackson ficava no apartamento de Nova York pelo menos três noites por semana, e Amber ficava com ele. Daphne podia ligar para o celular dos dois, então não havia como descobrir que estavam juntos. Nos finais de semana, Amber em geral ficava na casa dos Parrish com a sua boa amiga

Daphne, e, em pelo menos duas ocasiões, ela e Jackson haviam feito sexo no banheiro do andar de baixo enquanto Daphne colocava as meninas para dormir. O perigo era emocionante. Certa vez, eles saíram às escondidas de casa uma noite depois que Daphne pegou no sono no sofá e nadaram nus na piscina aquecida, depois transaram no gazebo. Ele não se fartava dela. Ela o tinha laçado e, assim que estivesse grávida, apertaria o nó.

Amber passou a perna sobre o corpo de Jackson e se aninhou contra o seu ombro.

— Hum. Eu poderia ficar assim para sempre — murmurou ela com sono.

Jackson a puxou para mais perto e acariciou a coxa dela.

— Elas vão voltar logo. Precisamos colocar a nossa roupa de jantar e esperá-las na suíte. — Ele rolou sobre ela. — Mas antes...

Amber se encontrou com Daphne e as meninas para o café da manhã no hotel e, quando entrou, a mistura impressionante de cobre, mármore e couro cor de caramelo preencheu os seus sentidos mais uma vez. A mulher e as crianças estavam sentadas com Sabine em uma mesa redonda perto do meio do restaurante.

— Bom dia — saudou Amber enquanto sentava. — Como foi o balé ontem à noite?

Antes que Daphne pudesse dizer alguma coisa, Bella falou:

— Ai, tia Amber, você ia adorar. A Bela Adormecida era tão bonita.

— Acho que é por isso que a chamam de Bela Adormecida — respondeu Amber.

— Não, não. Eles chamam ela assim porque ela adormeceu e ninguém conseguiu acordar ela até o príncipe dar um beijo.

O rosto de Bella estava corado de empolgação.

— A tia Amber estava brincando. Foi uma piada, sua tonta — falou Tallulah.

Bella bateu a tigela de cereais com a colher.

— Mãe!

— Tallulah, peça desculpas à sua irmã agora — mandou Daphne.

Tallulah deu uma olhada para a mãe.

— Desculpe — murmurou ela para Bella.

— Assim está melhor — falou Daphne. — Sabine, pode levar Tallulah e Bella para dar uma caminhada no parque? A barcaça do Tâmisa para Greenwich só sai às onze.

— *Oui*. — Ela empurrou a cadeira e olhou para Bella e Tallulah. — *Allez les filles*.

Daphne estava na sua segunda xícara de café quando o café da manhã inglês completo de Amber chegou. Ela mergulhou nele com entusiasmo.

— Você está com bastante apetite agora de manhã — comentou Daphne.

Amber ergueu os olhos do prato. Percebeu que ela e Jackson não haviam comido na noite passada. Era a última coisa que passaria pela cabeça deles.

— Estou faminta. Odeio jantares de negócios. A comida esfria enquanto a gente fala e, então, fica péssima.

— Sinto por ter tido que trabalhar e perder o balé. Foi deslumbrante.

— Eu também. Preferiria ter ido com vocês.

Daphne mexeu distraidamente o café por um momento antes de falar.

— Amber. — A voz dela era baixa e séria. — Preciso conversar com você sobre algo que está me incomodando.

Amber abaixou faca e garfo.

— O que foi, Daph?

— É sobre Jackson.

A mulher abafou o pânico que ameaçava emergir.

— O que tem ele? — perguntou ela, o rosto uma máscara impassível.

— Acho que ele está me traindo.

— Você falou com Bree?

— Sei que não tem nada a ver com Bree. Ela é gay... conheci a companheira dela em uma festa há pouco tempo. Fico tão feliz por não ter ido ao escritório acusá-la. Mas ele tem estado muito distante. Está passando a maior parte da semana no apartamento em Nova York. Não fazia isso com tanta frequência. Talvez uma noite aqui e ali, mas era exceção. Agora parece ser a regra. E, mesmo quando está em casa, não está de verdade lá. A mente dele está sempre em outro lugar. — Ela colocou a mão no braço de Amber. — E já tem semanas que não fazemos amor.

Nada poderia agradar mais a Amber. Então, ele não estava mais dormindo com Daphne. Aquilo não a surpreendia. Ela estava cuidando para que Jackson ficasse satisfeito de todas as maneiras possíveis.

— Tenho certeza de que está enganada — disse ela, colocando a mão na de Daphne. — Ele está terminando esse projeto enorme em Hong Kong e tem sido difícil. Além disso, o fuso horário entre aqui e lá o mantém em ligações até altas horas. Jackson está exausto e consumido pelo projeto. Você não tem nada com que se preocupar. Assim que esse negócio terminar, ele vai voltar ao normal. Confie em mim.

— Acha mesmo?

— Sim. — Amber sorriu. — Mas, se faz você se sentir melhor, vou manter os meus olhos e ouvidos abertos e aviso se algo parecer suspeito.

— Obrigada. Sabia que poderia contar com você.

Amber se juntou à família Parrish mais tarde no passeio de barco pelo Tâmisa até Greenwich e, juntos, subiram a grande colina até o Royal Observatory. Almoçaram na cidade e passearam a maior parte da tarde, visitando o Museu Marítimo Nacional. Quando voltaram ao hotel, Bella e Tallulah estavam desmaiando e prontas para tirar uma soneca. Amber sentiu que também precisava de um cochilo, e todos foram descansar nos seus quartos. Amber apagou em segundos e, quando acordou, eram seis horas. Ligou para a suíte para ver qual era o plano para o jantar.

— Conseguiu descansar um pouco? — perguntou Daphne quando atendeu.

— Consegui. E vocês?

— Sim, todos nós dormimos. Acordei faz um tempo, mas Tallulah e Bella acabaram de levantar. As meninas vão jantar aqui hoje à noite. — A voz de Daphne ficou um pouco mais suave. — Acho que você tinha razão. Jackson quer fazer um jantar romântico, só nós dois. Pediu desculpas por todas as noites fora e pela preocupação com o trabalho. Eu deveria saber que você estava certa. Obrigada por acabar com os meus mal-entendidos.

— De nada.

A voz de Amber saiu abafada. Cacete, o que Jackson estava fazendo? Um jantar romântico com Daphne? Depois de ter feito amor com Amber naquela mesma manhã?

A voz de Daphne a assustou.

— Obrigada de novo. Até amanhã.

Amber desligou o telefone e se sentou na cama, fervendo de raiva. Estava furiosa. Jackson achava que podia usá-la e depois voltar para Daphne? Ela ouviu as palavras da sua mãe, repetidas tantas vezes que Amber se lembrava de querer amarrar uma mordaça nela. *Não seja a lata de lixo de outra pessoa.* Amber sempre pensava o quanto aquela advertência era vil quando ouvia a mãe dizer aquilo. Porém, era exatamente daquela forma que se sentia agora.

Ela estava dando os últimos retoques na maquiagem quando ouviu batidas na sua porta.

Ela abriu, e Jackson entrou. Ele a olhou com uma expressão perplexa.

— Vai sair?

Ela sorriu, colocou uma perna sobre a cama, puxou a meia-calça lisa e prendeu-a na cinta-liga.

— Daphne me falou que vocês tinham planos, então, liguei para um velho amigo e vamos nos encontrar para tomar uns drinques.

— Que velho amigo?

Ela deu de ombros.

— Um antigo namorado. Liguei para a minha mãe mais cedo hoje e ela me disse que ele se mudou para cá anos atrás com a esposa — mentiu ela.

Jackson se sentou na cama, ainda olhando para Amber.

— Coitado, ele acabou de se separar. Pensei que poderia precisar de uma animadinha.

— Não quero que você vá.

— Não seja bobo. Ele é passado.

Jackson agarrou as mãos dela e a empurrou para trás até prendê-la contra a parede. Beijando-a com fúria, moveu o seu corpo contra o dela e ergueu a sua saia acima das coxas. Em pé, meio despidos, fizeram amor com urgência e, quando terminaram, Jackson a puxou para a cama para se sentar ao lado dele.

— Cancele com ele — pediu o homem.

— Você não acha que vou ficar aqui sozinha nesse quarto de hotel enquanto você sai com Daphne, não é? Além disso, não confia em mim?

Ele se levantou da cama, o rosto vermelho, as mãos cerradas em punhos, e fixou o olhar nela.

— Não quero que saia com outro homem. — Ele puxou uma caixa do bolso. — Isso é para você.

Ele a entregou e, quando Amber abriu, havia uma magnífica pulseira de diamantes.

— Uau — disse ela, suspirando. — Nunca vi nada tão bonito. Obrigada! Coloca em mim? — Ela lhe deu um beijo longo. — Acho que posso cancelar se isso incomoda tanto você. Quanto tempo vai durar o seu jantar?

— Vai ser rápido. Encontro você aqui em duas horas.

A pulseira era a joia mais incrível que Amber já tinha visto. E era dela. Só dela. Amber se virou devagar e, sem tirar os olhos de Jackson, começou a se despir. Quando enfim não tinha mais nada além do bracelete, ela caminhou até ele e falou, ronronando:

— Volte logo e, então, vou mostrar o quanto a sua garota está feliz.

Depois que ele saiu, ela pegou o telefone e tirou uma selfie — uma selfie muito erótica. Esperou uma hora, sabendo que Jackson estaria no meio do jantar e depois enviou a foto para o celular dele. Aquilo faria com que ele pedisse a conta.

TRINTA E TRÊS

Amber se deliciou em mergulhar na banheira de Daphne, mais vezes acompanhada de Jackson do que sozinha. Ela relaxava nos lençóis de seda suave enquanto estava deitada ao lado do marido de Daphne e o deixava louco com a sua lascívia. Como era libertador saber que, não importava a quantidade de toalhas que usasse, o quanto os lençóis ficassem bagunçados, quantas taças de vinho ou pratos de comida ela sujasse, poderia sair pela porta de manhã e sabia que a empregada deixaria tudo novinho em folha para quando ela e Jackson voltassem à noite. O porteiro acenava com gentileza para ela na chegada e na saída, um modelo de discrição, assim como a nova empregada. Matilda, a antiga, foi demitida. Ao que parecia, tinha roubado algumas joias da Daphne. As mesmas joias que Amber penhorara para fazer um dinheiro extra.

Na noite anterior, eles foram a um vernissage em uma pequena galeria na rua 25. O artista, Eric Fury, era um que Jackson descobrira alguns anos antes e apresentara aos seus amigos colecionadores. No momento em que entraram na galeria, foram cercados. Ficou claro que não só Jackson era bastante conhecido, mas também que as pessoas queriam orbitar no seu poder e charme. Amber teve o cuidado para não dar o braço para ele ou parecer muito íntima.

Assim que Eric Fury viu Jackson, ele se apressou para apertar a mão do amigo.

— Jackson. Que ótimo vê-lo por aqui. — Ele estendeu o braço para indicar a sala lotada. — Não é excelente?

— É, Eric. Você merece — respondeu Jackson.

— Tudo isso graças a você. Nunca vou conseguir agradecer o suficiente.

— Que bobagem. Só fiz as apresentações. A sua arte fala por si. Não estaria aqui se não tivesse talento.

Fury se virou para Amber.

— Você deve ser Daphne.

— Na verdade, ela é a minha assistente, Amber Patterson. Infelizmente, a minha esposa não conseguiu vir, mas ama o seu trabalho tanto quanto eu.

Amber estendeu a mão.

— É um prazer conhecê-lo, sr. Fury. Li há pouco tempo que o senhor está deixando a tela de lado e, em vez disso, se dedicando mais à pintura na madeira que coleta de edifícios antigos.

Jackson olhou para ela com surpresa. Fury disse:

— Tem absoluta razão, srta. Patterson. Minha proposta é mostrar o que perdemos quando deixamos que edifícios históricos sejam destruídos.

De repente, um homem apareceu com uma câmera.

— Ei, sr. Fury. Que tal uma foto para o jornal de amanhã?

Eric sorriu e ficou ao lado de Jackson enquanto Amber logo se afastava. A última coisa de que precisava era de outra foto dela no jornal.

— Tudo bem, rapaz. Volte para os seus fãs e venda a sua arte — disse Jackson quando o fotógrafo terminou. Quando o artista se afastou, Jackson caminhou até onde Amber ficou admirando uma das obras. — Não sabia que conhecia Eric Fury — falou.

— Na verdade, não conhecia. Mas quando você perguntou se eu queria vir à exposição, pesquisei um pouco. Sempre gosto de saber alguma coisa de antemão. Isso torna a experiência mais enriquecedora.

Ele acenou com a cabeça em aprovação.

— Impressionante.

Amber sorriu.

— Percebi a sua discrição. Saindo para não ser fotografada. Espero que não tenha se sentido desconfortável — comentou Jackson.

Aquilo foi engraçado. Ele interpretou como um gesto de proteção.

— De jeito nenhum. Você sabe que vou estar sempre do seu lado. — Ela sorriu, se aproximou um pouco mais dele e sussurrou: — E em cima também.

— Acho que é hora de irmos — disse ele.

— Você é quem manda.

Enquanto circularam pela sala, dando boa-noite a todos, Amber experimentou como era ser esposa de Jackson, estar no centro do universo com ele — e sentiu que era sublime. Só precisava esperar pelo momento certo.

Eles pegaram um táxi de volta ao apartamento e praticamente rasgaram a roupa um do outro enquanto o elevador privado subia. Nem conseguiram chegar ao quarto — em vez disso, fizeram um amor furioso no chão da sala de estar. Era uma das coisas que Amber amava em especial — ela cuidou para que fizessem sexo em todos os cômodos, mesmo nos quartos das meninas. Aquele fora um desafio, mas ela queria o seu cheiro em todos os lugares, como um gato de rua.

Ouviu o chuveiro ligar e se virou com preguiça para olhar o relógio no criado-mudo. Sete e meia! Jackson saiu do banheiro com uma toalha em volta da cintura, o peito ainda brilhando com umidade. Ele se sentou na beira da cama e bagunçou o cabelo dela.

— Bom dia, dorminhoca.

— Nem ouvi o alarme. Vou me levantar.

— Você fez um belo espetáculo na noite passada. Não é de admirar que esteja exausta. — O homem se inclinou e lhe deu um beijo longo e sensual.

— Ai, volte para a cama — falou ela.

Ele correu a mão pela frente do seu corpo.

— Não há nada que eu quisesse mais, só que não posso. Lembra? Tenho uma reunião com Harding and Harding às dez.

— Ah, tem razão. Desculpe por ter feito você ficar acordado até tão tarde.

— Nunca se desculpe por isso.

Ele se levantou, largou a toalha e começou a se vestir. Amber se aconchegou contra o travesseiro e admirou o corpo tonificado e musculoso que agora conhecia de forma tão íntima. Jackson terminou de se vestir enquanto ela se afastava da cama devagar.

— Estou indo — falou ele enquanto puxava o corpo nu de Amber para si. — Me dê um beijo e se apresse. Precisamos nos preparar para essa reunião.

Amber tomou um copo de suco rápido e depois entrou no banho. Escolheu o conjunto vermelho Oscar de la Renta que Jackson comprara para ela na semana anterior e saiu perto das oito horas. Chegou à empresa às 8h45 e entrou no escritório de Jackson. Sabia que ele a observava enquanto ela se pavoneava no casaco justo e na saia curta que envolvia o seu bumbum.

Ao meio-dia, a reunião no escritório de Jackson ainda estava acontecendo quando Amber ergueu os olhos e viu Daphne se aproximando da mesa dela. Parecia ter ganhado ainda mais peso e não estava normal, no seu eu impecável. O batom estava manchado, a blusa tão apertada que os botões quase se abriam. Amber notou também que não usava outras joias além da aliança.

Amber se levantou da mesa.

— Daphne, que surpresa. Está tudo bem?

O que *ela* estava fazendo ali?

— Sim, tudo bem. Estava na cidade e só queria saber se Jackson está disponível para almoçar.

— Ele estava esperando por você?

— Bem, não. Só arrisquei. Tentei ligar para você e saber da agenda dele, mas disseram que você ainda não tinha chegado. Ele está?

Amber arrumou o corpo.

— Ele está em uma reunião com um grupo de investidores. Não tenho certeza de quando vão terminar.

Daphne parecia decepcionada.

— Ai. A reunião acabou de começar?

Amber mexeu em alguns papéis na mesa.

— Não sei. Tive problemas com o carro hoje de manhã e acabei perdendo o trem. Por isso me atrasei. — Ela encarou Daphne.

— Bem, acho que vou esperar um pouco. Você se importa se eu ficar aqui com você? Não vou incomodá-la se tiver trabalho a fazer.

— Claro que não me incomodo. Por favor, sente-se.

— Aliás, que conjunto lindo é esse que está usando.

— Obrigada. Peguei em uma loja de consignação aqui da cidade. Incrível o que se consegue achar barato.

Ela queria acrescentar: *E adivinha de quem é o sutiã e a calcinha vermelha que estou usando?*

Daphne se sentou, e Amber voltou para a pilha de trabalho na mesa enquanto recebia telefonemas.

— Você entrou mesmo no esquema do trabalho, não é? Jackson diz que não saberia o que fazer sem você. Eu sabia que seria perfeita para ele.

Amber se encrespou. Estava cansada da condescendência de Daphne. Ela estava tão por fora das necessidades e dos desejos do seu marido que era risível.

Naquele momento, a porta do escritório de Jackson se abriu, e a equipe de quatro membros da Harding and Harding ficou ali parada, fazendo as despedidas. Amber conseguia dizer, pelo olhar no rosto de Jackson, que a reunião tinha ido bem. Ficou feliz. Significava um salto financeiro para uma estratosfera nova. Jackson, agora de pé, pareceu surpreso ao ver Daphne.

— Oi, querido — saudou ela, levantando-se da cadeira e abraçando-o.

— Daphne, que bom. O que está fazendo em Nova York?

— Podemos entrar no seu escritório? — perguntou ela com voz doce.

Jackson a seguiu e fechou a porta. Após vinte minutos, Amber estava fumegando. O que poderia estar acontecendo lá? De repente, o chefe estava na porta e disse:

— Amber, pode vir aqui e trazer a minha agenda com você? Parece que, de alguma forma, eu acabei deletando-a.

Daphne ergueu os olhos quando Amber entrou.

— Viu, Amber? O que ele faria sem você? Jackson acabou de me contar como você é inovadora.

— Como está a minha tarde, Amber? Daphne quer me levar para almoçar.

Amber abriu o calendário no iPhone.

— Parece que você tem um almoço às 12h45 anos com Margot Samuelson, da Atkins Insurance. — Ele não tinha compromisso algum, mas Amber não estava a fim de deixar Jackson e Daphne terem uma refeição juntos. Ela se virou para a mulher. — Sinto muito que tenha vindo à toa.

Daphne se levantou da poltrona.

— Não se preocupe. Tive que vir para uma reunião da fundação hoje de manhã. Não tem problema. — Ela foi até atrás da mesa e deu um beijo em Jackson. — Vejo você hoje à noite?

— Claro. Estarei em casa para o jantar.

— Ótimo. Estamos com saudade.

Amber a conduziu para fora, e Daphne lhe deu um abraço.

— Fico feliz que ele vá voltar para casa hoje à noite. As meninas sentem falta dele. Não costumava passar a noite na cidade com tanta frequência. Tem certeza de que não está percebendo nada de suspeito? Ninguém ligando para ele ou algo assim?

— Acredite, Daphne... ninguém está ligando ou vindo para cá. Até fiquei no apartamento uma noite quando você e Jackson estavam no lago e não há sinal de que ninguém além dele mesmo tenha estado lá. Estamos apenas tendo uma temporada bastante agitada por aqui. Tenho certeza de que já houve tempos como este.

— Sim, acho que está certa. Houve mesmo. Ainda assim, dessa vez é diferente.

— Acho que está imaginando coisas.

— Obrigado por me manter no rumo.

— Disponha.

Assim que ela se foi, Amber foi direto para o escritório de Jackson.

— O que Daphne queria?

— Queria almoçar, como ela disse.

— Vocês ficaram sozinhos por muito tempo. O que aconteceu?

— Opa. Ela é a minha esposa, lembra?

Amber fez o possível para se retratar.

— Sei. Desculpe. Só que... — Ela reprimiu lágrimas falsas. — É que me importo tanto com você que não consigo imaginá-lo com mais ninguém.

Jackson se levantou da cadeira e abriu os braços.

— Venha aqui, sua preocupadinha. — Ele a abraçou, e ela o segurou com firmeza. — Pare de se torturar. Vai dar tudo certo, prometo.

Amber já estava esperta e não o provocou perguntando *como* e *quando* tudo daria certo.

— Vai voltar para Connecticut hoje à noite?

Ele a afastou com as mãos nos ombros dela e fitou os seus olhos.

— Preciso fazer isso. Além disso, quero verificar as coisas lá em casa. Parece que Daphne está tendo problemas.

— Sim, notei isso também. Ela ganhou mais peso, não foi? — falou Amber.

— Ela pareceu desleixada, e não é assim. Quero ver como as garotas estão também, ter certeza de que tudo está bem.

Amber se aninhou de volta nos seus braços.

— Vou sentir saudades.

Ele deixou cair os braços e caminhou até a porta do escritório. Amber já estava abrindo o zíper da saia quando ouviu o clique da fechadura se trancando.

TRINTA E QUATRO

Jackson disse a Amber que tinha uma surpresa para ela. O motorista os pegou no apartamento e os levou ao aeroporto de Teterboro, onde um jatinho particular os esperava. Quando Amber viu o campo de aviação, ela se virou para Jackson.

— O que estamos fazendo? — perguntou.

Jackson a puxou para perto dele.

— Vamos fazer uma pequena viagem.

— Uma viagem? Para onde? Não trouxe roupa nenhuma.

— Claro que não. De qualquer forma, você não vai ficar muito tempo de roupa — disse ele com uma risada.

— Jackson! — Amber fingiu indignação. — É sério. Não trouxe nenhuma mala.

— Não se preocupe... tem muitas lojas em Paris.

— Paris? — gritou ela. — Ah, Jackson. Estamos indo a Paris?

— A cidade mais romântica do mundo.

Amber desafivelou o cinto de segurança, deslizou no colo de Jackson e o beijou. Quase se despiram ali mesmo no carro, mas antes estacionaram perto da escada do jatinho. Jackson foi o primeiro a se afastar.

— Aqui estamos — disse ele e abriu a porta.

Embarcaram no avião. Amber olhava em volta enquanto Jackson conversava com o piloto. Os únicos aviões em que tinha entrado eram os voos comerciais lotados de fileiras e mais fileiras de assentos e, é claro, Amber nunca tinha viajado em lugar algum que não fosse na classe econômica. Mesmo quando encontrou Jackson e a família em Londres, fora em um voo comercial. Sabia que jatos particulares existiam, mas nunca imaginou que eram assim. Os assentos de couro macio com uma linda cor creme ficavam nos dois lados do avião, frente a frente. Havia uma TV de tela grande e uma mesa de jantar para quatro pessoas com um vaso de cristal redondo cheio de flores frescas. Uma porta se abria para um quarto com uma cama king-size e o banheiro era quase tão luxuoso quanto o do apartamento de Nova York. Na verdade, pensou Amber, era como estar em uma casa menor, só que muito suntuosa.

Jackson se aproximou dela e cingiu os braços ao redor da sua cintura.

— Gostou?

— O que há para não gostar?

— Venha comigo — pediu ele.

Ele a conduziu até o quarto, onde abriu as portas do armário. Apontando para uma porção de roupas penduradas ali, falou:

— Dá uma olhada nelas e decida o que quer manter. Fique com tudo se gostar.

— Quando teve tempo para fazer isso?

— Cuidei disso na semana passada — respondeu ele.

Amber foi ao armário e repassou os cabides um a um, examinando vestidos, camisetas, calças, casacos e blusas, cada peça ainda com etiqueta. Obviamente, ele os havia comprado para ela. Amber começou a tirar cada roupa do armário com empolgação, provando, arrancando fora os próprios sapatos e o vestido. Jackson se sentou na cama.

— Não se importa se eu assistir a esse pequeno espetáculo, não é?

— Nem um pouco.

Ela provou até a última peça, desfilando-as para Jackson, que aprovava tudo. Claro, ele tinha escolhido todas, era lógico que aprovaria.

— Tem sapatos também. Ali em cima, na prateleira — comentou.

— Você pensa mesmo em tudo, não é?

— Penso.

Amber ergueu os olhos e contou quinze caixas de sapato de marcas com que só sonhava. Cada par custava o mesmo que o aluguel do seu apartamento, alguns até mais. Quando chegou ao Jimmy Choos com camurça branca, cristais e penas de avestruz, ela os colocou e tirou todo o resto, depois se contorceu dentro do delicioso espartilho de renda vermelha e preta que ele havia comprado para ela. Sentia-se como uma estrela de cinema, com pertences incrivelmente caros, um jato particular para viajar e um homem lindo morrendo de vontade de fazer amor com ela. Caminhou até Jackson, ainda sentado na cama e, correndo os dedos pelos cabelos dele, puxou o rosto dele contra o seu peito. Depois, empurrou-o para baixo e começou a fazer a sua magia. Em questão de segundos, ela faria o possível para levá-lo a outro mundo.

Mais tarde, jantaram à luz de velas, Amber ainda com os sapatos de salto alto, mas agora com um roupão de seda sobre o corpo nu.

— Estou morta de fome — disse ela enquanto cortava o filé mignon.

— Não me espanta. Você deve ter queimado cinco mil calorias.

— Se eu pudesse ficar na cama com você e nunca mais ter que levantar para tomar ar ou comer, seria a garota mais feliz do mundo.

Ela sempre se lembrava de acariciar o ego dele a cada chance que surgia.

Jackson ergueu a taça de vinho.

— Seria um mundo perfeito, minha taradinha faminta.

Quando aterrissaram no aeroporto Le Bourget, em Paris, foram levados pelo motorista ao Hotel Plaza Athénée. Amber adorou o local, com os seus toldos vermelhos e buquês carmesim em todos os lugares que olhava. Visitou a adega de vinho com suas

35 mil garrafas e foi mimada no spa Dior Institut. Foi a semana mais gloriosa da sua vida, passeando pelos Champs-Élysées e jantando em cafés intimistas com iluminação suave e comida deliciosa. A torre Eiffel a emocionou. Ficou perplexa com a imensidão do Louvre e as suas obras de arte, tocada pela grande catedral de Notre-Dame e encantada com a tonalidade âmbar da cidade quando as luzes brilhavam no crepúsculo. E, durante essa viagem surpreendente, nunca deixou Jackson esquecer o quanto ele era viril e excitante.

A viagem passou voando, pensou Amber quando embarcaram no avião particular para voltar. Ela ficou calada durante a hora seguinte, enquanto Jackson reunia papéis da sua pasta e começava a fazer anotações. Quando o homem terminou, ela se aproximou e se sentou ao lado dele.

— Essa foi a semana mais maravilhosa da minha vida. Você abriu o meu mundo.

Jackson sorriu, mas não disse nada.

— Foi como estar no céu ter você todo para mim. Odeio a ideia de dividi-lo com Daphne.

Jackson franziu a testa e, na mesma hora, Amber soube que tinha cometido um erro. Nunca deveria tê-la mencionado. Agora provavelmente ele estava pensando em Daphne e nas meninas. Droga. Em geral, ela não cometia esse tipo de falha. Teria que tentar se recuperar dessa.

— Estive pensando — disse ele por fim. — O que acharia de ter um apartamento só seu em Nova York?

Ela ficou desconcertada.

— Por que eu ia querer um apartamento lá? Gosto de morar em Connecticut. Além do mais, quando quero ficar em Nova York com você, temos o seu apartamento.

— É, mas está ficando complicado. Se tivesse o seu apartamento, poderia ter todas as suas coisas lá. Não precisaria esconder as roupas nem se preocupar em tirá-las do meu apartamento, caso Daphne vá para a cidade.

Ela não queria um lugar só para ela. Queria o lugar de Daphne.

Como Amber não respondeu, Jackson continuou:

— Eu compraria para você, claro. Nós mobiliaríamos, compraríamos a arte e os livros que você ama. Seria o nosso refúgio. Só nosso.

Refúgio. Ela não queria se refugiar. Queria ficar ao ar livre para ser a sra. Jackson Parrish.

— Não sei, Jackson. Talvez seja muito cedo para algo assim. Além disso, Daphne não ia se perguntar como consegui dinheiro para um apartamento em Nova York? E quanto a Gregg? Consegui afastá-lo, mas se ele pensar que sou uma nova-iorquina sofisticada, não vou poder bancar a menina inocente. E temos que manter essa pequena charada em nome de Daphne… embora eu esteja tendo cada vez mais dificuldade em manter as mãos de Gregg longe de mim. Eu o impedi algumas vezes de fazer o que acho que seria um pedido de casamento.

O rosto de Jackson ficou vermelho, bem como Amber esperava.

— Você já dormiu com ele?

— Sério? Está brincando? — Ela tirou o guardanapo do colo e o jogou sobre a mesa. — Já terminei aqui.

Ela se levantou da cadeira e entrou no quarto. Não seria descartada daquela forma de novo. Parecia que os planos dela estavam dando errado. Ah, Jackson estava sob o seu feitiço no momento e estava comprando coisas caras e levando-a em viagens fabulosas, mas ela queria mais… muito mais. E preferiria morrer a deixar qualquer coisa ficar no seu caminho, sobretudo agora que havia perdido dois ciclos menstruais.

TRINTA E CINCO

Aquela era a noite. Amber estava grávida de dez semanas e não poderia esconder mais por muito tempo. Jackson pensou que ela estava tomando pílula, Amber até conseguiu uma receita e tirava um comprimido da cartela todos os dias para que o homem não desconfiasse. Então, jogava na privada e dava descarga. A única medicação que tomava era Clomifeno, para fertilidade. Provavelmente não precisava, mas não queria correr riscos. Precisava engravidar antes de Jackson se cansar dela. Estava um pouco preocupada se eram gêmeos, mas depois imaginou que, se um era bom, dois seriam ainda melhores.

Ela esperava descobrir o sexo na última consulta, mas, pelo que parecia, ainda era muito cedo. Com as suas habilidades no computador (que ela havia aprimorado em meses de aulas noturnas), conseguiu examinar a imagem do ultrassom, então ela diria para Jackson que era um menino. Quando se casassem, se acabasse tendo uma garota, de qualquer forma seria tarde demais para ele mudar de ideia.

Ela fora até a loja Babesta cedinho naquele dia e comprou um babador — "Garotinho do papai" — que planejava dar para ele naquela noite depois de terem feito amor. Então, enfim ele deixaria Daphne, e Amber poderia largar a fachada e parar de fingir que era amiga dela. Mal podia esperar para ver o olhar de Daphne quando descobrisse que Amber estava grávida. Seria quase tão delicioso quanto dizer a Bella que ela não seria mais a caçula. *Chega para lá, querida, você já era.*

Assim que fosse a sra. Parrish, aquelas duas pirralhas estariam com os dias contados. Se dependesse dela, poderiam fazer qualquer faculdade de segunda linha. Porém, ela estava botando o carro na frente dos bois; primeiro, tinha que convencer Jackson a deixá-las.

Quando Jackson chegou ao apartamento, Amber estava usando um espartilho de couro preto e um colar de pescoço. Daphne tinha reclamado com ela em uma noite recente que os gostos de Jackson estavam ficando pouco convencionais. Quando Amber pressionou para saber de mais detalhes, a pudica ficou vermelha e mencionou algo sobre restrições. Decidiu sondar e descobriu que Jackson queria mais aventuras na cama. Bem, Amber teria prazer em lhe dar essas aventuras, então juntos exploraram algumas lojas on-line e encomendaram todo tipo de brinquedos sexuais interessantes. Ela o incentivou a ir além dos limites, estava preparada para fazer o que fosse necessário para fazer com que Jackson achasse Daphne ruim em comparação a ela. Amber mantinha todos os brinquedos em uma gaveta no quarto de hóspedes, meio esperando que Daphne pudesse bisbilhotar quando estivesse lá. Assim, ela poderia dar boas risadas às suas custas. Daphne, contudo, nunca mencionou nada para ela.

— Isso foi incrível. — Ela se aninhou mais perto dele. — Se eu fosse Daphne, nunca deixaria você sair da cama. — Ela mordiscou o lóbulo da orelha de Jackson.

— Não quero falar sobre Daphne — sussurrou ele.

Ela riu.

— Ela gosta de falar de você.

Ele se sentou, a sobrancelha franzida.

— Como assim?

— Ah, nada. Só umas reclamaçõezinhas de esposa. Nada demais.

— Quero saber. O que ela falou?

Havia uma dureza na sua voz.

Amber deslizou para trás para que Jackson pudesse ver o seu rosto, o dedo dela traçando um padrão no peito dele enquanto falava.

— Coisas sobre como ela está em um ponto da vida em que quer relaxar, e você sempre a empurra para socializar, só isso. Disse que prefere ficar em casa e assistir episódios antigos de *Law & Order*. Falei que ela tinha sorte de ir a lugares com você, mas ela apenas balançou a cabeça e respondeu que estava ficando velha demais para todos aqueles jantares e eventos de gala que a mantinham acordada até tarde.

Era uma mentira deslavada, mas e daí? Ele nunca saberia.

Ela observou o rosto dele para ver como reagia, deliciada em ver a mandíbula do homem se apertando.

— Não gosto de vocês duas falando sobre mim.

Ele saiu da cama e vestiu o roupão de seda.

Amber foi até ele, ainda nua, e apertou o corpo contra o dele.

— Nós não falamos sobre você, juro. Ela apenas se queixa, e eu o defendo. Depois, mudamos o assunto. Você sabe que eu te adoro.

Ela esperava que ele acreditasse naquilo.

Os olhos do homem se estreitaram. Ele não parecia convencido.

Ela mudou a abordagem.

— Acho que Daphne está se sentindo um peixe fora d'água. Você é tão brilhante e realizado. Sabe tudo sobre arte e cultura, e ela... bem, ela é apenas uma garota simples. É difícil manter a ostentação.

— Talvez — disse ele.

— Volte para a cama. Tenho uma surpresa.

Ele fez que não com a cabeça.

— Não estou no clima.

— Está bem, então. Vamos para a sala de estar. Tenho um presente para você.

Ela agarrou a mão dele.

Jackson puxou a mão de volta.

— Pare de me dizer o que fazer. Você está começando a parecer uma esposa irritante.

Ela sentiu as lágrimas de fúria brotarem dos olhos. Como ele se atrevia a falar com ela assim? Ela engoliu a raiva em seco e fez a sua voz doce. Não deixaria que ele visse o quanto estava irritada.

— Desculpe, meu amor. Quer uma bebida?

— Eu mesmo posso pegar.

Ela não o seguiu, mas se sentou e se forçou a ler uma revista e depois outra para lhe dar um tempo de esfriar a cabeça. Depois de mais ou menos uma hora, ela pegou do armário a pequena sacola dourada com o babador e levou-a para a sala de estar. Ele estava sentado em uma das cadeiras da sala de jantar, ainda ensimesmado.

— Aqui está.

— O que é isso?

— Abra, seu bobo.

Ele afastou o papel de seda e puxou o babador. Ele olhou para ela, intrigado.

Ela pegou a mão dele e pousou-a na barriga.

— O seu bebê está aqui.

Ele ficou boquiaberto.

— Você está grávida? De um menino?

Ela fez que sim com a cabeça.

— Sim. Também não consegui acreditar. Não queria dizer nada até ter certeza. Tem mais uma coisa aí.

Ele fuçou e encontrou a imagem do ultrassom.

— É o nosso filho.

O seu sorriso foi de vitória.

— Um menino? Tem certeza?

— Cem por cento.

Ele se levantou, sorrindo de orelha a orelha e a ergueu nos braços.

— É uma notícia maravilhosa. Eu já tinha desistido de ter um filho. Agora precisa me deixar comprar um apartamento para você aqui.

Ele estava mesmo falando sério?

— Um apartamento?

— Ora, sim. Não é possível ficar tão bem onde está agora.

O sangue latejava nas orelhas de Amber.

— Você tem razão, Jackson. Não é. E não quero que o meu filho cresça se perguntando por que o pai dele o deixou escondido em algum beco. Ele precisa ficar com a família. Assim que ele nascer, vou voltar para Nebraska.

Ela se virou e saiu da sala pisando duro.

— Amber, espere!

Ela botou uma calça jeans e uma blusa de moletom e começou a arrumar uma bolsa. Ele esperava que ela continuaria sendo o seu segredinho agora que estava lhe dando um herdeiro? Jackson tinha enlouquecido se achava que deixaria Daphne continuar a colher os benefícios de ser a sra. Parrish enquanto ela trabalhava no escritório dele como escrava, e ele saía as escondidas para visitar o filho. À merda com tudo aquilo.

— O que está fazendo?

— Indo embora! Pensei que você me amasse. Como fui idiota. Não vejo Daphne dando um filho para você, embora pareça mais grávida que eu.

Ele agarrou as mãos dela.

— Pare. Fui insensível. Vamos conversar.

— O que há para falar? Ou seremos uma família, ou não.

Ele se sentou na cama e correu a mão pelos cabelos.

— Preciso pensar. Vamos resolver isso. Nem pense em ir embora.

— Ela não gosta de você, Jackson. Ela me disse que se encolhe toda vez em que você a toca. E eu te amo tanto. Tudo o que quero fazer é cuidar de você, ser a esposa que você merece. Sempre o colocarei em primeiro lugar, mesmo antes dessa criança. Você é tudo para mim.

Ela ficou de joelhos, como ele gostava, e mostrou para Jackson o quanto ela o adorava. Quando terminou, ele a puxou para si.

— Gostou, papai?

Ele lhe deu um sorriso inescrutável e se levantou, pegando mais uma vez a imagem do ultrassom. Os dedos correram sobre a imagem.

— Meu filho. — Ele olhou para Amber. — Alguém mais sabe? A sua mãe, os seus amigos?

Ela fez que não com a cabeça.

— Claro que não. Queria que fosse o primeiro a saber.

— Ótimo. Não conte a ninguém ainda. Tenho que descobrir uma maneira de sair desse casamento sem que Daphne me leve até as cuecas. Se ela descobrir que você está grávida, isso pode me custar um bom dinheiro.

Amber assentiu com a cabeça.

— Entendo. Não vou abrir a boca para ninguém.

Ele continuou sentado com um olhar de concentração tão profunda no rosto que Amber teve medo de falar.

Por fim, ele ficou em pé e começou a andar para lá e para cá.

— Ok, vamos fazer o seguinte: você vai tirar tudo desse apartamento e vai para um alugado por enquanto. Se Daphne desconfiar, a última coisa que precisamos é que encontre as suas coisas por aqui.

— Mas Jackson — disse ela —, não quero me mudar para um apartamento alugado horrível. Vou me sentir muito sozinha.

Ele parou de andar e a encarou.

— O que quer dizer com "apartamento alugado horrível"? Que tipo de pão-duro acha que sou? Se não quiser um apartamento, vamos pegar uma suíte grande no Plaza. Você vai ter gente para cuidar de todas as suas necessidades.

— Mas e você? Quando vou ver você?

— Temos que ter cuidado, Amber. Vou ter que passar um pouco mais de tempo em casa. Você sabe, para dissipar qualquer suspeita. Vai precisar parar de trabalhar assim que a sua barriga crescer. Ficar longe para que os boatos não cheguem até Daphne.

— E o que vou dizer para ela? Daphne vai suspeitar se pararmos de nos encontrar.

Ele mordeu o lábio e depois fez que sim com a cabeça.

— Vai dizer a ela que alguém da sua família está doente. E que vai ter que ficar um tempo longe para ajudar.

Aquilo estava começando a parecer um plano ruim para Amber. Ela ficaria presa em algum hotel, completamente dependente de ele ser fiel à sua palavra. Parecia que estava sendo colocada em um barco sem um colete salva-vidas ou remo e poderia desaparecer se Jackson assim quisesse.

— Não quero ficar em algum hotel impessoal. Não vai ser bom para mim ficar em um lugar estranho onde não me sinta em casa. Também não vai ser bom para o bebê.

Ele suspirou.

— Ok. Vamos alugar um apartamento. Um bom, onde você se sinta em casa. Pode comprar o que quiser.

Ela pensou nisso por alguns minutos. Provavelmente era a melhor oferta que havia conseguido até aquele momento.

— Por quanto tempo?

— Não sei. Alguns meses? Até lá vamos ter resolvido tudo isso.

Naquele momento, ela ficou brava e assustada, assim, foi fácil chorar.

— Odeio essa situação, Jackson. Amo tanto você e agora vamos ter que ficar separados. Ficarei sozinha em algum apartamento que nem é nosso. Isso me deixa com medo, como eu costumava ficar quando era pequena e nos mudávamos o tempo todo porque não podíamos pagar o aluguel.

Ela fungou e limpou as lágrimas das bochechas, esperando que a história de desgraça pudesse emocioná-lo.

Ele a olhou por um bom tempo.

— Quer que eu perca tudo? Você só precisa confiar em mim.

Ele não estava mordendo a isca. Ela teria que aceitar o plano e esperar que ele cumprisse o combinado até Amber poder inventar alguma outra coisa. E se não se mostrasse confiável? E então? Ela ficaria de mãos abanando, como quando fugiu do Missouri. Não deixaria ele se safar se livrando dela e daquele bebê que estava carregando, mesmo que tivesse que tomar medidas mais drásticas dessa vez. Ninguém mais a ferraria. Esse tempo já havia passado.

[PARTE II]

DAPHNE

TRINTA E SEIS

Eu não costumava ter medo do meu marido. Pensei que o amasse, lá no passado, quando ele era gentil — ou fingia ser. Antes de saber como, de perto, ele era um monstro.

Conheci Jackson com 26 anos. Terminei a pós-graduação em assistência social e estava na fase de planejamento da fundação que um dia iniciaria em homenagem a Julie. Consegui um emprego no escritório da "Save the Children" e fiquei lá por seis meses. Era uma organização ótima, onde pude trabalhar com algo que amava enquanto aprendia tudo o que precisava para administrar a minha própria fundação no futuro.

Uma colega de trabalho recomendou que eu entrasse em contato com a Parrish International, uma empresa imobiliária internacional com reputação de contribuir com trabalhos sociais. Ela tinha um contato lá — o pai era um parceiro comercial. Eu esperava que algum executivo júnior me recebesse. Em vez disso, me concederam uma audiência com o próprio sr. Parrish. Jackson não parecia ser o líder de mercado sobre o qual eu tinha lido. Foi amável comigo, divertido e me deixou tranquila desde o início. Quando contei para ele sobre os meus planos para a fundação e por que eu a estava começando, ele me surpreendeu ao me oferecer financiamento para a Sorriso de Julie. Três meses depois, eu sairia do meu emprego e seria a chefe da minha fundação. Jackson havia montado um conselho, ao qual ele se juntou, forneceu o financiamento e encontrou um espaço para eu montar o meu escritório. As coisas continuaram profissionais entre nós — não queria arriscar o apoio dele à fundação e, para ser sincera, também fiquei um pouco assustada. Porém, com o passar do tempo, quando os almoços se transformaram em jantares, me pareceu natural — até mesmo inevitável — que o nosso relacionamento se tornasse mais pessoal. A acolhida sincera de Jackson à Sorriso de Julie virou a minha cabeça, tenho que admitir. Então, concordei em ir à casa dele para um jantar de comemoração.

A primeira vez que vi a casa de trinta quartos, a vastidão da sua riqueza me atingiu. Ele morava em Bishops Harbor, uma cidade pitoresca na costa do estuário de Long Island, com uma população de cerca de trinta mil habitantes. A área comercial da cidade poderia rivalizar com Rodeo Drive, com lojas caras demais para o meu bolso, e os únicos carros populares nas suas estradas perfeitas pertenciam às pessoas que trabalhavam para os ricos do lugar. As mansões que salpicavam o litoral da região eram magníficas, afastadas da estrada, protegidas por portões e ficavam sobre uma grama tão lustrosa e verde que nem parecia de verdade. Quando o motorista de Jackson virou o carro no longo caminho da entrada, levou um minuto para que eu avistasse a casa. Perdi o fôlego quando nos aproximamos da tremenda propriedade cinzenta.

Quando entramos no grande saguão, com um candelabro que teria se encaixado à perfeição no palácio de Buckingham, abri um sorriso tenso. As pessoas viviam mesmo daquela maneira? Lembro-me de pensar que os excessos ao meu redor poderiam pagar tantas contas médicas para as famílias com casos de fibrose cística que lutavam para sobreviver.

— É muito bonita.

— Fico feliz que goste.

Ele me olhou com uma expressão intrigada, pediu que a governanta guardasse os nossos casacos e me levou para o deque, onde o fogo crepitante aguardava em uma lareira ao ar livre e poderíamos observar a vista espetacular do estuário de Long Island.

Eu me senti atraída por ele — como não me sentiria? Não dava para negar que Jackson Parrish era bonito, os cabelos escuros formavam a moldura perfeita para os seus olhos mais azuis que o mar caribenho. Ele era o material do qual eram feitas as fantasias — diretor-executivo de 35 anos da empresa que ele mesmo criara do zero, generoso e filantrópico, amado na comunidade, encantador e de uma beleza juvenil. Não era o tipo de homem com quem eu costumava sair. Tinha lido tudo sobre a sua fama de playboy. As mulheres com as quais saía eram modelos e socialites, cuja sofisticação e fascínio superavam os meus. Talvez fosse por isso que o interesse dele tenha me surpreendido.

Fiquei relaxada, desfrutando da vista tranquilizante do estuário e do cheiro salgado do ar marinho, quando ele me entregou um copo com algo rosa.

— Um bellini. Fará com que você sinta que é verão.

Uma explosão de frutas encheu a minha boca, a combinação agridoce era agradável.

— É delicioso. — Olhei para o sol se pondo sobre a água, o céu pintando belos tons rosados e roxos. — Tão bonito. Você nunca deve se cansar dessa vista.

Ele se recostou. A coxa dele próxima à minha me deixava mais zonza que a bebida.

— Nunca. Cresci nas montanhas e não tinha noção de que o mar era tão encantador até me mudar para o leste.

— Você é do Colorado, não é?

Ele sorriu.

— Pesquisou sobre mim?

Tomei outro gole, ficando corajosa com o álcool.

— Você não é exatamente uma figura reservada.

Eu tinha a impressão de que era impossível abrir um jornal sem ler alguma coisa sobre Jackson Parrish, o garoto prodígio.

— Na verdade, sou uma pessoa bastante reservada. Quando se atinge o nível de sucesso que tenho, é difícil saber quem são os seus verdadeiros amigos. Tenho que tomar cuidado com quem deixo se aproximar de mim. — Ele pegou o meu copo e o encheu de novo. — Mas chega de falar de mim. Quero saber sobre você.

— Acho que não sou interessante. Apenas uma garota de uma cidade pequena. Nada de especial.

Ele me abriu um sorriso irônico.

— Acha que ser publicada aos catorze anos não tem nada de especial? Adorei o artigo que fez para a revista *is* sobre a sua irmã e a valente luta dela.

— Uau. Você também fez uma pesquisa. Como achou isso?

Ele piscou para mim.

— Tenho os meus meios. Aquilo foi muito emocionante. Então, você e Julie tinham planejado estudar na Universidade Brown?

— Sim, desde pequenas. Depois que ela morreu, senti que precisava ir. Por nós duas.

— Parece difícil. Com quantos anos você perdeu a sua irmã?

— Dezoito.

Ele pôs a mão sobre a minha.

— Tenho certeza de que ela está orgulhosa de você. Em especial do que está fazendo, da sua dedicação. A fundação vai ajudar tanta gente.

— Sou grata a você. Sem a sua ajuda, levaria anos até conseguir um espaço e uma equipe.

— Fico feliz em ajudar. Você teve sorte de tê-la. Sempre imaginei como teria sido crescer com irmãos e irmãs.

— Deve ter sido solitário ser filho único — comentei.

O olhar dele ficou distante.

— O meu pai trabalhava o tempo todo e a minha mãe tinha as obrigações beneficentes dela. Sempre desejei ter um irmão para sair e jogar bola, brincar comigo. — Ele deu de ombros. — Bem, para muitas pessoas a infância foi bem pior.

— O que o seu pai faz?

— Ele era CEO da Boulder Insurance. Um emprego e tanto. Está aposentado agora. Minha mãe era dona de casa.

Eu não queria cutucar, mas Jackson parecia querer falar mais sobre aquilo.

— Era?

De repente, ele se levantou.

— Morreu em um acidente de carro. Está um pouco frio. Por que não entramos?

Fiquei em pé, sentindo-me um pouco bêbada, e pus a mão na cadeira para me estabilizar. Ele se virou para mim, então, com olhos intensos, acariciou o meu rosto e sussurrou:

— Quando você está comigo, não me sinto nem um pouco sozinho.

Não falei nada quando ele me pegou nos braços e me levou para dentro de casa, até a cama.

Partes daquela primeira noite que passamos juntos ainda são como um borrão. Não tinha planejado fazer amor com ele — sentia que era muito cedo. No entanto, antes que eu me desse conta, estávamos nus e enrolados nos lençóis. Ele manteve os olhos nos meus o tempo todo. Era desconcertante, como se estivesse olhando para a minha alma, mas eu não conseguia desviar o olhar. Quando acabou, ele foi gentil, doce e adormeceu envolto nos meus braços. Observei o rosto dele ao luar e corri o dedo no contorno do seu queixo. Queria apagar todas as lembranças tristes de Jackson e fazê-lo sentir o amor e a proteção que não teve quando criança. Aquele homem lindo, forte e bem-sucedido, que todos admiravam, dividira as suas vulnerabilidades comigo. Precisava de mim. Não há nada mais atraente para mim do que ser necessária.

Quando chegou a manhã, sentia uma forte dor de cabeça. Eu me perguntei se tinha sido apenas outra conquista, se, agora que teve o que queria, nós voltaríamos a ser parceiros de negócios. Eu me juntaria às fileiras das suas ex-amantes ou esse era o início de um novo relacionamento? A minha preocupação era que ele estivesse me comparando com as garotas glamourosas com quem estava acostumado a dormir e que eu tivesse sido uma decepção. Ele pareceu ler a minha mente. Apoiando-se no cotovelo, correu a mão direita pelo meu peito.

— Gosto de ter você aqui.

Eu não sabia o que dizer, então sorri.

— Aposto que diz isso para todas.

O rosto dele ficou sombrio e Jackson retirou a mão.

— Não, não digo.

— Desculpe. — Respirei fundo. — Estou um pouco nervosa.

Ele me beijou, a língua insistente, a boca pressionada contra a minha. Então, se afastou e acariciou o meu rosto com as costas da mão.

— Não precisa ficar nervosa comigo. Vou cuidar bem de você.

Uma mistura de sentimentos me dominou. Eu me desvencilhei dos braços dele e abri um sorriso sincero.

— Preciso ir. Vou me atrasar.

Ele me puxou de volta.

— Você é a chefe, lembra? Não responde a ninguém além do conselho.

Em seguida, ele veio para cima de mim, os olhos se mantendo nos meus daquele jeito hipnotizante mais uma vez.

— E o conselho não se importa se você se atrasar. Por favor, fique. Só quero abraçá-la um pouco mais.

Tudo começou com aquela promessa. E então, como um para-brisa lascado por uma pedrinha, a rachadura se transformou em fendas profundas que se espalharam até não restar mais nada o que consertar.

TRINTA E SETE

As pessoas supervalorizam o namoro como uma maneira de conhecer alguém. Quando os seus hormônios estão furiosos e a atração é magnética, o cérebro sai de campo. Ele era tudo que eu nunca soube de que precisava.

No trabalho, estava de volta à minha zona de conforto, embora continuasse relembrando a nossa noite juntos com um sorriso. Horas depois, uma agitação fora do meu pequeno escritório me fez erguer os olhos. Um jovem empurrava um carrinho após o outro com vasos de rosas vermelhas. Fiona, a minha secretária, estava atrás dele, o rosto corado e as mãos acenando.

— Alguém mandou flores para você. Muitas flores.

Eu me levantei e as recebi. Contei uma dúzia de vasos. Coloquei um monte na minha mesa e olhei ao redor, imaginando o que faria com o resto. Resolvemos colocá-los pelo chão do meu pequeno escritório, já que não tínhamos outro lugar para deixá-los.

Fiona fechou a porta quando o entregador partiu e caiu na cadeira à minha frente.

— Tudo bem, conte tudo.

Eu não queria comentar sobre Jackson com ninguém ainda. Nem sabia o que éramos exatamente. Estendi a mão e peguei o cartão.

A sua pele é mais macia que as pétalas dessas flores. Já sinto a sua falta.

J

Elas estavam em toda parte. Era demais. O cheiro nauseante me abalou e fez o meu estômago se embrulhar.

Fiona olhava para mim com uma expressão exasperada.

— Então?

— Jackson Parrish.

— Eu sabia! — Ela me encarou, triunfante. — Do jeito que ele observava você quando passou aqui para ver os escritórios outro dia, sabia que era apenas uma questão de tempo. — Ela se inclinou para a frente, o queixo apoiado nas mãos. — É sério?

— Não sei. — Balancei a cabeça. — Gosto dele, mas não sei. — Apontei para as flores. — Ele meio que exagera.

— Sim, que tremendo idiota, mandando todas essas belas rosas para você.

Ela se levantou e abriu a porta.

— Fiona?

— Sim?

— Leve algumas para a sua mesa. Não sei o que fazer com o resto.

Ela assentiu.

— Claro, chefe. Mas tenho que dizer uma coisa: não vai ser tão fácil assim descartá-lo.

Eu precisava voltar ao trabalho. Tentaria entender Jackson mais tarde. Estava prestes a dar um telefonema quando Fiona abriu a porta de novo. O rosto dela estava pálido.

— É a sua mãe.

Peguei o telefone e o levei ao ouvido.

— Mãe?

— Daphne, você precisa voltar para casa. O seu pai teve um ataque cardíaco.

— Foi muito ruim? — falei.

— Apenas venha para cá. Assim que puder.

TRINTA E OITO

O próximo telefonema que dei foi para Jackson. Assim que consegui falar, ele assumiu o comando.

— Daphne, vai ficar tudo bem. Respire fundo. Fique onde está. Já estou indo.

— Mas tenho que chegar ao aeroporto. Preciso encontrar um voo. Eu...

— Vou levar você. Não se preocupe.

Tinha me esquecido de que ele tinha um avião.

— Pode fazer isso?

— Olha só. Fique aí no escritório. Estou saindo agora para buscar você. Passamos na sua casa, pegamos algumas roupas e, em mais ou menos uma hora, estaremos voando. Só respire.

O resto foi um borrão. Fiz o que ele disse, joguei as coisas em uma mala, segui as instruções até estar sentada no avião dele, agarrada à sua mão enquanto olhava pela janela e rezava. O meu pai tinha apenas 59 anos — não era possível que fosse falecer.

Quando chegamos em New Hampshire, em um aeroporto particular, Marvin, um garçom da pousada, estava nos esperando. Acho que fiz as apresentações ou talvez Jackson tenha assumido o comando. Não lembro. Tudo que lembro é a sensação na boca do estômago de que nunca mais falaria com o meu pai.

Assim que chegamos ao hospital, Jackson dominou a cena. Descobriu quem era o médico do meu pai, avaliou as instalações e, na mesma hora, o levou para o St. Gregory's, o grande hospital a uma hora da nossa cidadezinha. Não há dúvida, na minha opinião, de que ele teria morrido se Jackson não tivesse percebido a inépcia do médico no County General e a falta de equipamentos sofisticados da instituição.

Jackson trouxe um cardiologista famoso de Nova York para nos encontrar no St. Gregory's. O médico chegou pouco depois da gente e, ao examinar o meu pai, declarou que ele não teve um ataque cardíaco no fim das contas, mas uma dissecção aórtica. Explicou que o revestimento do coração havia se despedaçado e, se não fosse operado naquele momento, ele morreria. Aparentemente, a pressão alta tinha sido a causa. Ele nos advertiu que o atraso no diagnóstico diminuía as chances de sobrevivência para cinquenta por cento.

Jackson cancelou todas as reuniões e não saiu do meu lado. Depois de uma semana, eu estava preparada para ele voltar para Connecticut, mas Jackson tinha outros planos.

— Vocês, mulheres, continuam aqui — disse ele para mim e para minha mãe. — Já falei com o seu pai sobre isso. Vou voltar para a pousada e garantir que tudo está bem.

— E a sua empresa? Você não precisa voltar?

— Posso lidar com ela daqui por ora. Reorganizei as coisas um pouco. Algumas semanas longe não vão me matar.

— Tem certeza? A equipe da pousada pode dar conta por enquanto.

Ele balançou a cabeça.

— Posso tocar a minha empresa de qualquer lugar, mas a pousada é uma operação prática, e, quando o chefe não está, as coisas desandam. Pretendo proteger os interesses do seu pai até que ele volte para a pousada e a sua mãe possa ficar de olho.

A minha mãe me deu um daqueles olhares que dizia: *Não deixe esse aí escapar*. Ela pousou a mão no ombro de Jackson.

— Obrigada, querido. Sei que Ezra vai respirar melhor sabendo que você está lá.

Com a eficiência e o talento típicos de Jackson, ele se dedicou para garantir que tudo funcionasse sem problemas — ainda melhor do que quando o meu pai estava no comando. A cozinha estava com estoque cheio, ele supervisionava a equipe, até cuidava para que os comedores dos pássaros nunca ficassem vazios. Certa noite, quando estávamos com falta de funcionários, voltei para a pousada e o vi servindo as mesas. Acho que foi quando me apaixonei de verdade por ele. Foi um alívio enorme para a minha mãe e, quando ela percebeu que a intervenção dele foi tranquila, ficou livre para passar o tempo todo no hospital sem se preocupar com o que estaria acontecendo na pousada.

Até o final daquele mês, a minha mãe estava tão encantada quanto eu.

— Acho que encontrou o homem ideal, querida — sussurrou ela uma noite após Jackson ter saído do quarto.

Como ele tinha conseguido fazer isso?, eu me perguntava. Era como se sempre estivesse por ali, já fazendo parte da família. Todas as minhas reservas anteriores sobre ele evaporaram. Ele não era um playboy consumista. Era um homem de recursos e caráter. No espaço de poucas semanas, tornou-se indispensável para todos nós.

TRINTA E NOVE

Papai teve alta do hospital e estava em casa, ainda fraco mas melhor, e Jackson e eu fomos para New Hampshire passar o Natal com a minha família. O meu primo Barry e a esposa dele, Erin, vinham com a filha, e estávamos todos entusiasmados para passar o feriado juntos.

Chegamos no dia 24 com neve caindo e o cenário perfeito da Nova Inglaterra. A pousada estava enfeitada com a alegria das festas de fim de ano. Em pé na pequena igreja onde eu ia todos os domingos desde os meus tempos de menina, me senti em paz, o coração transbordando. Papai havia sobrevivido, e eu estava apaixonada. Era como um conto de fadas — eu havia ganhado o príncipe que nunca soube existir na vida real. Jackson me flagrou olhando para ele e abriu aquele sorriso deslumbrante, os olhos azul-cobalto brilhando de adoração. Eu mal podia acreditar que ele era meu.

Quando voltamos para a pousada, o meu pai abriu uma garrafa de champanhe e serviu uma taça para cada um de nós. Ele pousou o braço nos ombros da minha mãe.

— Quero que saibam o quanto significa para mim vocês estarem aqui. Alguns meses atrás, não tinha tanta certeza de que viveria para ver outro Natal. — Ele limpou uma lágrima do rosto e ergueu o copo. — À família. Àqueles que estão aqui e à nossa querida Julie, no céu. Feliz Natal.

Tomei um gole, fechei os olhos e, em silêncio, desejei um feliz Natal para a minha irmã. Ainda sentia muita falta dela.

Nós nos sentamos nos sofás ao lado da árvore para trocar presentes. Os meus pais começaram a tradição familiar de nos dar três presentes, simbolizando aqueles que os três Reis Magos deram a Jesus. Jackson também tinha uma pilha de três para abrir, e fiquei feliz pela minha mãe ter se lembrado dele. Os presentes eram modestos mas especiais: um suéter que ela mesma havia tricotado para ele, um CD de Beethoven e um enfeite de veleiro pintado à mão para a árvore de Natal. Jackson segurou o suéter de pescador sobre o peito.

— Adorei. Vai me manter confortável e aquecido. — Ele se levantou e caminhou até a árvore. — Agora é a minha vez.

Jackson se deliciou em distribuir os presentes que havia escolhido. Eu não fazia ideia do que havia comprado; ele quis manter a surpresa. Mencionei para ele que os presentes seriam modestos e pedi para não exagerar. Ele começou com a minha priminha, que tinha oito anos na época. Trouxera uma encantadora pulseira com pingentes de prata com personagens da Disney, e ela ficou entusiasmada. Para Barry e Erin, um alto-falante Bluetooth da Bose de última geração. Eu estava começando a ficar um pouco nervosa pensando no livro de carros clássicos que eles haviam lhe dado e como eles se sentiriam. Pela visto, ele não tinha se dado conta, mas pude ver na expressão de Barry que ele ficou desconfortável.

Jackson tirou algo do bolso e, ajoelhando-se na minha frente, me entregou uma pequena caixa embrulhada.

O meu coração começou a palpitar. Aquilo estava mesmo acontecendo? As minhas mãos tremiam enquanto eu rasgava o papel. Retirei a caixa de veludo preto do embrulho e abri a tampa.

Era uma aliança. Não havia me dado conta do quanto eu esperava que fosse uma até aquele momento.

— Ah, Jackson. É linda.

— Daphne, você me daria a honra de ser a minha esposa?

A minha mãe arfou e fechou as mãos diante de si com um estalo.

Eu o abracei com tudo e disse:

— Sim! Sim!

Ele deslizou a aliança no meu dedo.

— É linda, Jackson. E tão grande.

— Nada além do melhor para você. É um diamante de corte redondo de seis quilates. Impecável. Como você.

O anel encaixou à perfeição. Estendi a minha mão e a virei de um lado para outro. Mamãe e Erin correram para o meu lado, cheias de "ooohs" e "aaahs".

Papai ficou afastado, estranhamente silencioso, com uma expressão inescrutável no rosto.

— Um pouco rápido, não?

Todos ficaram em silêncio. Um olhar irritado passou rápido pelo rosto de Jackson. Então, ele sorriu e caminhou até o meu pai.

— Senhor, entendo as suas reservas. Mas amei a sua filha desde o momento em que coloquei os olhos nela pela primeira vez. Prometo que vou tratá-la como uma rainha. Espero que o senhor nos dê a sua bênção.

Ele estendeu a mão para o meu pai.

Todos os observavam. Papai estendeu a mão e apertou a mão de Jackson.

— Bem-vindo à família, filho — disse ele e sorriu, mas acho que fui a única a perceber que o sorriso não chegou até os olhos.

Jackson balançou a mão dele e o encarou direto nos olhos.

— Obrigado. — Então, com o olhar de um gato que comeu um passarinho, ele puxou algo do bolso da calça. — Guardei isso por último. — Ele entregou um envelope para o meu pai.

Ele abriu o envelope, repuxando a boca. Havia uma expressão de confusão nos seus olhos quando ele voltou a observar Jackson. Ele balançou a cabeça.

— É extravagante demais.

A minha mãe se aproximou.

— O que é, Ezra?

Jackson respondeu.

— Um novo telhado. Sei que estão tendo problemas com vazamentos. Vão fazer a reforma na primavera.

— Bem, é muito atencioso da sua parte, mas Ezra está certo. Isso é demais, Jackson.

Ele colocou o braço em volta de mim e sorriu para ambos.

— Que bobagem. Agora sou parte da família. E parentes cuidam uns dos outros. Não vou aceitar "não" como resposta.

Eu não sabia por que eles estavam sendo tão teimosos. Achei que era um gesto maravilhoso e sabia que aquilo não faria nem cócegas nas finanças de Jackson.

— Mãe, pai, deixem esse orgulho bobo de lado — falei, tentando provocá-los. — É um presente maravilhoso.

Papai olhou direto para Jackson.

— Agradeço por isso, filho, mas não é assim que faço as coisas. Este é o meu negócio, e vou colocar um novo telhado quando eu puder. Não quero mais falar sobre o assunto.

Jackson cerrou os dentes e deixou cair a mão do meu ombro. Ele desinflou diante dos meus olhos, voltou a colocar o envelope no bolso e falou mais uma vez, dessa vez quase um sussurro:

— Bem, ofendi o senhor por querer fazer algo bom. Por favor, me perdoe. — A cabeça dele se abaixou e Jackson ergueu os olhos para encarar a minha mãe, como um menino encrencado em busca de salvação. — Só queria ser parte da família. Tem sido muito difícil desde que a minha mãe morreu.

Ela se precipitou e o abraçou.

— Jackson, é claro que você faz parte da família. — Ela lançou ao meu pai um olhar de desaprovação. — E familiares têm que se ajudar. Ficamos felizes em aceitar o presente.

Aquela foi a primeira vez que vi... o pequeno sorriso que brincava nos lábios dele e o olhar que dizia *vitória*.

QUARENTA

Embora tivesse se recuperado da cirurgia, papai ainda não estava bem, e eu não sabia quanto tempo ele tinha. Parte do motivo por que corremos para casar foi para que eu pudesse ter certeza de que ele poderia me levar até o altar. O casamento foi pequeno. Papai insistiu em pagar por ele e, apesar das súplicas, não foi persuadido para permitir que Jackson contribuísse. O meu noivo queria fazer um grande casamento em Bishops Harbor e convidar todos os seus parceiros comerciais. Prometi a Jackson que, quando voltássemos da lua de mel, poderíamos fazer uma festa para comemorar. Isso o apaziguou.

Nós nos casamos em fevereiro, na igreja presbiteriana da minha família, e fizemos a recepção na pousada. O pai de Jackson veio para o casamento, e fiquei em frangalhos antes de conhecê-lo. O homem traria uma namorada, e Jackson não estava feliz com aquilo. Ele enviara o seu avião particular para o casal e tinha um motorista esperando no aeroporto para trazer os dois até a pousada.

— Não consigo acreditar que ele está vindo com aquela idiota afetada. Ele nem deveria estar namorando ainda.

— Jackson, isso é um pouco cruel da sua parte, não acha?

— Ela não é nada. É um insulto para a minha mãe. É uma *garçonete*.

Pensei nas adoráveis mulheres que trabalhavam no restaurante da pousada e o meu alerta se acendeu.

— O que há de errado em ser garçonete?

Ele suspirou.

— Nada, se você estiver na faculdade. Ela tem sessenta anos. E o meu pai tem muito dinheiro. Ela deve vê-lo como o seu próximo golpe de sorte.

Tive uma sensação de irritação na boca do estômago.

— Você a conhece bem?

Ele deu de ombros.

— Só a vi uma vez. Alguns meses atrás, quando fui até Chicago a negócios e jantamos juntos. Era barulhenta e nem um pouco brilhante. No entanto, obedecia a tudo que ele falava. A minha mãe tinha vontade própria.

— Tem certeza de que não está apenas tendo dificuldades em vê-lo com alguém além da sua mãe? Você me disse o quanto era apegado a ela. Tenho certeza de que não é fácil ver que ela foi substituída.

O rosto de Jackson ficou vermelho.

— A minha mãe é insubstituível. Aquela mulher nunca vai chegar aos pés dela.

— Desculpe. Não foi isso que quis dizer.

O meu futuro marido não tinha falado muito sobre a família dele, além do fato do pai trabalhar o tempo todo e nunca ter tempo para o filho durante a sua infância. Acho que, por ter sido filho único, teve um relacionamento ainda mais próximo com a mãe. A morte dela, no ano anterior, o atingiu com força e, pelo que pude ver, a dor ainda era recente. Eu não quis perder tempo com um pensamento indesejado que corria pela minha cabeça — que ele era um esnobe. Atribuí aquilo à tristeza pela mãe e deixei o pensamento no fundo da mente.

Quando conheci Flora, achei-a bem gentil, e o pai dele parecia feliz. Foram cordiais com os meus pais e todos se deram bem. No dia seguinte, quando papai me levou até o altar, tudo que conseguia pensar era na sorte de ter encontrado o amor da minha vida e estar começando uma nova fase com Jackson.

— Não acha que é hora de me revelar o grande segredo? — perguntei quando embarcamos no avião para a lua de mel. — Não sei nem se trouxe as roupas certas!

Ele se inclinou e me deu um beijo.

— Garota boba. Tem malas e mais malas cheias de roupas que comprei para você a bordo. Deixe tudo comigo.

Ele comprou roupas novas para mim?

— Quando teve tempo para fazer isso?

— Não se preocupe com isso, amor. Você vai descobrir que sou muito bom em planejar coisas com antecedência.

Assim que nos sentamos e tomei um gole de champanhe, tentei mais uma vez.

— Então, quando vou descobrir?

Ele abaixou a cobertura da minha janela.

— Na hora em que pousarmos. Agora, relaxe. Talvez consiga dormir um pouco. E, quando acordar, vamos nos divertir um pouco nas nuvens.

A mão dele subia e descia na parte de dentro da minha coxa enquanto ele falava, e o desejo se espalhou dentro de mim como um líquido quente.

— Por que não nos divertimos agora? — sussurrei enquanto encostava os lábios contra a sua orelha.

Jackson sorriu e, quando olhei nos seus olhos, vi o mesmo desejo que eu sentia. Ele se levantou e me ergueu nos braços musculosos, levando-me para o quarto, onde caímos na cama, os corpos entrelaçados. Dormimos logo depois — não tenho certeza por quanto tempo, mas logo depois que despertamos e fizemos amor de novo, o capitão avisou que estaríamos aterrissando em poucos minutos. Ele teve o cuidado de não nomear o destino, mas quando olhei pela janela, vi quilômetros e quilômetros de água azul abaixo de nós. Onde quer que estivéssemos, parecia um paraíso. Jackson tirou as cobertas e veio do meu lado da janela, cingindo a minha cintura nua com o braço.

— Está vendo? — Ele apontou para uma montanha gloriosa que parecia surgir como um monólito nobre de dentro do mar. — Aquele é o monte Otemanu, uma das mais belas paisagens do mundo. E logo vou mostrar a você a grandeza de Bora Bora.

Polinésia, pensei. E me virei para olhar para ele.

— Você já esteve aqui antes?

Ele beijou a minha bochecha.

— Já, minha menina. Mas nunca com você.

De alguma forma, fiquei decepcionada, mas não sabia como expressar aquilo em palavras. Fiz uma tentativa desajeitada.

— Achei que íamos a um lugar que nenhum de nós conhecesse. Então sabe, poderíamos experimentar tudo juntos. Pela primeira vez.

Jackson me puxou para a cama e bagunçou o meu cabelo.

— Eu viajo muito. Já estive em qualquer lugar que valha a pena ir. Você preferiria ir para Davenport, Iowa? Nunca fui para lá. Sabe, tive uma vida antes de nos conhecermos.

— Claro — respondi. — Só queria que esse momento fosse novo para nós dois, algo que pudéssemos compartilhar.

Queria perguntar se ele tinha estado ali sozinho ou com outra mulher, mas fiquei com medo de arruinar ainda mais o clima.

— Bora Bora — falei. — É um lugar para o qual nunca pensei em ir.

— Reservei um bangalô sobre a água. Você vai adorar, meu amor.

E me puxou para os seus braços mais uma vez.

Estávamos de volta aos nossos assentos quando o trem de pouso desceu e aterrissamos no aeroporto na ilhota de Motu Mute. A porta se abriu, descemos as escadas do jatinho e fomos recebidos por ilhéus sorridentes que puseram colares de flores ao redor do nosso pescoço. Estendi a mão para tocar o colar dele.

— Gosto mais do seu. Azul é a minha cor preferida.

Ele o tirou do pescoço e o colocou em torno do meu.

— Parece melhor em você, de qualquer forma. Por sinal, em Bora Bora, eles chamam de *heis*.

O ar quente e perfumado era inebriante. Eu já estava apaixonada pelo lugar. Fomos levados de barco até o nosso bangalô, que parecia mais uma mansão luxuosa flutuante, com piso de vidro que oferecia uma visão da vida marinha lá embaixo.

A bagagem chegou e pus um vestido casual de verão, Jackson vestiu calças azul-marinho e uma camisa branca de linho. A pele bronzeada dele contra a camisa branca o deixava ainda mais bonito, como se aquilo fosse possível. Tínhamos acabado de nos instalar no nosso deque particular quando uma canoa parou perto do bangalô para nos servir champanhe e caviar. Olhei para Jackson com surpresa.

— Você pediu isso? — perguntei.

Ele olhou para mim como se eu fosse uma garotinha ingênua do interior.

— Faz parte do serviço, amor. Vão nos trazer tudo o que quisermos. Se escolhermos ficar aqui para jantar, eles trarão para nós; para o almoço, comeremos... o que os nossos caprichos ditarem. — Ele pegou uma porção de caviar com um biscoito redondo e o levou à minha boca. — Apenas o melhor para a minha menina. Vá se acostumando.

Para dizer a verdade, caviar e champanhe eram duas coisas que eu não apreciava muito, mas achei que precisava desenvolver o gosto.

Ele deu um longo gole no champanhe, e ficamos ali sentados, sentindo o ar fresco no rosto, hipnotizados pela água azul-turquesa. Eu me inclinei para trás e fechei os olhos, ouvindo o som do mar batendo contra as estacas do bangalô.

— Temos uma reserva para jantar às vinte horas em La Villa Mahana — disse ele.

Abri os olhos e olhei para ele.

— Como?

— É uma pequena joia com apenas algumas mesas. Você vai amar.

Mais uma vez tive aquela sensação inicial de decepção. É claro que Jackson já tinha estado no restaurante antes.

— Imagino que vai poder me dizer com precisão o que pedir e quais são os melhores pratos do cardápio — comentei, um pouco frustrada.

Ele me lançou um olhar frio.

— Se preferir não ir, cancelo a reserva. Tenho certeza de que há uma multidão de casais na lista de espera que gostaria de jantar lá.

Eu me senti uma idiota ingrata.

— Desculpe. Não sei o que deu em mim. Claro que vamos.

Jackson já havia desfeito as malas e pendurado tudo que tinha comprado para mim com cuidado. As peças estavam alinhadas não apenas pelo tipo de roupa, mas também pela cor. Sapatos foram dispostos na prateleira superior sobre o cabideiro e separados em sandálias rasteiras e de saltos, em todas as cores, de todos os tipos. Ele ergueu um vestido longo e branco com tiras finas e corpo ajustado. Havia mais roupas do que dias em que ficaríamos lá: sapatos de noite, sandálias, roupas de banho, saídas de praia, joias, roupas diurnas casuais e *slip dresses* esvoaçantes para a noite.

— Aqui — disse ele. — Vai ficar perfeito para hoje à noite, minha linda.

Parecia tão estranho alguém escolher roupas por mim, mas tive que admitir que o vestido era mesmo adorável. Vestia com perfeição, e os brincos turquesa que ele escolheu se destacavam de uma maneira linda ao lado do tecido branquíssimo.

Ficamos no bangalô na segunda noite e pedimos para trazerem o jantar. Nós nos sentamos no deque e saboreamos a comida, bem como o pôr do sol que criava faixas róseas e azuis pelo céu. Foi mágico.

Aquele era o nosso padrão — sozinhos no bangalô uma noite para, na seguinte, irmos a um restaurante como o Bloody Mary's, o Mai Kai ou o St. James. Cada um deles tinha um ambiente delicioso próprio, e adorei o clima casual de ilha do Bloody Mary's, com o chão de areia e o delicioso bolo de rum. Mesmo os banheiros tinham chão de areia. Quando jantávamos fora, caminhávamos pela praia de mãos dadas e fazíamos amor depois de chegar em casa. Nas noites em que comíamos no bangalô, o sexo começava mais cedo e durava mais tempo. A minha pele estava ficando bem morena, parecia limpa e repuxada depois de dias no sol e na água. Nunca tinha tido tanta consciência do meu corpo, o toque da mão de alguém em mim, a emoção de me unir e me sentir como algo único.

Cada momento fora planejado por Jackson, de natação e mergulho até os passeios particulares e os jantares românticos. Fizemos amor nas areias de uma praia particular, em um barco na lagoa e, é claro, no paraíso privado que era o bangalô. Ele pensou em tudo, até nos menores detalhes. E, embora houvesse momentos em que tive uma sensaçãozinha irritante no meu estômago, nunca entendi conscientemente o quanto a necessidade de ordem e controle dele dominaria a minha vida.

QUARENTA E UM

Eu estava de malas prontas, animada com a perspectiva de quatro dias ininterruptos em Greenbrier com o meu marido, quando ele chegou em casa. Fazia pouco mais de três meses que estávamos casados. A minha mala estava na cama e, depois de me beijar, ele olhou para ela e a abriu.

— O que está fazendo? A sua mala está bem ali.

Apontei para a bagagem de Jackson ao lado da cômoda.

Ele me deu um sorriso divertido.

— Eu sei.

Então, tirou o que eu tinha colocado na mala, franzindo o cenho enquanto olhava para todas as minhas roupas.

Fiquei lá, com vontade de falar para ele não mexer nas minhas coisas, mas as palavras não vieram. Assisti, congelada, enquanto ele fuçava em tudo e olhou para mim.

— Você sabe que estamos indo para um lugar que não é como a pousadinha dos seus pais, não é?

Eu me encolhi como se tivesse levado uma pancada.

Ele notou a minha expressão e riu.

— Ah, deixa disso. Não foi o que quis dizer. Só que é o Greenbrier. Eles têm um *dress code*. Você precisa de alguns vestidos de festa.

O meu rosto ficou quente de vergonha e raiva.

— Eu sei o que é o Greenbrier. Já estive lá antes. — Era mentira, mas dei uma pesquisada na internet.

Ele ergueu as sobrancelhas e me examinou por um bom momento.

— Sério? Quando?

— Essa não é a questão. O que estou dizendo é que não precisa fuçar as minhas coisas como se eu fosse criança. O que pus na mala está muito bom.

Ele levantou as mãos, rendendo-se.

— Tudo bem. Faça como quiser. Mas não venha me pentelhar quando perceber que vai estar má vestida em comparação com as outras mulheres de lá.

Passei por ele a passos largos, fechei a minha mala e a joguei no chão.

— Vejo você lá embaixo.

Quando fui erguê-la, ele me deteve.

— Daphne.

Eu me virei.

— O quê?

— Deixe a mala aí. Temos empregados para fazer isso.

Então, ele balançou a cabeça e murmurou alguma coisa em voz baixa.

Peguei a minha mala. Ainda não tinha me acostumado com todas aquelas pessoas aos meus pés, esperando para fazer o trabalho que eu poderia muito bem fazer sozinha.

— Sou capaz de carregar a minha mala.

Irrompi no escritório e servi um copo de uísque para mim mesma. Tomando de um gole só, fechei os olhos e respirei fundo. Desceu queimando, mas então senti uma calma me invadir e pensei: *É assim que as pessoas se tornam alcoólatras.* Caminhando até a janela, absorvi a vista da água, e ela acalmou o que restava dos meus nervos em frangalhos.

Eu estava aprendendo que a intimidação emocional poderia ser tão perturbadora quanto a física. Pequenas coisas começaram a atiçar os nervos de Jackson e, apesar do meu esforço para agradá-lo, nada nunca era bom o suficiente. Eu escolhia o vinho errado ou deixava uma toalha úmida na mesa de madeira. Ou talvez esquecesse o secador de cabelo no balcão. O que tornava a vida ainda mais difícil era a incerteza. Com qual Jackson eu estava falando agora? Aquele de riso fácil e sorriso encantador que deixava todos à vontade? Ou o de tom ríspido e crítico que, com apenas um olhar, me fazia saber que eu fizera mais uma coisa para decepcioná-lo? Era um camaleão, e aquelas transições tão rápidas e contínuas me deixavam sem fôlego às vezes. Naquele momento, ele nem sequer pensara que eu tinha capacidade de arrumar a minha mala.

A mão no meu ombro me assustou.

— Desculpe.

Não me virei nem respondi.

Ele começou a massagear os meus ombros, aproximando-se até que a sua boca estivesse no meu pescoço. Os lábios dele fizeram a minha coluna vertebral tremer. Eu não queria responder, mas o meu corpo tinha outras ideias.

— Você não pode falar assim comigo. Não sou uma das suas empregadas.

Eu me afastei.

— Tem razão. Você está certa. Sinto muito. Isso tudo é um pouco novo para mim.

— Para mim também. E ainda assim…

Fiz que não com a cabeça.

Ele acariciou o meu rosto.

— Você sabe que eu te adoro. Mas estou acostumado a estar no comando. Só preciso de um tempo para me ajustar. Não vamos deixar essa briga estragar a nossa viagem. — Ele me beijou de novo, e me senti reagindo. — Na verdade, estou mais interessado no que você *não* vai vestir nesse fim de semana.

Então, deixei a briga para lá, e nós partimos.

Estávamos de bom humor no momento em que chegamos e, quando entramos na suíte suntuosa, com tapetes e paredes de um vermelho profundo, cortinas cinzentas grossas, além de espelhos e pinturas ornamentadas, senti como se tivesse voltado no tempo. Era enorme, formal e até um pouco assustadora. Havia uma mesa de jantar que poderia acomodar dez pessoas, uma sala de estar e três quartos. De repente, perguntei-me se *tinha* levado a roupa certa.

— É lindo, mas por que precisamos de uma suíte tão grande? Somos só nós.

— Apenas o melhor para você. Não ia querer que ficássemos apertados em um quartinho, não é? Foi o que fez quando veio aqui?

Tentei imaginar os quartos que vira no site e fiz um gesto de desdém com a mão.

— Fiquei em um quarto regular.

— Sério? E quando foi isso mesmo?

Ele me olhava com uma expressão divertida, mas os olhos — os olhos dele eram de irritação.

— Que diferença faz?

— Sabe, eu tinha um melhor amigo. Costumávamos fazer tudo juntos quando éramos crianças. Na época da faculdade, íamos para um acampamento com a família dele. Ele me ligou na noite anterior e cancelou... disse que estava doente. Na segunda-feira, descobri que o meu amigo tinha estado no bar da cidade com a namorada. — Ele começou a andar de um lado para o outro. — Sabe o que fiz?

— O quê?

— Seduzi a namorada dele, fiz com que ela terminasse com ele e, então, dei um pé na bunda dos dois.

O meu sangue ficou gelado.

— Que coisa horrível. O que a coitada fez para você?

Ele sorriu.

— A garota foi só uma piada. Mas terminei mesmo a amizade.

Eu não sabia em que acreditar.

— Por que está me contando isso?

— Porque acho que está mentindo. E se tem uma coisa que não suporto é mentira. Não pense que sou idiota. Você nunca esteve aqui. Admita antes que seja tarde.

— Tarde para quê? — perguntei com a voz mais valente que consegui falar.

— Tarde para eu confiar em você.

Explodi em lágrimas, e ele se aproximou e me abraçou.

— Só não queria que pensasse que nunca estive em um lugar legal ou fui exposta a coisas que você considera normais.

Ele ergueu o meu queixo e beijou o meu rosto molhado de lágrimas.

— Amor, não precisa fingir nada para mim. Adoro ser o homem que vai mostrar coisas novas para você. Não precisa tentar me impressionar. Amo que tudo isso seja novo para você.

— Me desculpe por mentir.

— Prometa que será a última vez.

— Juro.

— Tudo bem, então. Está tudo bem. Vamos desfazer as malas. Depois, vou mostrar o lugar para você.

Enquanto eu pendurava os meus trajes meio pobres ao lado dos seus ternos e das suas gravatas sob medida, eu me virei para ele com uma sensação incômoda.

— Você gostaria de fazer umas comprinhas depois do passeio? — perguntei.

— Já está nos planos — respondeu ele.

Os dois dias seguintes foram maravilhosos. Andamos de cavalo, passamos horas no spa e não nos cansávamos um do outro na cama. Era o nosso último dia e bem quando estávamos a caminho do café da manhã, o meu telefone tocou. Era a minha mãe.

— Mãe? — Consegui ouvir na voz dela que algo estava errado.

— Daphne. Tenho más notícias. O seu pa…

O som de choro surgiu pela linha.

— Mamãe! O que foi? Você está me assustando.

— Ele morreu, Daphne. O seu pai. Ele se foi.

Comecei a chorar.

— Não, não, não.

Jackson se apressou e tirou o telefone de mim, puxando-me para junto dele com o outro braço. Não conseguia acreditar. Como ele poderia estar morto? Na semana anterior mesmo, eu tinha conversado com ele. Lembrei-me do aviso do cardiologista de que ainda faltava um bocado para ele se recuperar por completo. Jackson me abraçou enquanto eu chorava e soluçava. Com gentileza, me levou ao sofá enquanto fazia as nossas malas.

Voamos direto para a pousada e ficamos lá na semana seguinte. Enquanto eu observava o caixão do meu pai ser abaixado na cova, tudo em que conseguia pensar era no dia em que fizemos o mesmo com Julie. Apesar do braço forte de Jackson sobre o meu ombro e a minha mãe ao meu lado, me senti total e completamente sozinha.

QUARENTA E DOIS

Jackson quis ter filhos logo. Nós nos casáramos há apenas seis meses quando ele me convenceu a tirar o diafragma. Eu tinha 27 anos, o meu marido me lembrou; poderia demorar um pouco. Fiquei grávida no primeiro mês. Ele ficou encantado, mas eu demorei para gostar da ideia. Claro, já tínhamos feito exames para garantir que a criança não teria o gene da fibrose cística. Eu tinha o gene recessivo e, se Jackson também tivesse, não seríamos capazes de ter um filho sem o risco de transmitir a doença. Mesmo após as garantias do médico de que estava tudo em ordem, eu ainda achava difícil me livrar da ansiedade. Havia diversas outras doenças ou defeitos congênitos que podiam acometer o nosso filho e, se eu havia aprendido alguma coisa na minha infância, foi que o pior pode acontecer — e muitas vezes acontece. Certa noite, durante o jantar, comentei sobre as preocupações que tinha com Jackson.

— E se acontecer algo de errado?

— Nós saberemos. Vão fazer exames e, se não for saudável, interrompemos a gravidez.

Ele falou com tal desprendimento que o meu sangue gelou.

— Você fala como se não fosse nada demais.

Ele deu de ombros.

— Não é. É por isso que existem os exames, certo? Então, esse é o plano. Não há com que se preocupar.

Eu não havia terminado de discutir o assunto.

— E se eu me negar a fazer um aborto? Ou se eles disserem que o bebê está bem e não estiver ou disserem que não está e estiver?

— Do que está falando? Os médicos sabem o que estão fazendo — retrucou ele com um traço de impaciência na voz.

— Quando Erin, a esposa do meu primo, estava grávida, os médicos disseram que a filha deles teria grandes defeitos congênitos, mas ela não interrompeu a gravidez. Era Simone. E nasceu perfeita.

Um suspiro exasperado.

— Isso foi há anos. As coisas estão mais precisas agora.

— Mesmo assim...

— Que saco, Daphne, o que quer que eu diga? Não importa o que eu fale, você vem com uma resposta ilógica. Está tentando ser infeliz?

— Claro que não.

— Então, pare com isso. Vamos ter um bebê. Espero que esse nervosismo à toa desapareça antes de ele nascer. Não suporto essas mães ansiosas que se preocupam com qualquer coisinha.

Ele deu um gole no copo de Hennessy.

— Sou contra o aborto! — exclamei.

— Mas é a favor de que crianças sofram? Está me dizendo que, se descobrisse que o nosso filho teria alguma doença horrível, você deixaria ele nascer de qualquer jeito?

— Não é tão preto no branco assim. Quem somos nós para dizer quem merece viver e quem não merece? Não quero tomar decisões que só Deus deve tomar.

Ele levantou as sobrancelhas.

— Deus? Você acredita em um Deus que permitiu que a sua irmã tivesse uma vida de sofrimento e depois morresse ainda criança? Acho que já vimos para onde a posição a favor de Deus sobre essas coisas nos leva. Muito obrigado, mas vou fazer as minhas próprias escolhas.

— Não é a mesma coisa, Jackson, de jeito nenhum. Não posso explicar por que coisas ruins acontecem. Só estou dizendo que tem uma vida dentro de mim e não sei se conseguiria interrompê-la, não importa o que aconteça. Acho que não sou capaz disso.

Ele ficou muito quieto, franziu os lábios e depois falou intencionalmente.

— Deixe-me ajudá-la, então. Eu não poderia criar uma criança com deficiência. Sei que é algo de que sou incapaz.

— O bebê provavelmente está bem, mas como pode dizer que não é capaz de criar uma criança com deficiência ou doença? É o seu filho. Você não joga uma vida fora porque não é o que considera perfeito. Como não consegue enxergar isso?

Ele me olhou por muito tempo antes de responder:

— Estou vendo que você não tem ideia do que é crescer de um jeito normal. Nem deveríamos estar tendo tal conversa. *Se*... e esse é um grande *se*... aparecer algo para nos preocuparmos, podemos discutir.

— Mas...

Ele levantou a mão para me impedir de continuar.

— O bebê será perfeito. Você precisa de ajuda, Daphne. Está óbvio que não consegue deixar o passado para trás. Quero que vá a um terapeuta.

— O quê? Está falando sério?

— Nunca falei tão sério na vida. Não vou criar o nosso filho com todas as suas fobias e paranoias.

— Do que está falando?

— Tudo passa pela doença da sua irmã. Você não consegue separar o sofrimento da sua irmã com a forma como ela mudou a sua vida atual. Precisa superar e parar com isso, pelo amor de Deus. A terapia vai encerrar essa questão de uma vez por todas.

Eu não queria trazer a minha infância à tona e revivê-la.

— Jackson, por favor, já *superei* o passado. Não estamos felizes? Vou ficar bem, juro. Só estou um pouco abalada. Só isso. Vou ficar bem. Mesmo.

Ele arqueou a sobrancelha perfeita.

— Quero acreditar em você, mas preciso ter certeza.

Abri um sorriso desconfortável.

— Vamos ter um bebê lindo e todos viveremos felizes para sempre.

Os lábios dele se curvaram em um sorriso.

— Essa é a minha garota.

Então, algo que ele havia dito há pouco veio à tona.

— Como sabe que vai ser um menino?

— Não sei. Mas torço para que seja. Sempre quis um filho... alguém com quem pudesse fazer todas as coisas que o meu pai nunca teve tempo de fazer comigo.

Senti uma agitação nervosa no meu íntimo.

— E se for uma menina?

Ele deu de ombros.

— Então, vamos tentar de novo.

QUARENTA E TRÊS

Claro que tivemos uma menina, Tallulah, e ela era perfeita. Era um bebê tranquilo, e me diverti sendo mãe. Adorava amamentá-la à noite, quando a casa estava em silêncio, fitando os seus olhos e sentindo uma conexão que nunca havia sentido antes. Segui o conselho da minha mãe e dormi enquanto ela dormia, mas fiquei mais exausta do que esperava. Aos quatro meses, Tallulah ainda não estava dormindo a noite toda e, como eu estava amamentando, recusei a oferta de Jackson de ter uma enfermeira noturna. Não queria usar a bomba tira-leite e alimentá-la com a mamadeira. Queria fazer tudo. No entanto, isso significava que eu tinha menos tempo para Jackson.

Foi naquele momento que as coisas começaram a desandar, quando ele se revelou por completo para mim. E então já era tarde demais. Ele usou a minha vulnerabilidade ao seu favor como um general armado para a batalha. As armas de Jackson eram a bondade, a atenção e a compaixão. E, assim que a vitória estava garantida, ele as descartou como cartuchos usados — e o seu verdadeiro eu emergiu.

Jackson desapareceu nos bastidores. O meu tempo e a minha energia estavam todos concentrados em Tallulah. Naquela manhã, peguei a balança embaixo da penteadeira, tirei o meu roupão e subi nela: 63 quilos. Olhei para o número em estado de choque. Ouvi a porta se abrir, e lá estava ele, parado, observando-me com uma expressão estranha no rosto. Fui descer da balança, mas Jackson levantou a mão, caminhou na minha direção e olhou por cima do meu ombro. Um olhar de desgosto passou pelo seu rosto. Foi tão rápido que quase não percebi. Ele estendeu a mão e acariciou a minha barriga, erguendo as sobrancelhas.

— Já não deveria ter sumido?

Senti a vermelhidão subir ao meu rosto, pois a vergonha me preencheu. Saindo da balança, peguei o meu roupão do chão e vesti-o.

— Por que não tenta ter um bebê e vê como fica a sua barriga?

Ele balançou a cabeça.

— Já faz quatro meses, Daph. Não dá mais para usar essa desculpa. Vejo muitas das suas amigas no clube com jeans apertados. Todas tiveram filhos também.

— Provavelmente elas fizeram plástica na barriga depois das cesáreas — retruquei.

Ele pegou o meu rosto entre as mãos.

— Não fique na defensiva. Você não precisa de plástica. Só precisa de um pouco de disciplina. Eu me casei com uma mulher magra e espero que ela volte a ser magra para vestir todas as roupas caras que comprei. Vamos lá. — Ele pegou a minha mão e me levou até a namoradeira no canto da nossa suíte. — Sente-se e escute.

Jackson pousou um braço ao redor dos meus ombros e se sentou ao meu lado na namoradeira.

— Eu posso ajudar. Você precisa de acompanhamento.

Então, ele pegou um diário.

— O que é isso? — perguntei.

— Venho observando você há algumas semanas. — Abrindo um sorriso, ele continuou: — Quero que se pese todos os dias e anote tudo aqui. Em seguida, anote o que comeu na parte do diário alimentar, aqui. — Ele apontou para a página. — Vou verificar diariamente quando chegar em casa.

Não conseguia acreditar. Ele esperou aquele momento por semanas? Eu queria me esconder e morrer. Sim, ainda não estava de volta ao meu peso antes da bebê, mas não estava gorda.

Olhei para ele, com medo de perguntar, mas querendo saber.

— Você está me achando feia?

— E a culpa é minha? Você não malha há meses.

Segurei as lágrimas e mordi o lábio.

— Estou cansada, Jackson. Fico acordada com a bebê durante a noite, e de manhã já estou esgotada.

Ele cobriu a minha mão com a dele.

— Por isso continuo dizendo para me deixar contratar uma babá em tempo integral.

— Mas gosto de passar esse tempo com ela. Não quero uma estranha aqui à noite.

Ele se levantou com raiva nos olhos.

— Você tem feito isso há meses e olha onde isso a levou. Desse jeito, vai ficar imensa. Quero a minha mulher de volta. Vou ligar hoje mesmo e providenciar uma babá. Você vai dormir de noite e ter as manhãs livres. Eu insisto.

— Mas estou amamentando.

Ele suspirou.

— Sim, isso é outra coisa, aliás. É nojento. Os seus peitos parecem dois balões que foram soprados demais. Não quero os seus peitos arrastando no chão. Já chega.

Eu estava com as pernas trêmulas, as náuseas me dominaram e corri para o banheiro. Como ele poderia ser tão cruel? Tirei o roupão e me examinei de corpo inteiro no espelho. Por que não tinha percebido toda aquela celulite antes? Com uma das mãos bati na minha coxa. Parecia gelatina. Empurrei as duas mãos na barriga e foi como sovar massa. Ele estava certo. Eu me virei e olhei para trás, os olhos atraídos para os furos nas minhas nádegas. Precisava corrigir aquilo. Era *hora* de voltar para a academia. Os meus olhos pousaram nos seios que o meu marido achava nojentos. Engoli o nó na garganta, me vesti e desci as escadas. Pegando a lista de compras no balcão, adicionei outro item: fórmula infantil.

Margarita preparou um bufê de café da manhã naquele dia que rivalizava com o do Ritz. Quando Jackson entrou, ele encheu o prato até transbordar com panquecas, bacon, morangos e um bolinho caseiro. Pensei no diário que tinha acabado de me dar e senti o calor se espalhar no meu rosto. Ele estava louco se achava que eu o deixaria ditar o que comia. Começaria a minha dieta no dia seguinte e nos meus termos. Peguei um prato e levei o garfo até o prato de panquecas, pronta para pegar uma, quando ele pigarreou. Olhei para ele. Jackson inclinou a cabeça bem ligeiramente em direção ao prato de frutas. Respirei fundo, garfei três panquecas e as coloquei no meu prato. Ignorando-o, agarrei o xarope de bordo e derramei até que elas estivessem nadando no líquido. Quando levantei o garfo, fitei o seu olhar enquanto enfiava uma fatia de panqueca macia melada de calda na boca.

QUARENTA E QUATRO

Paguei pelo meu pequeno ato de rebeldia. Não na mesma hora, porque esse não era o estilo dele. No momento em que executou o seu plano, três semanas depois, já quase havia me esquecido do que aconteceu. Mas ele não. A minha mãe estava vindo para fazer uma visita. Depois que o meu pai morrera, ela vinha me visitar bastante — a cada poucos meses — e eu incentivava essas visitas. Na noite anterior à chegada dela, ele se vingou. Esperou até Tallulah dormir e entrou na cozinha, onde eu estava conversando com Margarita sobre o cardápio do jantar da noite seguinte. Ele estava em pé na arcada, recostado no batente da porta de braços cruzados, com uma expressão divertida no rosto. Quando ela saiu, ele caminhou até mim, tirou uma mecha de cabelo da minha testa, então se inclinou para sussurrar no meu ouvido.

— Ela não vem.

— O quê?

O meu estômago se revirou.

Ele assentiu com a cabeça.

— Acabei de falar com a sua mãe. Avisei que você não estava se sentindo bem.

Eu o empurrei para longe.

— Do que está falando? Eu estou ótima.

— Ah, não está, não. Está com uma dor de barriga terrível de tanto se encher de panquecas.

Ele estava guardando aquele rancor havia semanas?

— Você está brincando, não é? — falei, esperando que estivesse.

Os olhos dele estavam frios.

— Nunca falei tão sério.

— Vou ligar para ela agora.

Ele agarrou o meu braço antes que eu pudesse me mexer.

— E vai dizer o quê? Que o seu marido mentiu? O que ela pensaria disso? Além do mais, falei a ela que você teve uma intoxicação alimentar e me pediu para ligar. Eu a tranquilizei, dizendo que estaria melhor em alguns dias. — Então, ele riu. — Também comentei que você estava um pouco estressada e que a frequência das visitas dela acabou deixando você pressionada, e que talvez ela devesse espaçar um pouco mais o tempo que vem para cá.

— Você não pode fazer isso. Não vou deixar que faça a minha mãe pensar que não a quero aqui.

Ele apertou o meu braço com mais força.

— Está feito. Devia ter ouvido como ela ficou triste. Coitadinha da caipira.

Ele riu.

Afastei o meu braço e dei um tapa no seu rosto. Ele riu de novo.

— Tão ruim que ela não tenha morrido junto com o seu pai. Odeio ter esses parentes.

Eu explodi. Cravei as unhas no rosto dele, querendo rasgá-lo em pedaços. Senti a umidade nas minhas mãos e percebi que arrancara sangue. Horrorizada, recuei, levando a mão à boca.

Ele balançou a cabeça devagar.

— Bem, olha só o que você fez. — Tirando o celular do bolso, Jackson o segurou na frente do rosto. Levei um minuto para perceber o que ele estava fazendo. — Obrigado, Daph. Agora tenho provas de que tem um temperamento explosivo.

— Você me provocou de propósito?

Um sorriso frio.

— Uma pequena dica: sempre estou dez passos à frente de você. Tenha isso em mente quando decidir que sabe melhor do que eu o que é bom para você.

Ele avançou na minha direção, e fiquei grudada no chão, chocada demais para me mexer. Ele tocou a minha bochecha e o seu olhar ficou mais terno.

— Eu te amo. Por que não consegue enxergar isso? Não quero castigá-la... no entanto, o que mais posso fazer quando insiste em tomar atitudes que são ruins para você?

Ele é louco. Como levei tanto tempo para perceber que ele é louco? Engoli em seco com força e me encolhi quando os seus dedos limparam as lágrimas que escorriam pelo meu rosto. Corri da sala, peguei algumas coisas do quarto e entrei em um dos quartos de hóspedes. Tive um vislumbre da minha imagem no espelho, pálida como um fantasma, o corpo trêmulo. Fui até o banheiro dos hóspedes, lavei as mãos, limpando o sangue das unhas e tentei entender como perdi o controle. Aquilo nunca tinha me acontecido antes. O comentário arrogante dele sobre a minha mãe morrendo me fez perceber que não havia volta depois daquela noite. Eu precisava ir embora. No dia seguinte, pegaria a bebê e iria para a casa da minha mãe.

Depois de alguns minutos, entrei para ver como Tallulah estava e o encontrei em pé sobre o berço. Hesitei. Algo naquela imagem não estava certo. A postura de Jackson era ameaçadora; o rosto na penumbra, sombrio. O meu coração batia mais rápido à medida que eu me aproximava.

Ele não se virou para mim nem se deu conta da minha presença. Segurava nas mãos o enorme ursinho de pelúcia que comprara para a filha quando ela nasceu.

— O que está fazendo? — sussurrei.

Enquanto falava, ele continuou a encará-la.

— Você sabia que mais de dois mil bebês morrem de síndrome da morte súbita infantil todo ano?

Tentei responder, mas as palavras não vieram.

— É por isso que não se coloca nada no berço. — Então, ele se virou para mim. — Vivo dizendo para não colocar os bichos de pelúcia dentro dele. Mas você é tão esquecida.

A minha voz voltou.

— Você não ousaria. É a sua filha, como poderia...

Ele jogou o urso na cadeira de balanço e a expressão dele ficou neutra de novo.

— Eu estava brincando. Você leva tudo a sério demais.

Ele agarrou as minhas mãos.

— Nada vai acontecer com Tallulah desde que os pais estejam cuidando dela.

Eu me afastei, vi a minha filha respirando e fiquei desesperada com a sua vulnerabilidade.

— Vou ficar aqui por um tempo — sussurrei.

— Boa ideia. Pense um pouco enquanto está aqui. Espero você na cama. Não demore.

Olhei para ele.

— Você não pode estar falando sério. Não vou nem chegar perto de você.

Um sorriso fino se abriu nos seus lábios.

— Talvez queira repensar isso. Se me cansar, posso ficar sonâmbulo e voltar para cá. — Ele estendeu a mão para mim. — Pensando bem, quero você agora.

Em silêncio e morrendo por dentro, peguei a mão de Jackson, e ele me levou para o nosso quarto e para a cama.

— Tire a roupa — ordenou ele.

Sentei-me na cama e comecei a tirar as calças.

— Não. Levanta. Quero um strip-tease.

— Jackson, por favor.

Arfei quando ele me puxou pelos cabelos na sua direção. Ele beliscou o meu peito com força.

— Não me irrite. Faça isso. Agora.

As minhas pernas pareciam de gelatina, não sei como permaneci em pé. Esvaziei a minha mente, fechei os olhos e fingi que estava em outro lugar, não ali. Desabotoei a blusa um botão por vez, abrindo os olhos e observando-o, para ver se estava fazendo certo. Ele meneava a cabeça e, enquanto eu tirava, Jackson começou a se masturbar. Não sabia quem era aquele homem sentado na minha cama que parecia o meu marido. Tudo que consegui pensar e me perguntar era como ele podia ter feito aquilo. Como representou aquele papel por mais de um ano? Que tipo de pessoa conseguia manter uma farsa por tanto tempo? E por que estava me mostrando a verdade agora? Pensou que eu ficaria com ele só porque tínhamos uma filha? No dia seguinte, eu iria embora, mas, naquela noite, eu faria o que ele dissesse, o que fosse necessário para fazer com que pensasse que tinha ganhado.

Continuei o show até ficar nua. Ele estendeu a mão para mim e me jogou na cama. Então, subiu em cima de mim, o toque macio e atento de um jeito enlouquecedor. Preferiria que ele tivesse me pegado de um jeito grosseiro e, por amor à minha filha, forcei o meu corpo a me trair e a reagir — pois ele era muito perspicaz, e eu sabia que não toleraria se eu me negasse.

QUARENTA E CINCO

Na manhã seguinte, depois de ter ido para o trabalho, corri pela casa, peguei o máximo que pude, coloquei a bebê no carro e comecei a longa viagem até New Hampshire. Sabia que a minha mãe ficaria chocada quando descobrisse a verdade, mas poderia contar com o apoio dela. Levaria cerca de cinco horas para chegar à pousada. Os meus pensamentos corriam acelerados enquanto eu tentava imaginar como resolveria tudo aquilo. Sabia que Jackson ficaria furioso, claro, mas não havia nada que pudesse fazer assim que fôssemos embora. Eu contaria à polícia sobre as suas ameaças à bebê. Com certeza eles poderiam nos proteger.

Ele ligou para o meu celular quando chegamos a Massachusetts. Deixei cair na caixa postal. As mensagens de texto continuaram a chegar: **ping, ping, ping** — uma saraivada rápida como a de uma metralhadora. Não olhei as mensagens até chegar a uma parada para abastecer o carro.

O que está fazendo em Massachusetts? Daphne, onde está a bebê?

Você não a machucou, não é? Por favor, me responda.

Não pensei que estivesse falando sério na noite passada.

Não obedeça às vozes.

Daphne, responda! Estou preocupado!

Me liga. Por favor. Eu posso ajudar. Apenas não machuque Tallulah.

O que Jackson estava fazendo? E como sabia onde eu estava? Eu não lhe dei indicação alguma de que ia embora. Tive cuidado para que ninguém da equipe de empregados me visse. Ele tinha colocado um rastreador no carro?

Peguei o telefone e liguei para ele, que respondeu no primeiro toque.

— Sua vagabunda! O que pensa que está fazendo?

Eu podia sentir a fúria dele pelo telefone.

— Vou ver a minha mãe.

— Sem me contar? Dê meia-volta com o carro e volte para cá agora. Entendeu?

— Ou vai fazer o quê? Você não pode me obrigar a nada. Para mim já chega, Jackson. — A minha voz estava trêmula e olhei para o banco de trás para ver se Tallulah ainda estava dormindo. — Você ameaçou machucar a nossa filha. Achou mesmo que eu deixaria se safar dessa? Nunca mais vai chegar perto dela.

Ele começou a rir.

— Daphne, você é uma idiota.

— Pode me ofender. Não ligo. Vou contar tudo para a minha mãe.

— Essa é a sua última chance de voltar ou vai se arrepender.

— Adeus, Jackson.

Encerrei a chamada e voltei ao carro.

As mensagens começaram a chegar de novo. Desliguei o telefone.

A cada quilômetro que passava, a minha determinação se fortalecia e a minha esperança aumentava. Eu sabia que estava fazendo o que era certo, e nenhuma ameaça da parte dele me influenciaria. Ainda estava em Massachusetts quando um flash de luz me fez reduzir a velocidade. Quando o carro da polícia diminuiu a distância entre nós, percebi que queria que *eu* parasse. Estava apenas alguns quilômetros acima do limite de velocidade. Parei o carro no acostamento, e o policial se aproximou.

— Documentos do carro e carteira, por favor.

Peguei os documentos no porta-luvas e os entreguei.

O oficial foi até a viatura com eles e, depois de alguns minutos, voltou.

— Saia do carro.

— Por quê? — perguntei.

— Por favor, senhora. Saia do carro.

— Fiz alguma coisa errada?

— Uma ordem de prisão emergencial está em vigor, afirmando que a senhora é um perigo para a sua filha. Ela terá que ficar conosco até o seu marido chegar.

— Ela é a *minha* filha!

Aquele desgraçado tinha me denunciado à polícia.

— Por favor, não me obrigue a algemá-la. Preciso que a senhora venha comigo.

Saí do carro e o oficial segurou o meu braço.

Tallulah acordou e começou a chorar. O rostinho dela ficou roxo como uma beterraba, e o choro se transformou em gritos.

— Por favor, ela está assustada. Não posso deixar a minha filha!

— Vamos cuidar dela, senhora.

Afastei o meu braço e tentei chegar ao carro, tirá-la do assento e reconfortá-la.

— Tallulah!

— Por favor, pare. Não quero ter que prendê-la, de verdade.

Ele me puxou para a viatura, e tive que deixá-la lá com a polícia enquanto eles me conduziam a um hospital local.

Apenas no dia seguinte descobri que Jackson tinha montado um plano de contingência semanas antes. Convencera um juiz de que eu sofria de depressão e ameaçava machucar a bebê. Conseguira até duas declarações assinadas por médicos — médicos que nunca vi. Só podia imaginar que haviam sido comprados.

As minhas afirmações de que eu caíra em uma armadilha encontraram ouvidos moucos. Gente louca não tem credibilidade e, naquele momento, fui considerada insana. Durante a minha estada no hospital, fui avaliada por vários médicos que concordaram que eu precisava de tratamento. Ninguém acreditou em mim quando revelei o que Jackson tinha feito, como manipulara a situação. Olhavam para mim como se eu fosse uma lunática. A única coisa que me disseram foi que o meu marido fora buscar Tallulah na mesma hora na delegacia de polícia e a levado para casa. Fui informada de que eu seria transferida para o Hospital Meadow Lakes, que ficava em Fair Haven, uma cidade vizinha a Bishops Harbor. Depois de 72 horas gritando, implorando e chorando, as minhas chances de ser liberada eram menores do que quando havia chegado e eu já tinha sido dopada com sabe-se lá o quê. A minha única esperança era convencer Jackson a me tirar dali.

Assim que me levaram para Meadow Lakes, ele me deixou lá por sete dias antes de enfim me visitar. Eu não tinha ideia do que havia dito à minha mãe ou aos empregados sobre o motivo de eu ter ido embora. Quando apareceu na sala comunitária, queria matá-lo.

— Como pôde fazer isso comigo? — sibilei em voz baixa, sem querer fazer cena.

Ele se sentou ao meu lado e pegou a minha mão, sorrindo para uma mulher que estava diante de mim, que não se incomodou em esconder o seu olhar curioso enquanto nos observava.

— Daphne, só estou cuidando de você e da nossa filha.

Ele tomou o cuidado de falar alto o suficiente para que todos ouvissem.

— O que quer de mim?

Ele apertou a minha mão com força.

— Quero que volte para casa, onde é o seu lugar. Mas só quando estiver pronta.

Mordi a língua para refrear um grito. Respirando fundo até que pudesse falar sem que a voz vacilasse, disse:

— Estou pronta.

— Bem, quem decide isso é o seu terapeuta.

Fiquei de pé.

— Por que não damos uma volta no jardim?

Assim que chegamos lá fora, longe de todos, deixei a minha raiva transparecer.

— Pare de palhaçada, Jackson. Você sabe que eu não deveria estar aqui. Quero a minha filha. O que falou para as pessoas?

Ele olhava adiante enquanto caminhávamos.

— Que você está doente e vai voltar para casa assim que estiver melhor.

— E a minha mãe?

Ele parou e se virou para me olhar.

— Disse a ela que você estava cada vez mais deprimida por causa de Julie e do seu pai e que tentou se matar.

— O quê?!

— Ela quer que você fique o tempo que for necessário… que se cuide para melhorar.

— Você é horrível. Por que está fazendo isso?

— Por que acha?

Comecei a chorar.

— Eu te amava. Éramos tão felizes. Não entendo o que aconteceu. Por que você mudou? Como pode esperar que eu fique com você se ameaça a nossa filha e é tão horrível comigo?

Ele começou a andar de novo, com uma calma enlouquecedora.

— Não sei do que está falando. Não ameacei ninguém. E a trato como uma rainha. Todo mundo tem inveja de você. Se preciso mantê-la na linha de vez em quando, bem, isso faz parte do casamento. Não sou um derrotado como o seu pai. É assim que um homem forte lida com a esposa. Acostume-se.

— Me acostumar com o quê? Com os seus abusos? Nunca.

O meu rosto estava quente.

— Abusos? Nunca encostei a mão em você.

— Existem outros tipos de abuso — retruquei.

Busquei no rosto dele qualquer sinal do homem que acreditei que Jackson fosse. Decidi tentar uma tática diferente e suavizei a voz.

— Jackson?

— Sim?

Respirei fundo.

— Não estou feliz e não acho que você esteja.

— Claro que não estou. A minha esposa tentou roubar a minha filha debaixo do meu nariz.

— Por que quer que eu vá para casa? Você não me ama.

Ele parou e olhou para mim, boquiaberto.

— O quê? Está falando sério? Daphne, passei os últimos dois anos ensinando, treinando, preparando você para ser uma esposa da qual possa me orgulhar. Temos uma bela família. Todos nos admiram. Como pode me perguntar por que eu lutaria para manter a minha família?

— Você me maltrata desde que Tallulah nasceu. E isso piora a cada dia.

— Me acuse mais uma vez e vai ficar aqui para sempre. Nunca mais vai vê-la.

Ele voltou a andar, rápido dessa vez.

Eu me esforcei para acompanhá-lo, voltando ao tom conciliador.

— Você não pode fazer isso!

— Veja bem. A lei está do meu lado. Comentei que acabei de doar dez milhões de dólares para uma nova ala nesse hospital? Tenho certeza de que vão ficar felizes em mantê-la aqui o tempo que eu quiser.

— Você é louco.

Ele se virou, me agarrou e me puxou para perto. Com a boca a centímetros da minha, falou:

— É a última vez que teremos essa conversa. Você é minha. Sempre será e vai me escutar a partir de agora. Se for uma boa mulher e me obedecer, tudo vai ficar bem.

Ele se inclinou para mais perto, pousou os lábios sobre os meus e deu uma mordida forte. Gritei e tentei recuar, mas a mão dele na minha cabeça impediu que eu me afastasse.

— Do contrário, juro que você vai passar o resto da vida desejando ter me obedecido. E a sua filha terá uma nova mãe.

Sabia que eu estava nas mãos de Jackson. Não importava que ele fosse o louco. Tinha dinheiro e influência e jogara as suas cartas de forma brilhante.

Como aquilo tinha acontecido? Tive dificuldade para respirar, para pensar em alguma coisa, qualquer coisa, que me ajudasse a acreditar que havia uma saída. Observando o meu marido, aquele estranho que mantinha o meu futuro nas suas mãos, não conseguia pensar em nada. Cheia de desespero, sussurrei:

— Vou fazer o que mandar. Só me tire daqui.

Ele sorriu.

— Essa é a minha garota. Você vai ter que ficar por um mês ou mais. Não pareceria certo se voltasse agora. O seu terapeuta e eu nos conhecemos de longa data. Somos amigos desde a faculdade. Ele teve um probleminha alguns anos atrás. — Jackson deu de ombros. — De qualquer forma, eu o ajudei, e ele me deve um favor. Vou dizer a ele para lhe dar alta em trinta dias. Ele vai alegar que foi um desequilíbrio hormonal ou alguma coisa que se corrige com facilidade.

Trinta e cinco dias depois, recebi alta. Tivemos que ir à vara de família para provar que eu era uma mãe apta. Encontramos o advogado e entrei no jogo. Ele me fez corroborar a mentira de que eu estava ouvindo vozes que me diziam para ferir a minha bebê. Tive que concordar em continuar vendo o dr. Finn, o amigo de Jackson, o que era uma piada. Ele sempre foi solícito, perguntando como eu estava me adaptando em casa, mas nós dois sabíamos que as sessões eram uma farsa. Agora, Jackson tinha outro motivo para me controlar, para ter certeza de que eu nunca mais fugiria, e sabia que as anotações do dr. Finn diriam o que ele quisesse. Quando enfim permitiram que eu fosse para casa, a única coisa que queria era ver Tallulah. Disse a mim mesma que, no fim das contas, eu encontraria uma maneira de escapar dele. Enquanto isso, fiz o que qualquer boa mãe faria: sacrifiquei a minha felicidade para proteger a minha filha.

QUARENTA E SEIS

Fiquei em Meadow Lakes por pouco mais de um mês, mas senti como se fossem anos. Jackson veio me buscar e me sentei no banco do passageiro do seu Mercedes conversível, olhando pela janela, com medo de dizer qualquer coisa errada. Ele estava de bom humor, cantarolando como se fosse um dia normal e estivéssemos apenas dando uma volta de carro. Quando estacionou em casa, me senti fora de mim, como se estivesse assistindo à vida de outra pessoa. Alguém que vivia em uma bela propriedade à beira-mar, tinha muito dinheiro e tudo que podia querer. De repente, desejei o refúgio do meu quarto de hospital, longe dos olhos espreitadores do meu marido. A primeira coisa que fiz quando entrei foi subir as escadas até o quarto de Tallulah. Abri a porta, com vontade de abraçá-la. Sentada na cadeira balançando Tallulah estava uma jovem de cabelos escuros que eu nunca vira antes.

— Quem é você?

— Sabine. Quem é você?

A mulher tinha um forte sotaque francês.

— Eu sou a sra. Parrish. — Estendi os braços. — Por favor, dê a minha filha.

Ela ficou de pé, virou-se de costas para mim e se afastou.

— Desculpe, *madame*. Preciso ouvir do sr. Parrish que está tudo bem.

A minha visão ficou vermelha.

— Me dê a minha filha! — gritei.

— O que está acontecendo aqui? — Jackson entrou na sala.

— Essa mulher não quer me dar a minha filha!

Jackson suspirou, pegou a bebê das mãos de Sabine e a entregou para mim.

— Por favor, Sabine, nos dê licença.

Ela me olhou e saiu.

— Onde está Sally? Você contratou essa, essa... criatura? Ela me desrespeitou por completo.

— Sally foi embora. Não culpe Sabine, ela não sabia quem você era. Estava cuidando de Tallulah. Sabine vai ensiná-la a falar francês. Você deve pensar no bem-estar da nossa filha. As coisas estão funcionando de forma mais tranquila agora. Não queira voltar e bagunçar o coreto.

— Bagunçar o coreto? Ela é a *minha* filha.

Ele se sentou na cama.

— Daphne, sei que você teve uma infância pobre, mas há certas coisas que espero dos nossos filhos.

— O que quer dizer com isso? Que eu cresci pobre? Sou de uma família de classe média. Tivemos tudo de que precisávamos. Não éramos pobres.

Ele suspirou e ergueu as mãos.

— Desculpe. Tudo bem, você não era pobre. Mas com certeza não era rica.

Senti o meu estômago se apertar.

— As nossas definições de ricos e pobres são bem diferentes.

O tom dele aumentou.

— Você sabe muito bem o que quero dizer. Não está acostumada com a forma como as pessoas com dinheiro fazem as coisas. Não importa. A questão é: deixe isso comigo. Sabine será uma grande benesse para a nossa família. Agora já chega. Tenho um jantar especial planejado. Não estrague tudo.

Tudo que eu queria era ficar com a bebê, mas sabia que não devia me queixar. Não podia arriscar ser mandada de volta para Meadow Lake. Mais um mês lá, e eu perderia a cabeça de verdade.

Durante o jantar, ele estava com o humor muito bom. Compartilhamos uma garrafa de vinho, e ele pediu para Margarita preparar o meu prato de frutos do mar predileto: caranguejo ao molho. Havia até mesmo creme de cereja para a sobremesa — tudo muito festivo, como se o meu exílio não tivesse sido por vontade dele e, em vez disso, tivessem sido férias relaxantes. A minha mente ficou acelerada a noite toda enquanto eu tentava acompanhar a sua falação ininterrupta e participar da conversa. Quando subimos as escadas para ir ao quarto, eu estava exausta.

— Comprei algo especial para hoje à noite.

Ele me entregou uma caixa preta.

Abri, trêmula.

— O que é? — Tirei as fitas de couro preto, examinei, sem saber o que seria. Também havia uma coleira grossa com um anel de metal preso a ela.

Ele deu a volta até ficar atrás de mim e deslizou a mão no meu quadril.

— É só um joguinho divertido.

Ele tirou a coleira da minha mão e a colocou no meu pescoço.

Eu afastei a mão dele.

— Pode esquecer! Não vou usar essa... coisa. — Joguei-a na cama junto com o espartilho de couro. — Estou exausta. Vou dormir.

Deixei ele ali, em pé, e fui ao banheiro para escovar os dentes. Quando voltei, ele estava na cama, a luz apagada, os olhos fechados.

Eu deveria saber que tinha sido fácil demais.

Virei e rolei na cama até ouvir o suave som do ronco de Jackson e relaxei o suficiente para pegar no sono. Não sei que horas eram quando fui acordada pela sensação de algo duro e frio nos meus lábios. Os meus olhos se abriram e eu estava tentando afastá-lo quando senti a mão dele apertar o meu pulso.

— Abra a boca. — A voz era baixa e gutural.

— O que está fazendo? Saia de cima de mim!

O aperto ficou mais forte e, com a outra mão, ele puxou os meus cabelos até o meu queixo apontar para o teto.

— Não vou pedir de novo.

Abri a boca e fiquei tensa enquanto ele empurrava o cilindro até eu engasgar. Ele riu. Então Jackson veio para cima de mim, estendendo a mão para acender a lâmpada do meu lado da cama. Quando a luz acendeu, percebi o que tinha na boca — o cano de um revólver.

Ele vai me matar. O pânico me engoliu e fiquei quieta, deitada, imóvel, apavorada demais para me mexer. Observei com horror quando o dedo indicador dele se encaixou no gatilho.

— O que vou dizer para Tallulah quando ela crescer? — zombou. — Como vou explicar que a mãe dela não a amou o suficiente para continuar viva?

Eu queria gritar, mas tive medo de me mexer. Senti que as lágrimas rolavam pelo meu rosto e caíam dentro da minha orelha.

— Acho que eu poderia mentir e dizer que suicídio é uma coisa da sua família. Ela nunca saberia. Talvez um dia eu até diga a ela que a tia Julie se matou. — Ele riu. Inclinando-se para a frente, beijou a minha testa, e então os seus olhos ficaram frios. — Ou você pode começar a fazer o que eu mandar.

Ele puxou a arma da minha boca, correu com ela pelo meu pescoço, pelos meus peitos e pela minha barriga, como a carícia de um amante. Fechei os olhos com força e tudo o que consegui ouvir foi a palpitação nos ouvidos. *Não vou ver a minha filha crescer.* O meu corpo estava tenso de pavor.

— Abra os olhos.

Ele se afastou, a arma ainda apontada para mim.

Exalei e um suspiro de alívio escapou.

— Coloque a roupa.

— Tudo o que quiser, só abaixe essa arma, por favor — sussurrei.

— Não me faça pedir mais uma vez.

Saí da cama e peguei a caixa da cadeira onde eu a havia jogado. As minhas mãos tremiam tanto que eu não conseguia segurar o bustiê. Por fim, entendi como prendê-lo.

— Não se esqueça da coleira.

Apertei o colar de couro em volta do pescoço.

— Mais apertado — ordenou ele.

Estendi os braços para trás e apertei mais um furo na coleira. O meu coração palpitava e eu lutava para acalmar a respiração. Talvez, se eu fizesse o que dissesse, ele abaixaria a arma.

Um sorriso indolente surgiu no seu rosto, e ele caminhou na minha direção, agarrou o anel de metal da coleira e puxou com força. Eu sacudi para a frente. Ele puxou mais forte até eu cair no chão.

— De joelhos.

Fiz o que ele mandou.

— Muito bem, escravinha.

Caminhando até o armário, Jackson pegou uma gravata.

— Coloque as mãos para trás.

Ele enrolou a gravata nos meus pulsos e a amarrou com um nó apertado. Em seguida, se afastou e ergueu as mãos, como se fingisse enquadrar uma imagem.

— Ainda não está bom.

Ele voltou ao armário e voltou carregando uma bolinha.

— Abra bem.

Ele enfiou a mordaça de plástico na minha boca.

— Assim está melhor.

Ele colocou a arma no criado-mudo e, pegando o celular, começou a tirar fotos.

— Isso vai dar um scrapbook maravilhoso.

Ele se despiu e caminhou na minha direção.

— Deixe-me trocar essa bola por outra coisa.

Ele se encaixou dentro da minha boca e tirou outras fotos. Afastou-se e me olhou com escárnio.

— Você não me merece. Sabe quantas mulheres gostariam me chupar? E você faz isso como se fosse uma obrigação.

— Desculpe.

— Tem que pedir desculpas mesmo. Fique aí e pense no que significa ser uma boa esposa, como provar para mim que me acha desejável. Talvez eu deixe você me dar prazer de manhã.

Ele subiu na cama.

— E nem pense em se mexer até que eu dê permissão... ou, da próxima vez, puxo o gatilho.

Ele deslizou a arma para baixo do travesseiro.

O quarto ficou preto quando ele apagou a luz e, de repente, quase desejei que ele tivesse apertado o gatilho.

QUARENTA E SETE

Eu vivia com o medo constante de perder Tallulah. A assistente social, os advogados, os burocratas, todos me olhavam do mesmo jeito — com uma mistura de desconfiança e nojo. Sabia no que estavam pensando: *Como ela pôde ameaçar ferir a própria filha?* Na cidade, ouvia os cochichos; é impossível manter uma coisa dessas em segredo. Não confiava em ninguém, não podia contar a verdade a nenhum dos meus amigos, nem mesmo a Meredith. Tive que viver aquela mentira odiosa para a qual Jackson havia me empurrado e, depois de um tempo, eu mesma quase acreditei nela.

A partir daí, fazia o que ele mandava. Sorria para ele, ria das suas piadas, mordia a língua quando ficava tentada a discutir ou retrucar. Era uma caminhada na corda bamba, porque se eu ficasse submissa demais, ele se irritava e me acusava de ser um robô. Queria um pouco de ousadia, mas eu nunca sabia quanto. Estava sempre tentando me equilibrar, uma perna pendurada sobre o abismo. Eu o via com Tallulah, aterrorizada que ele fosse machucá-la, mas, com o passar do tempo, percebi que aqueles jogos deturpados se concentravam apenas em mim. Qualquer um que nos olhasse de fora acreditaria que éramos a família perfeita. Ele se esforçava muito para que eu fosse a única que tivesse um vislumbre do que havia por trás da máscara. Quando estávamos perto de outras pessoas, tinha que agir como a esposa que adorava o marido maravilhoso.

Os dias se transformaram em semanas e, depois, em meses, e aprendi a ser o que ele queria. Transformei-me em uma especialista em ler o seu rosto, ouvir a tensão na sua voz, fazendo tudo que podia para evitar alguma indiferença ou insulto imaginário. Meses correram sem que nada horrível acontecesse. Ele foi até agradável e passávamos os dias atuando, como se fôssemos um casal normal. Até que eu me colocava submissa demais e me esquecia de concluir uma tarefa que ele me dava para fazer ou encomendava o caviar errado com o fornecedor. Então, a arma voltava a aparecer, e eu sempre me perguntava se aquela seria a noite que ele me mataria. No dia seguinte, um presente chegava. Uma joia, uma bolsa de grife, um perfume caro. E cada vez que eu precisava usar qualquer coisa, me lembrava do que eu tinha aguentado para recebê-lo.

Quando Tallulah fez dois anos, ele decidiu que era hora de termos outro filho. Certa noite, eu estava no banheiro, procurando o meu diafragma na gaveta — eu sempre o colocava à noite, sem saber quando ele ia querer fazer sexo. Queria poder tomar pílula, mas tive uma reação adversa, e o meu médico insistiu para que usasse outro método. Quando Jackson entrou no quarto, eu me virei para ele.

— Você viu o meu diafragma?

— Joguei fora.

— Por quê?

Ele se aproximou e se encostou em mim.

— Vamos ter outro bebê. Dessa vez, um garoto.

Senti o meu estômago se revirar e tentei engolir em seco.

— Mas já? Tallulah só tem dois anos.

Ele me levou até a cama e desamarrou a faixa que prendia o meu roupão.

— É o *timing* perfeito.

Eu congelei.

— E se for outra menina?

Os olhos dele se estreitaram.

— Então, vamos continuar tentando até você me dar o que eu quero. Qual é o problema?

A veia reveladora na sua têmpora começou a pulsar, e eu me apressei para suavizar as coisas antes que Jackson perdesse a paciência.

— Você tem razão, querido. Só gostaria de poder concentrar a minha atenção em você. Não estava pensando em outro bebê. Mas se é isso que quer, então é o que eu quero também.

Ele inclinou a cabeça e me olhou longamente.

— Você acha que eu sou idiota?

Suspirei.

— Não, Jackson. Claro que não.

Sem dizer nada, ele arrancou o meu roupão e caiu em cima de mim. Quando terminou, pegou dois travesseiros e encaixou-os embaixo dos meus quadris.

— Fique assim por meia hora. Tenho acompanhado os seus ciclos. Você deve estar ovulando.

Pensei em protestar, mas me contive. Pude sentir a frustração e a raiva crescendo até se transformar em uma força física que queria entrar em erupção, mas respirei fundo e sorri para ele.

— Vamos torcer.

Demorou quase nove meses dessa vez e, quando aconteceu, ele ficou tão feliz que se esqueceu de ser cruel. E então fomos para a consulta de vinte semanas — a que revelaria o sexo do bebê. Ele cancelou todos os compromissos da sua agenda para que pudesse ir comigo naquele dia. Pisei em ovos por toda a manhã, temendo a reação dele se aquilo não saísse do seu jeito, mas ele estava confiante, até assobiou durante o caminho.

— Estou com um bom pressentimento, Daphne. Jackson Júnior. É assim que ele vai se chamar.

Olhei para ele de soslaio.

— Jackson, e se...

Ele me interrompeu.

— Sem negatividade. Por que sempre tem que ser tão deprê?

À medida que o aparelho de ultrassom se movia pela minha barriga e olhávamos para o batimento cardíaco e para o torso, cerrei o punho com tanta força que mal percebi que as minhas unhas estavam se enterrando na palma da mão.

— Estão prontos para saber o sexo? — perguntou a médica com voz alegre e cantarolante.

Olhei para o rosto de Jackson.

— É uma menina! — revelou ela.

Os olhos dele esfriaram, ele se virou e saiu da sala sem dizer nada. A médica olhou para mim, surpresa, e inventei algo na hora.

— Ele acabou de perder a mãe. Ela sempre quis ter uma neta. Acho que ele ficou com vergonha de chorar na sua frente.

Ela abriu um sorriso tenso e falou de um jeito ríspido.

— Bem, vamos limpar a sua barriga para você ir para casa.

Ele não falou comigo a viagem toda até em casa. Eu sabia que não adiantava tentar dizer nada para melhorar a situação. Eu tinha pisado na bola de novo e, mesmo que eu soubesse, claro, que não era culpa minha, senti raiva. Por que eu não conseguia lhe dar um filho?

Ele ficou no apartamento de Nova York nas três noites seguintes, e eu me senti grata pela folga. Quando voltou para casa na noite seguinte, quase parecia ter voltado ao normal — ou o que era normal para ele. Enviou uma mensagem para me informar de que estaria em casa às dezenove horas e que eu organizasse tudo para que tivesse faisão recheado para o jantar, um dos seus pratos favoritos. Quando nos sentamos para comer, ele se serviu de uma taça de vinho, tomou um gole, depois pigarreou.

— Encontrei uma solução.

— O quê?

Ele suspirou alto.

— Uma solução para a sua inépcia. É tarde demais para fazer qualquer coisa sobre essa daí. — Ele apontou para a minha barriga. — Todo mundo já sabe que você está grávida. Da próxima vez, vamos fazer um teste antes. CVS. Eu pesquisei. Pode nos revelar o sexo e dá para fazê-lo bem antes do terceiro mês.

— E servirá para quê? — perguntei, mesmo sabendo qual seria a resposta.

Ele levantou as sobrancelhas.

— Se a próxima for menina, pode abortar, e continuaremos tentando até você fazer direito.

Ele ergueu o garfo e comeu um pouco.

— Por sinal, posso confiar que vai se lembrar de enviar a inscrição de Tallulah para a pré-escola na St. Patrick's? Quero garantir que ela entre no programa de três anos no ano que vem.

Assenti com a cabeça em silêncio enquanto os aspargos na minha boca viravam uma massa. Com discrição, cuspi no meu guardanapo e tomei um gole de água do copo à minha frente. *Aborto?* Eu precisava fazer alguma coisa. Será que poderia pedir para ligarem as minhas trompas sem que ele descobrisse? Teria que dar um jeito depois que aquela bebê nascesse. Alguma maneira de ter certeza de que aquela seria a minha última gravidez.

QUARENTA E OITO

As meninas ajudaram a manter a minha sanidade. Como dizem por aí, os anos passam voando, mas os dias são intermináveis. Aprendi a suportar as exigências e os humores de Jackson, metendo os pés pelas mãos e ousando retrucar ou negar alguma coisa para ele apenas de vez em quando. Nessas ocasiões, ele cuidava de me lembrar do que estava em jogo caso eu pisasse na bola. Ele me mostrou uma carta atualizada de dois médicos que atestavam a minha doença mental, que ele mantinha trancada em um cofre. Nem perdi tempo perguntando o que ele tinha feito para levá-los a corroborar aquelas mentiras. Se eu tentasse ir embora de novo, ele falou, ficaria trancada no hospício para sempre. Eu não me arriscaria.

Tornei-me o seu projeto de estimação. Quando Bella estava no primeiro ano, as meninas ficavam na escola o dia inteiro, e ele decidiu que a minha educação também deveria melhorar. Eu tinha uma especialização, mas não era suficiente. Ele chegou em casa certa noite e me entregou um catálogo.

— Inscrevi você em aulas de francês três vezes por semana. A aula começa às 14h45. Assim, ainda pode se dedicar dois dias à fundação e ir para a academia antes.

As meninas estavam fazendo o dever de casa na ilha da cozinha, e Tallulah ergueu os olhos, com o lápis erguido, esperando que eu respondesse.

— Jackson, do que está falando?

Ele olhou para Tallulah.

— Mamãe vai voltar para a escola. Não é legal?

Bella bateu palmas.

— Oba. Ela vai para a minha escola?

— Não, meu amor. Ela vai para a universidade local.

Tallulah apertou os lábios.

— Mas a mamãe já não acabou a faculdade?

Jackson foi até ela.

— Sim, minha linda, mas ela não sabe falar francês como vocês. E vocês não querem uma mamãe burra, não é?

As sobrancelhas de Tallulah ficaram franzidas.

— A mamãe não é burra.

Ele riu.

— Você está certa, amor. Ela não é burra. Mas não está polida. Veio de uma família pobre, que não sabe se comportar em sociedade. Precisamos ajudá-la a aprender. Não é, mamãe?

— É — respondi com os dentes cerrados.

A aula era bem no meio do dia, e eu odiava. A professora era uma francesa esnobe que usava cílios postiços e um batom vermelho demais que adorava falar sobre o quanto os americanos eram grosseiros. Tinha um prazer especial em apontar as falhas no meu sotaque. Em apenas uma aula, eu já estava cansada daquilo.

No entanto, estava preparada para voltar na semana seguinte quando recebi uma chamada de emergência de Fiona na fundação. Um dos nossos atendidos precisava levar o filho ao hospital e o carro dele não ligava. Eu me ofereci para levá-lo, embora isso significasse matar a aula. Claro, nunca disse nada para Jackson.

Na segunda-feira seguinte, recebi uma chamada frenética da escola das meninas assim que voltei para a casa após uma longa massagem e tratamento facial.

— Sra. Parrish?

— Pois não?

— Estamos tentando entrar em contato faz três horas.

— Está tudo bem? As meninas estão bem?

— Sim. Mas estão chateadas. A senhora deveria tê-las buscado ao meio-dia.

Meio-dia? Do que ela estava falando?

— Elas só saem às quinze horas.

Um suspiro exasperado do outro lado da linha.

— É o conselho de classe dos professores. Está na agenda faz um mês e enviamos um bilhete para casa. A senhora também deve ter recebido um e-mail e uma mensagem de texto.

— Sinto muito. Já estou a caminho. Não recebi nenhuma chamada no meu celular — falei, em tom de desculpas.

— Bem, estamos ligando há horas. Também não conseguimos falar com o seu marido. Aparentemente, ele está fora da cidade.

Jackson não estava em nenhuma viagem de negócios, e eu não fazia ideia de por que a sua assistente não tinha ligado.

Desliguei o telefone e corri para o carro. O que poderia ter acontecido? Peguei o celular e olhei para ele. Sem chamadas perdidas. Verifiquei as minhas mensagens de texto. Nada.

No sinal vermelho, vasculhei os meus e-mails e não encontrei nada da escola. Uma sensação de náusea subiu do meu estômago até o peito. Jackson tinha que ser o responsável por aquilo, mas como? Ele apagou os e-mails e as mensagens do meu telefone? Conseguia bloquear o número da escola? E por que faria isso com as meninas?

Esgueirei-me até a secretaria, morrendo de vergonha, e peguei as minhas filhas com a diretora e o olhar de reprovação dela.

— Sra. Parrish, essa não é a primeira vez que isso acontece. Esse comportamento não pode continuar. Não é justo com as suas filhas e, para falar a verdade, também não é justo conosco.

Senti as bochechas arderem e desejei que o chão me engolisse. Algumas semanas antes, eu me atrasei um bocado para buscá-las, e Jackson foi chamado para pegar as meninas. Naquele dia, mais cedo, ele voltou para casa para almoçar e, depois que saiu, fiquei esgotada de repente e deitei para uma soneca rápida. Só acordei quando os três entraram, às dezesseis horas. Dormi tão profundamente que nem ouvi o alarme do telefone.

— Sinto muito, sra. Sinclair. Não sei o que aconteceu. Não recebi nenhum e-mail ou mensagem e, por algum motivo, o meu telefone não tocou.

A expressão da diretora deixava claro que ela não estava acreditando em uma só palavra que eu dizia.

— Sim, está bem. Cuide para que isso não volte a acontecer.

Peguei as duas pelas mãos, e Bella puxou a dela, pisando duro à minha frente indo em direção ao carro. Não falou comigo durante todo o trajeto até em casa. Quando chegamos, Sabine estava esperando, preparando um lanche para as duas.

— Sabine, você estava aqui hoje à tarde? A escola me ligou várias vezes.

— Não, senhora. Fui ao mercado.

Peguei o telefone de casa e disquei para o meu celular. Ele tocou no meu ouvido, mas o celular na minha mão não vibrou. O que estava acontecendo? Com uma sensação de desespero, desbloqueei o telefone, fui até as Configurações, apertei em Telefone e olhei Meu número. Fiquei boquiaberta, pois era um número que eu não reconhecia. Observei o aparelho mais de perto. Era um telefone novo. O meu antigo tinha uma fissura minúscula no plástico ao lado da tecla de início. Jackson devia ter trocado. Naquele momento, me perguntei sobre a outra vez que me atrasei para buscá-las. Ele tinha me drogado?

— O papai chegou! — gritou Bella.

Quando ela correu para os braços dele, Jackson olhou para mim por sobre a cabeça da garota.

— Como está a minha menina?

Ela fez beicinho.

— A mamãe esqueceu a gente na escola de novo. Tivemos que ficar sentadas na diretoria o dia todo. Foi terrível.

Jackson e Sabine trocaram um olhar.

Ele a abraçou mais forte e beijou o topo de sua cabeça.

— Coitadinha. A mamãe está muito esquecida nos últimos tempos. Também perdeu a aula de francês.

Tallulah olhou para mim.

— O que aconteceu, mamãe?

Jackson respondeu por mim.

— A mamãe tem problemas com a bebida, meu amor. Às vezes, ela fica muito bêbada para fazer o que tem que ser feito. Mas vamos ajudá-la, não vamos?

— Jackson! Isso não é...

Ouvi Sabine arfando.

— Pare de mentir, Daphne. Sei que perdeu a aula de francês na semana passada — disse ele, me interrompendo. Pegou a minha mão e espremeu forte. — Se admitir que tem um problema, posso ajudá-la. Caso contrário, vai ter que voltar para o hospital.

Tallulah teve um sobressalto, com lágrimas brotando dos olhos.

— Não, mamãe! Não deixe a gente.

Ela agarrou a minha cintura.

Eu me esforcei para recuperar a voz.

— Claro que não, meu amor. Não vou a lugar nenhum.

— Sabine vai buscar vocês de agora em diante. Assim, a escola não vai ter uma ideia errada se mamãe esquecer vocês de novo. Certo, mamãe?

Respirei fundo, tentando diminuir a palpitação no meu peito.

— Certo.

Ele estendeu a mão e tocou a manga da minha camisa.

— E essa sua roupa está horrível. Por que não vai se trocar? Bella, vá ajudar a mamãe a encontrar um vestido lindo para o jantar.

— Vamos, mamãe. Eu sei o que fica bonito em você.

QUARENTA E NOVE

De repente, para todos os lugares que eu olhava, havia tartarugas. Elas se escondiam atrás das fotografias, espiavam das estantes de livros, ficavam empoleiradas de forma ameaçadora em cômodas.

Nos primeiros dias, antes de aprender a não abrir o meu coração, disse a Jackson por que eu odiava aqueles bichos. Quando Julie e eu éramos jovens, o meu pai comprou uma tartaruga para nós. Sempre quisemos um cachorro ou um gato, mas Julie era alérgica aos dois. Minha mãe pediu a ele para trazer uma tartaruga-de-caixa, mas meu pai trouxe uma tartaruga-mordedora. Depois de um ano, ela foi devolvida à loja porque o dono anterior não conseguia mais cuidar dela. No primeiro dia, eu a estava alimentando com uma cenoura, e ela avançou e mordeu o meu dedo. A mandíbula era tão forte que não consegui soltá-la e gritei enquanto Julie corria para encontrar a minha mãe. Ainda me lembro da dor e da sensação de pânico de que a tartaruga arrancaria o meu dedo fora. A minha mãe foi rápida e lhe ofereceu outra cenoura, o que funcionou, e a boca do bicho voltou a se abrir. Puxei o dedo sangrando da mandíbula do animal e fomos para o pronto-socorro. Claro, devolvemos a tartaruga, e fiquei com um medo permanente de qualquer coisa com casco.

Jackson tinha ouvido, murmurando o seu consolo, e eu tinha me sentido bem por descarregar outro trauma de infância. Quando Bella era bebê, eu a coloquei para dormir um dia e, quando estava saindo do quarto, algo recostado na estante chamou a minha atenção. Estava posicionada entre os bichos de pelúcia. Liguei para Jackson no trabalho.

— De onde veio a tartaruga no quarto de Bella?

— O quê?

— A tartaruga. Estava entre os bichos de pelúcia.

— Está falando sério? Estou no meio de um dia terrível, e você está me fazendo perguntas sobre bichos de pelúcia. Não tenho a menor ideia. Mais alguma coisa?

De repente, eu me senti uma idiota.

— Não. Desculpe incomodar você.

Peguei o bicho maldito e joguei no lixo.

No dia seguinte, Meredith passou para me visitar, e eu a convidei para tomar café na estufa. Ela foi até as estantes de livros que iam do chão ao teto e pegou alguma coisa de lá.

— Que coisa linda, Daphne. Nunca tinha percebido.

Ela estava segurando uma tartaruga de porcelana branca e dourada.

Deixei a minha xícara cair, derramando café quente em cima de mim.

— Ah, meu Deus, como sou atrapalhada — falei e toquei a sineta para Margarita vir limpar. — Jackson deve ter trazido. Nem tinha notado. — Juntei as mãos e entrelacei os dedos para impedir que eles tremessem.

— Ora, é muito bonita. Louça de Limoges.

— Fique com ela.

A mulher balançou a cabeça.

— Que bobagem. Só estava admirando. — Ela me lançou um olhar estranho. — Preciso ir. Vou encontrar Rand no clube para o almoço. — Então, ela pousou a mão no meu braço. — Você está bem?

— Sim, apenas cansada. Ainda estou me ajustando à programação da bebê.

Ela sorriu.

— Claro. Tente descansar um pouco. Ligo para você mais tarde.

Depois que ela saiu, fiz uma busca on-line para encontrar a tartaruga. Mais de novecentos dólares!

Naquela noite, coloquei-a na mesa na frente do prato dele. Quando Jackson se sentou para jantar, olhou para a tartaruga e depois para mim.

— O que isso está fazendo aqui?

— É o que eu gostaria de saber.

Ele deu de ombros.

— O lugar dela é na estufa.

— Jackson, por que está fazendo isso? Sabe como me sinto em relação a tartarugas.

— Está vendo como você parece louca? É apenas um enfeite. Não vai machucá-la.

Ele estava me olhando com aquela expressão arrogante, desafiando-me com os olhos.

— Não gosto delas. Por favor, pare.

— Parar com o quê? Você está sendo muito paranoica. Talvez a depressão pós-parto tenha retornado. Devemos falar com o médico?

Joguei o guardanapo sobre o meu prato e me levantei.

— Eu não sou louca. Primeiro, o bicho de pelúcia, e agora isso.

Ele balançou a cabeça e fez um movimento circular com o dedo ao lado da orelha — como as crianças fazem na escola para indicar que alguém é pirado.

Subi as escadas correndo e bati a porta do quarto. Lançando-me na cama, gritei no travesseiro. Quando levantei a cabeça, dois olhos de mármore me encaravam do criado-mudo. Peguei a tartaruga de vidro e lancei-a com o máximo de força contra a parede. Não se quebrou, simplesmente caiu no chão com um baque suave. Ficou lá, me avaliando com os seus olhos reptilianos, empoleirada como se estivesse se preparando para rastejar até mim e me punir pelo que eu tinha feito.

CINQUENTA

Quando você descobre que está casada com um sociopata, precisa ser engenhosa. Não faz sentido tentar mudá-lo — o que não tem remédio, remediado está. O melhor que eu podia fazer era estudá-lo — estudar o seu verdadeiro eu, aquele que se escondia atrás do verniz bem-polido de humanidade e normalidade. Agora que eu sabia da verdade, era fácil detectar. Coisas como o sorrisinho que se abria nos lábios dele quando fingia estar triste. Jackson era um fingidor brilhante e sabia exatamente o que dizer e fazer para ganhar a afeição dos outros. Agora que abandonara a fachada comigo, tinha que descobrir como vencê-lo no seu próprio jogo.

Aceitei a sugestão dele de fazer mais cursos na universidade. Porém, não estudei arte. Comprei livros didáticos para a aula de artes e pensei em lê-los sozinha, para o caso de ele me interrogar. Em vez disso, me inscrevi em cursos de psicologia, pagando em dinheiro e me registrando com um nome diferente e uma caixa-postal. O campus era grande o bastante e havia poucas chances da minha professora de francês me encontrar enquanto eu fingia ser outra pessoa, mas, em todo caso, eu usava um boné de beisebol e moletom para essas aulas. Vale ressaltar que, naquele ponto no meu casamento, essas medidas não me pareciam extremas. Eu tinha me ajustado a uma vida na qual o subterfúgio e o logro eram tão naturais quanto a respiração.

Na minha aula de psicopatologia, comecei a juntar as peças. A professora era uma mulher fascinante que tinha um consultório particular. Ouvi-la descrever alguns dos seus pacientes era como ouvir uma descrição de Jackson. Fiz outro curso de psicopatologia com ela e também frequentei as suas aulas sobre personalidade. Então, passei horas na biblioteca da universidade lendo tudo que conseguia encontrar sobre personalidade antissocial.

Entrevistas com sociopatas revelaram que eles são capazes de identificar uma vítima em potencial apenas pela forma como a pessoa caminha. Aparentemente, o nosso corpo telegrafa as vulnerabilidades e as suscetibilidades que temos. Dizem que os cônjuges de sociopatas têm superabundância de empatia. Achei essa informação difícil de entender. Existe mesmo essa coisa de empatia em excesso? Contudo, havia certa ironia poética ali. Se dizem que falta empatia aos sociopatas e as suas vítimas a têm demais, parecem formar o par perfeito. Mas é claro, a empatia não pode ser dividida. *Aqui, pegue um pouco da minha, eu tenho sobrando.* E os sociopatas não conseguem adquiri-la de jeito nenhum — em princípio, a sua ausência é o que os define. No entanto, acho que esta informação está errada. Não é empatia em excesso. É uma empatia inadequada, uma tentativa equivocada de salvar alguém que não pode ser salvo. Todos esses anos depois, sei o que ele viu em mim. A questão com a qual ainda me debato é: o que eu vi nele?

Quando Bella completou dois anos, ele começou a me atormentar para que eu engravidasse mais uma vez — estava morrendo de vontade de ter um filho. Não havia como eu dar à luz outro filho de bom grado. Sem ele sequer imaginar, fui a uma clínica pública em outra cidade, usei um nome falso e me preparei para botar um DIU. Todo mês ele rastreava os meus ciclos, sabia exatamente quando eu estava ovulando e garantia que transássemos ainda mais durante aquele período. Tivemos um grande embate um dia, quando menstruei.

— Caramba, o que há de errado com você? Já passaram três anos.

— Podemos ir a um médico de fertilidade. Talvez a sua contagem de esperma esteja baixa.

Ele franziu o cenho.

— Não há nada de errado comigo. Você que é a ameixa velha e seca.

Mas eu tinha semeado a dúvida; consegui enxergá-la nos olhos dele. Estava contando com o fato de que o seu ego nunca poderia lidar com qualquer ameaça à sua virilidade.

— Desculpe, Jackson. Quero tanto quanto você.

— Bem, você não vai ficar mais jovem. Se não engravidar logo, nunca mais vai poder. Talvez você consiga até uns remédios para fertilidade.

Fiz que não com a cabeça.

— O médico não vai fazer isso. Precisa ser um trabalho completo com o casal. Vou ligar na segunda-feira e marcar uma consulta.

Um olhar de indecisão perpassou o seu rosto.

— Essa semana não vai dar para mim. Aviso quando tiver tempo.

Foi a última vez que ele trouxe o assunto à tona.

CINQUENTA E UM

Eu precisava que Jackson estivesse de bom humor. Estava ansiosa para que a minha mãe viesse para a festa de aniversário de Tallulah. Tive que me empenhar ainda mais para agradá-lo o mês inteiro, para que ele não cancelasse a visita no último minuto. Isso significava tomar a iniciativa de fazer sexo pelo menos três vezes por semana, em vez de esperá-lo, vestindo todos os trajes favoritos dele, elogiando-o para as minhas amigas na frente dele e acompanhando as crescentes pilhas de livros na minha mesa de cabeceira que chegavam toda semana através de pedidos on-line. Os meus livros de autores contemporâneos como Stephen King, Rosamund Lupton e Barbara Kingsolver foram substituídos por títulos de Steinbeck, Proust, Nabokov, Melville, obras que, ele acreditava, fariam de mim uma companhia mais interessante nos jantares. Além dos clássicos que líamos juntos.

A última visita da minha mãe tinha sido seis meses antes, e estava desesperada para vê-la. Ao longo dos anos, ela aceitou que não éramos mais próximas, acreditando que eu havia mudado, que o dinheiro tinha subido à minha cabeça, que eu tinha pouco tempo para ela. Jackson fez com que ela acreditasse em tudo isso.

Custava-me todas as forças para não lhe contar a verdade, mas, se eu fizesse isso, não havia como saber o que ele teria feito a nós, ou mesmo apenas a ela. Então, eu mantinha essa aparência e apenas a convidava duas vezes por ano à minha casa para o aniversário das meninas. A pousada a mantinha ocupada nos feriados, o que eliminava a minha obrigação de lhe dizer que não era bem-vinda. Jackson se recusava a permitir que viajássemos para vê-la, alegando que era importante que as crianças estivessem em casa durante os feriados.

Naquele ano, Tallulah estava fazendo onze anos. Fizemos uma grande festa. Todos os amigos da escola dela vieram. Eu tinha contratado um palhaço, um pula-pula, pôneis — tudo o que tinha direito. Nenhum dos nossos amigos adultos foi convidado, exceto Amber. Éramos amigas fazia alguns meses na época, e eu estava começando a sentir que ela era da família. Pedi para muitos dos empregados ajudarem a vigiar as crianças. Teríamos babás lá. Sabine só trabalhava durante a semana, então Jackson contratou uma jovem universitária, Surrey, para passar o fim de semana conosco e ajudar no que fosse necessário. No entanto, Sabine queria estar lá para a festa. Eu conversava com Amber sobre o planejamento. Ela passou para devolver um filme que havia pegado emprestado.

— Eu adoraria conhecer a sua mãe, Daphne — disse ela, entusiasmada.

— Vai conhecer. Chamo você quando ela estiver aqui, mas tem certeza de que quer mesmo vir à festa? Serão vinte crianças gritando. Não sei se vai querer vir.

Eu estava brincando, claro.

— Posso ajudar você. Quer dizer, sei que contratou ajuda e tudo o mais, mas é bom ter uma amiga por perto também.

Jackson não tinha ficado feliz quando avisei que ela viria.

— Que saco, Daphne. É uma festa de família. Ela não é a sua irmã, você sabe. E está sempre por perto.

— Ela não tem ninguém por aqui. E é a minha melhor amiga.

Percebi o meu erro assim que as palavras saíram da minha boca. Era mesmo? Fiquei sem uma amiga por anos. É impossível se tornar próximo de alguém quando se vive uma mentira. Todos os meus relacionamentos, exceto com as minhas filhas, eram superficiais por necessidade. No entanto, com Amber, senti um vínculo que ninguém mais conseguia entender. Por mais que adorasse

Meredith, ela não conseguia se relacionar com o que eu sentia por ter perdido a minha irmã.

— Melhor amiga? Você também poderia dizer que Margarita é a sua melhor amiga. Ela é um nada.

Eu me corrigi:

— Claro, você tem razão. Não foi o que quis dizer. Quis dizer que ela é a única pessoa que entende o que passei. Sinto que devo alguma coisa a ela. Além disso, Amber sempre diz o quanto você a faz se sentir bem-vinda e como ela admira você.

Isso o tranquilizou. Para um homem tão inteligente, era de se esperar que Jackson tivesse entendido. Contudo, aquela era a questão com ele: sempre queria acreditar que todo mundo o adorava.

Então, ela veio, e foi bom ter uma amiga. Observando Jackson interagir com ela, nunca se saberia como ele se sentia de verdade. Quando Amber chegou, ele lhe abriu um grande sorriso e a abraçou.

— Bem-vinda. Que bom que veio.

Ela abriu um sorriso tímido e murmurou um agradecimento.

— Deixe-me pegar uma bebida. O que vai querer?

— Ah, estou bem.

— Vamos lá, Amber. Vai precisar disso durante o dia. — Ele deu um sorriso deslumbrante. — Você gosta de cabernet, certo?

Ela confirmou com a cabeça.

— Volto logo.

— Onde posso colocar o meu presente? — perguntou ela.

— Não precisava.

— É apenas uma coisinha que pensei que ela ia gostar.

Mais tarde, quando Tallulah abriu os presentes, observei com interesse quando chegou ao de Amber. Era um livro sobre a vida de Edgar Allan Poe.

Tallulah olhou por cima e lhe agradeceu de forma frouxa.

— Lembrei que estava lendo as histórias dele naquele dia em Nova York — comentou Amber com ela.

— Tallulah não é um pouco jovem para Poe? — perguntou a minha mãe, alto o suficiente para que Amber ouvisse. Ela nunca se refreava.

— A minha filha é bem adiantada para a idade. Está lendo em nível de oitavo ano — respondi.

— Há uma diferença entre desenvolvimento intelectual e desenvolvimento emocional — ressaltou a minha mãe.

Amber não falou nada, apenas olhou para o chão, e me senti dividida entre defendê-la e validar as preocupações da minha mãe.

— Vou dar uma olhada e, se você estiver certa, guardo até que ela tenha mais idade. — Sorri para a minha mãe.

Ergui os olhos e vi Surrey correndo para recolher alguns presentes que estavam espalhados pelo chão.

— Meu Deus, o que aconteceu? — perguntou a minha mãe.

— Bella derrubou os presentes da pilha — falou Amber.

— O quê? — Corri para ver o que havia acontecido.

Bella estava de pé, na frente da mesa, as mãos nos quadris, o lábio inferior fazendo o maior beicinho que podia.

— Bella, o que aconteceu?

— Não é justo. Ela está recebendo todos os presentes e ninguém me trouxe nada.

— Não é o seu aniversário. O seu foi há seis meses.

Ela bateu o pé.

— Não interessa. Não ganhei tantos presentes. E não tinha pôneis no meu.

Ela ergueu o pequeno punho e esmurrou o canto do bolo.

Eu não precisava disso naquele dia.

— Surrey, poderia, por favor, levar Bella para dentro até que ela se acalme? — Apontei para o bolo. — E veja se consegue consertar isso.

Surrey tentou fazer com que Bella fosse com ela, mas a menina se recusou, correndo na outra direção. Fiquei feliz que nenhuma outra mãe estivesse ali para testemunhar aquilo. Não tinha energia para ir atrás dela. Pelo menos, ela não estava incomodando ninguém agora.

Quando voltei para Amber e a minha mãe, a última me fitou com olhar desaprovador.

— Essa criança é muito mimada.

O sangue me subiu.

— Mãe, ela tem dificuldade em lidar com as emoções.

— Ela é mimada demais. Talvez se você não deixasse a criação dela na mão das babás, se comportaria melhor.

Amber me deu um olhar compassivo, e respirei fundo, com medo de dizer algo de que me arrependeria.

— Gostaria que guardasse as suas opiniões sobre criação para você. Bella é minha filha, não sua.

— Não brinca. Se fosse minha, não estaria agindo desse jeito.

Levantei-me de uma vez e entrei em casa. Quem era ela para me julgar? Não tinha ideia de como era a minha vida. *E de quem é a culpa?*, perguntou uma pequenina voz dentro de mim. Eu queria que ela fosse mais presente na minha vida, que entendesse porque eu criava as minhas filhas daquela maneira. Porém, naquele momento, a desaprovação e os comentários críticos dela eram apenas mais uma voz no mar de acusações que eu sofria todo dia.

Peguei um Diazepam na minha bolsa e o engoli sem água. Amber entrou na cozinha, aproximou-se e pousou a mão no meu ombro.

— Mães — disse ela.

Pisquei para refrear as lágrimas e não disse nada.

— Não deixe que ela chateie você. Ela quer o seu bem. Você é uma mãe maravilhosa.

— Eu tento ser. Sei que Bella é um pouco difícil, mas ela tem um bom coração. Acha que sou muito mole com a minha filha?

Amber fez que não com a cabeça.

— Claro que não. Ela é ótima. Só é impetuosa, mas vai crescer. O que ela precisa é de compreensão e carinho.

— Não sei.

Eu não podia culpar a minha mãe. Parecia que eu fazia vista grossa para o mau comportamento de Bella. O que ela não sabia era que Bella chorava até dormir na maioria das noites. Jackson podia ser o pai coruja em público, mas, na esfera privada, sabia dizer as coisas certas para pôr uma filha contra a outra e fazer Bella se sentir inferior à irmã mais velha. Bella tinha dificuldade com leitura e estava atrás dos seus colegas de escola. O primeiro ano estava quase no fim e ela ainda estava longe de conseguir ler. Quando Tallulah terminou a primeira série, estava lendo em nível de quinta série. Jackson era rápido para lembrar Bella desse fato. A coitada da menina teria sorte se conseguisse passar das cartilhas. A professora recomendou com veemência fazer exames, mas Jackson se recusou. Tivemos uma discussão sobre isso no carro a caminho de casa voltando da reunião.

— Ela pode ter uma deficiência de aprendizagem. Não é incomum.

Ele manteve os olhos na estrada e me respondeu entredentes.

— Ela só é preguiçosa. Essa criança faz o que quer e quando quer.

Senti a frustração crescer.

— Isso não é verdade. Ela se esforça. Cai no choro todas as noites tentando ler uma ou duas páginas. Acho mesmo que ela precisa de ajuda.

Ele bateu a mão no volante.

— Porra, não vamos deixar que a rotulem como disléxica ou qualquer coisa assim. Isso vai marcá-la para sempre, e ela nunca vai entrar na Charterhouse. Vamos contratar um professor particular e não me importo se ela tiver que se esforçar cinco horas por dia, mas Bella *vai* aprender a ler.

Fechei os olhos, resignada. Não adiantava argumentar com ele. Quando as meninas chegassem ao ensino médio, ele tinha planos de enviá-las para Charterhouse, um internato exclusivo na Inglaterra. Mas eu sabia, no fundo do meu coração que, antes desse dia chegar, eu acharia uma maneira de fugir. Enquanto isso, fingia obedecer.

Contratei uma professora com histórico em educação especial. Sem Jackson ou Bella perceber, ela a avaliou e de fato suspeitou que era dislexia. Como Bella passaria pela escola sem nenhum apoio, sem que ninguém soubesse como funcionava o seu aprendizado? Eu sabia que ela estava no lugar errado. St. Luke's não tinha os recursos necessários para oferecer o que a minha filha precisava, mas Jackson se recusava a discutir qualquer mudança para outro lugar.

A coitada da criança ficava na escola o dia todo e depois chegava em casa para ter mais aulas com a professora particular apenas para acompanhar. Elas trabalharam juntas por horas, o avanço de Bella de uma lentidão torturante e ainda frustrado pela sua resistência a ficar mais tempo estudando. Queria brincar — e devia brincar. No entanto, todas as noites, no jantar, Jackson insistia para que ela lesse para nós. Quando tropeçava em uma palavra ou levava muito tempo para falar, ele tamborilava os dedos na mesa até ela começar a gaguejar ainda mais. A ironia era que ele não entendia como a sua impaciência tinha o efeito contrário do pretendido. Realmente pensava estar fazendo a coisa certa, ficar em cima do seu aprendizado — ou pelo menos era o que afirmava. Todas começamos a temer os jantares em família. E Bella, pobrezinha, ficava exausta o tempo todo, sobrecarregada e acossada pela insegurança.

Uma noite em especial me assombra. Bella tivera um dia horrível na escola e um colapso nervoso com a professora particular. Quando nos sentamos para jantar, ela estava como um vulcão prestes a entrar em erupção. Depois que terminamos de comer, Margarita trouxe a sobremesa.

— Bella não vai comer sobremesa até que leia — ordenou Jackson.

— Não quero ler. Estou cansada.

Ela estendeu a mão para o prato com os brownies.

— Margarita. — A voz dele tinha soado tão forte que todas nos voltamos para olhá-lo. — Já falei que não.

— Então, senhor, eu trago para todo mundo depois.

— Não, Tallulah pode comer o brownie dela. É uma garota inteligente.

— Tudo bem, papai. Eu posso esperar.

Tallulah abaixou os olhos para o prato.

Relutante, Margarita colocou o prato na mesa e saiu, apressada.

Jackson se levantou da cadeira e entregou a Bella o livro que trouxera para casa. Ela jogou o livro no chão e o rosto dele ficou vermelho.

— Você está recebendo ajuda há seis meses. Já está na primeira série. Deveria ser fácil para você. Leia a primeira página.

Ele se inclinou para pegar o livro do chão.

Eu olhei para o livro. *A teia de Charlotte*. Ela não conseguiria ler aquilo.

— Jackson, isso não vai melhorar em nada.

Ele me ignorou e bateu com o livro na mesa, fazendo Bella ter um sobressalto.

Os meus olhos foram atraídos pela veia latejante na testa dele.

— Ou ela lê esse maldito livro, ou vou despedir essa professora particular inútil. Vamos ver o que aprendeu. Agora!

Bella pegou o livro com as mãos tremendo, abriu e, gaguejando, começou a ler.

— O-o-on-de o-o pap-pai v-v-v-vai c-c-com a-a-que-quele m--m-ma-ch-chado?

— Leia alto! Parece uma retardada! Desembucha.

— Jackson!

Ele me deu um olhar sombrio e depois se virou para Bella.

— Você fica feia quando lê assim.

Bella explodiu em lágrimas e saiu correndo da mesa. Hesitei apenas um momento e, em seguida, corri atrás dela.

Depois de acalmá-la e colocá-la na cama, ela me olhou com aqueles grandes olhos azuis e perguntou:

— Eu sou burra, mamãe?

Senti o meu peito ficar muito apertado.

— Claro que não, querida. Você é muito inteligente. Muitas pessoas têm problemas para aprender a ler.

— Tallulah não tem. Ela já nasceu com um livro na mão. Eu sou burra que nem uma porta.

— Quem falou isso para você?

— O papai.

Tive vontade de matá-lo.

— Ouça com atenção. Você sabe quem é Einstein?

Ela olhou para o teto.

— O homem engraçado com os cabelos malucos?

Forcei uma risada.

— Isso. Ele foi um dos homens mais inteligentes de todos os tempos e só aprendeu a ler com nove anos. Você é muito esperta.

— O papai não acha.

Como eu poderia melhorar aquilo?

— Papai não queria dizer essas coisas. Ele só não entende o jeito que cérebros diferentes funcionam. Ele pensa que, se disser essas coisas, vai fazer você trabalhar com mais empenho.

Parecia mentira até aos meus ouvidos, mas era tudo que eu podia oferecer.

Ela bocejou e os seus olhos piscaram várias vezes até fechar.

— Estou cansada, mamãe.

Dei um beijo na testa de Bella.

— Boa noite, meu anjo.

Então, ela se comporta mal às vezes — quem não se comportaria com esse tipo de pressão? Mas como posso explicar às pessoas que você faz vista grossa para o que a sua filha apronta porque o pai a deixa em frangalhos?

CINQUENTA E DOIS

Quando Jackson ficava entediado, ele gostava de esconder as minhas coisas, colocando-as em lugares onde eu nunca as encontraria. Minha escova em geral aparecia no banheiro de hóspedes, a solução da lente de contato na cozinha. Naquele dia, eu estava atrasada para uma reunião importante com um doador em potencial para a Sorriso de Julie, e as minhas chaves não estavam em lugar algum. O nosso motorista, Tommy, havia faltado por conta de uma emergência familiar, e Sabine tinha levado as meninas ao zoológico do Bronx, pois a escola estava fechada para outro conselho de classe.

Jackson estava ciente de que eu tinha me preparado para aquela reunião a semana toda, e eu sabia que não era coincidência que as minhas chaves tivessem sumido. Precisava estar lá em quinze minutos. Liguei para um táxi e cheguei à minha reunião um minuto antes do combinado. Estava tão exausta que fiquei abalada. Quando a reunião terminou, peguei o telefone e liguei para Jackson.

— Talvez você tenha custado à fundação centenas de milhares de dólares.

Nem me incomodei com qualquer explicação.

— Como?

— As minhas chaves sumiram.

— Não tenho ideia do que está falando. Não me culpe se você é desorganizada.

O tom paternalista dele era de enlouquecer.

— Sempre as coloco na gaveta do aparador do hall. Os dois molhos desapareceram e, que conveniente, Tommy está fora hoje. Tive que chamar um táxi.

— Tenho certeza de que alguém deve considerar os detalhes cotidianos do seu dia interessantes, mas eu não.

Ele desligou

Desliguei o telefone com tudo.

Ele trabalhou tarde e só chegou em casa depois das 21 horas. Quando chegou, eu estava na cozinha, botando cobertura em cupcakes para uma venda beneficente na escola. Ele abriu a geladeira e começou a xingar.

— O que foi?

— Venha aqui.

Eu me preparei para qualquer que fosse a última reprimenda e cheguei por trás dele. Ele apontou.

— Pode me dizer o que há de errado?

Segui o dedo apontado.

— O quê?

Tudo tinha que estar perfeito; ele começou a usar uma fita métrica para garantir que os copos estivessem exatamente a três milímetros de distância. Fazia inspeções surpresa de gavetas e armários para ver se tudo estava no lugar.

Jackson balançou a cabeça e olhou para mim com ódio.

— Você não vê que os sucos Naked não estão organizados em ordem alfabética? Você botou o de cranberry atrás do de morango.

O absurdo da minha vida me desequilibrou, e comecei a rir de um jeito incontrolável. Ele estava me olhando com animosidade crescente e tudo o que eu conseguia fazer era rir. Tentei parar, senti o terror subir pelo estômago. *Pare de rir!* Eu não sabia o que havia de errado comigo e, mesmo quando vi os olhos deles escurecerem de raiva, não consegui parar — de fato, aquilo me fez rir ainda mais. Eu estava ficando histérica.

Ele pegou a garrafa, tirou a tampa e despejou na minha cabeça.

— O que está fazendo?

Dei um salto para trás.

— Ainda acha engraçado? Vaca idiota!

Com raiva, ele começou a tirar tudo da geladeira e a jogar no chão. Fiquei parada, paralisada, enquanto assistia à cena. Quando chegou aos ovos, começou a jogá-los em mim. Tentei proteger o meu rosto, mas senti a dor nas bochechas enquanto ele arremessava os ovos em mim com o máximo de força que podia. Em poucos minutos, eu estava coberta de líquidos e alimentos. Ele fechou a porta da geladeira e olhou para mim por um bom tempo.

— Por que não está rindo agora, sua vagabunda?

Fiquei congelada no lugar, com medo demais para falar. Os meus lábios tremeram quando murmurei um pedido de desculpa.

Ele assentiu com a cabeça.

— Tem que se desculpar mesmo. Limpe essa merda e nem pense em pedir ajuda a qualquer um dos empregados. A bagunça é toda sua.

Ele caminhou até o prato de cupcakes em que eu estava botando cobertura e jogou no chão. Abaixou o zíper das calças e urinou sobre eles. Comecei a chorar, mas me segurei a tempo.

— Vai ter que dizer a Bella que foi muito preguiçosa e não fez os cupcakes. — Ele balançou o dedo para mim. — Mamãe má.

Então, ele se virou e abriu a gaveta onde eu guardava as minhas chaves e as balançou nas mãos antes de jogá-las em mim.

— E as suas chaves estavam aqui o tempo todo, sua idiota. Da próxima vez, procure direito. Estou cansado de ter uma esposa tão preguiçosa e estúpida.

Ele saiu da cozinha pisando duro e me deixou lá, encolhida em um canto, tremendo.

Levou mais de uma hora para limpar tudo. Em uma névoa de entorpecimento, joguei fora todos os alimentos, esfreguei, lavei e limpei até que todas as superfícies estivessem brilhando de novo. Não podia deixar que os empregados vissem aquela bagunça quando chegassem. Teria que ir à padaria de manhãzinha e comprar cupcakes para substituir os que ele havia estragado. Subi as escadas com medo, esperando que ele estivesse dormindo depois que eu tomasse banho e me deitasse na cama, mas sabia que me humilhar o animava. As luzes estavam apagadas quando terminei de secar o cabelo e fui até o meu lado da cama. A respiração dele estava uniforme, e suspirei de alívio por ele estar dormindo. Puxei as cobertas até o queixo e estava prestes a dormir quando senti a mão dele na minha coxa. Congelei. *Esta noite, não.*

— Diga — ordenou ele.

— Jackson...

Ele apertou com mais força.

— Diga.

Fechei os olhos e me forcei a dizer as palavras.

— Eu quero você. Faça amor comigo.

— Implore.

— Quero você agora. Por favor.

Eu sabia que ele queria que eu falasse mais, mas era tudo que eu conseguia me forçar a dizer.

— Não está me convencendo. Mostre para mim.

Empurrei as cobertas e tirei a camisola. Subi sobre ele do jeito que gostava, me posicionei para que os meus seios ficassem na altura do rosto dele.

— Você é mesmo uma puta.

Ele me penetrou sem sequer pensar se eu estava pronta. Agarrei os lençóis e esvaziei a minha mente até ele terminar.

CINQUENTA E TRÊS

No dia seguinte, como de costume, havia um presente. Dessa vez, foi um relógio — um Vacheron Constantin que valia mais de cinquenta mil.

Eu não precisava daquilo, mas claro que eu usaria, sobretudo perto dos seus parceiros de negócios e no clube, para que todos pudessem ver o quanto o meu marido era generoso. Eu sabia como funcionava. Ele seria encantador nas próximas semanas: me elogiaria, me levaria para jantar, seria solícito. Na verdade, era quase pior que o seu escárnio. Pelo menos, quando estava me degradando, eu podia justificar o meu ódio. Contudo, quando passavas dias a fio mascarando-se como homem compassivo por quem havia me apaixonado, era confuso, mesmo que eu soubesse que tudo era teatro.

Todas as manhãs, ele repassava comigo o que planejava fazer durante o dia. Naquela manhã, eu tinha decidido pular a minha aula de Pilates para fazer massagem e tratamento facial. Ele me ligou às dez, como sempre fazia.

— Bom dia, Daphne. Mandei um e-mail com um artigo sobre a nova exposição no Guggenheim. Não se esqueça de dar uma olhada. Gostaria de discuti-lo hoje à noite.

— Tudo bem.

— Está indo para a academia?

— Sim, até mais tarde — menti.

Não estava preparada para ouvir uma palestra sobre a importância do exercício físico.

Mais tarde naquela noite, estava tomando uma taça de vinho no solário e lendo o maldito artigo sobre o Guggenheim enquanto as meninas tomavam banho. Assim que vi o rosto dele, soube que algo estava errado.

— Olá. — Deixei a minha voz límpida.

Ele estava segurando uma bebida.

— O que está fazendo?

Levantei o meu iPad.

— Lendo o artigo que você me mandou.

— Como foi o Pilates?

— Bem. Como foi o seu dia?

Ele se sentou no sofá à minha frente e balançou a cabeça.

— Mais ou menos. Um dos meus gerentes mentiu para mim.

Ergui os olhos da tela.

— Ah, é?

— Sim. E por algo bem estúpido. Perguntei se ele havia feito um telefonema e o paspalho respondeu que sim. — Ele deu um longo gole do copo de uísque. — O problema é que não tinha feito. Tudo o que precisava fazer era me falar, dizer que tinha planejado para depois. — Ele deu de ombros. — Não teria sido um grande problema. Mas ele mentiu.

O meu coração palpitou, e peguei a minha taça de vinho, tomando um golinho.

— Talvez ele tenha medo de você ficar com raiva.

— Bem, esse é o problema. Agora eu estou com raiva. Muito chateado, na verdade. E ofendido também. Ele deve pensar que sou um idiota. Odeio quando mentem para mim. Suporto muitas coisas, mas não consigo tolerar a mentira.

A não ser que fosse ele mentindo, claro. Olhei para ele, plácida.

— Entendo. Você não gosta de mentirosos.

Agora quem estava tratando quem como idiota? Eu sabia que não havia gerente algum, que era a maneira passivo-agressiva dele de me confrontar. Só que eu não lhe daria esse prazer. Imaginei como ele soube que eu tinha faltado à aula.

— Então, o que você fez?

Ele caminhou até mim, sentou-se e pousou a mão no meu joelho.

— O que acha que eu deveria fazer?

Eu me afastei dele. Ele se aproximou mais.

— Não sei, Jackson. Faça o que achar que é certo.

Ele apertou os lábios, começou a dizer outra coisa, então levantou de uma vez do sofá.

— Chega dessa besteira. Por que mentiu para mim hoje?

— Sobre o quê?

— Sobre ir à academia. Você ficou no spa das onze às catorze.

Franzi o cenho para ele.

— Como sabe disso? Mandou me seguir?

— Não.

— Então, como?

Ele deu um sorriso malicioso.

— Talvez pessoas estejam seguindo você. Talvez câmeras estejam observando você. Nunca se sabe.

A minha garganta começou a fechar. Não conseguia recuperar o fôlego e agarrei a lateral do sofá enquanto tentava impedir que a sala girasse. Ele não teceu comentário algum, apenas me observou com uma expressão divertida. Quando enfim consegui falar, as únicas palavras que saíram foram:

— Por quê?

— Não é óbvio?

Como não respondi, ele continuou:

— Porque não posso confiar em você. E isso se justifica. Você mentiu para mim. Não vou ser feito de bobo.

— Eu deveria ter dito que estava cansada hoje. Sinto muito. Você pode confiar em mim.

— Vou confiar em você quando merecer. Quando parar de mentir.

— Alguém deve ter machucado mesmo você no passado, feito você de bobo — falei com um tom compassivo, sabendo que o provocaria.

A raiva brilhou nos seus olhos.

— Ninguém me fez de bobo e nunca fará. — Ele pegou a minha taça de vinho, caminhou até o bar e derramou o líquido na pia. — Acho que você já consumiu calorias o suficiente... especialmente considerando que foi preguiçosa demais para se exercitar hoje. Por que não se troca para o jantar? Vejo você daqui a pouco.

Depois que ele saiu, me servi com uma taça nova e pensei naquela última revelação. Aposto que estava me espionando de outras formas também. Não podia abaixar a minha guarda de jeito nenhum. Talvez ele tivesse grampeado o meu telefone ou colocado câmeras em casa. Era hora de agir, e eu precisava de um plano. Ele controlava todo o dinheiro. Eu recebia algum para as despesas extras, mas tinha que apresentar as notas fiscais de tudo que gastava. O resto das contas ia para o escritório dele. Não me dava nada para gastar como eu quisesse — apenas mais uma maneira de me controlar. Porém, Jackson não sabia que eu tinha uma reserva secreta.

Configurei uma conta de e-mail e credenciais na nuvem sob um nome falso em um dos laptops do meu escritório, escondi o computador em um armário embaixo de brochuras e folhetos — um lugar onde ele nunca pensaria em olhar. Vendi algumas das minhas bolsas e roupas de grife no eBay e mandei o dinheiro para uma conta da qual ele não sabia da existência. Tinha tudo registrado em uma caixa-postal que havia comprado em Milton, Nova York, a trinta minutos de viagem de casa. O processo era lento, mas, nos últimos cinco anos, tinha juntado um fundo de emergência decente. Até aquele momento, eu havia economizado perto de trinta mil dólares. Também comprei um pacote de celulares descartáveis que mantinha no escritório. Não sabia ainda o que faria com tudo aquilo, só sabia que precisaria deles um dia. Jackson pensou que tinha todos os ângulos cobertos, mas, ao contrário dele, eu não me cegava com delírios de grandeza. Tinha que acreditar que, de alguma forma, esses delírios seriam a sua destruição.

CINQUENTA E QUATRO

O Natal costumava ser o meu feriado favorito. Eu cantava no coral da igreja todo dia 24 de dezembro, e Julie sempre ficava na fileira da frente, bem no meio, torcendo por mim. Depois, voltávamos para a pousada e jantávamos, felizes por sermos servidos para variar. Podíamos nos dar um presente com antecedência e guardávamos o restante para o dia de Natal. No último Natal que passei com a minha irmã, ela estava ansiosa durante o jantar, como se guardasse um segredo que mal podia esperar para revelar. Eu lhe dei o meu presente — um par de brincos com uma bola de ouro que tinha comprado com as minhas gorjetas da pousada. Quando foi a sua vez, ela me entregou uma pequena caixa, os olhos brilhando com empolgação.

Abri o embrulho e levantei a tampa. Suspirei.

— Não, Julie. Este é o seu favorito.

Ela sorriu e pegou o pingente de coração da caixa, estendendo--o para eu usar.

— Quero que fique com ele.

Nos últimos meses, ela estava muito mais fraca. Acho que sabia, ou pelo menos havia aceitado antes de nós, que o tempo dela estava se esgotando.

Segurei as lágrimas e peguei a corrente fina na mão.

— Nunca vou tirá-lo.

E não tirei. Até depois de eu me casar com Jackson e saber que, se eu não o escondesse, ele também o tiraria de mim. Estava guardado em segurança embaixo do fundo de papelão de uma das muitas caixas de joias de veludo que continha os seus presentes para mim.

Nos últimos dez anos, o Natal não passava de uma exibição obscena de consumismo. Não íamos à igreja. Jackson era ateu e se recusava a expor as nossas filhas ao que ele chamava de "conto de fadas". Porém, não tinha nenhum problema em perpetuar o mito do Papai Noel. Eu tinha parado de tentar argumentar com ele.

O meu prazer era ver a alegria das meninas. Elas adoravam a decoração, as comidas, as paisagens e os sons das festas de fim de ano. Naquele ano, tive outro motivo para me entusiasmar. Amber. Precisei me segurar para não exagerar nos presentes para ela. Não queria constrangê-la. Havia algo nela que me despertava o cuidado, lhe dar todas as coisas que ela nunca tivera. Era quase como se eu estivesse dando a Julie todas as coisas que ela não pôde apreciar em vida.

Nós nos levantamos antes das meninas e descemos para tomar café. Não demorou até que elas chegassem, pequenos tornados atacando as montanhas de presentes com alegria. Mais uma vez, eu me preocupei com a mensagem que estávamos transmitindo para elas.

— Mamãe, você não vai abrir os seus presentes? — perguntou Tallulah.

— Sim, mamãe. Abra um — disse Bella, se intrometendo.

O meu estava sobre uma pilha alta, lindamente decorado com papel dourado e laços elaborados de veludo vermelho. Eu sabia o que as caixas continham: mais roupas de grife que ele escolhera, joias para mostrar o quanto era bom para mim, um perfume caro de que ele gostava. Eu não teria escolhido nenhuma daquelas coisas para mim. Não queria nada daquilo.

Nós concordamos que os presentes das crianças para nós seriam feitos à mão, e estava ansiosa para vê-los.

— Abra o meu primeiro, mamãe — pediu Bella.

Ela deixou cair o pacote meio desembrulhado que estava abrindo e correu até mim.

— Qual é o seu, querida? — perguntei.

Ela apontou para o único pacote coberto pelo papel de Papai Noel.

— Nós embrulhamos de um jeito especial, então é fácil de achar — disse ela com orgulho.

Baguncei os seus cachinhos quando ela me entregou, sorrindo enquanto ficava na ponta dos pés, observando-me com os olhos arregalados.

— Posso abrir para você?

Eu ri.

— Claro.

Ela rasgou o papel e o jogou no chão, depois puxou a tampa da caixa e a devolveu para mim.

Era uma pintura, um retrato de família. Estava muito bom. Eu não tinha percebido o olho afiado que a menina tinha.

— Bella! Que incrível. Quando você fez isso?

— Na escola. A minha professora disse que tenho talento. O meu foi o melhor. Nem dava para saber o que a maioria dos outros era. Ela vai falar com você sobre aulas de arte para mim.

A imagem tinha trinta por trinta centímetros e estava pintada em aquarela. Estávamos todos em pé, na praia, o oceano atrás de nós, Jackson no meio comigo de um lado e Tallulah do outro. Bella estava de frente para nós três, visivelmente maior que a gente. Jackson, Tallulah e eu estávamos vestidos de cinza e branco monótono, Bella em laranja, rosa e vermelho brilhante. Jackson e Tallulah estavam virados, olhando para mim, Tallulah estava triste, Jackson com o seu ar presunçoso, e eu olhava para Bella com um sorriso largo. A imagem me perturbou. Não precisava ser psicóloga para descobrir que a dinâmica familiar estava desequilibrada. Afastei os pensamentos perturbadores e a puxei para mim para um abraço.

— É lindo. Adorei. Vou pendurá-lo no meu escritório para poder olhar para ele o dia todo.

Tallulah deu uma olhada.

— Por que você está bem maior do que todo mundo?

Bella mostrou a língua para a irmã.

— Isso se chama *persperectiva* — disse ela, tropeçando na palavra.

Jackson riu.

— Acho que quis dizer perspectiva, meu amor.

Tallulah revirou os olhos e me trouxe o seu presente.

— Abra o meu agora.

Era uma escultura de argila que ela fez de dois corações unidos com uma fita, na qual havia pintado a palavra *amor*.

— É você e a tia Julie — falou ela.

Os meus olhos se encheram de lágrimas.

— Eu adorei, querida. Está perfeito.

Ela sorriu e me abraçou.

— Eu sei que às vezes você fica triste. Mas os seus corações sempre estarão juntos.

Eu estava muito grata por ter uma filha tão atenciosa.

— Abra um dos meus — disse Jackson enquanto me entregava uma pequena caixa embrulhada em papel de seda vermelho.

— Obrigada.

Peguei o pacote dele e comecei a rasgar o papel para revelar uma caixa branca, lisa, e, então, levantei a tampa para encontrar uma corrente de ouro com um pingente de ouro circular nela. Puxei-o da caixa e engasguei.

Tallulah pegou o colar da minha mão, olhando para ele e depois para mim.

— Quem é VMP, mamãe?

Antes que eu conseguisse falar, Jackson respondeu, a mentira surgindo suavemente dos seus lábios.

— São as iniciais da avó da sua mãe, que ela amava muito. Deixe-me colocá-la em você. — Ele a prendeu em volta do meu pescoço. — Espero que use o tempo todo.

Eu lhe dei um grande sorriso que ele saberia que era falso.

— Só mais uma lembrança de como você me vê.

Ele pressionou os lábios nos meus.

— Eca! — disse Tallulah, e as duas meninas deram risadinhas.

Bella voltou para a sua pilha de presentes e estava rasgando o restante dos embrulhos quando a campainha tocou.

Jackson concordou em deixar Amber jantar conosco, já que ficaria sozinha no Natal. Não tinha sido fácil, mas encenei a conversa na frente de alguns dos nossos amigos, e ele queria fazer as vezes de bom samaritano ao incluí-la no nosso Natal.

Ele a cumprimentou como se fosse da família, pegou uma bebida para ela, e todos passamos as próximas horas de um jeito muito agradável enquanto as crianças brincavam com as suas coisas e nós conversávamos.

Amber deu presentes lindos para todos — um livro para Jackson que ele pareceu gostar de verdade; livros para as meninas e mais algumas joias brilhantes para Bella, que ela amou. Quando me entregou o meu presente, fiquei um pouco nervosa, esperando que não tivesse gastado demais. Nada poderia me ter me preparado para o bracelete fino de prata com dois pingentes redondos gravados com os nomes de Julie e Charlene.

— Amber, isso é tão delicado e bonito.

Ela levantou o braço e vi que usava a mesma pulseira.

— Também tenho um. Agora as nossas irmãs estarão conosco o tempo todo.

Jackson estava assistindo à conversa e pude ver raiva nos olhos dele. Sempre estava me dizendo que eu pensava demais em Julie. No entanto, mesmo Jackson não conseguiu tirar a minha alegria. Dois presentes que homenageavam a minha irmã e o amor que eu tinha por ela. Depois de muito tempo, senti que alguém me ouvia, me entendia.

— Ah, tem mais uma coisinha.

Ela me entregou uma pequena caixa de presente.

— Outro presente? A pulseira já é suficiente.

Afastei o papel de seda e senti algo duro. A minha respiração ficou presa na garganta quando levantei o objeto da sacola. Uma tartaruga de vidro.

— Sei o quanto você gosta delas — disse Amber.

Os lábios de Jackson se curvaram em um sorriso e o prazer reluziu nos seus olhos.

E, assim, a minha sensação de que alguém me ouvia e entendia evaporou.

CINQUENTA E CINCO

Meredith daria uma festa surpresa de cinquenta anos para o marido no Benjamin Steakhouse. Para ser sincera, eu não estava com a menor vontade de ir. Ainda me sentia cansada de todos os preparativos de Natal e iríamos para St. Bart's em dois dias, mas não queria decepcionar Meredith. Ela insistiu para que a festa fosse no dia 27, o dia de aniversário de Rand, já que, ao longo dos anos, o aniversário dele sempre ficara de lado pela proximidade com o Natal.

Eu tinha acabado de chegar à cidade; Jackson me pediu para encontrá-lo no Oyster Bar da estação Grand Central. Assim, estaríamos bem na rua do restaurante, seria apenas uma caminhada de poucos minutos.

Ao colocar o vestido Dior, soube que estava cometendo um erro. Era um dos meus favoritos, mas Jackson não gostava da cor. Era uma seda dourada-clara e ele afirmava que deixava a minha pele pálida. Mas aquela era a festa de um amigo *meu*, e, para variar, eu queria decidir que roupa usaria. Assim que vi o rosto dele, o sulco quase imperceptível no cenho, a pequena ruga de preocupação entre os olhos, soube que estava bravo. Levantou-se para me beijar e me sentei no banquinho ao seu lado. Ele pegou o copo de cristal e tomou de uma vez o líquido âmbar que restava do copo, acenando para o barman.

— Quero outro Bowmore e um Campari Soda para a minha esposa.

Eu estava prestes a contrariar — nunca tinha tomado Campari —, mas engasguei com as palavras antes de elas me escaparem.

Seria melhor deixar qualquer plano que ele tivesse tramado se desenrolar.

— Meredith pediu para que chegássemos ao restaurante por volta das dezenove horas, assim não daremos de cara com Rand. Ela quer que seja surpresa.

Jackson arqueou uma sobrancelha.

— Tenho certeza de que a conta vai ser uma bela surpresa.

Eu ri, obediente, então olhei para o relógio.

— Temos mais ou menos meia hora, então é melhor irmos.

O barman colocou a bebida na minha frente.

Jackson ergueu o copo.

— À sua saúde, querida. — Ele brindou com tanta força que a minha bebida derramou toda na frente do meu vestido champanhe, agora todo manchado de vermelho. — Ah, amor, olha só o que você fez.

Ele nem tentou esconder o sorriso.

O calor se espalhou para as minhas bochechas. Respirei fundo, disposta a não chorar. Meredith ficaria tão decepcionada. Olhei para ele sem mudar a minha expressão.

— E agora?

Ele levantou as mãos.

— Bem, é óbvio que você não pode aparecer no restaurante desse jeito. — Ele balançou a cabeça. — Se ao menos o seu vestido fosse mais escuro ou se você não fosse tão atrapalhada.

Se ao menos você estivesse morto, eu queria responder.

Ele pediu a conta.

— Vamos ter que ir ao apartamento para você se trocar. Claro, quando tivermos terminado, será tarde demais para chegar a tempo para a surpresa.

Forcei a minha mente a se esvaziar e o segui para fora do bar, entorpecida. Entramos na limusine e ele me ignorou enquanto lia e-mails no celular. Peguei o meu e enviei uma mensagem de desculpas para Meredith.

Por causa do trânsito, foram mais de 45 minutos para chegar lá. Sorri para o porteiro e entramos no elevador em silêncio. Fui ao quarto, joguei o vestido no chão e parei, olhando o armário. Eu o senti antes de ouvi-lo — a respiração dele no meu pescoço, depois os lábios nas minhas costas.

Reprimi o desejo de gritar.

— Querido, não temos tempo.

A boca dele percorreu as minhas costas até o elástico da minha calcinha. Ele a tirou e segurou minhas nádegas com as mãos. Aproximou-se e percebi que ele havia tirado as calças. Pude senti-lo endurecido contra o meu corpo.

— Sempre há tempo para isso.

As mãos se moveram para cobrir os meus seios. Então, ele agarrou as minhas mãos e as pôs espalmadas na parede, pressionando as dele sobre elas. Preparei-me quando me penetrou, forte e grosseiro, movendo-se em um *crescendo* frenético. Tudo terminou em poucos minutos.

Entrei no banheiro para me limpar e, quando voltei, meu Versace preto estava pendurado na porta do quarto. Peguei-o e o deixei sobre a cama.

— Espere — disse ele, caminhando na minha direção. — Use isso por baixo.

Era uma tanga preta da Jean Yu com um sutiã sem alças combinando. Ele tinha mandado fazer sob medida para mim e ficou incrível — como uma carícia de seda —, mas vê-los só me lembrava do que Jackson fizera antes de me presentear. No entanto, peguei e abri a minha melhor imitação de sorriso.

— Obrigada.

Ele insistiu em me vestir, puxando as meias-calças pelas pernas, parando a cada poucos momentos para roçar os lábios contra a minha pele enquanto subia.

— Tem certeza de que não prefere ficar em casa e me deixar violentar você de novo?

Ele me deu um sorriso devasso.

Jackson acreditava mesmo que eu tinha algum desejo por ele? Lambi os lábios.

— Por mais tentador que seja, nós prometemos. E Randolph é um amigo de longa data.

Ele suspirou.

— Sim, é claro, você tem razão. — Ele fechou o meu vestido e deu um tapa na minha bunda. — Então, vamos.

Quando me virei, ele me olhou de cima a baixo.

— Que sorte você ter derramado a sua bebida… Esse vestido fica bem melhor em você.

No momento em que chegamos, uma hora e meia atrasados, todos estavam petiscando. Encarei Meredith com um olhar de desculpas quando nos apressamos para cumprimentá-la.

— Desculpe, acabamos nos atrasando…

— Sim — disse Jackson —, tentei falar para ela que estávamos atrasados, mas ela insistiu em enfiar uma massagem no cronograma. Fez a gente atrasar uma hora.

Ele deu de ombros.

O choque ficou estampado no rosto de Meredith e ela se virou para mim, a mágoa evidente nos olhos.

— Por que me escreveu dizendo que derramou alguma coisa no seu vestido e teve que ir para casa se trocar?

Fiquei lá, paralisada pela indecisão. Se eu dissesse a verdade, teria que contradizer Jackson. A humilhação pública teria um preço. Mas agora a minha boa amiga estava pensando que eu havia mentido para ela apenas para aproveitar um mimo.

— Sinto muito, Mer. Foram as duas coisas. Eu estava com um músculo pinçado e derramei… — Tropecei nas palavras. Jackson me observou, um sorriso divertido no rosto. — O que quero dizer é que, sim, fiz massagem, as minhas costas estavam me incomodando muito, mas ainda teríamos chegado a tempo se eu não tivesse derramado bebida em cima de mim como uma idiota. Sinto muito, de verdade.

Jackson balançou a cabeça e sorriu para Meredith.

— Sabe como a nossa pequena Daphne é desajeitada. Sempre digo para ela ser mais cuidadosa.

CINQUENTA E SEIS

Quando conheci Amber, nunca pude imaginar que ela se tornaria alguém de quem eu dependeria. Admito: a minha primeira impressão foi de uma jovem um tanto feia e dócil, com poucas coisas que me interessariam, além do fato de ter vivenciado um pesar semelhante ao meu. A dor dela parecia tão crua e recente que me ajudou a colocar a minha dor em banho-maria para ajudá-la. Queria fazer de tudo para melhorar, para lhe dar um motivo para tocar a vida.

Em retrospecto, acho que deveria ter visto os sinais. Contudo, estava ansiosa para ter uma amiga, uma amiga de verdade. Não, não é bem isso. Estava desesperada para ter uma irmã — ter a *minha* irmã de volta, o que, claro, era impossível. Em vez disso, a coisa mais parecida era uma amiga que havia sofrido a mesma perda que eu. É bem ruim perder uma irmã, mas ver uma irmã morrer um pouco a cada dia — não há como explicar isso para alguém que nunca vivenciou essa situação. Então, quando Amber apareceu de um jeito tão inesperado na minha vida, senti como se fosse um presente. Eu não tinha ninguém em quem confiar. Jackson tinha feito bem o seu trabalho, me isolando de todos do meu passado e erguendo paredes impenetráveis ao meu redor. Nenhum dos meus amigos conhecia a realidade do meu casamento ou da minha vida. Porém, com Amber, eu poderia compartilhar uma emoção genuína. Nem Jackson poderia fazer qualquer coisa para atrapalhar.

A amizade florescente o deixou nervoso — ele não gostava que eu visse nenhum dos meus amigos mais de uma vez a cada poucas semanas, a menos, claro, que ele estivesse por perto. Quando pedi para que Jackson conseguisse um trabalho para ela na Parrish, ele, a princípio, ficou indignado.

— Pare com isso, Daphne. Esse pequeno ato de caridade não está cansando? O que você tem em comum com essa desmazelada?

— Você sabe o que temos em comum.

Ele revirou os olhos.

— Dá um tempo, ok? Faz vinte anos. Já não chega de luto? Tá certo, a irmã dela também morreu. Isso não significa que quero que ela trabalhe na minha empresa. Ela é próxima demais da nossa família do jeito que está.

— Jackson, por favor. Eu me preocupo com Amber. Faço tudo o que você quer, não faço? — Forcei-me a ir até ele e envolver os meus braços em volta do pescoço dele. — Ela não é uma ameaça para você. Só precisa de um emprego. A família toda depende dela. Vou poder falar para todos que você a salvou.

Eu sabia que ele gostava de bancar o herói.

— Bem, Hilda precisa de uma assistente. Acho que podemos dar uma chance para ela. Vou ligar para o RH e agendar uma entrevista para ela.

Não queria correr riscos.

— Você não poderia colocá-la em experiência sem entrevista, confiando na minha palavra? Ela é tão inteligente, fez um trabalho melhor como copresidente da fundação do que qualquer pessoa antes dela. E está trabalhando na Rollins, conhece bastante a área. Trabalhou na parte comercial.

— Rollins! Isso não me diz muita coisa. Se ela é tão boa, por que a estão deixando ir?

Eu não queria contar para ele, mas não vi como.

— O chefe abusou sexualmente dela.

Ele começou a rir.

— Caramba, ele é cego?

— Jackson! Que crueldade.

— Sério, aqueles cabelos cor de água suja, os óculos feios, isso sem falar da falta de estilo — disse ele, balançando a cabeça.

Fiquei feliz por ele não a achar atraente. Não que eu me importasse se ele me traísse, mas porque não queria perder a amizade dela. E, trabalhando para Hilda Battley, ela ficaria protegida de qualquer gracinha dos homens de lá. Eu me senti bem em ajudá-la e saber que ninguém a traumatizaria de novo.

— Por favor, Jackson. Isso me deixaria muito feliz, e você faria uma boa ação.

— Vou providenciar. Ela pode começar na segunda. Mas você tem que fazer algo por mim.

— O quê?

— Cancelar a visita da sua mãe no mês que vem.

O meu coração se partiu.

— Ela já está ansiosa com a visita. Até comprei ingressos para *O rei leão*. As meninas estão muito empolgadas.

— Você que sabe. Se quer que eu contrate a sua amiga, então vou precisar de paz e tranquilidade. Quando a sua mãe está aqui, não consigo relaxar. Além disso, ela veio para o aniversário de Tallulah.

— Tudo bem. Eu ligo para ela.

Ele me deu um sorriso frio.

— Ah, e diga que você está cancelando porque as meninas querem levar Sabine em vez dela para o musical.

— Não há necessidade de ser cruel.

— Tudo bem. Então, sem trabalho.

Peguei o telefone e liguei. Quando desliguei, com o coração dolorido ao ouvir a voz da minha mãe, ele me deu um meneio de cabeça, aprovando.

— Muito bem. Viu? Você não precisa de ninguém além de mim, de qualquer forma. Eu sou a sua família.

CINQUENTA E SETE

Eu adorava ter de novo uma melhor amiga. Não tinha percebido o quanto estava solitária até Amber chegar. A manipulação dela era tão sutil e gradual que nunca tive um pingo de suspeita.

Não demorou até que estivéssemos sempre em contato uma com a outra: mensagens de texto quando algo engraçado acontecia, telefonemas, almoços. Queria que ela estivesse na minha casa o tempo todo. Um dia, estava pronta para sair e encontrá-la assim que ouvi o carro de Jackson na entrada. Com o estômago revirando, pensei em sair às escondidas pelos fundos, mas quando olhei pela janela, ele estava fora do carro, conversando com Tommy, o motorista. *Merda.*

Ele bateu a porta da frente e veio atrás de mim.

— Por que precisa de Tommy hoje à noite? Ele me disse que vai pegar Amber também. Estão pensando em beber até cair que nem duas vagabundas?

Fiz que não com a cabeça.

— Claro que não. Só uma ou duas taças, mas não quero dirigir. Ela ficou muito ocupada com o trabalho e queria sair uma noite para recuperar o tempo perdido. Pensei que você tivesse reuniões com clientes hoje à noite…

— O jantar foi cancelado. — Ele me examinou por um bom tempo. — Você sabe, ela é empregada agora. Na verdade, é indecoroso que seja amiga dela. E se alguém vir vocês juntas?

O calor subiu do meu pescoço para o rosto.

— Ela é como uma irmã para mim. Não me peça para deixar de ser amiga dela.

— Suba — ordenou ele.

As meninas estavam tomando banho; eu já havia dado boa-noite para elas.

— Não quero que as garotas me escutem. Vou ter que fazer tudo de novo.

Ele agarrou a minha mão e me puxou até o escritório dele, me prensou contra a parede e trancou a porta. Desabotoou as calças e me colocou de joelhos.

— Quanto mais rápido terminar, mais rápido vai poder sair.

Lágrimas quentes de humilhação correram pelo meu rosto, arruinando a minha maquiagem. Queria me negar, dizer o quanto ele me dava repulsa, mas fiquei aterrorizada. A menor resistência a qualquer coisa que ele quisesse poderia resultar no reaparecimento da arma.

— Pare de chorar! Você me enoja.

— Desculpa.

— Cala a boca e acabe com isso.

Depois que terminei, ele enfiou a camisa por dentro da calça de novo e fechou o zíper.

— Foi tão bom para você quanto foi para mim? — Ele riu. — Aliás, você está horrível. A sua maquiagem está borrada.

Ele destrancou a porta e saiu sem falar mais nada.

Cambaleei até o banheiro e joguei um pouco de água embaixo dos olhos. Mandei uma mensagem para Tommy dizendo para buscar Amber e voltar para me pegar. Não podia deixar que alguém me visse daquele jeito.

Quando enfim cheguei ao bar e vi Amber esperando, só queria abrir o meu coração para ela, contar como Jackson era de verdade. A sua amizade me embalava com uma sensação tão forte de segurança que quase lhe contei o verdadeiro motivo do meu atraso. Só que as palavras não vieram. E, de qualquer forma, o que ela poderia fazer?

Enquanto ela me encarava com olhos brilhantes, perguntando sobre o meu casamento perfeito, eu queria abrir o jogo. Mas ela não poderia me ajudar, e eu não ganharia nada sendo sincera. Então, fiz o que aprendi a fazer de melhor: deixei a realidade no fundo da mente e fingi que a minha vida encantada era tudo que parecia ser.

CINQUENTA E OITO

Na noite em que Meredith veio me dizer que havia descoberto que Amber não era o nome verdadeiro dela, primeiro acreditei na explicação de Amber, de que tinha sido abusada e fugiu do pai louco. Afinal, eu sabia o que era ser uma prisioneira. Se achasse que poderia sobreviver e que Jackson não nos encontraria, teria assumido uma identidade falsa com prazer. Mas algo na sua história era familiar. Então, me ocorreu: ela usou a mesma frase — *Estou tão envergonhada por ter que dizer isso* — quando me contou sobre o seu chefe dar em cima dela. Quanto mais eu pensava naquilo, mais a história parecia suspeita. Decidi ouvir a minha intuição e investigar, mas fingi acreditar nela. Tinha os meus motivos, mas Meredith achou que eu estava louca e voltou no dia seguinte ao confronto.

— Não me importo com o que ela diz, Daphne. Você não pode confiar nela. É uma impostora. Fico me perguntando se ela tem mesmo uma irmã.

Não, aquilo era impossível. Mesmo que tivesse mentido sobre tudo o mais, ela precisava ter uma irmã. Não conseguia acreditar que alguém poderia ser tão cruel a ponto de fingir ter sofrido como eu sofri, inventar histórias sobre uma irmã que lutou com aquela doença terrível. Isso faria dela um monstro. E a minha melhor amiga não podia ser um monstro.

— Eu acredito nela. Nem todos têm os recursos que temos. Às vezes, mentir é a única saída.

Ela fez que não com a cabeça.

— Tem algo de errado com ela.

— Olha, Mer. Sei que só está tentando me proteger. Mas conheço Amber. O pesar dela pela irmã é verdadeiro. Ela teve uma vida difícil, e entendo isso. Por favor, tenha um pouco de fé na minha capacidade de julgamento.

— Acho que está cometendo um erro, mas é a sua vida. Por você, espero que ela esteja falando a verdade.

Depois que Meredith foi embora, corri até o meu quarto, abri a gaveta do meu criado-mudo e peguei a tartaruga de vidro que Amber me dera de presente. Segurando-a pelas laterais, coloquei a coisa em uma sacola de plástico. Fiz um rabo de cavalo, pus um boné de beisebol para esconder o meu rosto e vesti jeans e camiseta. Saí de casa apenas com a minha carteira e um celular descartável que havia comprado alguns meses antes e andei três quilômetros até a cidade. O táxi que eu havia chamado estava esperando na frente do banco, na Main Street, e embarquei no banco de trás.

— Preciso ir até Oxford, por favor. Aqui está o endereço.

Entreguei-lhe o pedaço de papel e afundei no banco, olhando em volta para checar se ninguém que eu conhecia me vira. A minha mente ficou a mil enquanto considerava as implicações das descobertas de Meredith e fiquei enjoada. Era possível que todo o nosso relacionamento fosse construído em cima de uma mentira? Ela estava me usando pelo meu dinheiro ou estava atrás do meu marido? *Devagar*, pensei. *Espere para ver*.

Quarenta minutos depois, o táxi parou em frente ao prédio de tijolos.

— Pode me esperar? — Entreguei para ele uma nota de cem dólares. — Não vou demorar.

— Claro, senhora.

Subi até o quarto andar e vi a porta marcada com "Hanson Investigações". Encontrei a agência na internet, usando um computador da biblioteca. Entrei em uma pequena área de recepção vazia. Ninguém estava atrás da mesa, mas uma porta atrás dela abriu e um homem saiu. Era mais jovem do que eu esperava, bem-arrumado e até bonitinho. Ele sorriu e caminhou na minha direção com a mão estendida.

— Jerry Hanson.

Apertei a mão dele.

— Daphne Bennett — falei.

As chances de que ele conhecesse Jackson ou qualquer um no nosso mundo eram poucas, mas não queria me arriscar.

Eu o segui até uma sala agradável com cores brilhantes. Em vez de se sentar atrás da sua mesa, ele puxou uma das poltronas e apontou para eu me sentar na que estava diante dele.

— Como posso ajudá-la? A senhora parecia bastante abalada ao telefone.

— Preciso descobrir se alguém que se aproximou de mim é quem realmente diz ser. Tenho as impressões digitais dela aqui. — Entreguei-lhe a bolsa. — Pode descobrir de quem são?

— Posso tentar. Vou começar com uma verificação criminal. Se as impressões não estiverem lá, vou ver se consigo entrar em contato com algumas pessoas que têm acesso a bancos de dados particulares nos quais ela talvez tenha se registrado em busca de emprego.

Entreguei-lhe o artigo de jornal com a foto dela. Tinha circulado o rosto de Amber.

— Não sei se isso ajuda. Ela diz que é de Nebraska, mas não sei é invenção. Quanto tempo vai demorar até encontrar alguma coisa?

Ele deu de ombros.

— Não deve demorar mais do que alguns dias. Se encontrarmos algo, posso fazer um relatório completo para a senhora. Para garantir, digamos, na próxima quarta-feira.

Eu me levantei.

— Muito obrigada. Se houver alguma demora, me mande uma mensagem de texto; do contrário, vejo o senhor na quarta-feira. Meio-dia está bom?

Ele fez que sim com a cabeça.

— Sim, pode ser. Escute, sra. Bennett, seja cuidadosa, está bem?

— Não se preocupe. Eu serei.

Desci a escada sentindo como se fosse ter um colapso se não me pusesse em movimento. Pensei em todas as conversas íntimas, as partes de mim que tinha compartilhado com ela. Julie. A minha querida Julie. Se ela tivesse feito alguma coisa para zombar da memória da minha irmã, eu não sabia o que faria. Talvez fosse apenas um mal-entendido.

Voltei para o táxi e para casa. Agora, tudo que eu tinha que fazer era esperar.

CINQUENTA E NOVE

— Não tenho boas notícias, sra. Bennett — disse Jerry Hanson enquanto deslizava a pasta parda sobre a mesa na minha direção. — Tem bastante coisa para olhar. Vou dar uma volta, pegar um café. Volto para conversar sobre tudo isso com a senhora em meia hora.

Assenti com a cabeça, já imersa nos papéis. A primeira coisa que vi foi um artigo de jornal com a foto de Amber. Os olhos dela estavam marcados com um lápis preto forte e o cabelo estava descolorido em um loiro platinado. Parecia sexy, mas rude. Só que o nome dela não era Amber. Era Lana. Lana Crump. Li o artigo, depois examinei o restante do documento. As minhas mãos tremiam quando abaixei a última folha. Estava suando em bicas, abalada pela traição. Era bem pior do que eu imaginava. Ela inventou tudo. Não havia nenhuma irmã doente, nenhum pai abusador. Eu deixei que entrasse na minha vida, na vida das minhas filhas, que se aproximasse de mim e lhe contei coisas que nunca tinha falado para nenhum outro ser humano. Ela brincou comigo e de um jeito brilhante. Que idiota eu fora. Fiquei tão cega com a minha dor em relação a Julie que deixei aquela raposa entrar na minha vida.

Fiquei com o coração em frangalhos. Ela era uma criminosa, uma fugitiva. E o que tinha feito mostrava uma falta tão clara de consciência, de remorso. Como não pude enxergar?

A vida inteira dela estava ali, naquelas páginas. Uma nova imagem começou a se formar. Uma pobre menina de uma pequena cidade consumida pela inveja e pela vontade: ambiciosa, predatória. Havia montado um plano e, quando falhou, executou a sua vingança. Também havia enganado a todos, tinha virado a vida de outra família de cabeça para baixo, arrasando com eles de forma definitiva, e depois fugiu. Então, assumiu outra identidade. Senti um calafrio enquanto pensava no desaparecimento da verdadeira Amber Patterson. Lana tinha algo a ver com aquilo? Então, entendi por que ela sempre se escondia das câmeras. Tinha medo de que algum conhecido da sua outra vida visse a sua foto.

A porta se abriu e o detetive voltou.

— Como alguém como a senhora se envolveu com uma pessoa como ela?

Suspirei.

— Não importa. Diga-me, de acordo com esse relatório, há um mandado em aberto contra ela. O que aconteceria se eu ligasse para a polícia?

Ele se recostou na poltrona e juntou as mãos.

— Eles a prenderiam, ligariam para a polícia do Missouri e fariam com que ela fosse levada até lá para ser julgada.

— Qual seria a sentença para perjúrio e manipulação de júri?

— Varia de acordo com o estado, mas é um delito grave e em geral envolve pena de prisão de pelo menos um ano. O fato de ela não ter pagado fiança também vai adicionar um tempo à pena.

— E quanto ao que aconteceu com o coitado do garoto? Será que entra na contagem?

Ele deu de ombros.

— Não há um componente punitivo para acusações penais, dessa forma, tecnicamente, não. Mas tenho certeza de que a intenção torpe influenciará o juiz, mesmo que ele não admita.

— Isso é tudo confidencial, certo?

Ele ergueu as sobrancelhas.

— Está me perguntando se sou obrigado a entregá-la?

Concordei com a cabeça.

— Não sou oficial de justiça. O relatório é seu, a senhora faz o que quiser com ele.

— Obrigada. Bem, isso não tem nada a ver com Amber, mas preciso que veja mais uma coisa para mim.

Dei outras informações, entreguei uma pasta e saí.

Chamei um táxi e pedi para que me levasse ao banco — a uma distância de trinta quilômetros de casa, onde Jackson não sabia que eu tinha uma conta ou cofre. Folheei a pasta mais uma vez antes de deixá-la de lado. Uma foto chamou a minha atenção: uma mulher que devia ser a mãe de Amber. Foi quando percebi outra coisa que ela tinha feito — e foi isso que me convenceu, sem sombra de dúvida, de que Amber, também conhecida como Lana, era tão desprovida de consciência quanto Jackson. Aquela revelação foi libertadora. Significava que eu poderia prosseguir com o plano que tinha começado a formular na mente.

Eu não a entregaria. Não, ela não voltaria ao Missouri para cumprir uns poucos anos de prisão. Ela teria a sua sentença de morte bem aqui, em Connecticut.

SESSENTA

Se há uma coisa que viver com um psicopata abusivo me ensinou foi como tirar o melhor proveito de uma situação ruim. Assim que me recuperei da traição, percebi que Amber poderia ser a solução para tudo. Era óbvio que ela só me usava para se aproximar de Jackson. A mulher me manipulou para conseguir um emprego, então estaria presente todos os dias. Porém, Jackson não seria tão facilmente enganado quanto eu. E por mais que Amber fosse astuta, só tinha metade do panorama, sem uma ideia real do que o motivava, do que o excitava. Era aí que eu entrava. Eu lhe daria as informações de que ela precisava para conseguir tirar o foco obsessivo dele de mim para ela. Pouco a pouco, eu a enganaria, da mesma forma que ela me enganou.

Eu precisava fazer com que ele a desejasse mais do que a mim. O seu dinheiro, o seu poder e o seu planejamento meticuloso garantiam que a minha única saída era ele me libertar. Até então, não havia razão para tal, mas isso estava prestes a mudar. Decidi que precisava fingir que ele já havia me enganado. Queria que ela acreditasse que havia uma fissura no meu casamento, que Jackson podia cair em tentação.

Nós nos encontramos na Barnes & Noble no sábado e, quando ela se aproximou, quase não a reconheci.

— Uau. Você está fantástica.

O cabelo não tinha mais aquela cor castanha de água suja, mas estava loiro-cinzento e bonito, as sobrancelhas formavam arcos perfeitos sobre cílios grossos e sedutores e delineadores aplicados à perfeição. As maçãs do rosto contornadas, com a quantidade certa de blush e os lábios brilhantes completavam a imagem. Parecia uma mulher diferente. Que não havia perdido tempo se transformando.

— Obrigada. Fui a um desses stands de maquiagem na Saks e eles me ajudaram bastante. Não podia ir trabalhar em um escritório elegante de Nova York parecendo uma caipira.

Por favor, aquela era uma maquiagem digna do famoso salão Red Door, sem dúvida. Imaginei onde ela havia conseguido o dinheiro.

— Bem, você está maravilhosa.

Depois de passearmos um pouco, atravessamos a rua até um café para almoçar.

— Então, como vão as coisas? Ainda amando o trabalho? — perguntei.

— Sim. Estou aprendendo muito. E tenho que agradecer a Jackson por me dar a chance de ocupar o lugar de Battley. Sei que não foi fácil para ele, depois de trabalhar com ela por tantos anos.

Eu precisava admitir, ela não dava ponto sem nó. Não sei como fez aquilo, mas quando Jackson chegou em casa poucos meses depois de Amber ter começado e me disse que Battley havia se demitido, suspeitei que aquilo tivesse o dedo dela.

— Ela era um tesouro. Tão leal. Jackson nem me disse por que ela decidiu se aposentar tão cedo. Tem alguma ideia?

Ela ergueu as sobrancelhas.

— Bem, ela já estava na idade, Daph. Acho que estava se sentindo mais cansada e sobrecarregada do que deixava transparecer. Tive que cobri-la mais de uma vez. — Ela se inclinou na minha direção, com ar conspirador. — Provavelmente, eu a salvei de ser demitida em algumas ocasiões, quando deletava uma importante reunião da agenda de Jackson. Por sorte, vi a tempo e consertei.

— Que sorte a dela.

— Bem, acho que ela percebeu que era hora. Acho que também estava pronta para ter mais tempo com os netos.

— Tenho certeza… mas chega de falar de trabalho. Como está a vida pessoal? Algum cara fofo no escritório?

Ela fez que não com a cabeça.

— Na verdade, não. Estou começando a me perguntar se vou encontrar alguém um dia.

— Já considerou contratar um serviço de encontros?

— Não. Não sou chegada nesse tipo de coisa. Acredito muito no destino.

Claro que sim.

— Entendo. Você quer a história do rapaz que conhece a garota…

Ela sorriu.

— Sim. Como você e Jackson. O casal perfeito.

Dei uma risadinha.

— Nada é perfeito.

— Vocês dois com certeza fazem o casamento parecer algo fácil. Ele olha para você como se ainda estivessem em lua de mel.

Tive a minha abertura para fazê-la pensar que havia problemas no paraíso.

— Não nos últimos tempos. Não fazemos sexo há duas semanas. — Abaixei os olhos. — Desculpe… espero que não se importe em falar sobre isso.

— Claro que não, somos amigas. — Ela girou o canudinho no chá gelado. — Tenho certeza de que ele está apenas cansado, Daph. O trabalho está uma loucura.

Suspirei.

— Se eu contar uma coisa para você, promete não falar para ninguém?

Ela se inclinou para mais perto.

— Claro.

— Ele já me traiu.

Vi o deleite nos seus olhos antes que ela pudesse disfarçá-lo.

— Você está brincando? Quando?

— Logo depois que Bella nasceu. Eu ainda estava com um peso extra e ficava cansada o tempo todo. Tinha essa cliente... ela era jovem e linda e seguia à risca o que Jackson falava. Eu a conheci em um evento social e, pelo jeito que ela o olhava, soube que seria um problema.

Amber umedeceu os lábios.

— Como descobriu?

Naquele momento, comecei a inventar.

— Encontrei a calcinha dela no apartamento.

— Está brincando? Ele a levou para o seu apartamento em Nova York?

— Sim. Acho que ela deixou lá de propósito. Quando eu o confrontei, Jackson desmoronou. Implorou pelo meu perdão. Disse que se sentiu ignorado com todo o tempo que eu passava com a bebê recém-nascida e ela o tinha elogiado tanto. Ele admitiu que foi muito difícil resistir à adoração dela.

— Uau. Deve ter sido difícil. Mas pelo menos você se recuperou. Vocês dois parecem muito felizes. E é preciso dar um crédito a ele por não mentir.

Consegui ver as engrenagens rodando na cabeça de Amber.

— Acho que ele se sentiu mal. Jurou que nunca mais aconteceria. Mas vejo agora alguns dos mesmos sinais que vi naquela época. Ele está trabalhando até tarde o tempo todo, não me procura mais, parece distraído. Acho que deve ter outra pessoa.

— Não vi nada de suspeito no escritório.

— Não há ninguém lá que pareça estar rondando Jackson mais do que o normal?

Ela fez que não com a cabeça.

— Não que eu lembre. Mas vou ficar de olho nele e aviso se achar que tem algo com que deva se preocupar.

Eu sabia que ela manteria um olho nele — e talvez até mais que isso.

— Obrigada, Amber. Me sinto bem melhor sabendo que você está lá, observando-o por mim.

Ela pousou a mão sobre a minha e me olhou com firmeza.

— Eu faria qualquer coisa por você. Temos que ficar juntas. Irmãs de alma, certo?

Apertei a mão dela e sorri.

— Certo.

SESSENTA E UM

Foi fácil conseguir. Ele estava ansioso para ver *Hamlet* e eu sabia que não ia querer desperdiçar o valioso segundo ingresso. Bella não estava doente de verdade, mas falei que não iria à peça, esperando que ele convidasse Amber. Jackson ficou furioso por eu perder a apresentação. Meu telefone tocou naquela noite, à meia-noite.

— Nunca mais faça isso, entendeu?

— Jackson, o que foi?

— Eu queria você comigo hoje à noite. Tinha planos para você depois da peça.

— Bella precisava de mim.

— *Eu* precisava de você. Da próxima vez que acabar com os meus planos, as consequências vão ser sérias. Está entendendo?

Pelo que parecia, Amber não tinha ideia do mau humor dele. Ela me ligou na manhã seguinte dizendo apenas coisas boas.

— Alô?

— Oi, Daph, sou eu.

— Oi. Como foi a peça?

Do outro lado da linha, um farfalhar de papéis.

— Incrível. Foi a minha primeira peça na Broadway. Fiquei maravilhada o tempo todo.

O papel de Pollyanna já estava ficando cansativo.

— Que bom. Então, e aí?

— Ah, bem, só queria avisar que, quando saímos, já era tarde, e então ficamos no apartamento.

— Ah, é?

Fiz a minha voz soar adequadamente alerta.

— Jackson insistiu que seria tolice da minha parte ir para casa, já que teria que voltar tão cedo para a cidade. Tirei os lençóis do quarto de hóspedes e os coloquei na lavanderia para que a governanta soubesse que precisavam ser trocados.

Foi inteligente da parte dela. Não podia dizer apenas que tinha ficado no quarto de hóspedes ou implicaria que havia uma chance de ter dormido com o meu marido, mas estava me avisando que nada acontecera.

— Que atencioso da sua parte. Obrigada.

— E peguei o seu conjunto vermelho da Armani, aquele com os botões dourados. Espero que não se importe. Obviamente, não trouxe uma muda de roupa.

Tentei imaginar como eu me sentiria se ainda pensasse que ela era uma amiga. Teria me importado?

— Claro que não. Aposto que ficou ótimo em você. Pode ficar com ele.

Deixei que ela visse que aquela roupa não significava nada para mim, que a esposa de Jackson tinha muito dinheiro, que eu podia me dar ao luxo de lhe dar as minhas coisas usadas como se não valessem mais que um par de luvas. Um suspiro forte veio do outro lado da linha.

— Não posso. É um conjunto de dois mil dólares.

Ouvi um leve ar de reprovação em sua voz? Eu me forcei a rir.

— Pesquisou no Google?

Um longo momento de silêncio.

— Hum, não. Daphne, você está com raiva? Acho que aborreci você. Sabia que não devia ter ido. Só que...

— Deixa disso, só estou provocando. Fico feliz que tenha ido. Na verdade, me livrou de uma fria. Não diga a Jackson, mas acho

Shakespeare um saco. — Não era verdade, mas eu sabia que ela usaria um tanto dessa informação desencontrada a seu favor. — Sobre o conjunto, faço questão. Por favor, quero que fique com ele. Tenho mais do que consigo usar. Para que servem as amigas?

— Tudo bem, se você está dizendo. Olha, tenho que correr. Jackson precisa de mim.

— Certo. Antes de ir, está livre neste sábado? Vamos receber alguns amigos para jantar e adoraria que viesse. Tem alguém que gostaria que você conhecesse.

— Ah, quem?

— Um cara do clube que por acaso está solteiro e que acho perfeito para você.

Convidei Gregg Higgins, um riquinho. Tinha vinte e poucos anos e era bem bonito, o que era a sorte dele, já que não tinha muita coisa na cabeça. O seu pai havia desistido de pôr os negócios da família nas mãos de Gregg, mas lhe deu um grande escritório, um título e o deixava gastar os seus dias em longos almoços para entreter os clientes. Comeria direitinho nas mãos de Amber e se apaixonaria por ela, exatamente o que eu queria que Jackson visse. Ele não tinha o mesmo charme de Jackson, nem de longe, então não me preocupei se ele a desviaria da sua verdadeira intenção, mas Gregg seria irresistível para ela por enquanto — o seu ingresso para o clube, eventos glamourosos, e alguém para mimá-la até alcançar o objetivo final. Achei que também era inteligente o bastante para perceber que uma pequena concorrência seria boa para despertar o interesse de Jackson.

A voz de Amber ficou melosa agora.

— Parece interessante. Que horas devo chegar?

— Começa às dezoito, mas pode chegar um pouco mais cedo. Por que não vem ao meio-dia? Assim podemos ficar na piscina por um tempo. Então, começamos a nos preparar por volta das duas.

Traga as suas roupas. Aí você toma banho e se troca. Na verdade, por que não passa a noite aqui?

— Fantástico, obrigada!

Eu queria que Jackson visse Amber de biquíni e, como tinha intensificado o seu jogo nos últimos tempos, sabia que ela viria parecendo uma modelo saída de um catálogo da Victoria's Secret.

Desliguei, peguei a minha raquete de tênis e saí. Encontraria Meredith para um jogo de duplas. As coisas ainda estavam um pouco tensas entre nós desde o confronto com Amber. Eu sabia que ela estava com raiva por eu ter comprado a história de Amber sobre fugir de um pai abusivo, mas, uma vez que viu que eu não mudaria de ideia, deixou para lá. Odiava que a nossa amizade fosse prejudicada pelo meu plano, mas, pela primeira vez em dez anos, senti um lampejo de esperança. Não deixaria nada ficar no meu caminho.

Comi uma tonelada de carboidratos na semana seguinte. Cookies, biscoitos, batata frita. Jackson tinha acabado de sair em uma viagem de negócios, então não estava lá para me impedir. As garotas ficaram encantadas por ter tanta porcaria em casa para comer. Em geral, ele inspecionava a geladeira e os armários todo dia e jogava fora qualquer coisa remotamente parecida com um petisco. Tive que pedir às garotas que guardassem segredo e até mesmo escondessem isso de Sabine, que certa vez correu para avisar a Jackson quando deixei Tallulah até tarde uma noite assistindo a um filme. Porém, no dia anterior, insisti para que ela tirasse alguns dias de folga e sua alegria superou o seu senso de dever.

Queria engordar alguns quilos antes de sábado, então Jackson notaria o quanto Amber ficava melhor que eu em trajes de banho. É surpreendente o quanto o peso volta rápido quando se está acostumada a comer menos de mil e duzentas calorias por dia. Eu estava no meu 14º diário alimentar — Jackson inspecionava todos os dias quando chegava em casa e mantinha todos os diários preenchidos alinhados no armário, pequenas lembranças que provavam o seu controle sobre mim. Às vezes, eu anotava um alimento que não estava na lista aprovada — ele era inteligente demais para acreditar que eu nunca trapaceava na dieta. Naqueles dias, ele se sentava e observava enquanto me fazia correr oito quilômetros na esteira da nossa academia para compensá-lo. Ainda não tinha decidido se incluiria ou não alguns extras no diário daquela semana ou apenas fingiria que a perimenopausa era a culpada pelo peso extra. A ideia de que a minha fertilidade estava em declínio deixaria Amber bem mais atraente em comparação a mim.

Eu tinha esquecido o gosto do açúcar. Na sexta-feira, a minha barriga tinha uma bela curvinha e o meu corpo inteiro estava um pouco inchado. Coloquei todos os pacotes e caixas em um saco e levei-os a um depósito de lixo. Quando Jackson voltou, na sexta-feira à noite, a cozinha estava em perfeito estado. Eram apenas 21 horas quando ouvi o carro dele estacionar na garagem. Peguei o controle remoto e liguei a televisão. Tirei o pato assado do forno e coloquei um prato para ele na ilha.

Ele entrou na cozinha enquanto eu estava servindo uma taça de pinot noir para mim.

— Oi, Daphne. — Ele acenou com a cabeça para o prato. — Comi no avião. Pode tirar isso.

— Como foi o voo?

Ele pegou a taça de vinho e deu um gole.

— Tudo bem, sem problemas. — A testa dele se franziu. — Antes que eu me esqueça, dei uma olhada na lista da Netflix. Vi que você assistiu a alguns filmes românticos ruins. Acho que já conversamos sobre isso.

Eu tinha me esquecido de limpar o histórico. Droga.

— Acho que esses filmes entraram de forma automática após a biografia de Lincoln que eu estava assistindo com as meninas. Devo ter deixado a Netflix rolando.

Ele olhou para mim e pigarreou.

— Seja mais responsável da próxima vez. Não me faça cancelar a assinatura.

— Claro.

Ele examinou o meu rosto, colocou a mão na minha bochecha e apertou.

— As suas alergias voltaram?

Fiz que não com a cabeça.

— Acho que não, por quê?

— Você parece inchada. Não está comendo açúcar, está?

Ele abriu o armário onde ficava o lixo e vasculhou.

— Não, claro que não.

— Me traga o seu diário.

Corri para o andar de cima e peguei o diário. Quando voltei à cozinha, ele estava olhando em todos os armários.

— Aqui.

Ele o arrancou das minhas mãos, se sentou e o repassou, rastreando cada item com o dedo.

— A-há! O que é isso?

Ele apontou para uma entrada do dia anterior.

— Uma batata assada.

— Isso se transforma em açúcar. Você sabe muito bem disso. Se quer parecer uma porca e comer batata, que seja batata-doce. Pelo menos tem algum valor nutricional. — Ele me olhou de cima a baixo. — Você me enoja. Sua porca gorda.

— Papai?

Tallulah estava de pé na entrada. Ela olhou para mim com preocupação nos olhos.

— Venha dar um abraço no papai. Eu estava apenas dizendo à sua mãe que ela precisa parar de comer tanto. Você não quer uma mãe gorda, quer?

— A mamãe não está gorda — disse ela, a voz trêmula.

Ele olhou para mim e franziu o cenho.

— Porca estúpida. Diga à sua filha que você precisa ter cuidado com o que come.

— Papai, pare!

Tallulah estava chorando agora.

Ele jogou as mãos para o ar.

— Ah, vocês duas! Vou para o escritório. Bote a bebê chorona na cama e depois quero ver você no escritório. — Então, ele se inclinou e sussurrou no meu ouvido. — Se está com tanta fome o tempo todo, vou dar algo para você chupar.

SESSENTA E DOIS

Amber pegou o frasco de bronzeador e esguichou um pouco na mão. Depois de aplicá-lo nos braços e no rosto, ela me entregou o frasco.

— Pode passar nas minhas costas?

Peguei o frasco e senti o cheiro de coco enquanto esfregava as mãos.

— Quer se sentar no banco da piscina?

Estava sufocante e eu queria me refrescar.

— Claro.

O biquíni de Amber era praticamente pornográfico — tudo o que ela precisava fazer era sentar do jeito errado para tudo ficar exposto. Fiquei contente porque Tallulah e Bella passariam o dia com Surrey. Era óbvio que ela não tinha perdido tempo e foi para a academia, ainda que, com os horários em que trabalhava para Jackson, eu não soubesse como ela conseguia. Eu estava usando uma peça única de propósito que envolvia o meu corpo e revelava a curvinha que a minha barriga apresentava. Jackson perceberia assim que olhasse para mim.

Nós nos sentamos lado a lado no banco embutido na extremidade rasa da piscina. A água estava a uns trinta graus, perfeita, uma sensação maravilhosa. Olhei para o vasto trecho de azul e a praia adiante, relaxando enquanto inspirava fundo o ar salgado.

Jackson saiu para a sua natação diária.

— Oi, meninas, espero que tenham colocado protetor solar. É a hora mais quente do dia.

Sorri.

— Eu pus, mas Amber aqui está coberta de bronzeador.

Ela se sentou mais reta, estufando o peito para dar um efeito completo.

— Gosto de me bronzear.

— Isso porque você é jovem demais para saber que o sol dá rugas — falei.

Jackson caminhou até o trampolim e me surpreendeu ao executar um mergulho perfeito na piscina. Ele estava se exibindo? Quando rompeu a superfície da água, Amber bateu palmas.

— Bravo! Muito bem.

Ele nadou até a lateral da piscina, saiu e fez uma pequena reverência.

— Não foi nada.

— Fique aqui conosco um minuto — pedi.

Ele pegou uma toalha do armário atrás do bar e se sentou em um dos assentos almofadados diante de nós.

— Tenho que trabalhar um pouco antes da festa.

— Algo em que eu possa ajudar? — perguntou Amber.

Jackson sorriu.

— Não, não. É o seu dia de folga. Não seja boba. Além disso, Daphne me mataria se eu colocasse você para trabalhar.

— Isso mesmo. Você é a nossa convidada hoje.

— Estou com muito calor, vou me molhar inteira.

Ela se afastou o banco e deslizou para baixo d'água. Os meus olhos estavam em Jackson, que olhava Amber enquanto ela nadava até os degraus e saía, dando-lhe uma visão privilegiada do seu corpo molhado e do minibiquíni.

— Ah, que delícia — disse ela, olhando direto para ele. Amber estava ficando bastante abusada.

— Bem, tenho que ir — falou Jackson enquanto caminhava de volta para a casa.

Amber voltou para onde eu estava e se sentou de novo.

— Obrigada de novo por me convidar para vir aqui hoje. É tão gostoso.

Ela achava que eu era idiota?

— A que horas todo mundo vai chegar mesmo?

— Por volta das dezoito. Ainda podemos relaxar por algumas horas e depois tomar banho e nos trocar. Pedi que Angela viesse às quinze para fazer o nosso cabelo. — Eu tinha mais coisas planejadas para a tarde, com a intenção de deixá-la ver cada pequeno benefício que o dinheiro de Jackson oferecia.

— Que ótimo. Ela sempre faz o seu cabelo?

— Apenas quando vou a algum lugar especial. Ela é uma contratada nossa, então praticamente larga tudo que estiver fazendo se eu precisar dela.

O que reconheci como um olhar de ressentimento brilhou nos seus olhos, mas ela se recuperou logo.

— Uau!

— Claro, sempre tento avisá-la. Não quero bagunçar de propósito os planos dos outros.

— O evento de hoje vai ser chique?

Estiquei as minhas pernas.

— Na verdade, não. Três outros casais do clube e Gregg, o cara que quero que você conheça.

— Me fale mais dele.

— Ele tem vinte e poucos anos, cabelo loiro-avermelhado, olhos azuis. Típico bonitão bem-arrumado.

Ri.

— O que ele faz?

— O pai dele é dono da Carvington Accounting. Ele trabalha na empresa da família. Eles têm dinheiro aos montes.

Capturei a atenção dela naquele momento.

— Não sei se ele vai se interessar por mim. Deve estar acostumado com socialites novinhas e garotas de famílias importantes.

Aquela atuação lamentável começava a me cansar. Olhei para cima e vi as duas massagistas saírem do pátio.

— Tenho uma surpresa para você.

— O quê?

— Vamos ter uma boa e longa massagem.

— Não me diga que são contratadas também? — perguntou Amber.

— Não. Só em meio-período. Jackson e eu não poderíamos sobreviver sem pelo menos duas massagens por semana.

Não era verdade, mas queria que ela ficasse roxa de inveja.

A tarde passou em uma sonolência agradável. Depois de uma hora de massagem, mergulhei na banheira enquanto o cabelo de Amber era feito; então, ela se sentou e conversou comigo enquanto Angela fazia o meu. Às 15h30, pegamos drinques e nos sentamos no solário com vista para o estuário. Em algumas horas, a segunda fase do meu plano começaria.

Às dezoito horas, estávamos com as nossas bebidas na varanda, e Gregg, como eu esperava, estava caidinho por Amber. Não pude deixar de comparar a garota que havia chegado à primeira reunião do comitê com a jovem equilibrada e segura de si ali em pé. Ninguém que a encontrasse ali pela primeira vez teria a menor ideia de que estava deslocada. Tudo nela transparecia dinheiro e refinamento. Mesmo o seu vestido, um trapézio da Marc Jacobs, era muito distante do L.L.Bean que ela costumava vestir.

Fui até ela e Gregg.

— Vejo que conheceu a nossa amiga Amber.

Ele me abriu um grande sorriso.

— Onde estava escondendo essa moça? Eu não a vi no clube. — Ele lançou um olhar espertinho para ela. — Eu teria lembrado.

— Não sou do clube — falou ela.

— Então, vai ter que começar a ir como a minha convidada. — Ele olhou para o copo vazio. — Posso trazer mais uma bebida para você?

Ela pôs a mão no braço dele.

— Obrigada, Gregg. Você é um cavalheiro. Vou com você.

A mão de Gregg descansou na cintura dela enquanto eles se dirigiam para o bar e olhei para ver que Jackson os observava. Havia um olhar de posse nos seus olhos, como se dissesse: *Você está mijando no meu gramado*. Estava funcionando.

Fui até ele.

— Parece que Amber e Gregg estão se dando bem.

Consegui ver que ela estava jogando com ele, mas tudo o que Jackson conseguia ver eram os feromônios exalando do rapaz.

— Ela pode conseguir coisa melhor que aquele idiota.

— Ele não é um idiota. É um jovem simpático. E não tirou os olhos dela a toda a noite.

Jackson bebeu o resto do uísque de um gole só.

— É burro como uma porta.

Quando nos sentamos para o jantar, Gregg já estava apaixonado. Amber o tinha envolvido na sua rede. Se ela mostrasse que estava com sede, ele tratava de chamar o garçom para pegar outra bebida. As outras mulheres não deixaram de perceber também.

Jenka, uma bela morena casada com um dos camaradas de golfe de Jackson, se inclinou para mim e sussurrou:

— Você não fica nervosa? Uma garota como essa bem ao lado dele no escritório todos os dias? Sei que ele ama você, mas, afinal, ele é homem.

Eu ri.

— Confio cegamente em Jackson. E Amber é uma boa amiga.

Ela pareceu ter dúvidas.

— Se você diz. Mas nem pensar que eu deixaria Warren contratar alguém com aquela aparência para ser a assistente dele.

— Você é muito desconfiada, querida. Não tenho nada com que me preocupar.

Gregg foi o último a sair. Ele deu um casto beijo no rosto de Amber.

— Vejo você no domingo. Busco você ao meio-dia.

Quando ele foi, eu me virei para ela.

— Domingo?

— Ele me convidou para almoçar no clube e depois vermos *Gata em telhado de zinco quente*, no Playhouse.

— Que lindo. Bem, estou exausta. Vamos dormir?

Ela confirmou com a cabeça.

Dei para ela o quarto de hóspedes na outra ponta do nosso corredor. Queria que Jackson soubesse que Amber estava perto.

Ele estava na cama quando entrei no quarto.

— Foi uma ótima noite, não? — comentei.

— Exceto por aquele idiota, Gregg. Não sei por que você o convidou, para começo de conversa — resmungou ele.

— Seria incômodo para Amber não ter uma companhia. E ele é tão bacana. Só bebe um pouco demais.

— Um pouco demais? O cara é um bebum. Detesto pessoas que não conseguem se controlar.

Deslizei sob as cobertas.

— Amber marcou um encontro com ele no domingo.

— Ela é inteligente demais para ele.

— Bem, ela parece gostar dele.

Ótimo. Jackson estava com ciúmes.

— Se ele não tivesse um pai rico, estaria vivendo em um puxadinho em cima da garagem de alguém.

— Jackson, preciso perguntar uma coisa a você.

Ele se sentou e voltou a acender a luz.

— O quê?

— Você sabe o quanto sinto falta de Julie. Amber é o mais próximo de uma irmã que já tive. E o seu interesse por ela parece mais que apenas profissional.

O tom de voz dele aumentou.

— Espere um minuto. Desde quando dei motivo para você ter ciúmes?

Coloquei a mão gentil no seu braço.

— Não fique bravo. Não estou acusando você de nada. Mas vejo como ela olha para você. Ela te adora. E quem pode culpá-la? — Eu estava soando convincente? — Só não quero que nada aconteça entre vocês. Qualquer pessoa pode errar. Amber é a minha única amiga de verdade. Se você se sentir atraído por ela, não ceda à tentação. É só isso que peço.

— Não seja ridícula. Não estou interessado em outras mulheres.

Mas eu conhecia aquele olhar. A determinação nos seus olhos. Ninguém dizia a Jackson Parrish o que ele podia e não podia ter.

SESSENTA E TRÊS

A duplicidade me servia bem. Todos os anos vivendo com Jackson me ensinaram algumas coisas. Às vezes, era difícil saber que Amber achava que era tão inteligente e me considerava tão burra, mas valeria a pena no final. Aquele fim de semana em que ela ficou na casa do lago com as meninas e comigo fora tortuoso. Eu odiava ir para aquela casa, ponto final. A minha mãe ficava apenas a uma hora de distância, e ele não me deixava convidá-la para ficar conosco. Tinha escolhido a casa com essa finalidade específica — fazer a minha mãe acreditar que eu era tão autocentrada que não pensava em chamá-la. Ela era orgulhosa demais para pedir para vir. Mas convidar Amber para o lago tinha sido necessário para avançar com o meu plano. Aquele era o fim de semana em que eu lhe daria a peça vital sobre a qual eu esperava que ela voaria — o fato de que Jackson queria desesperadamente um filho e eu não podia lhe dar um. Também lhe dei uma chave para o apartamento de Nova York, sabendo que não demoraria muito para ela encontrar uma desculpa para usá-lo.

Quando recebi a sua mensagem na manhã de sexta-feira de manhã perguntando se ela poderia usar o apartamento de Nova York no fim de semana, tive uma ideia. Jackson estava trabalhando da casa do lago a semana toda, tornando infeliz a vida das meninas e a minha. Não deixava o cronograma de lado nem mesmo nas férias. Quando não estava lá, ficávamos à beira do lago o dia todo, comíamos quando queríamos, ficávamos acordadas até tarde e assistíamos a filmes. Mas, quando ele estava por perto, o almoço era ao meio-dia, jantar às dezenove horas, garotas na cama até as vinte. Sem porcaria, apenas comida orgânica e saudável. Eu tinha que esconder os livros no meu criado-mudo e substituí-los pela seleção dele da semana.

Naquela semana, no entanto, fiz algumas coisinhas para irritá-lo. Entrei em casa depois de nadar com maquiagem borrada embaixo dos olhos, deixei o meu cabelo uma bagunça e não limpei as migalhas no balcão. Na sexta-feira, pude ver que ele estava a ponto de explodir. Acabamos o almoço e fiz questão de deixar um pedaço de espinafre alojado entre os meus dentes da frente.

Ele olhou para mim com nojo.

— Você é uma porca. Está com uma coisa grande e verde nos dentes.

Arreganhei os lábios e me inclinei para perto dele.

— Onde?

— Que nojo. Vá olhar no espelho. — Ele fez que não com a cabeça.

Quando me levantei, bati de propósito o quadril na mesa, e o meu prato caiu no chão.

— Veja por onde anda! — Os olhos dele percorreram o meu corpo de cima a baixo. — Você ganhou peso?

Tinha ganhado mesmo — quatro quilos e meio. Dei de ombros.

— Sei lá. Não tem balança aqui.

— Vou trazer uma na semana que vem. Pelo amor... O que faz quando não estou aqui, caramba? Se entope de lixo?

Peguei o prato e caminhei até a pia, deixando um pedaço de pepino no chão de propósito.

— Daphne! — Ele apontou.

— Opa, desculpe.

Passei o prato embaixo da água e botei no lava-louça — virado para o lado errado.

— Ah, Jackson. Os Lane vêm jantar esta noite.

Eu sabia que aquela seria a última gota. Nossos vizinhos de lago moravam em Woodstock no restante do ano, e o seu posicionamento político ficava um pouco à esquerda de Marx. Jackson não suportava ficar no mesmo recinto que eles.

— Você está falando sério? — Ele veio atrás de mim, agarrou os meus ombros e me virou. O rosto dele estava a poucos metros do meu. — Eu tenho sido muito paciente com você essa semana, aguentando a sua aparência descuidada, a sua falta de jeito com a casa. Mas isso já é demais.

Olhei para o chão.

— Eu fui uma idiota! Pensei que fosse na semana em que você não estaria aqui. Confundi as datas. Desculpe.

Ele suspirou alto.

— Então, vai ser assim. Vou voltar para casa hoje.

— Pedi para limparem os carpetes no fim de semana. Você não deveria ir para lá, com todos aqueles produtos químicos.

— Merda. Então, vou para o apartamento. Tenho que ir ao escritório de qualquer forma. Obrigado por estragar tudo mais uma vez.

Ele irrompeu para o quarto para fazer as malas.

Mandaria uma mensagem de texto para Amber na manhã do dia seguinte com o texto que eu "queria" enviar naquele dia: informando que Jackson estava indo para o apartamento e que ela não poderia usá-lo no fim das contas. Diria a ela que tinha me esquecido de enviar e esperava que ela não estivesse se assustado quando Jackson apareceu.

Entrando no quarto, joguei *Ulysses* no chão e substituí pelo último livro de Jack Reacher. Estiquei-me na cama e respirei fundo. Comeríamos pizza para o jantar. Os Lane estariam adorando o concerto a que estavam assistindo naquele momento; tinham me dito que iriam ao concerto quando jantaram conosco na semana anterior.

Horas depois, o meu telefone tocou.

— O que você está aprontando? — disse Jackson.

— Como assim?

— Amber está aqui. Que tipo de joguinho está fazendo, Daphne?

Fingi surpresa.

— Eu mandei uma mensagem de texto para ela, dizendo que você usaria o apartamento. Espere. Deixe-me olhar o meu celular. — Esperei alguns segundos. — Caramba, sou mesmo uma idiota. Não apertei "Enviar". Desculpe.

Ele soltou um impropério.

— Você está tentando arruinar o meu fim de semana. Só quero um pouco de paz e tranquilidade. Não estou a fim de ficar de conversinha com a empregada.

— Mande ela embora, então. Quer que eu ligue e explique tudo?

Ele suspirou.

— Não, eu cuido disso. Obrigado por nada!

Apertei "Enviar" e digitei outra mensagem para Amber. **Desculpe. Quis avisar que Jackson estava a caminho do apartamento. Talvez queira que você vá embora. Ele não está no melhor humor, graças a mim.**

Aquilo deve ser suficiente para que ela lhe servisse de ouvido compassivo. Depois disso, seria apenas um pulo para que fossem para a cama.

SESSENTA E QUATRO

Ele caiu de quatro. Amber devia ser muito boa. Na maioria das noites, Jackson dizia que estava trabalhando até tarde demais para voltar para casa, então decidia ficar no apartamento. Apenas para testar a minha teoria depois da terceira noite seguida, ofereci para ir até lá e fazer companhia para ele, mas Jackson se opôs, dizendo que ficaria no escritório até altas horas. Também era evidente no comportamento de Amber. Achou que era tão inteligente e que eu não conseguiria enxergar, mas percebia os olhares entre os dois quando ela estava em casa e a maneira como terminava as frases dele.

Durante a nossa viagem para Londres, o perfume dela permanecia nas roupas e nos cabelos de Jackson toda vez que ele voltava de uma reunião. Aparentemente, a infidelidade o excitava, porque queria sexo comigo ainda mais que de costume. Nunca sabia quando ele me pegaria. O sexo estava diferente também — mais rápido e rude, como um cão marcando território. Fingi a Amber que ele não me tocava há semanas. Precisava que a mulher acreditasse que ele só tinha olhos para ela — exceto uma única vez em que deixei o meu orgulho levar a melhor e disse a ela que tínhamos acabado de dormir juntos. O olhar de choque e raiva no rosto dela foi delicioso. Porém, fiquei preocupada, pois talvez fosse apenas uma questão de tempo até ele se cansar de Amber e voltar para mim, mais obcecado que nunca. Minha única esperança era que ela provocasse nele os mesmos sentimentos que evoquei quando nos conhecemos. Jackson tinha que se concentrar em possuí-la.

Ela já estava fazendo a sua parte — tentando se tornar uma versão mais jovem de mim. Notei que havia copiado o meu perfume, usava o cabelo da mesma forma que eu; chegou até a copiar a cor do meu batom. E continuei lhe dando munição. Mas seria suficiente? Por que estava demorando tanto para engravidar? Claro, a menos que fosse um menino, não adiantaria muito. Já tínhamos vivido aquela história. Para ele não servia outra menina.

Fiquei ainda mais lamentável para ele. Queria que visse em Amber a minha substituta perfeita. Eu usava roupas íntimas longas por baixo das roupas para suar e culpar as ondas de calor. Comecei a deixar dicas de que estava entrando na menopausa precoce — assim ele saberia que, se ficasse comigo, o sonho de ter um filho não se realizaria. Eu estava colocando toda a minha esperança em Amber: ela precisava engravidar de um menino. Se aquilo não funcionasse, eu esperava que ela fosse inteligente o bastante para encontrar outra maneira de laçá-lo.

Na noite em que voltou de Paris, estava de bom humor. Ela me disse que tiraria alguns dias de folga para visitar um amigo, assim eu não ficaria desconfiada. Mas sabia que ela estava com ele, pois vi a lingerie que ele colocou na mala no último minuto.

Eu estava quase dormindo quando ele entrou no quarto e acendeu uma lâmpada na cabeceira.

— Você não estava dormindo, estava?

Ele veio até o meu lado da cama e ficou olhando para mim.

— Eu estava.

— Isso me magoa. Pensei que estaria esperando por mim. Sabe como sinto a sua falta quando fico longe.

O meu olho começou a tremer. Dei um sorriso tenso.

— Claro que senti a sua falta. Mas pensei que estaria cansado, de qualquer forma.

Um sorriso lento se espalhou pelo seu rosto.

— Nunca estou cansado demais para você. Trouxe um presente.

Eu me sentei e esperei.

Era o espartilho vermelho e preto que eu tinha visto na mala dele. Peguei-o e o cheiro de *Incomparable* veio a mim. O desgraçado doente queria que eu usasse depois de ela ter usado.

— Aqui estão as meias para combinar. Levante-se e coloque.

— Por que não me deixa escolher algo e surpreender você?

Eu não queria que aquela roupa tocasse a minha pele depois de ter estado no corpo de Amber.

Ele jogou o espartilho em mim.

— Agora! — Ele agarrou a minha mão e me puxou da cama. — Braços.

Levantei os braços e ele tirou a minha camisola para eu ficar em pé só de calcinha.

— Você está engordando. — Ele beliscou a carne da minha cintura e fez uma careta. — Vou ter que comprar uma cinta para você em breve. Não faça nenhum plano para o resto da semana. Vai ficar com o personal trainer todos os dias. Temos um jantar no clube na quinta-feira e comprei um vestido novo para você. É melhor que caiba nele. — Ele balançou a cabeça de um lado para outro. — Cadela preguiçosa. Agora, coloque a roupa, o seu bom marido teve que se virar para comprá-la.

Puxei o tecido rígido sobre os meus quadris e a minha barriga. Ficou apertado, mas consegui fazer caber. O meu rosto estava quente de vergonha, e tive que olhar para o teto para não chorar. Quando prendi as meias, ele me fez dar uma voltinha para ele.

E fez que não com a cabeça.

— Ficou uma merda em você. — Ele me empurrou para baixo. — De quatro.

Caí no chão, o impacto na madeira rígida causando ondas de dor nos meus joelhos. Antes de poder me preparar, ouvi ele abrir o zíper da calça e o senti vindo por trás de mim. Era rude e senti como se estivesse sendo partida ao meio. Quando ele enfim terminou, levantou-se e olhou para mim.

— Você ainda é a melhor, Daph.

Senti o meu corpo ficar fraco enquanto caía no chão, angustiada. Tudo isso para nada? Ele já estava se cansando de Amber? Agora que eu me permitia imaginar uma vida longe dele, não havia como desistir. De um jeito ou de outro, eu me libertaria.

SESSENTA E CINCO

Ela deve ter dado um ultimato a Jackson. Eu o ouvi sussurrar ao telefone no banheiro na noite anterior, dizendo-lhe que precisava de mais tempo. Era melhor que ela apostasse alto, pensei, ou tudo poderia explodir. Jackson não era homem para ser ameaçado. Eu a vi no dia anterior, quando passei no escritório, e percebi. Com certeza estava grávida, pelo menos de três meses. Imaginei se era menino ou menina. Não acho que eu tenha rezado tanto por algo na vida desde que Julie morreu.

Todos estávamos pisando em ovos durante o jantar. Consegui ouvir da sala de jantar o telefone dele apitando com mensagens de textos. Em certo momento, ele se levantou, jogou o guardanapo na cadeira e saiu da sala. Minutos depois, voltou, e não ouvi mais mensagens de textos chegarem.

Depois de colocar as meninas na cama, vimos um documentário sobre pinguins. Enfim, por volta das 22 horas, ele me olhou.

— Vamos dormir.

Para o meu alívio, ele se lavou, se deitou na cama e adormeceu. Deitei no escuro, perguntando o que estava acontecendo entre eles. Tinha menstruado na noite anterior e acabado de tomar um remédio para a minha dor de cabeça insistente, depois voltei para a cama e adormeci.

Pensei que estivesse sonhando. Algo brilhante estava fazendo os meus olhos arderem e tentei me virar, mas percebi que estava imobilizada. Abri os olhos. Ele estava em cima de mim, apontando uma lanterna para eles.

— Jackson, o que está fazendo?

— Você está triste, Daphne?

Protegi os olhos da luz e virei a cabeça para o lado.

— O quê?

Ele segurou o meu rosto para que eu olhasse para luz de novo.

— Você está triste por ter menstruado? Mais um mês sem bebê.

Do que ele estava falando? Será que havia descoberto sobre o DIU?

— Jackson, por favor, está doendo.

Ele apagou a luz e senti o aço frio do revólver contra o meu pescoço.

Ele acendeu a lanterna mais uma vez. Então, desligou. Ligava e desligava enquanto a mão segurava a arma pressionada contra o meu pescoço.

— Você ficou rindo nas minhas costas todos os meses? Sabendo o quanto eu quero um filho?

— Claro que não. Eu nunca riria de você.

As palavras saíram em um sussurro.

Ele deslizou a arma do meu pescoço até o rosto e a colocou sobre um olho.

— Seria difícil chorar sem um olho.

Ele vai me matar dessa vez.

Então, ele a levou para a minha boca e a correu em torno dos lábios.

— Seria difícil falar de mim sem boca.

— Jackson, por favor. Pense nas crianças.

— Estou pensando nas crianças. Nas que eu não tenho. No filho que não tenho porque você é uma ameixa velha e seca. Mas não se preocupe. Tenho uma solução.

Ele moveu a arma para a minha barriga e desenhou o número oito.

— Tudo bem, Daphne, se você estiver muito gasta para carregar um bebê aqui. Decidi que podemos adotar.

— Do que está falando?

Eu estava com muito medo de me mexer, temia que a arma disparasse.

— Conheço uma pessoa que vai ter um bebê que não quer. Poderíamos adotá-lo.

Todo o meu corpo ficou tenso.

— Por que vamos adotar um bebê?

Eu o ouvi engatilhar a arma. Ele se inclinou e ligou a lâmpada para que eu pudesse ver.

Ele sorriu para mim.

— Tem só uma bala. Vamos ver o que acontece. Se eu puxar o gatilho e você sobreviver, adotamos. Se morrer, não adotamos. Parece justo?

— Por favor...

Olhei com terror enquanto o dedo dele se movia para trás e prendi a respiração até ouvir o clique. Soltei todo o ar em um suspiro e um grito escapou dos meus lábios.

— Boas notícias. Vamos ter um filho.

[PARTE III]

SESSENTA E SEIS

Amber saiu do apartamento na rua 62 leste carregando uma mala pequena, o cartão de crédito e um maço de dinheiro.

Jackson tinha ligado mais cedo para avisá-la que ele estaria lá às 21 horas, e ela faria questão de que o homem entrasse em um apartamento vazio. Estava cansada daquele joguinho, de esperar. Um dia, ele ia contar a Daphne, no dia seguinte, vinha com uma desculpa de por que não podia contar. Amber não ia esperar mais. Era hora do confronto.

Ela reservara um quarto em um pequeno hotel usando um nome diferente. O bilhete que deixou era assim:

> *Receio que você não me ame ou ame o nosso filho. Não acho que tenha a intenção de deixar Daphne para se casar comigo. Se não quer essa criança, vou providenciar para que ela não venha ao mundo.*
>
> *Com grande tristeza,*
>
> *Amber*

Às 21h10, o celular dela começou a tocar. Amber ignorou. Em poucos minutos tocou de novo e, mais uma vez, ela se recusou a atender. Aquilo continuou por vinte minutos e, então, Jackson deixou uma mensagem. *Amber, por favor. Não faça nenhuma besteira. Eu te amo. Por favor, me ligue.*

Amber ouviu a súplica e o pânico na voz dele, sorriu e deixou o telefone no modo silencioso. Que ele ligasse a noite toda e imaginasse onde ela estava e o que tinha feito. Ela começou a assistir à TV e se estirou na cama. Seria uma noite longa e tediosa, mas chegara o momento de um movimento drástico da sua parte. *Não vou ser idiota de novo*, pensou antes de cair em um sono agitado.

Tinha acordado várias vezes durante a noite para ir ao banheiro, e a cada vez verificava o telefone. Ligação atrás de ligação de Jackson, mensagens de voz e de texto que alternavam entre a súplica e a fúria. A última vez que ela se levantou foi às quatro horas, e enfim dormiu direto até às oito. Levantou-se e ligou para o serviço de quarto. O chá e o iogurte foram entregues vinte minutos depois, junto com o jornal da manhã. Ela folheou as páginas com pouco interesse e, então, esperou. E esperou. E esperou.

Às duas da tarde, discou o número de Jackson. Ele atendeu antes de completar o primeiro toque.

— Amber! Onde você está? Estou tentando falar com você desde a noite passada.

Ela sussurrou ao telefone com voz trêmula.

— Desculpe, Jackson. Eu te amo, mas você me forçou a fazer isso.

A mulher deixou escapar um soluço abafado para enfatizar a tristeza.

— Do que está falando? O que fez?

— A minha consulta é em uma hora, Jackson. Desculpe. Amo você.

E desligou.

Deixe que sofra com isso por um tempo, pensou. O telefone dela voltou a tocar e, dessa vez, ela atendeu no quinto toque.

— O que foi?

— Amber, me escute. Não faça isso. Eu te amo. Amo o nosso filho. Quero me casar com você. Vou me casar com você. Vou contar para Daphne hoje à noite. Por favor. Acredite em mim.

— Não sei mais no que acreditar, Jackson.

Ela fez com que a voz soasse fraca e cansada.

— Amber, você não pode ir em frente com isso. Você está carregando o meu filho. Não vou perder o meu filho.

Ele parecia furioso.

— Você me forçou a fazer isso, Jackson. A culpa é toda sua.

Ela o ouviu suspirar e, então, o tom de voz mudou.

— Não, não. Sei que tenho postergado as coisas, mas fiz isso por nós. Eu estava esperando o momento certo.

— Esse é o problema. Parece que o momento certo nunca vai chegar. Não posso esperar para sempre, Jackson. E essa consulta também não.

— Você mataria o nosso filho? Não consigo acreditar nisso. O nosso lindo menininho?

— Não posso ter esse bebê sozinha e solteira. Talvez você pense que está tudo bem, mas não fui criada assim.

— Juro que vamos nos casar antes de ele nascer. Juro. Volte para mim, Amber. Onde você está? Vou buscá-la agora.

— Não sei...

Jackson a interrompeu:

— Vamos voltar ao meu apartamento. Você pode ficar lá. Para sempre. Por favor.

Os lábios dela se curvaram em um sorriso malicioso.

Jackson chegou lá em uma hora. Ela entrou no banco de trás da limusine e lançou a ele o que esperava ser um olhar lamentável. Os lábios dela estavam brancos e o rosto estava fechado.

— Nunca mais faça isso comigo.

— Jackson, eu...

Ele agarrou a mão dela e a apertou.

— Como pôde ameaçar matar o nosso filho? Mantê-lo refém.

— Você está me machucando.

Ele deixou a mão cair.

— Não sei o que teria feito se algo acontecesse com o meu filho. Ou com você.

Havia algo na postura e na voz dele que a desconcertava, mas Amber deixou para lá. Claro que estava com raiva. Preocupado. Não estava agindo como de costume.

— Não vou fazer nada, Jackson. Prometo.

— Ótimo.

Voltaram ao apartamento e ela o persuadiu a ir para a cama. Ficaram lá até escurecer, Amber implorando o seu perdão enquanto tentava manter os planos dos dois nos trilhos.

— Está com fome? — perguntou ela.

— Morrendo. Que tal uma omelete? — sugeriu Jackson, jogando as cobertas longe e saltando da cama.

Amber o seguiu até a cozinha, e ele começou a quebrar os ovos em uma tigela. *Hora da cartada final*, pensou. Antes que ele mudasse de ideia.

— Estava pensando, Jackson. Você não vai sair da casa, não é? Já era sua antes de se casar com Daphne.

Amber queria aquela casa desde o primeiro dia que a viu. Queria ser a senhora da casa, que Bella e Tallulah *a* ouvissem. Seriam convidadas na casa *dela* agora, e Bella sentiria a bunda arder se continuasse com as frescuras. A primeira coisa que faria seria mandar pintar um retrato seu — um desses nus completos do corpo de uma mulher grávida. Penduraria em um lugar onde as meninas fossem obrigadas a ver toda vez que viessem visitá-los. Seria tão horrível para elas que não iriam querer mais visitá-los nos fins de semana, e ela faria com que Jackson também não se importasse. Com o tempo, Amber o faria ver que eram pequenas sanguessugas, assim como a mãe.

— Não posso expulsá-la quando sou eu quem está abandonando o casamento — falou ele, batendo os ovos.

— Acho que tem razão. Mas... ela odeia aquela casa. Daphne me disse o quanto acha que é pretensiosa. Não acho que ela a mereça. Provavelmente vai trazer a mãe para morar com elas. Quer mesmo que aquela bela casa pertença a Daphne? Será que ela vai cuidar da casa?

Ela podia ver as engrenagens na cabeça de Jackson rodando.

— Bem, a casa já era minha muito antes de conhecê-la. Vou ver o que posso fazer. Talvez possa convencê-la a me deixar ficar com ela.

— Ah, Jackson! Seria maravilhoso. Eu amo aquela casa. Seremos tão felizes lá.

A única coisa que a deixaria mais feliz do que se mudar e reivindicar o seu direito seria se Daphne tivesse que se mudar para o cubículo de um só quarto de Amber. Sabia que estava sendo mau-caráter, mas não se importava. Daphne foi mimada por tempo demais. Faria bem a ela como era ver um sapato de grife no pé alheio. Podia ter fingido ser amiga de Amber, mas ela sabia que, no fundo, Daphne ainda a considerava uma empregada. Estendendo a mão como Lady Generosa para ajudar a pobre e patética Amber. Ela se enfurecia ao perceber que Daphne nunca a considerou uma ameaça. Ela pensava que era muito mais bonita que Amber, tão segura do amor de Jackson por ela. *Bem, adivinhe só, Daphne. Agora ele me ama. Pertence a mim agora. E vou dar a ele uma nova família. Você e as suas pirralhas se tornarão obsoletas.*

SESSENTA E SETE

Finalmente estava acontecendo! Jackson a chamou naquela manhã e pediu que viesse ao apartamento de Nova York para discutir algo "sério". Daphne não precisava se perguntar sobre o que era, pois, graças a uma aula com o detetive particular Jerry Hanson, ela aprendera a clonar um telefone celular. Tinha acompanhado a troca de mensagens entre Amber e o marido durante o mês anterior. Teve que dar o braço a torcer, pois o desaparecimento de Amber foi um golpe de gênio. Jackson faria qualquer coisa para não perder o filho que queria há tanto tempo.

Chegou às 17 horas e, quando entrou no apartamento, pôde sentir o perfume de Amber. Os dois estavam sentados no sofá.

Daphne fingiu ficar chocada.

— O que está acontecendo aqui?

— Sente-se, Daphne — respondeu Jackson. Amber não falou nada, apenas ficou lá sentada com um sorriso fino e um olhar malicioso. — Precisamos conversar com você.

Daphne continuou em pé e olhou para Amber.

— Nós?

Amber baixou os olhos para as mãos, mas ainda havia um sorriso nos seus lábios.

— Seja lá o que estiver acontecendo, diga logo.

Jackson se recostou e olhou para ela por um bom tempo.

— Acho que está bem claro o quanto estivemos infelizes nos últimos tempos.

Nos últimos tempos?, Daphne queria dizer. *Em que momento fomos felizes?*

— Do que está falando?

Ele se levantou, começou a andar e depois se virou para encará-la.

— Vou me divorciar de você, Daphne. Amber está grávida de um filho meu.

Daphne fingiu choque e afundou na poltrona.

— Grávida? Você está dormindo com ela?

— O que esperava? — Os seus olhos percorreram o corpo dela de cima a baixo. — Você se largou. Está gorda, desleixada e preguiçosa. Não é de se admirar que não conseguisse me dar um filho. Você trata o seu corpo como se fosse lixo.

Ela precisou de todas as forças para não responder como eles eram estúpidos. Em vez disso, assumiu uma expressão triste e olhou para Amber.

— Há quanto tempo está dormindo com o meu marido?

— Eu não queria que isso acontecesse. Nós nos apaixonamos.

Com isso, ela olhou para Jackson, e ele pegou a mão dela.

— É sério? — O tom de voz de Daphne aumentou. — Então, há quanto tempo estão apaixonados?

— Sinto muito, Daphne. Nunca quis magoar você.

Os olhos dela contavam uma história diferente. Era óbvio que estava se deliciando com cada momento.

— Eu confiei em você, a tratei como uma irmã, e é assim que retribui?

Ela suspirou.

— Não conseguimos evitar. Somos almas gêmeas.

Daphne quase começou a rir e esperava que confundissem com um soluço o som que escapou dela.

— Sinto muito mesmo, Daphne — falou ela. — Às vezes, essas coisas acontecem. — Amber pousou a mão na barriga e acariciou.

— Os nossos filhos serão meios-irmãos, então, espero que, com o tempo, você me perdoe.

Daphne ficou boquiaberta.

— É mesmo? Você está lou…

— Chega — interrompeu Jackson. — Queremos nos casar, e pretendo fazer isso antes do nascimento do meu filho. Vou recompensá-la a contento se me der um divórcio rápido.

Daphne ficou em pé.

— Tenho muito no que pensar. Quando estiver pronta para discutir, aviso você. E *não quero essa aí* na minha casa.

Assim que saiu do apartamento e estava longe da vista deles, abriu um sorriso. Já se sentia recompensada, mas não diria isso a ele. Como é possível colocar um preço na liberdade? No entanto, ela pegaria o dinheiro para o bem das filhas. Por que Amber tinha que ficar com tudo? Não, ela cuidaria para que o acordo fosse generoso e, então, lhe concederia o divórcio rápido.

SESSENTA E OITO

Amber fechou os olhos enquanto a manicure massageava as suas mãos com uma loção cremosa. Havia dito à garota que se casaria e, na mesma hora, a manicure sugeriu unhas francesinhas. Que coisa mais comum. Abriu os olhos e fitou a mão esquerda. Era a primeira vez que tirava o diamante Graff — um quilate maior que o de Daphne — do dedo. Sorriu e observou enquanto a pintura da unha continuava e, de repente, puxou a mão para trás.

— Não gostei da cor. Tire e me mostre o que mais tem aí — exigiu ela.

Obediente, a jovem reuniu outros esmaltes e os colocou diante de Amber. Ela se demorou olhando-os e, por fim, escolheu um champanhe nude.

— Este aqui.

Ela apontou para o vidrinho e se recostou na cadeira de couro. Teria tudo que tinha direito — massagem, tratamento facial, pedicure. No dia seguinte ficaria linda e todos os seus sonhos se realizariam quando ficasse diante de um oficial no cartório e se tornasse a sra. Jackson Parrish. O divórcio de Jackson foi assinado no momento exato. O bebê poderia nascer a qualquer dia, e ela queria ser uma Parrish quando ele nascesse. Jackson estava em êxtase com o nascimento do filho, e ele queria um grande casamento para apresentar a sua nova esposa que estava grávida de um filho dele aos amigos.

— Vamos fazer uma festa em casa e convidar um monte de gente. Vai ser enorme, pelo menos trezentas pessoas. Quero que todos conheçam a minha linda esposa. Vamos anunciar a chegada iminente do nosso filho incrível — disse ele.

— Jackson, sério? Todo mundo sabe do bebê. O divórcio, a gravidez, o nosso noivado... essa foi a fofoca mais comentada dos últimos seis meses. Além disso, prefiro algo pequeno e íntimo. Apenas nós dois. — Nem pensar que ela teria todos aqueles esnobes de Bishops Harbor olhando para ela gorda e grávida, falando sobre o seu casamento pelas suas costas e levando histórias para Daphne. — Podemos dar uma grande festa mais tarde, depois que o bebê nascer. — Ela riu e lhe deu um beijinho na bochecha. — E tem outra coisa: não vou poder usar nada bonito com esse barrigão. Por favor?

Amber queria ter certeza de que, na primeira vez que aparecesse na imprensa como esposa de Jackson, estaria linda. Não estava mais preocupada em ser reconhecida. Ninguém da cidade de Podunk faria a ligação. Nunca teriam imaginado, em um milhão de anos, que Lana Crump se transformaria na fabulosa Amber Parrish. E, além disso, se alguém estivesse rondando, ela teria muito dinheiro para fazer qualquer problema desaparecer.

Ele apertou os lábios e assentiu com a cabeça.

— Tudo bem. Faremos isso depois. E quanto a Tallulah e Bella? Elas deveriam comparecer.

Amber não permitiria que uma Tallulah irritada e morosa e uma Bella mimada fossem o centro das atenções no seu casamento. Elas arruinariam o evento. Melhor que soubessem de tudo depois do fato consumado, quando fosse tarde demais para lágrimas e birras que pudessem desencorajar o pai.

— Sim, tem razão. Porém, fico me perguntando: não acha que elas vão ficar incomodadas ao me verem grávida? Não quero que fiquem tristes por não ser a mãe delas quem está tendo o seu bebê. Odiaria que ficassem magoadas ou se sentissem trocadas. Talvez seja mais fácil assim que ele nascer. Será o irmãozinho delas e, assim, não vai importar quem seja a mãe. Vamos deixar que vejam a grande festa depois. Acho que será bem mais fácil para elas.

— Não sei. Talvez não pareça certo se elas não estiverem lá — disse ele.

— Elas vão se divertir muito mais na festa que dermos depois.

— Acho que você tem razão.

— Só quero que as suas filhas gostem de mim. Que me aceitem como madrasta. Já até discuti com a pediatra. Ela achou que talvez fosse demais para as duas, mas disse para eu conversar com você.

Amber inventou a parte da pediatra e arregalou os olhos com uma expressão de inocência.

— Tudo bem. Acho que não é mesmo necessário. Afinal, ninguém da nossa família vai estar lá.

Amber sorriu para ele e pegou a sua mão.

— Nós seremos uma família grande e feliz. Você vai ver. Tenho certeza de que Tallulah e Bella vão adorar o irmãozinho.

— Mal posso esperar para conhecer esse carinha.

— Logo — disse ela. — Mas, enquanto isso, o meu lindo futuro marido gostaria de um agradinho?

Amber estendeu a mão e desabotoou o cinto dele.

— Você me deixa louco como ninguém — respondeu Jackson e se recostou na poltrona.

Quando ela se ajoelhou, lembrou a si mesma que, assim que fosse a sra. Parrish, não teria mais que fingir gostar daquilo.

Amber se levantou cedo na manhã seguinte. Disse a Jackson que dava azar para os noivos ver um ao outro na noite antes do casamento, então, ele foi para um quarto do Plaza enquanto ela ficou no apartamento. Não acreditava naquelas superstições idiotas, mas queria a manhã para si.

Havia ligações que queria fazer e não queria que o futuro marido as ouvisse. Tomou um café da manhã leve de iogurte e frutas e verificou os e-mails. Havia três do novo assistente administrativo de Jackson. Amber demorou bastante tempo para escolher com cuidado a partir de uma série de candidatos. Pensou que a sua seleção era perfeita: jovem, bonito, inteligente, atualizado na tecnologia, com pensamento inovador e, o melhor de tudo, homem. Claro que o talão de cheques iria para casa também. Apenas Amber veria o que se gastava na sua casa. Nunca cometeria os erros estúpidos que Daphne cometeu.

Depois de um banho de luxo, ela se secou, espalhou uma loção hidratante bastante cara no corpo inteiro e virou de lado para ver a barriga no espelho. A bola enorme a desagradava. Mal podia esperar para que o filho nascesse para recuperar a forma. Fez que não com a cabeça e, afastando os olhos, pegou um dos roupões felpudos. Conseguiu um para ela e outro para Jackson, com monograma, luxuoso e caro. Riu para si mesma. Sempre que ia comprar algo, entrava na internet e digitava "o mais caro", não importava o que fosse. Tinha aprendido rápido.

Amber e Jackson se encontrariam na prefeitura às 13 horas. Ela ainda tinha muito tempo para se vestir e chamar a limusine. Reclinou-se na espreguiçadeira de veludo no quarto e digitou o número de telefone no seu celular.

— Alô?

Era Daphne.

— Eu queria falar com as meninas.

— Não sei se elas querem falar com você.

As palavras de Daphne eram curtas e frias.

— Olha, você pode ficar no meu caminho o quanto quiser, mas é melhor cooperar comigo ou as suas pirralhas vão sair de circulação antes mesmo de poder dizer "acordo de divórcio".

Amber não ouviu nada por um momento e, então, o som da voz de Tallulah apareceu.

— Alô?

— Tallulah, querida, onde está a sua irmã? Pode colocá-la na extensão?

— Espere aí, Amber.

Tallulah gritou para Bella pegar o telefone e esperou alguns minutos.

— Bella, você está ao telefone?

— Estou.

— Tallulah, você ainda está aí? — perguntou Amber.

— Sim, Amber.

— Queria dizer às duas que estou muito triste por não poderem ir ao casamento hoje. Falei com o seu pai que queria que fosse apenas a família e não uma grande festa. Só queria vocês duas e ninguém mais, mas ele achou que eram muito jovens para estarem lá. — Amber fungou, como se estivesse chorando. — Vocês precisam entender que ele está muito animado para ter um menino, então, às vezes, se esquece de vocês. Quero que sejamos amigas e vou cuidar para que façam parte da nossa nova família. Entenderam?

— Sim — disse Tallulah, seca.

— Bella, e você? — perguntou Amber.

— O papai me ama. Ele não vai se esquecer de mim.

Amber conseguia imaginar Bella batendo o pezinho imperioso.

— Claro, você está certa, Bella. Eu não me preocuparia se fosse você. Por sinal, já falei que o bebê vai ter o nome do pai de vocês? Jackson Marc Parrish Junior?

— Eu odeio você.

Bella desligou.

— Desculpe, Amber. Você sabe como Bella é — disse Tallulah.

— Eu sei, Tallulah. Mas tenho certeza de que vai conversar com ela direitinho, não é?

— Vou tentar — respondeu ela. — Falo com você mais tarde.

— Tchau, querida. Na próxima vez que conversarmos, já serei a sua madrasta.

Amber desligou, satisfeita por ter dado o recado. Tallulah era uma pacificadora e não apresentaria problemas. E, no fim das contas, algumas joias brilhantes e brinquedos novos seriam suficientes para dobrar Bella. Não que Amber pretendesse que elas estivessem na casa com uma frequência tão grande.

Ela puxou o laptop e respondeu aos e-mails que precisavam de atenção, depois foi se vestir. Não havia muito o que pudesse fazer para parecer sexy e desejável para Jackson, mas, aparentemente, a barriga era suficiente para induzir a euforia dele de qualquer maneira. Ela se apertou dentro de um vestido cor de creme e colocou as novas pérolas Ella Gafter que Jackson comprara como presente de casamento. Não usava nenhuma outra joia além da aliança de diamante com esmeralda.

Quando chegou, Jackson e Douglas, o novo assistente, a aguardavam na frente do prédio.

— Você está linda — disse Jackson, pegando a mão dela.

— Pareço uma baleia encalhada.

— Você é a imagem da beleza. Não quero ouvir mais nenhuma palavra sobre isso.

Amber assentiu e se virou para Douglas.

— Obrigada por concordar em ser a nossa testemunha hoje.

— Será um prazer.

Jackson colocou o braço ao redor dela, e os três subiram os degraus até a entrada.

Esperaram a sua vez e, quando chegou a hora, ficaram diante de um celebrante. Antes que percebessem, ele estava dizendo para Jackson que podia beijar a noiva. *A sua noiva.* Amber sentiu o gosto da palavra na boca. E como era deliciosa.

— Bem, acho que vou voltar para o escritório. Parabéns — falou Douglas, estendendo a mão e cumprimentando Jackson.

Quando o rapaz se afastou, Amber se inclinou para o novo marido e sentiu uma empolgação percorrer o seu corpo. Uma argola fina de platina complementava o diamante no dedo anelar. Enfim estavam casados. *Pode nascer agora* foi a mensagem silenciosa que enviou ao seu filho ainda na barriga. Quando entraram na limusine, e ela se recostou no couro fino, imaginou o futuro — mansões caras ao redor do mundo, viagens de sonho, babás e criadas à disposição, roupas e joias de grife.

As mulheres esnobes de Bishops Harbor logo se curvariam diante dela — ela tinha certeza disso. Tudo de que precisava era de muito, muito dinheiro e um marido poderoso. Elas se enfrentariam para ser amiga de Amber. Rá. Ela amava aquilo. Todos no clube implorariam para se sentar à sua mesa no jantar anual da regata. Teria que fazer uma pequena gestão de crise para garantir que a família de Gregg não fizesse nada para bagunçar essa parte. Assim que ela e Jackson deram a notícia para Daphne, Amber convidou Gregg para tomar uma bebida. Achou que seria mais fácil de ele segurar a tristeza se estivessem em público. Encontraram-se no White Whale, em Bishops Harbor, um pequeno bar à beira-mar. Ela já estava sentada a uma mesa quando ele chegou.

Gregg se aproximou e se inclinou para beijá-la. Amber virou o rosto para que ele acertasse a bochecha. Sem saber o que fazer, o rapaz se sentou na cadeira diante dela.

— Está tudo bem?

Ela refreou as lágrimas e apontou para o copo de uísque diante dele.

— Tome um gole. Pedi para você.

Um olhar de confusão passou pelo rosto dele, e Gregg tomou um longo gole.

— Você está me assustando.

— Não tem jeito fácil de falar isso, então vou dizer de qualquer maneira. Eu me apaixonei por outra pessoa.

Ele ficou boquiaberto.

— O quê? Quem?

Amber colocou a mão sobre a dele.

— Não quis que acontecesse. Só que... — Ela parou e limpou uma lágrima da bochecha. — Só que estávamos juntos todos os dias. Trabalhando juntos dia após dia, e descobrimos que somos almas gêmeas.

Ele franziu a testa e pareceu ainda mais intrigado.

Ele é tão burro assim? Amber reprimiu um suspiro.

— É Jackson.

— Jackson? Jackson Parrish? Mas ele é casado. E bem mais velho que você. Pensei que estivesse apaixonada por mim.

O lábio inferior dela tremeu.

— Sei que ele é casado. Mas ele não estava feliz. Às vezes, essas coisas acontecem. Você sabe como é trabalhar em estreita colaboração com alguém e como os sentimentos podem crescer. Vi a maneira como a sua assistente olha para você no escritório.

Ele estreitou os olhos.

— Becky?

Ela fez que sim com a cabeça.

— Sim. E ela também é linda. Já deve ter percebido o quanto ela é apaixonada por você.

Ela teve que ficar ali por mais duas bebidas até Gregg lhe dizer que entendia antes que pudesse sair. Ela implorou para que a amizade deles não acabasse, fez com que o rapaz acreditasse que precisava dele ao seu lado naquele momento de incerteza e julgamento público. E o idiota caiu. Não haveria problemas com ele no clube. E Becky deveria agradecer a Amber. Estava prestes a ser promovida de assistente a noiva.

Jackson e Amber Parrish seriam o novo casal perfeito de Bishops Harbor. E assim que o bebê nascesse, ela cuidaria para que fosse o último. Voltaria a ter o corpo de antes. O brilho de felicidade e satisfação que a rodeava naquele momento poderia ter iluminado Manhattan.

SESSENTA E NOVE

Daphne sabia que bastaria uma visita à casa em que costumavam viver para que as garotas nunca mais desejassem voltar. Até agora, as visitas estavam ocorrendo em território neutro. Amber e Jackson, no entanto, queriam ficar com elas durante o fim de semana, e Daphne enfim cedeu.

Amber adentrara os novos círculos sociais de forma perfeita e, se Daphne se importasse com as mulheres com quem passara os últimos dez anos, talvez tivesse ficado magoada por terem abraçado a nova esposa do marido com tanta facilidade. Por outro lado, ninguém naquela cidade se atreveria a desprezar a nova sra. Jackson Parrish. A única amiga que não abandonou Daphne foi Meredith. Continuou sendo uma amiga fiel. Daphne desejava poder contar a Meredith toda a verdade, mas não podia se arriscar. Então, deixou que a mulher pensasse que era tola e ingênua.

Pararam diante da casa e saíram do carro.

— Vou tocar a campainha — gritou Bella enquanto as duas corriam até a porta da frente.

— Pode ir — respondeu Tallulah.

Um homem uniformizado apareceu. *Então agora eles têm um mordomo.* Daphne não sabia por que estava surpresa.

O homem abriu a porta.

— Vocês devem ser Bella e Tallulah. A sra. Parrish está esperando vocês.

Ouvir Amber ser chamada de sra. Parrish a incomodava, mas Daphne entrou atrás delas, meneando a cabeça para ele.

— Por favor, esperem aqui, vou chamar a senhora.

Momentos depois, Amber entrou alegremente segurando o filho.

Bella ergueu os olhos para ela e perguntou:

— Onde está o meu pai?

— Bella, não quer conhecer o seu irmãozinho, Jackson Júnior? — perguntou Amber enquanto aproximava o bebê.

Bella olhou para a criança fazendo beicinho.

— Ele é feio. Todo enrugado.

Um olhar de ódio passou pelo rosto de Amber e ela se virou para Daphne.

— Por que não deu educação às suas filhas?

Para variar, Daphne estava agradecida pela franqueza de Bella. Deu a Amber um olhar frio e pousou a mão no ombro de Bella.

— Querida, não seja rude.

— Talvez o seu pai tenha se esquecido de que vocês vinham — falou Amber. — Ele está comprando brinquedos para Jackson Júnior. Ele o ama tanto. Querem que ligue para lembrá-lo?

Tallulah olhou para a mãe, horrorizada. Daphne queria matar Amber naquele momento.

— Talvez a gente deva marcar outro dia… — Daphne começou a falar.

— Não! Faz um tempão que não vemos o papai — interrompeu Bella, batendo o pé.

— Claro que vocês devem ficar — respondeu Amber. Ela se virou para o mordomo. — Edgar, poderia levar Bella e Tallulah para a sala de estar, onde elas podem esperar pelo sr. Parrish? Tenho algumas coisas para resolver.

— Por favor, fique até o papai chegar — murmurou Tallulah à mãe.

Daphne apertou a mão da filha e sussurrou:

— É claro que vou ficar. Amber?

— Sim?

— Vou esperar com as meninas. Quanto tempo acha que ele vai demorar?

Ela revirou os olhos.

— Você é muito superprotetora. Faça como quiser. Tenho certeza de que Jackson vai chegar em casa logo.

Daphne pegou as garotas pela mão, e as três seguiram Edgar até a "sala de estar", onde um enorme retrato de Amber, grávida e nua, estava pregado na parede acima da lareira de mármore. Uma das mãos cobria os seios enquanto a outra descansava sobre a barriga grávida. A sala inteira tinha fotos do casamento deles, e Daphne percebeu que Amber queria que elas vissem aquelas fotos. Tinha orquestrado para que Jackson não estivesse ali, sabendo que Daphne não deixaria as meninas até ele voltar.

— Eu odeio ela — falou Tallulah.

— Venha cá — falou Daphne, puxando a filha para seus braços e sussurrando em seguida: — Sei que ela é horrível. Tente ignorá-la e aproveite a presença do seu pai.

— Meninas!

Elas ergueram os olhos e viram Jackson entrar. As duas correram para os braços dele.

— Acho que é a minha deixa. — Daphne ficou de pé. — Volto no domingo para buscá-las.

Jackson nem olhou na direção da ex-mulher, e ela observou como os três saíram da sala.

Daphne voltou para o saguão e, quando a mão dela tocou a maçaneta da porta, a voz de Amber ressoou:

— Tchau, Daph. Não se preocupe. Vou cuidar bem das suas pirralhinhas.

Daphne se virou, encarando-a com ódio.

— Se tocar em um fio de cabelo delas, mato você.

Ela riu.

— Você é tão dramática. Elas vão ficar bem. Só não se atrase para pegá-las. Tenho planos bem safados para o *meu* marido. Ele não se cansa de mim.

— Aproveite enquanto pode.

O rosto de Daphne ficou sombrio.

— O que quer dizer com isso?

Daphne sorriu.

— Vai descobrir em breve.

SETENTA

Daphne estava prestes a jogar o seu trunfo. Haviam se divorciado fazia dois meses, e ela já havia colocado os milhões com que saíra do casamento em bom uso. Conseguiu a guarda das garotas, e Jackson tinha direito de visita nos fins de semana. Ela estava ali para mudar aquilo.

Caminhou até a mesa do assistente de Jackson.

— Bom dia, Douglas. Ele está sozinho?

— Sim, mas ele está esperando você?

— Não, mas vai levar apenas um instante. Prometo.

— Tudo bem.

Ela entrou no escritório do ex-marido.

Ele olhou para cima, surpreso.

— O que está fazendo aqui?

— Bom dia para você também. Tenho uma novidade que vai achar bem interessante — disse ela enquanto fechava a porta e lhe entregava uma pasta.

— Que merda é essa? — O rosto dele foi empalidecendo à medida que folheava o conteúdo. — Não pode ser. Vi o passaporte dela.

— Amber é uma desaparecida. A sua esposa, Lana, está usando a identidade dela. Como se sente estando do outro lado do balcão? Ela não passa de uma falsária ordinária. — Daphne riu. — Faz a gente imaginar se ela quer mesmo você ou só o seu dinheiro.

A veia na têmpora dele pulsava com tanta força que ela pensou que fosse atravessar a pele.

— Não entendo — disse Jackson, continuando a olhar o artigo.

— É bem simples. Amber... quero dizer, Lana... estava de olho em você. Ela entrou na minha vida com o propósito de agarrar um marido rico. Claro, assim que você caiu na dela, ela virou o meu bilhete dourado para a liberdade.

— Do que está falando? Você sabia que nós estávamos juntos?

— Eu orquestrei isso. Praticamente dei você embrulhado para presente. No fim de semana do lago, mandei-o direto para os braços dela. E por que eu não conseguia engravidar? Bem, digamos que é difícil engravidar quando se usa um DIU.

Os olhos dele se arregalaram de surpresa.

— Você me enganou?

— Aprendi com o melhor.

— Sua pu...

— Vamos lá, Jackson. Não perca a calma.

A respiração dele ficou mais ofegante.

— Está planejando expor isso?

— Só depende de você.

— O que você quer?

— Que abra mão dos seus direitos de paternidade.

— Ficou maluca? Não vou abrir mão dos direitos às minhas filhas.

— Se não fizer isso, vou à polícia e digo quem ela é. Eles vão prendê-la. É esse o legado que quer para o seu filho? Uma mãe presa? Com algo assim, ele nunca vai entrar na Charterhouse.

Ele bateu o punho na mesa.

— Sua vaca!

Daphne arqueou uma sobrancelha, sentindo-se calma na presença dele pela primeira vez em anos.

— Se começar a me xingar, telefono agora para a polícia. E talvez para os jornais também, assim vão poder acompanhar a sua nova esposa saindo de casa algemada.

Ele respirou fundo várias vezes, abrindo e fechando os punhos.

— Como posso ter certeza de que não vai entregá-la mesmo se eu abdicar dos direitos de paternidade?

— Não pode. Mas não sou como você. Só quero me afastar de uma vez por todas de você. Enquanto estiver com Amber, sei que vai me deixar em paz. Isso é tudo que quero. Então, vai assinar?

— O que as pessoas vão pensar? Não posso deixar que achem que abandonei as minhas filhas — disse ele.

Ela concordou.

— Diga às pessoas que eu não concederia o divórcio a menos que me deixasse ir para a Califórnia, que eu estava traindo você, o que quiser. Você é bom nessas coisas. Fale que sou uma mãe horrível e finja que vai vê-las toda chance que tiver. Ninguém vai saber.

— Você não se importa com o que as pessoas vão pensar?

— Não. Você é que liga para isso. — Tudo o que Daphne queria era poder levar as filhas e a si mesma para o mais longe de Jackson possível. — Você vai ter tudo o que quiser. E, antes mesmo de pensar em tentar qualquer coisa para me impedir, saiba que, se alguma coisa acontecer comigo, todas as provas serão encaminhadas a Meredith. E também tenho outros planos de contingência.

Jackson não tinha ideia de quem era o detetive particular que ela usara ou quantas fontes de segurança havia providenciado. Por exemplo, o detetive tinha todas as informações e, se alguma coisa acontecesse a Daphne, ele iria à polícia. Também contou tudo para a mãe e lhe deu cópias do prontuário de Amber.

— Você está com os documentos?

Ela abriu a bolsa e tirou o envelope.

— Peça para o seu advogado analisar. Tem um lugar para a sua assinatura. Há também uma declaração sua de que inventou todas as acusações contra mim na Vara de Infância e Família.

— Por que eu assinaria isso?

— Porque, se não assinar, chamo a polícia. Não vou deixar que tenha nenhum poder de negociação sobre a minha vida. Assine e ninguém nunca verá essa declaração, a menos que tente vir atrás das meninas.

Ele suspirou.

— Ótimo. Pode ter a sua vida de volta, Daphne. Eu estava mesmo cansado de você. Você está velha e gasta. — Os olhos dele percorreram o corpo da mulher de cima a baixo. — Pelo menos tirei a sua juventude.

Ela balançou a cabeça, inabalada por aquelas palavras.

— Quase sinto pena de você. Não sei se nasceu assim ou se os seus pais ferraram a sua cabeça, mas você é um desgraçado filho da puta. Nunca vai ser feliz. A verdade é que não consigo nem me arrepender pelo nosso casamento. Porque, se ele não tivesse acontecido, eu não teria os dois presentes mais incríveis da minha vida. Então, estou trocando aqueles anos horríveis com você pelas minhas filhas. E ainda tenho muito amor e vida pela frente.

Ele bocejou.

— Já terminou?

— Terminei há anos. — Ela parou um momento. — Aliás, você é péssimo na cama..

Ele explodiu com fúria e voou da cadeira para cima dela.

Ela abriu a porta e recuou.

— Espero os papéis amanhã — disse enquanto saía.

SETENTA E UM

A felicidade de Amber durou pouco. Depois que o bebê nasceu, ela e Jackson saíram em uma lua de mel tardia para Bora Bora. Era tudo que ela podia ter esperado do marido. Só precisava pedir a ele o que queria e conseguia. Babás 24 horas por dia para o filho, dinheiro ilimitado para compras e todos os mimos que desejava. Adorava o modo como todos nas lojas e nos spas a paparicavam, gostava de ser tão grosseira o quanto quisesse sem ter que enfrentar as consequências. Ninguém se atrevia a insultar a sra. Jackson Parrish, sobretudo com o tanto de dinheiro que ela esbanjava.

Amber não precisava se preocupar em ficar com as monstrinhas desde que Daphne se mudara para a Califórnia. Jackson disse que as visitaria lá.

Então, quando Amber acordou naquela manhã com Jackson em pé sobre a cama, encarando-a, ela não tinha ideia do que estava por vir. Esfregou os olhos e se sentou.

— O que está fazendo?

A cara dele estava amarrada.

— Imaginando quando você vai tirar o seu rabo preguiçoso da cama.

A princípio, ela pensou que ele estivesse brincando. Rindo, respondeu:

— Mas você ama esse rabo.

— Está ficando um pouco gordo para o meu gosto. Quando foi a última vez que foi à academia?

Amber ficou irritada. Tirando as cobertas, levantou-se de uma vez.

— Você podia falar com Daphne desse jeito, mas não vai falar assim comigo.

Ele a empurrou, e ela caiu de volta na cama.

— Que porra é essa?

— Cala essa boca. Sei de tudo sobre o seu passado.

Os olhos dela se arregalaram.

— Do que está falando?

Ele jogou uma pasta na cama.

— É *disso* que estou falando.

A primeira coisa que Amber viu foi uma cópia de um artigo de jornal com uma foto antiga dela. Ela pegou o documento e olhou rápido.

— Onde conseguiu isso?

— Não interessa.

— Jackson, eu posso explicar. Por favor, você não entende.

— Pare. Ninguém me engana. Tenho que entregar você, te colocar na cadeia.

— Eu sou a mãe do seu filho. E eu te amo.

— Ama mesmo? Como amou o outro?

— Eu... não foi desse jeito...

— Não se preocupe. Não vou contar a ninguém. Não seria bom para o meu filho ter uma mãe presidiária. — Ele se aproximou dela, o rosto a poucos centímetros de distância. — Mas sou o seu dono agora. Por isso, falo com você do jeito que quiser. E você vai aceitar isso, entendeu?

Ela fez que sim com a cabeça, calculando o próximo movimento. Pensou que o marido estava apenas com raiva, que assim que ela conseguisse inventar uma história crível, ele se acalmaria e as coisas voltariam a como eram antes.

No entanto, em vez disso, tudo começou a piorar. Ele restringiu os seus gastos, fazendo-a prestar conta de cada centavo que gastava. Amber ainda estava tentando descobrir como consertar aquilo. Então, ele quis escolher as roupas, os livros e as atividades de lazer dela. Ela precisava ir à academia todos os dias. Ele esperava que ela se voluntariasse para aquele clube de jardim metido em que Daphne esteve tão envolvida. Ela percebeu que as mulheres não a queriam lá e não se importava com aquela merda. Por que precisava aprender jardinagem? Não era para isso que os jardineiros serviam? E o diário — o maldito diário alimentar que deveria manter junto com a pesagem diária. Aquilo era humilhante. Foi isso que a fez pirar e dar o último blefe. Foi na última semana.

— Ficou maluco? Não vou escrever o que como todos os dias. Pode pegar esse diário e enfiar no cu.

Ela jogou o caderno no chão.

O rosto de Jackson ficou vermelho, e ele a encarou como se fosse matá-la.

— Pegue do chão — disse ele com os dentes cerrados.

— Não.

— Estou avisando, Amber.

— Ou o quê? Você já falou que não me entregaria. Pare de me ameaçar. Não sou fraca e molenga como a sua primeira mulher.

Com isso, ele explodiu.

— Você não chega aos pés de Daphne, sua puta barata. Pode ler o que quiser, estudar o que quiser e nunca será nada além de lixo.

Antes que tivesse tempo de pensar, a mão de Amber agarrou o relógio de cristal na mesa ao seu lado e arremessou o objeto nele. O relógio caiu no chão, errando feio o alvo. Ela observou enquanto o marido avançava na direção dela com um olhar assassino.

— Sua vaca louca. Nunca tente me machucar.

Ele agarrou os pulsos de Amber e apertou até ela gritar de dor.

— Não me ameace, Jackson. Ou acabo com você.

Ela tremia por dentro, mas sabia que tinha que enfrentá-lo se quisesse ter alguma esperança de manter a vantagem.

Ele a soltou de repente, virou-se e saiu, e Amber pensou que tinha vencido.

Quando Jackson voltou para casa naquela noite, nenhum deles disse uma palavra sobre a briga. Amber pediu a Margarita que preparasse um prato francês para jantar — *coq au vin*. Ela procurou no Google o que era e também qual o vinho e a sobremesa certos a servir. Mostraria a ele que tinha classe. Ele chegou em casa às 19 horas e foi direto para o escritório, onde ficou até que ela o chamasse para jantar, às 20 horas.

— Gostou? — perguntou Amber depois que ele deu uma garfada.

Ele lhe lançou um olhar jocoso.

— Por que pergunta? Você não fez nada.

Amber jogou o guardanapo na mesa.

— Eu escolhi. Olha, Jackson, estou tentando fazer as pazes. Não quero brigar. Você não quer que as coisas voltem a ser como eram entre nós?

Ele tomou um gole do vinho e olhou para ela.

— Você me enganou para eu deixar Daphne. Me fez pensar que era alguém que não é. Então, não, Amber. Não acho que as coisas vão voltar a ser como antes. Se não fosse pelo nosso filho, você já estaria na cadeia.

Ela estava cansada de ouvir o santo nome de Daphne.

— Daphne não suportava você. Costumava se queixar o tempo todo que você dava arrepios nela.

Ela nunca tinha dito nada daquilo para Amber, mas Jackson calou a boca.

— O que faz você pensar que vou acreditar em alguma palavra que saia da sua boca?

Ela só estava piorando as coisas.

— É verdade. Mas eu te amo. Vou ganhar a sua confiança de volta.

Eles terminaram o jantar em silêncio. Depois, Jackson foi para o escritório, e Amber parou no quarto do bebê para dar uma olhada em Jackson Júnior. A sra. Wright, a babá, estava sentada na cadeira de balanço, lendo um livro. Amber convencera Jackson a contratar uma babá que dormisse no emprego para ajudar com o filho deles. Sabine fora demitida. Amber não precisava daquela puta francesa metida por ali. Surrey ainda ajudava nos fins de semana. Bunny indicou a sra. Wright, e ela tinha excelentes recomendações, além de uma idade respeitável. Não era alguém para quem Jackson olharia duas vezes.

— Algum problema para ele dormir? — perguntou Amber.

— Não, senhora. Tomou a mamadeira e foi direto dormir. Esse menino é um doce.

Amber se inclinou e deu um beijo suave na cabeça do garoto. Era uma criança bonita, e ela esperava o dia em que se tornasse interessante. Quando conseguisse conversar e brincar em vez de apenas ficar deitado feito um bobo.

Amber se deitou na cama e pegou o romance policial que havia escondido no criado-mudo. Mais ou menos uma hora depois, Jackson enfim apareceu. Ela escondeu o livro antes que o marido pudesse ver. Já fazia duas semanas desde a última transa, e ela estava preocupada. Quando ele deslizou para baixo das cobertas, Amber se aproximou e começou a acariciá-lo. Ele afastou a mão dela.

— Não estou a fim.

Ela se virou várias vezes na cama e, por fim, adormeceu, ainda imaginando como restauraria a harmonia entre eles.

De repente, não conseguiu respirar. Acordou em pânico e percebeu que Jackson estava montado sobre ela, com a mão sobre o seu nariz. Ela afastou os dedos dele do rosto e, ofegante, gritou:

— O que está fazendo?

— Ah, ótimo. Você acordou.

Ele acendeu a lâmpada. Os olhos dela se arregalaram quando viu que ele estava segurando uma arma — a mesma que tinha encontrado no armário de Daphne meses atrás.

— Jackson! O que é isso?

Ele apontou a arma para a cabeça dela.

— Se tentar jogar qualquer coisa em cima de mim de novo, não vai acordar no dia seguinte.

Ela foi afastar a mão dele, certa de que ele estava brincando.

— Ha, ha, ha.

Ele agarrou o pulso dela com a outra mão.

— Estou falando sério.

Amber ficou boquiaberta.

— O que você quer?

— Tchau, Amber.

Ela berrou quando o dedo de Jackson apertou o gatilho. *Clique*. Nada aconteceu.

Ela sentiu uma coisa molhada e percebeu que tinha esvaziado a bexiga. Um olhar de nojo preencheu o rosto dele.

— Como você é mole. Mija na cama como uma criança.

Ele saiu de cima dela em um pulo, ainda apontando a arma.

— Dessa vez você saiu ilesa. Na próxima talvez não tenha tanta sorte.

— Vou chamar a polícia.

Ele riu.

— Não, não vai. Acabariam te prendendo. Você é fugitiva, lembra? — Ele apontou para a cama. — Levante e troque os lençóis.

— Posso tomar banho primeiro?

— Não.

Ela se levantou e começou a tirar a roupa de cama, chorando. Jackson ficou de pé, observando o tempo todo, sem dizer nada. Depois de terminar, ele falou:

— Vá tomar um banho e depois conversaremos.

Ela começou a se afastar e ele a chamou de volta.

— Mais uma coisa. — Ele jogou a arma sobre Amber, e a pistola caiu no chão antes que ela pudesse pegá-la. — Não se preocupe, não está carregada. Dê uma olhada nas iniciais.

Ela pegou e viu as letras que tinha lido pela primeira vez meses antes: VMP.

— O que significa?

Ele sorriu.

— Você é minha, puta.

A partir dali, ela fazia tudo que ele mandava, como uma criança obediente. Quando o marido disse à esposa para perder dois quilos e meio, ela nem discutiu, mesmo que já tivesse voltado ao peso que tinha antes do bebê. Quando ele a chamava de "burra" e "lixo", ela não discutia, mas pedia desculpas por qualquer coisa que tivesse cometido. Ele a banhava com roupas e joias caras, mas ela percebeu que era tudo para se exibir. E, em público, eles eram o casal perfeito, ela era a esposa adorada, ele, o marido maravilhoso e generoso.

O sexo se tornou cada vez mais degradante — ele exigia oral quando ela estava saindo ou depois de ter acabado de se vestir, para que pudesse garantir que deixaria a sua marca e a humilharia ainda mais. O que ela tinha feito para merecer aquilo? A vida era tão injusta. Amber trabalhara tanto para escapar daquela cidade miserável onde todos a olhavam como se fosse lixo. Agora, ela era a sra. Jackson Parrish, uma das mulheres mais ricas da cidade, tinha tudo do bom e do melhor. E, no entanto, ainda estava sendo humilhada, tratada como lixo. Tudo que queria era a vida que merecia. Nunca lhe ocorreu que ela havia conseguido.

SETENTA E DOIS

Oito meses depois

Daphne segurou o telefone com firmeza na mão enquanto olhava pela janela do táxi em Nova York. Estava nervosa demais para comer qualquer coisa no avião, e o seu estômago roncava com insistência. Fuçando na bolsa, encontrou uma bala e colocou na boca. Respirou fundo e se preparou quando estacionaram na frente do prédio de Jackson. Depois daquele dia, poderia esquecer Connecticut para sempre e continuar a nova vida que estava começando.

Assim que o divórcio foi concluído, Daphne pegou as meninas e foi visitar a mãe na pousada. Não ligou antes — ela nem saberia por onde começar a contar. Depois de se instalarem e as meninas terem ido dormir, ela e Ruth se sentaram, e Daphne contou tudo, do começo ao fim.

A mãe ficou de coração partido.

— Coitada de você, minha filha. Por que não me contou? Devia ter vindo para cá.

Daphne suspirou.

— Eu tentei. Quando Tallulah era bebê, fugi uma vez. Mas foi quando ele me denunciou e reuniu todas as provas contra mim. Não havia nada que eu pudesse fazer. — Daphne estendeu a sua mão e tomou a da mãe. — E não havia nada que você pudesse fazer.

Ruth chorava.

— Eu devia ter sabido. Você é a minha filha. Devia ter visto quem ele era. Percebido que não havia mudado a ponto de ser a pessoa que ele obrigava você a demonstrar.

— Não, mamãe. Você não poderia saber. Por favor, não se culpe. O que importa é que estou livre. Podemos ficar juntas agora.

— O seu pai nunca gostou dele — disse Ruth baixinho.

— O quê?

— Pensei que ele estivesse sendo superprotetor. Você sabe, só um pai que não queria que a menininha dele crescesse. Ele achava que Jackson era liso demais, safo demais. Queria ter escutado o seu pai.

— Eu não teria dado ouvidos. Isso só teria nos afastado mais do que nos afastamos. — Ela pousou a cabeça no ombro da mãe. — Sinto tanta saudade dele. Era um pai maravilhoso.

Ficaram acordadas a noite inteira, recuperando o tempo perdido e se reconectando. A mãe a surpreendeu no dia seguinte com uma decisão.

— Você concordaria se eu vendesse a pousada para Barry e me mudasse com vocês para a Califórnia?

— Eu amaria! Está falando sério?

Ela assentiu.

— Já perdi o suficiente. Não quero perder mais nada.

As meninas ficaram felizes em saber que a avó viveria com elas.

O sul da Califórnia fez bem a todas elas. O sol constante e a felicidade de todos ao redor faziam maravilhas. As meninas ainda sentiam falta do pai, claro, mas a cada dia ficava um pouco mais fácil. Culpavam Amber pelo distanciamento, e Daphne ficou feliz em deixar que pensassem assim. Quando tivessem idade suficiente, ela lhes contaria a verdade. Enquanto isso, as meninas se curavam com a ajuda de um terapeuta talentoso, um bairro cheio de crianças e um labrador dourado que elas chamavam de Bandido — rebatizado pela sua tendência de roubar os seus brinquedos.

Encontraram uma encantadora casa de quatro quartos em Santa Cruz, a dois quilômetros da praia. No começo, Daphne ficou preocupada com o fato de as meninas terem dificuldade em sair da propriedade imensa à beira-mar para aquela casa charmosa e acolhedora de 185 metros quadrados. O acordo de divórcio dera a Daphne dinheiro suficiente para comprar algo maior, mas já estava farta daquele tipo de vida. A mãe dela vendeu a pousada para Barry e insistiu em contribuir com a compra da casa. Daphne colocou o dinheiro do acordo em uma aplicação para as meninas, cujos juros seriam suficientes para elas viverem bem. Douglas assumiria o controle da Sorriso de Julie, e Daphne ficaria no conselho. Ela voltaria a trabalhar, claro, mas ainda não. Aquele era o seu momento de cura.

Quando levou as meninas para olharem a casa, ela segurou o fôlego, esperando a reação delas. Na mesma hora, as garotas subiram as escadas para ver onde ficariam os seus quartos.

— Ai, esse pode ser o meu, mamãe? Amei as paredes rosas! — perguntou Bella depois de verificar todos.

Daphne olhou para Tallulah.

— Por mim, tudo bem. Gosto daquele com as estantes embutidas — afirmou Tallulah.

— Então, está resolvido. — Ela sorriu. — Vocês gostaram?

As duas assentiram com a cabeça.

— Mamãe, aqui vai ser o seu quarto?

Bella pegou a mão de Daphne e puxou-a até o quarto principal.

— Sim, será meu, e a vovó terá o terceiro andar só para ela.

— Eba! Você vai ficar bem perto de mim.

— Ficou feliz? — perguntou ela.

Bella fez que sim com a cabeça.

— Eu ficava com medo naquela casa grande, com você e o papai tão longe. Aqui é legal.

Daphne a abraçou.

— Sim, é.

E ela agradeceu em silêncio por nunca mais ter que trancar a porta do quarto de novo.

A geladeira estava cheia das suas comidas favoritas; havia sorvete no congelador e doces na despensa. Daphne deixara a balança em Connecticut e se sentia mais saudável e mais bonita do que nunca. Às vezes, ainda pensava no diário de comida e tinha que se lembrar de que não precisava mais anotar nada. Havia trazido o caderno com ela como um lembrete para nunca deixar ninguém a controlar de novo. Estava feliz por manter os quase cinco quilos extras que havia ganhado, o que a deixava feminina e formosa. Entrar na sala de estar, ouvir o riso zurrado do Bob Esponja e observar as filhas se divertindo com aquela bobagem lhe dava uma alegria imensa. Apreciava a liberdade de fazer escolhas sem medo de represálias. Foi como soltar um suspiro de alívio que ficou preso por anos.

As aulas terminariam em três semanas e todas estavam ansiosas por um verão preguiçoso catando conchinhas e aprendendo a surfar. Ela adorava a simplicidade da sua vida na Califórnia. Não havia mais horários cheios e dias com rigidez disciplinar. Quando ela as levou para a escola no primeiro dia, Bella a olhou com surpresa.

— Não vamos ter uma babá para nos levar de carro?

— Não, querida. Gosto de levar vocês.

— Mas você não tem que ir para a academia?

— Para que preciso de academia? Posso andar de bicicleta na praia e dar uma caminhada. Tem muitas coisas para fazer. É tudo muito bonito para ficar enfurnada em um lugar.

— Mas e se você engordar?

Aquilo fora como uma facada no coração. Era óbvio que a marca de Jackson não seria tão fácil de apagar como ela esperava.

— Não vamos mais nos preocupar em sermos gordas ou magras, apenas em sermos saudáveis. Deus criou os nossos corpos com muita inteligência e, se colocarmos coisas boas neles e fazer coisas divertidas como exercício, tudo vai ficar bem.

As duas meninas pareceram um pouco desconfiadas, mas, com o tempo, ela daria um jeito naquilo também.

A mãe de Daphne chegou na semana anterior e ficou tão encantada com a casa e a área quanto Daphne. Era tão bom ter a mãe de volta na sua vida.

Agora, o táxi estava parando, e Daphne pagou o motorista. Quando entrou no prédio, a sensação familiar de medo a envolveu. Ela aprumou sua postura, respirou fundo e se lembrou de que agora não precisava ter medo de nada. Não pertencia mais a ele. Mandou uma mensagem de texto e esperou. Cinco minutos depois, Douglas, o assistente de Jackson, desceu do elevador e foi até ela. O rapaz deu um abraço para Daphne.

— Estou feliz que tenha conseguido. Acabei de receber a ligação. Vão estar aqui a qualquer momento.

— Ele tem alguma ideia?

Douglas fez que não com a cabeça.

— É muito ruim?

— É ruim. Tenho dado as planilhas para eles há meses. Enfim consegui alguns números de conta há duas semanas. Com certeza, foi isso que decidiu tudo.

— Vamos subir? — perguntou Daphne.

— Sim, vou liberar a sua entrada. — Ele se virou e olhou para trás. — Eles chegaram — sussurrou Douglas.

Havia quatro homens vestidos com jaquetas azuis brilhantes, "FBI" gravado em letras douradas no lado esquerdo do peito, entrando no prédio. Aproximaram-se da mesa do segurança, erguendo as credenciais.

— Venha, vamos subir antes deles — falou Douglas.

À medida que o elevador subia, ela sentiu uma palpitação do pulso e um formigamento até a ponta dos dedos. O rosto estava quente e Daphne sentiu uma onda repentina de náusea a dominando.

— Está tudo bem? — perguntou Douglas.

Ela engoliu em seco, pousou a mão na barriga e assentiu.

— Vou ficar bem. Só me senti um pouco zonza por um instante. — Ela tentou sorrir. — Não se preocupe. Estou bem.

— Tem certeza? Não precisa estar aqui, você sabe.

— Está brincando? Não perderia isso por nada no mundo.

As portas do elevador se abriram, e Daphne seguiu Douglas pelo conjunto de baias e foi até a dele, bem diante do escritório de Jackson.

Ela teve uma ideia e se virou para Douglas.

— Já volto.

— Onde você vai?

— Tenho uma coisa a dizer para ele antes de entrarem.

— É melhor se apressar.

Ela abriu a porta sem se preocupar em bater e, depois de um segundo confuso, Jackson olhou para Daphne com surpresa. Ele se levantou da cadeira, parecendo impecável no seu terno personalizado, com uma careta irritada no rosto.

— O que está fazendo aqui?

— Vim dar a você um presentinho de despedida — respondeu ela com a voz doce, tirando um pacotinho da bolsa.

— Do que está falando, porra? Saia do meu escritório antes que mande jogarem você na rua. — Jackson pegou o telefone na mesa.

— Não quer ver o que tenho aqui, Jackson? É o presente que trouxe para você.

— Não sei que joguinho é esse, Daphne, mas não estou interessado. Você está me aborrecendo. Sempre me aborreceu. Suma daqui.

— Bem, sabe de uma coisa? A sua vida está prestes a ficar bem interessante. Não vai haver mais tédio. — Ela jogou o pacote na mesa. — Aqui está. Aproveite o seu tempo longe.

Ela abriu a porta e prendeu a respiração quando viu os homens no saguão avançando em direção ao escritório. Aqueles rostos eram fechados e ameaçadores.

Jackson e Daphne se viraram para olhar quando Douglas escoltou o quarteto uniformizado até o escritório de Jackson.

Daphne se afastou quando um dos homens estendeu as suas credenciais.

— Jackson Parrish?

Ele assentiu com a cabeça.

— Sou eu.

— FBI — disse o agente mais velho, enquanto os outros rodeavam Jackson.

— O que está acontecendo?

A voz de Jackson vacilou enquanto ele elevava seu tom. O escritório inteiro ficou em silêncio. Cadeiras giraram na direção da agitação, todos os olhos sobre Jackson.

— Senhor, tenho um mandado de prisão.

— Que besteira é essa? Por quê? — questionou Jackson. A voz dele havia voltado.

— Por 36 ocorrências de fraude eletrônica, lavagem de dinheiro e evasão fiscal. Garanto que não é besteira.

— Vocês sabem quem eu sou? Fora daqui! Não fiz nada. Vocês...

— Com certeza. Agora, vire-se e coloque as mãos para trás.

— Vou processar vocês, seus desgraçados. Vão ter sorte se forem rebaixados a guardas de trânsito quando eu acabar com vocês.

— Senhor, vou pedir mais uma vez para se virar e colocar as mãos para trás — disse o agente enquanto girava Jackson com firmeza, inclinando-o contra a parede.

Com o rosto na parede, ele balbuciou:

— Você! Isso é coisa sua, não é?

Daphne sorriu.

— Eu queria ver o sistema de justiça em ação. É tão educativo. E você me ensinou que eu sempre deveria aguçar a minha mente.

Ele pulou na direção dela, mas os homens o detiveram e o algemaram.

— Sua vaca! Não importa quanto tempo demore, vou acertar as contas com você! — Ele lutava contra o agente que o segurava. — Vai se arrepender por ter feito isso!

Um agente bem grande, parado atrás de Jackson, empurrou a corrente das algemas que estavam na sua mão suavemente em direção ao chão. Sem ter escolha, Jackson caiu de joelhos, estremecendo de dor.

Daphne balançou a cabeça.

— Não me arrependo. E você não pode mais me machucar. Não tem ninguém para culpar além de si mesmo. Se não tivesse sido ganancioso e pagado os impostos dessas contas *offshore* como deveria, nada disso estaria acontecendo. Tudo o que fiz foi ter certeza de que o seu novo assistente fosse alguém com integridade para entregá-lo.

— Do que está falando?

Douglas veio e ficou ao lado de Daphne.

— A minha irmã tem fibrose cística. A fundação de Daphne salvou a vida dela.

Ele olhou para um dos homens e meneou a cabeça.

— Com licença, senhora, senhor, mas preciso que os dois se afastem, por favor. — O agente deu uma piscadela e um sorriso irônico. — Vamos, sr. Parrish — disse ele, erguendo-o e levando-o na direção do elevador.

— Espere — disse ela. — Não se esqueça do seu presente, Jackson.

Ela pegou o pacote da mesa e enfiou no bolso dele.

— Desculpe, senhora. Preciso ver o que é. — O homem mais alto estendeu a mão.

Ela pegou o pacote dele e o desembrulhou, estendendo uma tartaruga de plástico barata de uma loja de bugigangas baratas.

— Aqui está, meu amor — disse ela enquanto a balançava na frente dele. — Um presente para se lembrar de mim. Assim como você, ela também não tem mais poder sobre mim.

SETENTA E TRÊS

Daphne tinha mais uma coisa a fazer. Ela saiu do táxi e disse ao motorista para esperá-la. Ainda era estranho ter que tocar a campainha da sua antiga casa. Margarita abriu a porta e ergueu as mãos com surpresa.

— Dona Daphne! Que bom ver a senhora! — Ela lhe deu um abraço.

— Sim, é mesmo, Margarita. — Ela abaixou a voz. — Espero que ela esteja tratando você bem.

O rosto de Margarita ficou impassível como uma máscara, e a mulher olhou em volta, nervosa.

— A senhora veio ver o seu Jackson?

Ela balançou a cabeça.

— Não, estou aqui para ver Amber.

As sobrancelhas de Margarita se ergueram.

— Já volto.

— O que está fazendo aqui? — Amber surgiu, parecendo magra e pálida.

— Precisamos conversar.

Ela olhou para Daphne com desconfiança.

— Sobre o quê?

— Vamos entrar. Não acho que vá querer os seus empregados ouvindo.

— Aqui é a minha casa agora. Sou eu quem convida alguém para entrar. — Ela franziu os lábios e, depois, olhou em volta com nervosismo. — Venha comigo.

Daphne a seguiu até a sala de estar e se sentou na frente da lareira. Uma pintura enorme de Amber e Jackson no dia do casamento foi substituída por uma que retratava a família. Embora a mulher estivesse grávida e já estivesse barriguda na época do casamento, pediu que o artista a pintasse como uma sílfide, sem a barriga abaulada.

Olhando com desconfiança para Daphne, ela perguntou:

— O que é?

— Nunca mais incomode as minhas filhas.

Ela revirou os olhos.

— Tudo que fiz foi enviar para elas um convite para o batizado do irmão. Você veio da Califórnia até aqui só para falar disso?

Ignorando a provocação de Amber, Daphne se inclinou para ela.

— Escuta aqui, sua puta. Se mandar para elas um cartão-postal que seja, arranco a sua cabeça fora. Está claro, Lana?

Ela saltou da cadeira e se aproximou.

— Do que me chamou?

— Você me ouviu, Lana. Lana Crump. — Daphne franziu o nariz. — Um sobrenome tão infeliz. Não é de se admirar que não o use.

O rosto de Amber estava vermelho e a respiração dela se acelerou.

— Como soube?

— Contratei um detetive depois que Meredith confrontou você. Daí, descobri tudo.

— Mas você ainda era minha amiga. Acreditava em mim. Não entendo.

— Você achou mesmo que eu era tão burra? Que não sabia o que estava fazendo? Por favor. — Ela balançou a cabeça. — *Ai, Amber, estou tão preocupada, Jackson está me traindo. Nunca vou poder dar um filho a ele.* Você engoliu isso, fez exatamente o que eu esperava que fizesse, até comprou o perfume que me dava alergia. — Ela fez aspas no ar em torno de *dava alergia*. — E assim que engravidou do filho dele, sabia que Jackson estava na sua mão. Eu nunca engravidei porque tinha um DIU.

Ela ficou boquiaberta.

— Você planejou tudo isso?

Daphne sorriu.

— Pensou que conseguiria a vida perfeita, o homem perfeito. O que acha disso agora, Lana? Ele já mostrou sua verdadeira cara?

Amber olhou para Daphne.

— Pensei que fosse só comigo. Que tinha sido por causa do que ele descobriu. Ele me falou que eu não passo de lixo. — Ela olhou para Daphne com ódio. — Foi você quem deu aquela pasta para ele?

Ela confirmou com a cabeça.

— Li tudo sobre como acusou aquele coitado chamado Matthew Lockwood por estupro quando ele não se casou com você. Você o deixou mofar na prisão por dois anos por um crime que não cometeu.

— O filho da puta mereceu. Ele me manteve como o seu segredinho sujo, dormiu comigo o verão inteiro enquanto a namorada rica não estava. E a mãe dele... era de se imaginar que ela ia querer o neto. Mas ela disse que eu deveria ter abortado, que um filho meu não seria nada além de lixo. Eu ri quando a polícia levou o precioso filho dela embora. Adorei ver o nome de Lockwood manchado pelo escândalo e pela sujeira. Achavam que eram tão maravilhosos, poderosos e arrogantes.

— Não sente nenhum remorso? Foi por sua causa que ele foi espancado na cadeia e agora vai ficar em uma cadeira de rodas para o resto da vida.

Amber se levantou e começou a andar de um lado para o outro.

— E daí? Se ele foi fraco demais para cuidar de si mesmo na prisão, a culpa não é minha. Ele não passa de um menino mimado. — Amber deu de ombros. — Além do mais, ele tem dinheiro, é bem-cuidado. E a namorada afetada se casou com ele.

— E o seu filho?

— O que tem Jackson Júnior?

— Não, o outro filho. Como pôde abandoná-lo?

— O que eu poderia fazer? A minha mãe encontrou o meu diário e foi à polícia. Eles descobriram aquele jurado que convenci a defender a condenação, e depois ele concordou em testemunhar contra mim. Fui presa. Que tipo de mãe entrega a própria filha? Ela disse que sentia pena de Matthew... como se aquele pirralho mimado merecesse alguma compaixão. Assim que saí pagando fiança, fugi. Nem pensar em ir para a prisão só por dar a Matthew o que ele merecia. — Ela respirou fundo. — Mas gostaria de recuperar o meu filho, punir Matthew e aquela vaca gorda da mulher dele. Ela está criando o garoto como se fosse a mãe dele. Ele é o meu filho, não dela. Não é justo.

— Justo? — Daphne riu. — Ele está muito melhor sem você. Me diga uma coisa, quem é Amber Patterson? Você teve alguma coisa a ver com o sumiço dela?

Ela revirou os olhos de novo.

— Claro que não. Peguei carona com um caminhoneiro, do Missouri até Nebraska. Consegui um emprego de garçonete lá. Um dos meus clientes era um cara que trabalhava no cartório de registro. Ele me deu a identidade.

— Como conseguiu o passaporte dela?

Naquele momento, ela sorriu.

— Ah, bem, você sabe como são as cidades pequenas. Depois de um tempo, dei um jeito de encontrar a coitada da mãe dela. Ela trabalhava na mercearia da cidade. Demorou alguns meses, mas acho que eu lembrava a filha perdida dela. Ajudou o fato de eu usar os cabelos do jeito que a menina usava e ter falado com alguns dos seus amigos, fingindo que gostava das mesmas coisas. A mãe dela me fazia um jantar uma vez por semana... a comida era uma merda. Descobri que era para Amber ter ido para a França com a turma de escola... era por isso que aquela caipira inútil tinha passaporte. Então, eu roubei. — Ela deu de ombros. — Ela tinha um bom anel de safira. Também levei. Amber não precisava mais dele.

Daphne balançou a cabeça.

— Não tem ninguém mais baixo que você.

— Você nunca vai entender. Cresci na pobreza, com todo mundo me desprezando e aprendi cedo que, se quer alguma coisa, precisa saber se virar. Ninguém vai entregar nada de graça para você.

— E agora? Você tem o que quer?

— Tive no começo. Até que ele descobriu sobre o meu passado. — A ousadia anterior dela estava diminuindo. A mulher se endireitou e olhou para Daphne. — Se você não tivesse dado aquela pasta para ele, eu poderia deixá-lo, conseguir uma bela pensão. Mas se eu fizer isso, ele vai me entregar. — O comportamento dela mudou de repente, e Daphne quase conseguiu ver a transformação acontecendo. — Daphne, você sabe como ele é. Agora somos duas vítimas. Você precisa ajudar. Você descobriu uma maneira de escapar. Deve haver algo que eu possa usar contra ele. Não é?

Era a velha Amber agora; aquela que Daphne acreditou ser amiga dela. A mulher era narcisista o suficiente para acreditar que ainda podia manipulá-la.

Daphne a encarou.

— Me diga uma coisa, sinceramente: você alguma vez me considerou sua amiga?

Amber pegou a mão de Daphne.

— Claro que fui sua amiga. Amei você, Daph. Tudo foi tentador demais. Eu não tinha nada, e você tinha tudo. Por favor, me perdoe. Sei que o que fiz foi errado e sinto muito. Os nossos filhos são meios-irmãos. É como se fôssemos irmãs agora. Você é uma boa pessoa. Por favor, me ajude.

— Mas se eu ajudar você, e daí? Vai deixar Jackson e podemos voltar a ser amigas?

— Sim. Amigas de novo. Por Julie e Charlene.

Assim que as palavras saíram da sua boca, Amber percebeu o erro que cometera.

— Claro. Por Charlene. Que nunca existiu. — Daphne se levantou. — Aproveite a cama que fez, Amber. Você vai passar muito tempo nela. Jackson é um homem de apetite forte.

Ela franziu o cenho para Daphne.

— Quer saber a verdade, então? Nunca fui sua amiga. Você teve todo o dinheiro, todo o poder, e me dava migalhas. Nem mesmo apreciava o que tinha. Todo esse dinheiro que ele gastou com você e aquelas pirralhas. Era obsceno. Enquanto isso, eu trabalhava no escritório como uma mula. — Os olhos dela eram frios. — Fiz o que eu tinha que fazer. Era tão chato, ouvindo todas as suas histórias deprimentes. *Ela está morta!*, tinha vontade de gritar. *Ninguém se importa com Julie. Ela está apodrecendo na terra faz vinte anos. Supere.*

Daphne agarrou o pulso dela e o segurou com firmeza.

— Nunca mais fale o nome da minha irmã de novo, entendeu? Você merece tudo que está recebendo. — Ela soltou a mão da outra. — Olhe ao redor. Guarde bem na lembrança como era viver uma boa vida, porque agora acabou.

— Do que está falando?

— Vim do escritório de Jackson. O FBI acabou de levá-lo de lá algemado. Parece que tiveram acesso às contas *offshore* dele. Uma pena. Ele nunca pagou impostos sobre esse dinheiro. Tenho certeza de que, quando tudo estiver acabado, vão ter sorte se conseguirem pagar para viver no seu antigo apartamento. Quer dizer, isso se não o prenderem. Conhecendo Jackson, ele vai encontrar uma saída para isso. Vai ter que esgotar todos os recursos que tem, é claro. Talvez você possa ajudá-lo a começar um novo negócio.

— Você não está falando sério.

A voz dela era estridente.

Daphne balançou a cabeça.

— Sabe o assistente que você cuidou para que ele contratasse para que não houvesse nenhuma gracinha no escritório? Douglas? Bem, ele é um velho amigo meu. Veja só, a irmã dele tem fibrose cística. A Sorriso de Julie dá uma tremenda ajuda para sua família. Ele tem espionado Jackson e, finalmente, conseguiu os números das contas que precisava para entregar ao FBI. Dê uma boa olhada em volta. Talvez não tenha isso tudo por muito tempo. — Ela começou a se afastar, depois parou e voltou. — Mas pelo menos você ainda tem Jackson.

Daphne saiu da casa pela última vez. Quando o motorista partiu com o carro, ela observou como a casa sumia de vista. Como parecia diferente para ela agora desde que a viu pela primeira vez. Recostando-se no banco, observou, pela última vez, a magnificência de cada casa pela qual passavam e imaginou quais os segredos de cada uma delas. Ficou cada vez mais leve a cada quilômetro que se afastava e, quando saíram das fronteiras impecáveis de Bishops Harbor, deixou para trás a dor e a vergonha com que vivia enquanto ainda estava presa lá. Uma nova vida a aguardava, onde ninguém a aterrorizava no meio da noite ou fingia ser algo que não era. Uma vida onde as filhas cresceriam seguras e amadas, livres para serem quem e o que desejassem ser.

Ela olhou para o céu e imaginou a sua amada Julie a observando lá de cima. Pegou uma caneta e o pequeno bloco de anotações que levava na bolsa e começou a escrever.

Querida Julie,

Muitas vezes imagino se eu teria feito escolhas diferentes se você ainda estivesse aqui. Uma irmã pode evitar que alguém cometa grandes erros. Você não teria permitido que a minha necessidade de salvar todo mundo turvasse a minha visão. Se ao menos eu pudesse tê-la salvado, talvez eu tivesse me empenhado mais em me salvar.

Como sinto falta de confiar a você os meus segredos, ter ao lado esse alguém que sempre soube que estava comigo, não importasse o que acontecesse, compartilhando da minha vida. E como fui tola ao pensar que poderia encontrar esse mesmo consolo em outra pessoa.

Acho que estive procurando você em todos os lugares desde que a perdi. Mas agora sei que não a perdi de verdade. Você ainda está aqui. No brilho dos olhos de Bella e no coração bondoso de Tallulah. Você vive nelas e em mim, e vou guardar as preciosas lembranças do tempo que tivemos juntas até que, um dia, nos encontraremos de novo. Sinto que você está cuidando de mim: você é o calor do sol enquanto brinco com as suas sobrinhas na praia, a brisa fresca que acaricia o meu rosto à noite, a sensação de paz que agora existe no lugar da turbulência. E, apesar do meu desejo desesperado de tê-la de volta, preciso acreditar que você também está em paz, livre para sempre da doença que a prendia.

Lembra quando vimos a nossa primeira peça de Shakespeare? Você tinha apenas catorze anos, e eu, dezesseis, e achamos que Helena era uma idiota por querer um homem que não a queria. Aconteceu que me tornei uma Helena ao contrário.

E assim, minha querida Julie, um capítulo foi encerrado e um novo começou.

Te amo.

Daphne colocou o caderno na bolsa e se recostou. Sorrindo e olhando para cima, sussurrou as famosas palavras do bardo inglês daquela peça que ela e Julie tinham visto muito tempo antes:

— Terminada a peça, o rei é mendigo. E tudo acaba bem…

AGRADECIMENTOS

Muito antes do nascimento de um livro, existe um grupo formado por amigos, familiares e profissionais que tornam possível a sua existência. Ficamos muito gratas a eles pelos seus papéis indispensáveis nesse processo.

Agradecemos à nossa maravilhosa agente, Bernadette Baker-Baughman, da Victoria Sanders & Associates, por ser a nossa maior heroína e defensora e por tornar essa jornada tão agradável com a sua graça, a sua inteligência e a sua dedicação. Você é a bênção que pedimos, e é uma alegria trabalhar com você.

Para a nossa fabulosa editora, Emily Griffin, o seu entusiasmo contagiante e a sua dedicação à excelência fez a história chegar a outro nível e ficar muito melhor do que poderíamos ter feito sem você.

À equipe estelar da Harper, o nosso agradecimento pela empolgação com o livro e por tudo que vocês fizeram para que ele acontecesse. A Jonathan Burnham, somos gratas pelo seu entusiasmo eletrizante e pelo seu toque mais que inspirador, que nos deu a certeza de que havíamos encontrado a casa editorial correta. A Jimmy Iacobelli, que fez o brilhante design da capa original, e à equipe criativa que criou as páginas interiores: nos apaixonamos pela visão de vocês no momento em que a vimos. Agradecemos a Nikki Baldauf, pela orientação especializada através do processo de preparação e produção. A Heather Drucker e à equipe de relações-públicas, agradecemos pela sua incrível paixão e pelo talento. Katie O'Callaghan e a equipe de marketing, sabemos que estamos nas melhores mãos. Agradecemos a Virginia Stanley e à incrível equipe de Vendas a Bibliotecas pelo trabalho fantástico de fazer as primeiras divulgações. O nosso mais profundo agradecimento a Carolyn Bodkin, que trabalhou de forma tão diligente na gestão dos direitos estrangeiros. A Amber Oliver (também conhecida como a outra Amber) e a todas as pessoas extremamente trabalhadoras da HarperCollins, a nossa mais profunda gratidão por tudo o que fazem.

Gratidão e amor às nossas cunhadas e irmãs de coração, Honey Constantine e Lynn Constantine, por ler, reler, ler mais uma vez, torcer por nós e nos encorajar a cada passo.

Para Christopher Ackers, maravilhoso filho e sobrinho, por ouvir e oferecer conselhos sobre as inúmeras conversas da trama e sempre infundir nelas o seu humor habitual.

Agradecemos aos nossos primeiros leitores: Amy Bike, Dee Campbell, Carmen Marcano-Davis, Tricia Farnworth, Lia Gordon e Teresa Loverde. O entusiasmo de vocês foi uma grande motivação.

Aos maravilhosos autores e amigos que compõem a comunidade Thrillerfest, um poço incrível de camaradagem, compreensão e apoio mútuo, o nosso agradecimento.

A David Morrell pelo seu conselho atencioso. Ficamos gratas por estar sempre disponível para conversar.

Para Jaime Levine pelo seu contínuo apoio e encorajamento e por estar conosco desde o início.

Para Gretchen Stelter, a nossa primeira editora. Você trouxe clareza e ideias que aumentaram a tensão e tornaram o manuscrito mais atraente.

Agradecemos a Carmen Marcano-Davis pela sua experiência psicológica que nos ajudou a moldar Jackson, e a Chris Munger por validar as cenas do FBI no livro.

A Patrick McCord e Tish Fried da Write Yourself Free por compartilhar o seu talento e as suas habilidade. As oficinas de vocês nos tornaram melhores escritoras.

Lynne agradece ao marido, Rick, e aos filhos, Nick e Theo, pelo apoio e pela paciência inabaláveis enquanto ela passava horas trancadas no seu escritório conversando no Skype com Valerie sobre a trama ou trabalhando até tarde da noite para cumprir prazos. E para Tucker, por estar sempre ao seu lado enquanto ela trabalha. Todo o meu amor a vocês, sempre.

Valerie agradece ao marido, Colin, pelo seu constante encorajamento e apoio, e aos seus filhos, os seus maiores líderes de torcida. Amo todos vocês.

SOBRE A AUTORA

Liv Constantine é o pseudônimo das irmãs Lynne Constantine e Valerie Constantine. Separadas por três estados, passam horas montando tramas via FaceTime e se irritando com os e-mails uma da outra. Atribuem a sua capacidade de inventar tramas obscuras às horas que passaram ouvindo histórias que a avó grega contava. Você pode saber mais sobre elas em: livconstantine.com.

PUBLISHER
Omar de Souza

GERENTE EDITORIAL
Mariana Rolier

EDITORA
Alice Mello

COPIDESQUE
Thadeu Santos

PREPARAÇÃO DE ORIGINAL
Ulisses Teixeira

REVISÃO
Anna Beatriz Seilhe

DIAGRAMAÇÃO
Abreu's System

ADAPTAÇÃO DE CAPA
Osmane Garcia Filho

Este livro foi impresso no Rio de Janeiro, em 2020,
pela Edigráfica para a HarperCollins Brasil.
A fonte usada no miolo é Waulbaum MT, corpo 12/16,1.
O papel do miolo é Chambril Avena 80g/m², e o da capa é cartão 250g/m².